W0250846

Karen
Robards

PIRATAS I

# Karen Robards

# PASIÓN EN LA ISLA

RBA

Título original: *Island Flame*
Traducción: Ana Mazía

© 1981 Karen Robbards

Edición original: Leisure Books

© 2008, de la presente edición RBA Coleccionables, S.A.
Traducción cedida por Ediciones B, S.A.

Diseño de cubierta: Guillem Sanz

Reservados todos los derechos. Ninguna parte de esta publicación puede ser reproducida, almacenada o transmitida por ningún medio sin permiso del editor

ISBN: 978-84-473-5881-6
Depósito legal: M-35424-2008

Impreso por Rotapapel S.L.

Impreso en España - Printed in Spain

*A Doug, con amor*

# 1

Lady Catherine Aldley era hermosa y lo sabía. Era muy consciente del aspecto que tenía, apoyada contra la baranda de la cubierta del *Anna Greer*, con la brisa que le revolvía el cabello y el sol poniente que convertía en una llama el esplendor dorado rojizo de esa melena. El aire punzante del mar le golpeaba las mejillas y los ojos azules chispeaban.

Sólo tenía diecisiete años y durante toda su breve vida la consintieron y protegieron. La madre había muerto diez años antes y fue criada por una niñera y una sucesión de gobernantas cuyo único deber era enseñar a la joven pupila las cosas que, en 1842, eran importantes para una dama: tocar el arpa y el piano, pintar acuarelas insípidas, hablar francés tan bien como la lengua nativa, parecer dulce, tontuela e infantil todo el tiempo. En este último aspecto, las institutrices sólo lo lograban en parte, pues si bien Cathy era capaz de cumplir el papel de damisela bien educada cuando le convenía, en caso contrario era un verdadero marimacho. Más de una gobernanta había huido hecha un mar de lágrimas por sus explosiones, jurando no volver, lo que en opinión de Cathy daba igual. No deseaba aprender nada de lo que contenían los libros. ¡Quería vivir la vida, no leer acerca de ella!

—¡Esa muchacha es una auténtica ignorante! —había bufado el padre, indignado, en una ocasión, sin faltar un ápice a la verdad.

Cathy mantenía una suprema indiferencia ante los reiterados esfuerzos de las distintas institutrices para meter algún rudimento de educación en esa cabecita impertinente. El sufrido padre, al descubrir que en lo único que aplicaba lo aprendido era a la lectura de novelas picantes, se dio por vencido y liberó a Cathy de la obligación fatigosa de recibir educación.

En cambio, aprendió a bailar con el paso más ligero de los alrededores. Aprendió a caminar con los dedos de los pies un tanto vueltos hacia dentro, de modo que las faldas fruncidas se balancearan como una campana. Aprendió a sonreír, lanzando miradas hechiceras entre las pestañas, y a reír como una campanilla de plata, ante los hombres que le suplicaban una palabra amable o, los más atrevidos, un beso.

Pero más importante aún, aprendió a ocultar su verdadero carácter ante los hombres que la rondaban. En compañía, en especial si se trataba de jóvenes atractivos, tenía actitudes que no desmentían la dulzura de su rostro. Sólo la niñera conocía la inteligencia aguda y el temperamento explosivo de Cathy, y la anciana insistía en que ocultase esos rasgos hasta que hallara esposo.

El padre de Cathy, sir Thomas Aldley, noveno par de Badstoke y embajador de la reina en Portugal, amaba tiernamente a su única hija, aunque la veía muy poco y no tenía idea de lo cabeza dura y egoísta que era. Sólo sabía que era bella y encantadora, y que representaba un sólido apoyo a su propia posición. Aunque fuese una desdicha que hubiese heredado su propio temperamento explosivo, al parecer lo mantenía bajo control. De cualquier modo, era bueno que una mujer tuviese un poco de carácter, pues mantenía a raya a los hombres. En síntesis, era una buena hija y sólo en los últimos tiempos le había dado motivos de preocupación. Durante los últimos seis meses, parecía que todos los jovencitos que vivían en Lisboa la pretendían y el matrimonio de su hija con un extranjero no favorecería su carrera política. Sir Thomas comenzó a acariciar la idea de apartar a la hija del peligro enviándola, por ejemplo, a visitar a su hermana, en Inglaterra. Él podría reunirse con ella al año siguiente, cuando terminara su período como embajador. Entretanto, tenía la esperanza de que Cathy quedaría tan atrapada en el remolino de la temporada londinense que no tendría tiempo de echar de menos a los pretendientes portugueses. Y podía contar con su hermana Elizabeth para que examinara minuciosamente a los nuevos amigos de la sobrina. Sí, enviar a Cathy a Inglaterra era lo mejor que podía hacer.

Al conocer esos planes Cathy lloró y pataleó, pero cuando el padre se decidía era tan terco como ella. Al fin, la muchacha se cansó y el padre, con ayuda de la niñera, logró convencerla de la conveniencia del plan. Era cierto: le encantaría ser presentada a la reina Victoria, quien en el quinto año de reinado tenía veintitrés años y, por lo tanto, no era mucho mayor que la propia Cathy. Pero Inglaterra estaba muy lejos y ya hacía casi siete años que se habían marchado. ¿Y si los hombres no la encontraban atractiva? Tal vez en Londres la moda fuesen las morenas y no las rubias encantadoras. El padre y la niñera, cada uno a su modo, le aseguraron que su belleza fuera de lo común saldría airosa de cualquier comparación y Cathy se dejó convencer. Desde el principio de la adolescencia era una beldad famosa y ni se le pasaba por la imaginación que algún hombre no la admirase.

Una vez capeado el temporal de las objeciones, el conde suspiró aliviado y se dijo que cuando se reuniese con su hija en Inglaterra tendría que ocuparse de corregir sus caprichos. Después se concentró en hacer los arreglos para el viaje de la muchacha, cosa nada fácil en esas épocas turbulentas. En los últimos tiempos se hablaba mucho de una banda de piratas que asolaba las aguas portuguesas y hacía presa de los buques que no iban armados. El conde se estremecía ante la idea de que su hija cayese en manos de sujetos que no tendrían contemplaciones por la inocencia y la posición elevada de la joven.

Cuando el conde oyó mencionar a un amigo que el *Anna Greer* zarparía pronto hacia Inglaterra, le pareció una respuesta a sus plegarias. El *Anna Greer*, en préstamo de Inglaterra a la Armada portuguesa, estaba blindado y con artillería. ¡Ningún pirata se atrevería a atacar un buque tan formidable!

Fue asombrosamente fácil disponer del pasaje de Cathy a bordo. Formó parte de un reducido grupo de pasajeros del barco que, hasta ese viaje sólo realizaba operaciones militares. Ni el conde ni la hija se preguntaron por qué, de pronto, al *Anna Greer* se le permitía transportar civiles.

Llegado el momento, Cathy se separó del padre casi sin escrúpulos: ya estaba muy entusiasmada ante la perspectiva de tomar por asalto la sociedad londinense como para entristecerse por dejar a un padre al que, de todos modos, veía bastante poco. Además, ya lo vería en Inglaterra; además, sir Thomas le aseguró que adoraría a la tía Elizabeth en cuanto la conociera.

Quedó claro, desde el principio, que Martha acompañaría a la joven ama. Con ella, Cathy no sentiría añoranzas del hogar y el conde estaba totalmente seguro de que la dejaba en buenas manos.

Dos semanas después, con el *Anna Greer* ya en altamar, Cathy maldecía el día en que había aceptado hacer ese viaje: estaba tan aburrida que se le saltaban las lágrimas. Los otros pasajeros eran piezas de museo y al capitán le interesaba más la navegación del buque que coquetear con la joven más bella de a bordo. Cathy había probado sus encantos con varios miembros de la tripulación, algunos bastante atractivos a su modo, pero Martha siempre estaba cerca para estropearle la diversión.

Cathy suspiró, apoyó la barbilla en las manos y miró desconsolada por encima de la baranda. ¡Si al menos pasara algo, cualquier cosa que aliviase ese aburrimiento espantoso!

El sol hizo brillar un hilo del vestido de brocado, azul como la cola de un pavo real, y Cathy lo contempló, distraída. «En verdad», pensó, «es un bello vestido», y alisó la manga admirando la elegancia con que la cascada de encajes de los puños le caía sobre las manos. Era uno de sus preferidos. El profundo azul verdoso de la tela hacía que sus ojos pareciesen oscuros y misteriosos como el mar, y que el corpiño entallado acentuara la estrechez de la cintura y la redondez de los pechos. No era de extrañar que atrajese la atención de casi todos los marineros atareados en cubierta con diversas tareas.

Impaciente, Cathy golpeteó el pie contra la cubierta, y con el busto claramente delineado al inclinarse sobre la borda, comenzó a balancearse arriba y abajo al ritmo del golpeteo. Un marinero rubio y robusto que estaba enrollando una cuerda cerca de ella interrumpió la tarea y contempló, embelesado, el espectáculo. Cathy lo vio por el rabillo del ojo y se dio la vuelta, lanzando una risita gorjeante. Le sonrió, con provocativas chispas en los ojos azules y empezó a hablar. Pero antes de que pudiese decir una palabra, una mano rolliza le tiró de la manga:

—Vamos, señorita Cathy, no tiene que hablar con los rudos marineros.

Tan silenciosa como un gato, Martha había aparecido tras ella.

—¿Qué diría su papá? Además, usted misma sabe que no tiene nada que ver con ellos. Se casará con un duque o un conde rico, o algo así, cuando lleguemos a Inglaterra.

—¡Oh, Martha, cállate! —regañó Cathy a la anciana de cabello gris que se le colgaba con tanto empeño del brazo—. Hablaré con quien me dé la gana. Además, sólo pensaba preguntarle a este muchacho cuánto falta para llegar a Inglaterra.

—Falta al menos una semana, señora —dijo el marinero, sonriendo a Cathy e ignorando el entrecejo de Martha.

—¡Otra semana! —suspiró Cathy, bajando con recato las pestañas oscuras y haciendo que aparecieran sus hoyuelos—. ¡Parece eterno! ¡Y los viajes por mar son tan aburridos...! Quisiera que hubiese algo en qué ocupar el tiempo.

Sonrió al marinero, quien a su vez le retribuyó con otra sonrisa descarada.

—¡Vamos, señorita Cathy, deje de hablar así! —exclamó Martha, escandalizada por el comportamiento de su pupila.

Tomó con firmeza el brazo de la muchacha e intentó alejarla, pero Cathy se resistió indignada y, en su desesperación, Martha se volvió hacia el sonriente marinero.

—Y usted, marinero, si no se ocupa de lo suyo y deja de molestar a jóvenes damas inocentes, se lo diré al capitán. ¡Eso es lo que haré!

El marinero le hizo una mueca y abrió la boca para decir lo que sin duda, a juicio de Cathy, sería una réplica airosa. Lamentablemente, un grito lo interrumpió:

—¡Barco a la vista! —bramó una estentórea voz masculina, desde arriba.

—¿Dónde? —preguntó al unísono un coro de voces.

—¡A la altura de la proa de babor! —retumbó la respuesta; de inmediato, todos los que estaban en cubierta miraron a la izquierda, a través del mar abierto.

Cathy se puso de puntillas y forzó la vista para divisar el buque que se aproximaba. No pudo ver más que una extensión interminable de agua, sólo quebrada por las crestas espumosas de las olas suaves. El horizonte, encendido por el sol poniente, tenía un intenso color naranja y Cathy se convenció de que no había ningún barco a la vista.

—Es un error —le dijo a Martha, decepcionada—. No hay nada. Veo hasta el horizonte y no hay nada en absoluto.

El marinero rubio se volvió hacia ella y le sonrió.

—Es difícil que pueda ver algo, señora, pues ese barco está muy lejos. Pero si Dave lo dice, allá hay un barco. Está mucho más alto que nosotros y tiene un catalejo. No creo que nosotros lo divisemos hasta mañana por la mañana, si es que viene hacia aquí.

Al parecer, tenía razón. Cathy se quedó en cubierta hasta mucho después de que oscureció, con la esperanza de divisar el barco, pero no vio nada. Por fin, el frío y la insistencia de Martha la hicieron entrar en el camarote. Allí se envolvió con una manta y se acurrucó temblando sobre la litera, mientras Martha le preparaba el baño. Bajo la mirada desaprobadora de la anciana, roció abundantes sales de baño rosadas y luego se sumergió, con deleite, para quitarse el frío con el baño caliente.

Mientras ella se bañaba, Martha iba de un lado a otro del camarote, recogiendo la ropa que Cathy había dejado tirada y ordenándola, sin dejar de refunfuñar en voz alta, regañándola por su atrevimiento al dirigirse a un simple marinero de un modo tan familiar.

—Las dos sabemos que sólo una clase de mujer actuaría así —dijo Martha suspirando y agregó—: su pobre madre se agitaría en la tumba si viese a la hija comportarse de ese modo.

Ante el regaño, Cathy sonrió apenas, cerró los ojos y se hundió en el agua. Las protestas de Martha no la inquietaban en lo más mínimo, estaba acostumbrada a ellas. Ignoró los murmullos indignados y concentró los pensamientos en lo que se pondría al día siguiente. Quería lucir lo mejor posible. Le había gustado conversar ese día con el marinero y ver la admiración en sus ojos. Al día siguiente, tenía la intención de embrujarlo por completo. Tal vez se pondría el de seda color prímula... Se quedó dormida haciendo planes.

Con un vestido de seda amarillo claro y los rizos dorado rojizos en lo alto de la cabeza, Cathy rivalizaba con el sol de la mañana siguiente. En cuanto terminó su tocado, se apresuró a salir a cubierta para ver si veía aproximarse el barco y lo vio al llegar a la baranda. Tenía una bella apariencia, a diferencia del navío simple en que ellas viajaban. A toda vela, la alta proa de la otra embarcación, graciosa como un pájaro, surcaba las olas con facilidad. Cathy la veía agrandarse y la observaba embelesada, comprendiendo que se acercaba con vertiginosa velocidad al *Anna Greer*.

—¡Es... tan hermoso! —murmuró, cuando el marinero rubio de la noche anterior se acercó a ella.

—Así es —le dijo el joven—. Pero el capitán Hogg... Bueno, no recuerda que los franchutes tengan un buque como ése, que navega con bandera francesa. Más bien, se parece a esos nuevos clíper tan veloces, de Nueva Inglaterra, en las colonias. El capitán pide que las damas se refugien en los camarotes hasta que estemos seguros. Por las dudas, ¿sabe?

Cuando Cathy se volvió a mirarlo, se encogió, incómodo.

—¿Qué significa «por las dudas»? ¿Qué piensa que es el capitán Hogg? ¡No serán... piratas!, ¿no?

La voz de la muchacha se elevó en la última palabra y el marinero la miró, alarmado. Ante la posibilidad de un ataque pirata, lo último que necesitaban era una mujer histérica. Tragó saliva y se apresuró a decir:

—No, señora, tal vez no. El capitán sólo quiere cerciorarse... por las dudas... ¿sabe? Lo más probable es que sea un buque nuevo que no conocemos. Pero hasta que nos aseguremos, sería conveniente que las señoras se recluyesen en el camarote.

Se volvió hacia Martha, que acababa de subir a cubierta y repitió la advertencia. Luego, en respuesta a una orden del timonel, se alejó de prisa.

—¡Señorita, tenemos que bajar de inmediato! —dijo Martha, aferrando el brazo de Cathy para alejarla de la borda.

—¡Martha, no me iré a ningún lado, de modo que déjame! —gritó apartando decidida la mano de Martha—. Quiero estar en cubierta para ver qué sucede. Tú sabes que las dos nos volveríamos locas en el camarote, sin saber qué pasa o si es un barco pirata. No, si empiezan los problemas habrá tiempo suficiente para bajar.

Sacudió la cabeza y Martha, bien familiarizada con la terquedad de su pupila, desistió. «Sir Thomas tendría que haber hecho algo respecto de los caprichos de Cathy muchos años antes —pensó—. ¡Ahora, parece que quiere que nos maten a las dos!» Murmurando indignada, Martha se quedó junto a Cathy.

El barco estaba muy cerca cuando Cathy logró por fin leer el nombre, *Margarita*, pintado en letras negras a través de la proa. Veía a hombres pequeños como hormigas deslizándose por la cubierta. En el alcázar, una figura solitaria e inmóvil observaba al *Anna Greer* por el catalejo.

Bajo la mirada de Cathy, el cuadrado de seda que flotaba en el mástil del *Margarita* bajó lentamente. En su lugar izaron una bandera negra que, sin lugar a dudas, era el emblema que le habían descrito en los tranquilos tés de la tarde. Cuando oyó hablar de la bandera negra y de lo que significaba, Cathy había dicho, orgullosa, que nunca temería a ningún pirata y que, por el contrario, le encantaría conocer a alguno. En ese instante, el temor era como una banda de hierro que le oprimía la garganta, quitándole el aliento.

—¡Señorita Cathy, son piratas! ¡Piratas! ¡Oh, que Jesús y todos los santos nos amparen! ¿Qué haremos? —La mano de Martha, helada de miedo, le tiraba de la muñeca—. ¡Tenemos que bajar, señorita Cathy! ¡Aquí habrá lucha!

—Espera un minuto, Martha. Quizá no peleen.

Mientras hablaba, rugió el cañón, un proyectil negro y redondo se elevó en el aire y cayó al agua con estrépito.

—¡Quieren que nos rindamos! —gritaron desde la atalaya.

—¡Si lo hacemos, que los peces se ceben con mis huesos! —rugió el capitán Hogg—. ¡Si quieren pelea, la tendrán!

Bajó del alcázar y se encaminó furioso hacia el cañonero de proa, vociferando órdenes urgentes a sus hombres.

—¡En posición! ¡Cargar ese cañón! ¡Después de esta pelea, esos canallas lamentarán no haberse quedado en casa, recogiendo la cosecha!

El capitán vio a Cathy y a Martha en cubierta, como paralizadas, y lanzó un rotundo juramento. Fue a zancadas hasta ellas y las observó un instante, en silencio. Cuando habló, fue evidente el esfuerzo que hacía para ser cortés:

—¡Lady Catherine, señorita Jameson, deben bajar de inmediato! —De súbito, perdió el control—. ¡Maldición, aquí habrá una batalla de verdad, con cañones y munición! Mujeres, ¿acaso no tenéis sentido común? ¡Bajad y encerraos en el camarote!

Giró sobre los talones, pues ya no confiaba en mantener la calma. Martha tiró frenética de la mano de Cathy, al mismo tiempo que resonaba otro cañonazo del barco pirata.

—¡Señorita Cathy, tenemos que bajar! ¡Ya oyó al capitán Hogg! ¡Y comenzaron a disparar! ¡Por favor, señorita Cathy!

Martha estaba aterrada y Cathy la entendió: ella misma estaba muerta de miedo; dejó que la arrastrara por la portezuela abierta. Cuando llegaron a la abertura, los cañones de los dos buques sonaron al unísono. Cathy ahogó un sollozo. Sería un relato maravilloso para contar en un salón londinense, adoptando un aire modesto con respecto a su propia valentía, pero... ¿y si los piratas lograban capturar el barco? ¿Los matarían a todos, o quizás algo peor...?

Últimamente, la crueldad sádica de los piratas hacia los pasajeros de los barcos capturados era uno de los temas de conversación preferidos entre las damas de la sociedad portuguesa. Se referían a mujeres a las que se desnudaba violentamente y que eran forzadas por una tripulación entera de piratas. Si eran jóvenes y bonitas, los piratas les permitían vivir hasta que llegaban a un puerto, y entonces las dejaban marcharse. O las tiraban por la borda, después de haberse satisfecho con ellas. Al oír esos relatos, Cathy sentía que un agradable estremecimiento le recorría la espalda. Pero ahora... ¡podía sucederle a ella! De pronto, la perspectiva no le pareció excitante... sino aterradora.

—Dios querido —oró—. ¡Por favor, ayúdame! Si me ayudas, seré la más buena. Aunque no ganarán, por supuesto —se consoló. Por primera vez agradeció al padre por haber insistido en ponerla a bordo de un buque militar como el *Anna Gre-*

*er*. Sin duda sería imposible que esa tripulación de piratas capturara un navío tan fuertemente armado...

Martha, nerviosa, condujo a Cathy al interior del pequeño camarote que compartían. Cathy lo cruzó y se sentó sobre una de las literas, mientras Martha se atareaba corriendo el cerrojo y apilando todos los muebles que podía contra la puerta. Cathy rió a carcajadas: ¡era tan gracioso el espectáculo de los muebles amontonados contra la puerta...! Martha la miró con severidad.

—Señorita Cathy, no se pondrá histérica conmigo, ¿verdad? No hay por qué asustarse. Es imposible que esos demonios pongan un pie en este barco.

Mientras Martha hablaba, el ruido de maderas entrechocándose la desmintió: ¡los piratas trataban de abordar el barco! Se oían gritos roncos y el golpear de los aceros, al tiempo que los piratas lanzaban ganchos de abordaje para sujetar la presa y juntaban en un solo grupo a la tripulación del *Anna Greer*. El rugido del cañón sacudió a los dos navíos y Cathy sintió que el *Anna Greer* enfilaba hacia el puerto al mismo tiempo que una bala de cañón daba en el costado. Luego se oyó un ruido como de lluvia sobre un tejado de hojalata cuando las esquirlas de metal cayeron como granizo sobre la cubierta del *Anna Greer*. Los alaridos de los moribundos hicieron palidecer a Cathy y Martha se apresuró a taparle los oídos con las manos.

—Ahora no escuches, mi tesoro. No escuches —la arrulló, acunando a la aterrorizada muchacha entre sus brazos.

El estrépito de la batalla que se libraba arriba se hizo más tremendo. Cathy estalló en lágrimas y se aferrró a Martha con desesperación, ocultando la cabeza en su amplio pecho y sollozando como si tuviera siete años, en lugar de diecisiete. Martha la estrechó con fuerza entre sus brazos y Cathy sintió un absurdo consuelo pensando en que, si estaba con la niñera, nada podría sucederle.

Pareció que la lucha duraba horas. En los estrechos confines del camarote, Cathy y Martha perdieron toda noción del tiempo. Los gritos roncos y el tableteo de las armas las obligaron a meter las cabezas bajo las almohadas. Por fin, de súbito, se hizo silencio.

Tras unos interminables minutos de agonía durante los que las dos mujeres se esforzaron por oír algo que les indicara cuál había sido el resultado final de la batalla, Cathy se levantó de un salto, abriendo y cerrando espasmódicamente los puños. Tenía que averiguarlo. No soportaba la incertidumbre. Comenzó a avanzar hacia la puerta, tambaleándose como una sonámbula; Martha se tambaleó tras ella y la sujetó por la cintura, tratando de arrastrarla otra vez hacia la seguridad de la litera.

—¡Déjame ir! —gritó Cathy—. ¡Tengo que salir de aquí! ¡No puedo soportarlo! ¡Por favor, déjame ir!

Trató de soltarse, pero Martha se aferró a ella.

Se oyeron pasos en el pasillo, fuera del camarote. Las dos se paralizaron, con los ojos y los oídos dirigidos hacia la puerta. En ambas cabezas surgió la misma pregunta: ¿quién habría ganado, la tripulación del *Anna Greer* o los piratas?

Alguien intentaba abrir, haciendo resonar el cerrojo.

—¡Eh, Quincey, está cerrado! ¡Aquí! —dijo una voz ronca de excitación.

Cathy tragó con dificultad y de pronto se le aflojaron las rodillas. Se dejó caer en la litera, aferrándose a Martha en procura de apoyo. Por cierto, esa extraña voz nasal no pertenecía a ninguno de los miembros de la tripulación del *Anna Greer*. ¡Los piratas habían tomado el barco!

—Todo saldrá bien, señorita Cathy —murmuró Martha, con tono decidido—. El buen Señor se ocupará de ello. Usted quédese callada y escóndase en el guardarropas. Martha los mantendrá alejados.

Cathy protestó llorando, pero Martha la arrastró hasta el alto guardarropas de roble y la metió dentro. Cathy se tambaleó y cayó en la oscuridad sofocante: apenas había lugar para estar de pie. Martha cerró el guadarropas y Cathy oyó el chasquido de la cerradura. Gimió como un animalito asustado y Martha la tranquilizó en susurros, desde el otro lado de la puerta de madera.

—Todo saldrá bien, mi tesoro. Ya verá, no se preocupe. Usted limítese a quedarse callada y a ocuparse de sí misma. Martha la cuidará.

Cathy oyó que los pasos de Martha se alejaban del guardarropía. Sola, en aquel estrecho espacio, se sintió aterrada. Tembló de miedo y tuvo que apretar con fuerza las manos contra la boca para ahogar los sollozos que pugnaban por salir de su garganta. El corazón le latía con tal fuerza que pensó que se le escaparía del pecho en cualquier instante. Oyó que los piratas en el pasillo empezaban a golpear con fuerza la puerta del camarote.

—¡Abran aquí! —gritó una voz con denso acento.

—¡Abran o tiraremos la puerta abajo!

Un fuerte crujido hizo temblar todo el camarote y Cathy sintió que se le detenía el corazón: ¡los piratas acabarían rompiendo la puerta!

Se dejó caer de rodillas, sintiendo las piernas como si fuesen de trapo. Los dientes le castañeteaban de miedo.

—¡Por favor, Dios! —oró, desesperada—. ¡Oh, por favor, por favor!

Otro crujido sacudió el camarote. Luego otro. Y otro. Cuando un último crujido anunció que la puerta cedía, Cathy creyó que se desmayaría. Lo único que la mantuvo consciente fue la idea de lo que sucedería si quedaba indefensa en manos de los salvajes. Le rodaron lágrimas por las mejillas y tuvo que meterse la falda en la boca para ahogar el ruido de su respiración agitada.

«Debo conservar la calma —se dijo, con firmeza—. Si hago ruido, me encontrarán.»

Desde el otro lado de la división, Cathy oyó gruñidos y el resonar de los pasos pesados de los piratas que entraban en la habitación. Oyó la voz de Martha, aguda de temor, que regañaba a los piratas.

—¡Fuera de aquí, salvajes! —chilló Martha—. ¡El buen Dios los atravesará con la espada por lo que hicieron hoy!

Las palabras de Martha terminaron en un gorgoteo. Se oyó un golpe y luego el sonido sordo y pesado de un cuerpo al caer al suelo.

—¡Oh, Dios, no! —gimió Cathy, deseando correr en auxilio de la niñera, aunque sabía que no haría más que empeorar las cosas.

Aunque Cathy se esforzó por oír, Martha no emitió un solo sonido más. Mientras los piratas destrozaban el camarote, Cathy escuchó, indefensa y aterrorizada. No dejaron nada sano en busca de objetos valiosos; comprendió que sólo era cuestión de tiempo que miraran dentro del guardarropas. Se escondió lo mejor que pudo entre la ropa colgada, pero supo que cualquiera que abriese la puerta la vería de inmediato.

Oyó pasos que se aproximaban y trató de juntar valor.

La puerta se abrió de golpe y entró la luz. La cara enrojecida y barbuda de un sujeto lo bastante viejo para ser su abuelo parpadeó asombrado al verla. Los dientes, que exhibía en una amplia sonrisa, estaban reducidos a tocones negros. Cathy se estremeció, tratando de refugiarse lo más posible dentro del mueble, pero cuando el pirata cerró una mano mugrienta sobre su muñeca y la arrastró fuera del escondite lanzó un grito.

El viejo rió entre dientes al oírla gritar y tiró con fuerza de ella tratando de posar la boca húmeda sobre los labios de Cathy. Tenía el aliento fétido y a Cathy se le revolvió el estómago. Se resistió con fiereza, en silencio, demasiado asustada hasta para gritar. El viejo resopló, disfrutando a ojos vistas de la resistencia de la muchacha y la sujetó a distancia mientras la examinaba de pies a cabeza.

—¡Vaya si es bonita! —dijo por encima del hombro, y Cathy vio que había otro hombre, inclinado sobre el cuerpo inerte de Martha. Al oír al compañero, este sujeto se irguió y contempló a Cathy con indisimulado deseo.

—¡Por Dios, Quincy, lo es! ¡Será mejor que nos demos prisa a turnarnos con ella, antes de que el capitán le ponga la mano encima! ¡Después no tendremos oportunidad!

—¡Eso mismo pienso yo! —rió Quincy entre dientes y soltó el brazo de Cathy, para aferrarle el cuello del vestido y tirar hacia abajo con toda su fuerza.

La fina seda se desgarró, lo mismo que la camisa de muselina: Cathy quedó desnuda casi hasta la cintura. Miró a los dos lascivos sujetos con horror creciente. ¡Era verdad lo que les sucedía a las mujeres prisioneras de los piratas! La mano torpe de Quincy, que le manoseaba los pechos, interrumpió sus pensamientos. Al contacto, Cathy gritó enloquecida y se debatió con desesperación. El hombre rió, ya enardecido, y el compañero soltó una carcajada, instándolo a apresurarse.

Quincy la atrajo con brusquedad hacia él y le sujetó las manos a la espalda mientras le manoseaba los pechos. Otra vez intentó besarla dejando un rastro húmedo en su rostro y Cathy creyó que iba a vomitar.

—¡Por el amor de Dios, termina con eso! —lo urgió el otro, con tono ronco, lamiéndose los labios mientras contemplaba los pechos desnudos de Cathy.

Quincy comenzó a empujarla hacia la litera y Cathy luchó contra él con una fuerza que nacía del terror. Le hundió los dientes en la mano y cuando el sujeto saltó hacia atrás, se las ingenió para soltar una mano y clavarle las uñas en la cara. El hombre soltó una maldición y levantó el puño, dispuesto a desmayarla de un puñetazo y a dar por terminada la pelea; Cathy gritó otra vez, desesperada.

—Por todos los diablos, ¿qué pasa aquí? —preguntó con aspereza otra voz varonil.

—¡Por Dios, Quincy, es el capitán! —exclamó el que observaba, con voz ahogada, dejando caer a Cathy como si de pronto la carne de la muchacha le quemara.

Con un sollozo ultrajado, Cathy contuvo el aliento y balanceó la mano en un amplio arco, que aterrizó bajo la oreja de Quincy. El viejo aulló, saltó hacia atrás y Cathy corrió tras él para volver a atacarlo. Pero alguien le sujetó las manos desde atrás con un apretón de hierro; la muchacha pateó y forcejeó, ciega de pánico ante el nuevo captor.

—¡Basta! —gritó el hombre a sus espaldas y las manos que la sujetaban la sacudieron con tanta fuerza, que creyó que se le desprendería la cabeza.

Cuando al fin se quedó quieta, las violentas sacudidas cesaron; Cathy levantó la vista y se topó con los ojos más helados y despiadados que había visto en toda su vida: grises y duros como el acero, de expresión amenazadora, como el rostro al que pertenecían. Cathy tembló bajo su severa mirada. Cuando el hombre comprobó que ella ya no se movía, pasó esa mirada enervante hacia los hombres. Cathy siguió mirándolo, transfigurada.

Tenía el cabello negro como el azabache, ondulado, y la piel oscura contrastaba con la claridad de unos helados ojos grises. La nariz era larga y arrogante, la boca delgada, como una simple línea apretada. Aparentaba unos treinta años y Cathy percibió su fuerza tremenda en el apretón con que le sujetaba las manos. Los brazos y los hombros se hinchaban de músculos y era muy alto. Además, era el hombre más apuesto que había visto en la vida.

Los dos marineros se encogieron bajo la mirada del hombre cuando los observó con calma aterradora. Quincy iba a hablar, pero calló al ver que la mirada del capitán se oscurecía. Poco después, los duros ojos grises se volvieron hacia Cathy, que se apresuró a bajar la vista. El hombre entrecerró los ojos al percibir por primera vez su belleza y se demoró unos instantes en la contemplación de los pechos desnudos y agitados. Al comprender dónde se estaba posando su mirada, la muchacha se ruborizó intensamente, pero como no tenía modo alguno de cubrirse no pudo hacer nada. Tras un largo momento, el hombre apartó la mirada.

—Quincy, O'Halloran, he dado órdenes de que trataran con consideración a todos los prisioneros. La «consideración» no incluye la violación ni la violencia física contra una anciana —añadió, cuando un gemido de Martha atrajo su atención hacia ella por primera vez.

Cathy se soltó y corrió hacia la niñera. El capitán le echó un vistazo breve y luego se concentró otra vez en los hombres.

—Pero capitán, sólo estábamos... —protestó Quincy, pero retrocedió al ver la furia desnuda en los ojos del capitán.

—¡Cállate! —dijo, con frialdad el capitán, dando una nueva orden—: ¡Harry!

Un joven, vestido con el atuendo de segundo oficial de la Armada británica, entró de prisa y saludó con vivacidad.

—¿Sí, señor?

—Acompañe a estos hombres de regreso al *Margarita*. Luego, decidiré qué hacer con ellos.

—¡Sí, señor! —volvió a saludar Harry e hizo una señal a Quincy y O'Halloran, que lo siguieron con aire lúgubre a través de la puerta destrozada.

Cathy oyó los pasos que se alejaban, presa de sentimientos encontrados. Claro que estaba contenta de verse libre de Quincy y de su amigo, pero no le gustaba nada quedar a merced de este hombre. Tenía un aire de crueldad que no dejaba lugar a dudas: si él hubiese sido el atacante, nada ni nadie lo habría detenido.

—Debo pedirle perdón por la impropia conducta de mis hombres —dijo, volviéndose hacia ella que estaba arrodillada junto a Martha y haciendo una reverencia cortés—. Capitán Jonathan Hale, a su servicio.

—Acepto su disculpa, capitán —repuso Cathy con dignidad, al tiempo que se sujetaba la parte delantera del vestido y se ponía de pie.

Miró al hombre con desconfianza: esa cortesía inesperada la alarmaba. Tuvo la impresión de que, de algún modo, estaba poniéndola a prueba. Pensó que lo mejor sería seguir su ejemplo y le tendió la mano.

—Soy lady Catherine Aldley, hija del conde de Badstoke.

—Me honra conocerla, señora. —Le tomó la mano con el grado exacto de galantería y la llevó a los labios. La sensación de esa boca dura sobre el dorso de la mano hizo cosquillear la piel de Cathy.

Ante la aparente gentileza del individuo, algo del terror y la cólera disminuyeron y hasta se atrevió a emplear un tono algo imperioso:

—Mi doncella fue herida por sus rufianes. Necesita atención inmediata.

—Enseguida me ocuparé, señora —prometió el hombre, con seriedad, y luego lanzó una carcajada, soltando la mano de Cathy—. De modo que es «milady», ¿no es cierto? —rió, examinándola de pies a cabeza.

Dio unos pasos hasta quedar frente a ella, que tuvo que echar la cabeza atrás para poder mirarlo en los ojos.

—¿Y cuántos años tiene, milady?

Con gesto juguetón, le tocó la barbilla con un dedo. Los ojos de Cathy lanzaron chispas, ante lo cual el hombre rió otra vez, como si ella fuese lo más divertido que hubiese visto jamás en toda su vida.

—Será conveniente que me conteste, preciosa, si no quiere que imagine que es usted mayor de lo que parece y actúe en consecuencia.

El tono burlón enfureció a la joven, que le lanzó un puntapié, haciendo que su delicado calzado entrara en contacto con los músculos duros de la pantorrilla del hombre. El capitán hizo una mueca y, aferrándola de los hombros, la apretó con fuerza contra sí. Cuando Cathy intentó clavarle las uñas, le sostuvo las manos sin dificultad con una de las propias y las sujetó a su espalda. Le sonrió burlón y, alzando la mano libre, acarició como al pasar los montes suaves de los pechos.

¡Cathy sintió fuego en la piel! Bajo la íntima caricia, los pezones se endurecieron y la sensación física la hizo jadear. Se retorció, tratando de soltarse con todas sus fuerzas, pero el hombre la sujetó sin dificultad. Siguió acariciándole los pechos, mirándola con un atisbo de sonrisa en los ojos.

—¿Cuántos años tienes, preciosa? —preguntó otra vez, más íntimamente.

Si bien el tono era suave, la diversión acentuaba los rasgos del rostro. Como Cathy guardaba silencio, le pasó las yemas de los dedos con infinita suavidad por los pezones. Ella sintió casi un dolor en lo profundo del vientre: la horrorizó lo que estaba sucediéndole. Era una dama, virgen, hija de una de las familias más distinguidas de Inglaterra. Y cuando ese animal, ese canalla, se atrevía a ponerle las manos sobre la piel desnuda, en lugar de gritar o desmayarse como sería propio de una dama... ¡permanecía inmóvil frente a él! La acometió una oleada de vergüenza y furia más intensa que cualquier cosa que hubiese sentido hasta entonces y, sin poder contenerse, le escupió el rostro burlón.

Tras un instante de atónito silencio, el capitán unió las cejas en gesto amenazador y sus ojos comenzaron a resplandecer de un modo que asustó a Cathy. Con lentitud, se enjugó el escupitajo. La expresión de su rostro aterró a la muchacha, tan perpleja como él por su propia acción.

«¡Oh, Dios querido, ahora me matará!», pensó.

El hombre la contempló largo rato en silencio y Cathy sintió que la abandonaba todo rastro de coraje. Se echó a temblar de miedo. Al notarlo, los músculos de alrededor de la boca del hombre se relajaron un tanto y parte de la furia se esfumó de su semblante.

—Milady, lo que tú necesitas es educación —dijo, subrayando las palabras, mientras la atraía con rudeza hacia sí.

La boca del hombre se abatió sobre la de la muchacha, dura, cálida, exigente, y la besó como nunca la habían besado. Los castos besos que recibiera una o dos veces no eran nada en comparación y de hecho le dejaron cierto desprecio por los chicos a los que esos besos redujeron a una temblorosa incoherencia. En ese momento, el que la besaba era un hombre, no un muchacho, y le tocó a Cathy quedar reducida a una temblorosa incoherencia.

La lengua del capitán separó los labios de Cathy y se hundió profundamente en su boca. Ella estuvo en un tris de desmayarse y sintió que un calor ardiente y desconocido quemaba su boca. En vano le empujó el pecho, sintiendo frío y calor al mismo tiempo. El hombre enredó la mano en un mechón del pelo de la muchacha y la sujetó con fuerza, tirando con crueldad cuando ella se movía.

Por fin, Cathy se apoyó contra él y se sometió al abrazo. El capitán le acarició los pechos temblorosos con manos expertas, cosquilleando los pezones con suavidad y ella sintió que un calor ardiente subía desde lo más profundo de su ser. Horrorizada, hizo un último esfuerzo para escapar, pero el hombre dio un tirón brutal y ella gritó.

La boca del capitán le quitaba el aliento, impidiéndole respirar, y sintió que se desmayaba. El camarote comenzó a girar ante sus ojos en un remolino enloquecedor. Los cerró y se apoyó contra él como si fuese el único objeto sólido en un mundo turbulento; cuando la apretó más sintió la dureza entre las piernas del hombre.

El contacto, la cercanía primitiva y viril, despertaron en ella algo igual de primitivo: se sintió extraña, distinta. Lo odiaba y le temía, pero las manos del hombre sobre su cuerpo la hicieron arder como si tuviese un acceso de fiebre. Se estremeció y, sin advertirlo, le rodeó el cuello con los brazos: estaba respondiendo al beso.

Cuando por fin él se apartó, Cathy temblaba con tal fuerza que no podía tenerse en pie. El hombre la contempló con expresión inescrutable. Cathy se ruborizó bajo esa mirada firme y se apresuró a bajar la vista.

—De manera que no eres tan joven como había pensado —dijo el hombre con lentitud, y todo el cuerpo de Cathy ardió de vergüenza.

«Lo odio, lo odio —pensó, aturdida—. ¿Qué me hizo actuar de este modo?»

El hombre la contempló un momento más y luego la alzó en los brazos. El movimiento fue tan inesperado que, por un instante, Cathy enmudeció. El capitán la sostuvo acurrucada contra su pecho y salió por lo que quedaba de la puerta del camarote. En el corredor, Cathy vio el cuerpo inerte de quien había sido un miembro de la tripulación del *Anna Greer*. Le habían cortado limpiamente la cabeza y yacía en un charco de sangre seca. Cathy se estremeció y apartó la mirada del horrendo espectáculo. Los brazos que la rodeaban eran un extraño consuelo.

«¡Él lo hizo! —pensó, poniéndose rígida—. ¡Y ahora me lleva para hacer Dios sabe qué conmigo!»

Se debatió con violencia entre los brazos del hombre.

—¡Bájeme, asesino! —exclamó entre dientes, intentando inútilmente soltarse.

El hombre no hizo caso del forcejeo, que no lo desvió en lo más mínimo. Desesperada, Cathy le clavó las largas uñas en una mejilla, haciendo brotar gotitas de sangre. La furia que ardió en los ojos del capitán la hizo aflojarse de golpe entre sus brazos, pero él no intentó vengarse de su violencia. La levantó más aún y la apoyó sobre el hombro como si fuese un saco de harina. Esa posición ignominiosa la enfureció y comenzó a gritar con toda la fuerza de sus pulmones. El capitán le propinó una fuerte palmada en el trasero, que estaba en una posición la mar de conveniente. Cathy jadeó de dolor y sorpresa: ¡hasta entonces, nadie se había atrevido nunca a hacerle algo semejante!

Lo pateó con crueldad. La punta dura del zapato dio de lleno en el estómago del hombre y Cathy sonrió complacida al oírlo gemir. Al instante, la mano golpeó otra vez con fuerza el trasero de la joven, haciendo que la primera palmada pareciese una mera caricia.

Se le escapó un gemido de dolor. Se retorció, tratando de bajarse, pero el capitán la golpeó otra vez. Cathy gritó, insultándolo con todo el repertorio de maldiciones que conocía. Cuando se quedó sin aliento, empezó a darle puñetazos en la espalda. El hombre le golpeó otra vez el trasero, con fuerza, y siguió haciéndolo mientras subían la angosta escalera.

Cuando llegaron a la cubierta principal, Cathy estaba echada, quieta, sobre el hombro del capitán. Le corría un torrente de lágrimas por la cara y sentía el trasero como de fuego. Cerró los ojos al ver los cuerpos mutilados, desparramados donde habían caído y, con tremendo esfuerzo, ahogó un sollozo. Odiaba a ese hombre que le había hecho eso a ella, a todos, con todas las fuerzas que le quedaban. La mente de Cathy giró en un vértigo de odio impotente, rabia y vergüenza.

# 2

Jonathan Hale llevaba la carga con facilidad. Subió de a dos los angostos peldaños y avanzó por la cubierta hasta donde media docena de hombres custodiaban a los pasajeros y a la tripulación del *Anna Greer*. La muchacha era un peso muerto sobre el hombro del capitán y parecía, por fin, sometida. Jon rió para sí, con amargura. La deseaba más de lo que quería admitir, aun para sí mismo. Si las circunstancias hubiesen sido diferentes, habría gozado domesticándola. Pero hacía ocho años que evitaba que lo apresaran y navegaba bajo la bandera negra guiándose por un principio fundamental: nunca tomar prisioneros. Eran más los problemas que los beneficios. Quizá pudiese hacer una excepción con esta joven.

Jon se detuvo con brusquedad, levantó el cuerpo del hombro y lo arrojó sin ceremonias sobre las tablas duras de la cubierta. Cathy se sentó y elevó los ojos desbordantes de lágrimas hacia él, con expresión desafiante. Tenía el cabello revuelto por el rudo trato recibido y le colgaba en cobrizo desorden por la espalda. Las lágrimas habían trazado surcos de suciedad a los costados de su cara; apretó con fuerza los labios para que no le temblaran. La lozana hinchazón de los pechos era visible aunque ella apretase con fuerza los trozos del vestido desgarrado con ambas manos. Jon pensó que nunca había visto a una mujer tan deseable.

—Vigílala —dijo con tono seco a un marinero que estaba cerca; después cruzó la cubierta para supervisar el paso de la carga del *Anna Greer* a la bodega del *Margarita*.

La carga consistía en mineral de plata por valor de miles de dólares, pago parcial del gobierno de Portugal a Inglaterra por seis fragatas de construcción inglesa. Jon supo del embarque a través de un informante pagado que estaba empleado en la embajada portuguesa en Inglaterra. Lo más interesante de la información consistía en que la plata viajaba casi sin custodia. Aunque iría en un buque militar, el navío viajaba solo. La acostumbrada flotilla de barcos custodios sería abandonada.

Jon no creyó la noticia cuando se la dieron. No podía creer que un gobierno fuese tan negligente como para enviar esa cantidad de plata sin protección. Pero corroboró la historia y no encontró ninguna contradicción. Como fueron comprendiendo poco a poco, el razonamiento del gobierno portugués había sido que, cuanto menos se atrajese la atención, más a salvo de un ataque estaría el barco. En un principio, la idea era trasladar el valioso mineral en un barco de pasajeros sin cañones, pero se desechó como demasiado arriesgada y se llegó a un acuerdo: la plata sería embarcada en un único navío militar, sin custodia, como si estuviese haciendo un viaje de rutina. Se eligió el *Anna Greer* con instrucciones de llevar unos pocos pasajeros, para dar al viaje la apariencia más inocente posible.

Atrapar el *Anna Greer* había sido peligroso. El *Margarita* lo siguió durante días, en espera de algo fuera de lo común, aunque no observaron nada. Al parecer la información era correcta, pero aun así Jon estaba intranquilo. Algo en la situación le parecía raro. Tan sólo esa mañana había tomado una decisión: tomarían el *Anna Greer*. El mejor momento serían las últimas horas del atardecer, cuando el efecto adormecedor del sol poniente y el agua hubiesen embotado los sentidos de la tripulación. Toda la operación llevaría menos de una hora y el *Margarita* tendría que alejarse. Con suerte, ninguno de los pasajeros del *Anna Greer*, y sólo unos pocos de la tripulación, sufrirían daños.

Hasta el momento, la operación había funcionado sin dificultades. Claro que, por desgracia, el *Anna Greer* no se había rendido al principio y no era eso lo que él esperaba. Las pérdidas del *Margarita* fueron mínimas y en ese momento la mayoría de los hombres del capitán Jon se dedicaban alegremente a recoger todo lo que podían acarrear. En cuanto llegaran a puerto seguro, se dividiría entre todos los miembros de la tripulación por partes iguales. Como capitán, Jon tenía derecho a un quinto del total y el apresamiento del *Anna Greer* haría muy provechoso ese viaje para él.

—¡Date prisa, Harley, Thomson! —vociferó, irritado por la lentitud con que trabajaban.

Los dos hombres, que llevaban una carga de plata a través del puente improvisado entre el *Margarita* y su presa, estuvieron en un tris de caer por la borda en la prisa por obedecer la orden. Jon observó un rato la tarea de la tripulación y luego se volvió para examinar a los pasajeros que habían sido separados de la tripulación y eran custodiados por dos de sus hombres.

Excepto por la muchacha, constituían un grupo poco atractivo. Había un hombre de mediana edad y su esposa, gorda y llorosa, que sin duda eran comerciantes adinerados, un lord inglés vanidoso y su mayordomo de rostro impasible, la robusta doncella de la joven, que observaba ansiosa a su pupila, y una mujer mayor con un feo vestido de color lavanda que había estado de moda veinte años antes.

«Por cierto, no hay mucho que mirar —reflexionó Jon—, a excepción de la muchacha. Pero todos ellos deben de tener dinero o estar relacionados con él.»

«Sacaríamos un buen rescate por ellos», pensó, lamentando su regla de hierro de no tomar prisioneros. Pensativo, movió la cabeza: provocaban demasiados problemas, en especial las mujeres, que podían causar riñas entre la tripulación. «Sin embargo, es una lástima. Me gustaría pasar un rato con la muchacha.»

—¡Capitán, por Dios, mire a estribor! —exclamó un marinero—. ¡Hay una armada entera!

Jon giró bruscamente y observó el mar: en el horizonte aparecía un barco tras otro y todos se dirigían, amenazantes, hacia el *Anna Greer*. Mentalmente, Jon se maldijo por haber sido tan tonto para no hacer caso de la vocecilla interior que había tratado inútilmente de advertirle y por eso cayó en una trampa. Sin duda, el *Anna Greer* no era más que una carnada muy bien preparada.

«¡Para atrapar a un tonto que no supo resistirse a la tentación!», pensó, enfadado y se volvió para disparar órdenes a la tripulación.

—¡Terminad de cargar la plata, rápido! ¡Por vuestra vida!

Dio las órdenes con voz severa y decidida, y los hombres se precipitaron a obedecerle. Jon se volvió hacia Harry, que se había acercado a él y lo miraba, ansioso.

—¡Busca al capitán del *Anna Greer* y tráelo!

Mientras esperaba al capitán del barco secuestrado, la mente de Jon trabajaba con frenesí. Si el *Margarita* echaba a andar, podía dejar atrás a las fragatas. Pero estaban a menos de una hora de distancia y se acercaban a toda velocidad. Y bastaba con uno solo de esos buques poderosos para hundir limpiamente el barco pirata. Para salvarse, tendrían que recurrir a la astucia. En el mismo instante en que Harry se acercaba con el capitán del *Anna Greer*, Jon adoptó una decisión.

—Harry, trae a ese par aquí, la anciana y la joven. Ponlas a bordo del *Margarita*. ¡Serán nuestras rehenes para asegurar el buen comportamiento de las fragatas!

—¡Sí, sí, capitán! —respondió Harry con vivacidad y rió entre dientes. Jon los salvaría: ¡hasta entonces, nunca les había fallado!

—Señor —dijo Jon amablemente al furioso capitán—. Lamento mucho verme obligado a tomar a algunos de sus pasajeros como rehenes. Pero le aseguro que no sufrirán ningún daño en tanto las fragatas conserven la distancia y no utilicen los cañones. De lo contrario, si se realizara un solo disparo... le aseguro que los rehenes serán ejecutados de inmediato. Un solo disparo. Confío en usted para que lleve este mensaje al capitán de las fragatas.

El semblante del capitán del *Anna Greer* expresó su consternación.

—¡Señor, no esperará escapar con los rehenes! La señora mayor es la duquesa de Kent y la joven es la hija del embajador en Portugal. ¡Le imploro que no se las lleve! ¡En lugar de ellas, llévenos a mí y a mi tripulación!

Jon rió y se dio la vuelta.

—¡Capitán, transmita mi mensaje!

Dio órdenes en voz baja a otro miembro de la tripulación y, minutos después, el indignado capitán del *Anna Greer* era bajado a una falúa conducida por seis remeros.

—¡Remad! ¡Remad hacia las fragatas! —gritó Jon, sobre la borda—. ¡Malditos, de prisa si no queréis que os mate allí mismo, en el agua!

Ante semejantes amenazas, los remeros pusieron todo su empeño y la pequeña embarcación casi volaba por el agua, hacia las fragatas.

Jon saltó a bordo del *Margarita* cuando el último de los rehenes hubo pasado por el puente improvisado.

—¡Soltad amarras!

Cortaron a hachazos las cuerdas que unían las dos embarcaciones y empezaron a apartarse lentamente.

—¡Cuadrad las velas!

La enorme vela principal fue izada en el mástil y aleteó con fuerza un momento, antes de hincharse con el viento.

—¡Virad a barlovento!

Al *Margarita* parecieron brotarle alas cuando el viento la empujó, cortando las olas a toda velocidad.

En la cubierta, Cathy contuvo sus aterrados sollozos, mientras el *Margarita* cobraba velocidad. Sentía en la garganta un nudo formado por todas las lágrimas sin derramar: nunca se había sentido tan sola ni tan desamparada.

Los rehenes habían sido agrupados bajo la vela principal y atados flojamente con una cuerda que les pasaba por la cintura y las piernas, para que no se movieran del lugar.

—Así podremos disponer de vosotros rápidamente —dijo el hombre que los amarró, con una sonrisa macabra que dejó pocas dudsa acerca de las intenciones de los piratas.

Si las fragatas no se mantenían a distancia, sus vidas servirían de prenda.

—No nos harán daño. Las fragatas no abrirán fuego con nosotras a bordo —dijo la duquesa, con voz fuerte y clara.

El miedo evidente de Cathy le provocaba compasión y le palmeó la mano para calmarla. El comerciante estaba demasiado atareado en lidiar con la histeria de la esposa para discutir, como al parecer era su intención.

La cubierta del buque pirata hervía de actividad. En su elemento, los marineros corrían de un lado a otro cumpliendo sus tareas. Ante los propios ojos de los rehenes, la banda de piratas se convirtió en un grupo de avezados y disciplinados hombres de mar. Cathy lanzaba ocasionales miradas de soslayo al capitán, que parecía estar en todos lados, vociferando órdenes y ayudando cuando hacía falta. Al parecer, los hombres le guardaban considerable respeto. Cathy oía murmullos por los cuatro costados: «El capitán nos sacará de esto. ¡Hasta ahora, nunca nos defraudó!»

El *Margarita* estaba construido para ser un navío veloz y, literalmente, volaba sobre el agua. Tras él, las fragatas perdían distancia pero siempre seguían a la vista. El sol se puso y comenzó a soplar viento. Cathy temblaba de frío bajo el mástil y los labios de la anciana duquesa estaban morados. Al parecer, la pareja de comerciantes tenía suficientes capas de grasa que los protegían del frío.

La luna era un fantasma pálido que flotaba sobre las cabezas de todos cuando el capitán se acercó a los rehenes. Los observó en silencio, con expresión sombría. El corazón de Cathy empezó a palpitar, alarmado.

—Dad gracias a vuestro Dios, sea cual fuera, de que las fragatas no hayan abierto fuego. Parece que valoran vuestras vidas más que la plata. Si yo estuviese en vuestro lugar, rogaría que no cambiasen de idea.

En voz alta, para que lo oyese desde el otro extremo de la cubierta, llamó a Harry, quien se apresuró a acercarse.

—Toma a un par de hombres para llevar a los prisioneros abajo y encerrarlos. Creo que el sitio adecuado es la bodega. Diles que se aseguren de encadenar bien a ese hombre... ya tenemos suficientes problemas sin que se le ocurra hacerse el héroe.

Los ojos duros y grises se posaron un instante en Cathy, que se apresuró a apartar la mirada y se ruborizó intensamente. Con cierta vacilación, el hombre la contempló como si tuviese algo en mente y luego dijo a Harry:

—Lleva a la muchacha a mi camarote.

—¡Señor! —exclamó Harry con voz aguda, sin poder contener la sorpresa.

Jon le respondió en tono áspero:

—Ya me has oído. Llévala a mi camarote y enciérrala.

—¡Sí, señor! —respondió Harry, con rigidez, enrojecido por su propia falta de control.

El capitán le echó una mirada ceñuda antes de girar sobre los talones y alejarse.

Harry se apresuró a obedecer las órdenes, incapaz de dejar de preguntarse qué era lo que Jon tenía en mente, pues si bien era evidente que le gustaban mucho las mujeres, también estaba claro que no era proclive a la violación. Y, sin duda, tendría que ser una violación, pues evidentemente la muchacha era la inocencia personificada. Si bien tenía un rostro encantador y un cuerpo seductor, era poco más que una niña y, además, estaba verdaderamente aterrada. ¡Y por añadidura, era una dama! No era la clase de mujer a la que Jon pudiese tumbar despreocupadamente y desechar cuando se cansara... ¡pues la familia reclamaría sangre!

¡Harry tembló al pensar en lo que podría suceder a Jon si capturaban el *Margarita*, rescataban a los rehenes y descubrían que la jovencita había sido desflorada! Estaba seguro de que lo colgarían de inmediato. Más aún: tal vez lo mataran en el acto. Incrédulo, Harry movió negativamente la cabeza, pues aunque la muchacha fuese una belleza, ¡ninguna mujer valía tanto como para morir por ella! ¡Veinticuatro horas antes, el mismo Jon habría estado de acuerdo! Pero, como Harry sabía por experiencia, una vez que a Jon se le metía algo en la cabeza, no había quien lo detuviese. ¡Y por cierto que no sería él, un simple miembro de la tripulación, quien intentara decir al capitán lo que tenía que hacer!

Todavía inquieto, se ocupó del traslado seguro de los otros prisioneros, para luego volver a desatar a la chica. La encontró fría e inmóvil como una estatua de mármol blanco y le remordió la conciencia cuando tuvo que arrastrarla, casi, hasta donde se hallaba el camarote del capitán, bajo el alcázar. La muchacha se detuvo petrificada en la entrada y Harry sintió que le temblaba el brazo.

—No lo haga —dijo Cathy, en un suspiro, mirándolo con ojos desorbitados.

—Son órdenes del capitán, madame —repuso Harry, incómodo, lamentando que la cubierta no se abriera y lo tragase.

La muchacha le apoyó una de sus pequeñas manos en el brazo y Harry se sobresaltó.

—Por favor, póngame con los otros, se lo ruego. Mi padre es un hombre rico y pagará bien por recuperarme... indemne. O tal vez pudiera bajar en uno de esos botes...

La voz se le quebró y Harry tragó saliva, incapaz de toparse con esa mirada hechicera.

—No puedo hacer nada, madame. Lo siento. Si le desobedezco, el capitán podría meterme en el calabozo o algo peor.

Le apoyó una mano debajo de la cintura y la instó a entrar. A desgana, Cathy dio unos pasos hacia el interior y se volvió a mirarlo. El temor que vio en esos ojos inmensos conmovió a Harry.

—Mire, señora —dijo, desesperado—. El capitán Hale no es ningún santo, pero tampoco es un miserable. Hace ocho años que estoy con él y nunca vi que le hiciera daño a una mujer. No le ocurrirá nada.

—No será gracias a usted —replicó la muchacha en tono amargo y le dio la espalda, en una clara indicación de que esperaba que se fuese.

Harry la miró, impotente, retrocedió y salió, echando cerrojo a la puerta.

Cathy oyó que el cerrojo caía en su sitio. No podía creer que estuviera sucediéndole semejante pesadilla. Sollozó con un sonido ronco y seco. «Pero las lágrimas no me servirán aquí, donde no hay nadie que pueda ayudarme», se dijo. Irguió los hombros y examinó el lugar en busca de posibles vías de escape. En la oscuridad, apenas pudo distinguir la forma de una caja de fósforos sobre la mesa. Raspó uno con manos temblorosas y encendió con él una vela.

El camarote era pequeño, a fin de dejar espacio para la carga. Las paredes estaban cubiertas de madera de pino oscura y tenía estantes empotrados, cerrados con cristales, para evitar que los libros cayeran cuando el mar estaba agitado, dedujo Cathy. Junto a una pared había un camastro pulcramente arreglado. Además de la cama había una mesa redonda y dos sillas, un guardarropa, una estufa de carbón y un par de arcones contra la pared.

La única salida posible era una pequeña ventana encristalada. Cathy se precipitó hacia ella, manipuló el pestillo y la abrió. Le azotó el rostro el agua helada y salada; para su decepción, vio que se inclinaba directamente hacia el mar oscuro. El viento formaba olas airadas, altísimas, que golpeaban con crueldad contra el casco. Cathy se estremeció y retrocedió un poco: todavía no estaba tan desesperada.

Vio a la distancia unas doce lucecillas que se movían de arriba abajo. ¡Las fragatas! Todavía estaban allí, aunque no se atrevían a acercarse. Soltó un suspiro de alivio. Si pudiera aguantar hasta que la rescataran... ¡El buque pirata no podía eludir eternamente a los perseguidores!

El rocío le humedeció el vestido; Cathy se apartó de la ventana, helada hasta los huesos por el viento húmedo y frío. Ansiaba desnudarse y aliviar su cuerpo maltratado en un baño caliente, ponerse un camisón seco y meterse en la cama. Pero no había perspectivas de baño ni de camisón. Y aunque se los hubiesen puesto delante, Cathy habría vacilado en usarlos. No dudaba de cuáles eran las intenciones del capitán al tenerla encerrada en el camarote y se proponía mantenerlo a distancia hasta que las fragatas fuesen a rescatarla. Si el hombre llegaba y la encontraba recién bañada y metida en la cama, por cierto que su destino quedaría sellado. Aunque era inocente, eso lo sabía.

Se arriesgó a quitarse el vestido húmedo y lo colgó a secar sobre una silla. Lo dejaría allí durante la noche y se lo pondría en cuanto llegara la mañana, sujetando el corpiño desgarrado con unos alfileres que había visto en un cuenco, junto a la caja de fósforos. Cubierta sólo con la camisa desgarrada, tembló y se apresuró a cruzar el camarote hasta la cama, quitó la pesada manta y se envolvió en ella para conservar el calor. Registró el cuarto con la vista en busca de un sitio para dormir y vio un nicho mullido, bajo la ventana. Tomó una almohada de la cama y se instaló lo más cómoda que pudo en ese espacio reducido. No tenía intención de estar dormida cuando el capitán regresara al camarote.

Cathy se retorció y se revolvió en el nicho, esforzándose por no dormirse. Repasó mentalmente los sucesos del día hasta llegar al hombre aterrador que la tenía prisionera. Sin quererlo, recordó el rostro apuesto, los hombros anchos y el modo en que la había sujetado y besado. Claro que era un pirata, un criminal, inadecuado para una dama como ella... Pero... Ese beso había despertado en Cathy algo muy profundo, algo que la hacía preguntarse con cierto terror estremecido qué pasaría si el hombre volvía a tomarla en brazos y la besaba, o aún más. Si bien ella no sabía exactamente qué era ese «más», sabía que tenía relación con la manera en que el capitán le había acariciado los pechos. El recuerdo de esa caricia íntima la excitó y avergonzó a un tiempo. No se entendía a sí misma, ni tampoco ese anhelo contenido a medias por algo que no conocía.

Se apresuró a apartar los pensamientos de un tema tan turbador y se concentró en trazar un plan para escapar; por más que se esforzó no consiguió dar con nada que tuviese la menor posibilidad de éxito. Por fin, desalentada, dejó caer la cabeza sobre la almohada, cabeceó y se durmió.

Se despertó sobresaltada, a punto de caer del lecho improvisado por una violenta sacudida del barco. Adormilada, miró alrededor y, por un momento, no supo dónde estaba. La vela chisporroteaba y lanzaba un débil resplandor por el camarote. Atrajo la atención de Cathy un movimiento en un rincón de la habitación. Una figura alta, masculina, arrodillada y de espaldas, revolvía uno de los arcones. ¡El capitán! Tenía el cabello mojado pegado al cráneo y la ropa empapada, con toda la apariencia de haberse caído por la borda. Otra violenta sacudida del barco seguida por el resonar ahogado de un trueno hizo que Cathy comprendiera la situación: se había desatado una tormenta y el capitán había estado a la intemperie. Cathy rezó una plegaria de gratitud para sus adentros: si él tenía que luchar contra la tormenta, no tendría tiempo para ocuparse de ella.

Jon encontró lo que buscaba en el cofre y lo cerró de un golpe. Se volvió a medias hacia la prisionera y empezó a quitarse la ropa mojada, sin mirar en su dirección. Era como si hubiese olvidado que existía. Cathy lo observó entre las pestañas, fingiendo que dormía.

El pecho de Jon resplandecía a la luz de la vela y el vello brillaba con las gotitas de agua. El contorno de los músculos de los brazos y del pecho resaltaron a la débil luz cuando se quitó la camisa y dio media vuelta mientras comenzaba a quitarse los pantalones empapados.

Cathy sintió un fuerte calor en las mejillas al observarlo desnudarse, tomar una toalla áspera de la cama y empezar a secarse vivamente. De espaldas parecía un magnífico animal macho, con sus hombros anchos, sus caderas angostas, las piernas largas y musculosas. La espalda y los hombros estaban muy bronceados y el contraste con la piel más clara era sorprendente. Un furioso rubor cubrió el rostro de Cathy, mientras sus ojos vagaban fascinados por las nalgas de Jon. Eran musculosas y prietas, a diferencia de las suyas, más redondeadas. Imaginó que serían duras al tacto... Se apresuró a cerrar los ojos, profundamente avergonzada de sus propios pensamientos. Era la primera vez que veía a un hombre desnudo y la dejaba perpleja el hecho de que pudiese contemplarlo sin desmayarse de la impresión. Sin duda, debía de haber en ella algo malo: una verdadera dama se habría desmayado.

Jon se calzó unos pantalones secos, los abrochó y se dio la vuelta para ponerse la camisa. Miró en dirección de la silueta inmóvil de la muchacha, acurrucada en el asiento bajo la ventana. Rió entre dientes y se acercó sin prisa. ¡La chica intentaba hacerle creer que dormía!

Cathy vio que se aproximaba y se apresuró a cerrar los ojos. Al notar que el hombre se inclinaba hacia ella, trató de fingir una respiración regular. El corazón le golpeaba con tanta fuerza que estaba segura de que él debía oírlo y adivinar que no dormía. Se concentró en la respiración, pero se sobresaltó con violencia al sentir que los brazos del hombre la rodeaban. La alzó en brazos, lo que la obligó a aflojarse, en desesperada ficción de sueño.

Jon rió entre dientes y la llevó en brazos hasta la cama. La apoyó con delicadeza sobre el colchón, se irguió y la miró. ¡Parecía tan joven e indefensa, con los ojos cerrados con fuerza como para no verlo y el cabello cobrizo derramado por la almohada...! Tenía los labios entreabiertos, apenas húmedos, y las curvas provocativas de su cuerpo se veían con toda claridad a través de la camisa rasgada, que era lo único que llevaba puesto. Al contemplarla, sintió que recorría todo su cuerpo el deseo más intenso que hubiera sentido en mucho tiempo. Se le secó la boca al imaginarse en la cama con ella, dando rienda suelta a su lascivia sobre la carne suave de la muchacha. Un estallido de truenos lo serenó y, de mala gana, recordó la tormenta y las vidas que dependían de su propia destreza. Se inclinó, la tapó con las mantas y se enderezó.

—Otra vez será, señora mía —dijo con suavidad y a Cathy le ardieron las orejas.

Entonces, ¿él sabía que estaba despierta? Si así era, ¿por qué la había dejado en paz, sin molestarla, en su propia cama? Cathy reflexionó un rato acerca de estas cuestiones y sobre el el hombre que las provocaba. Cuando al fin se durmió, el alba ya rayaba el cielo.

Al despertar, muchas horas después, el camarote todavía estaba sumido en la oscuridad, como durante la noche. Se preguntó fugazmente por qué y luego recordó: la tormenta. Debió de haber sido bastante intensa. El barco se agitaba y se balanceaba mucho y le costó esfuerzo ponerse de pie. Tuvo que sujetarse de un poste de la cama para conservar el equilibrio. Sin duda alguien ya había estado en el camarote, porque había agua fresca en una jarra tapada, un cesto con rosquillas y miel, y una tetera con té. El vestido estaba plegado con cuidado, apoyado a los pies de la cama. Cathy se lo puso a toda prisa y se sujetó con torpeza el corpiño desgarrado con los alfileres. Se sentó a la mesa, asombrada por su falta de apetito. Al fin y al cabo, hacía muchas horas que no comía y la noche anterior no había cenado.

El aroma dulce de las rosquillas se elevó hasta su nariz; giró la cabeza, repentinamente mareada. El barco se sacudió hacia un costado y el estómago de Cathy se contrajo. Se levantó de la mesa y corrió hacia la ventana: llegó justo a tiempo. Montañas de olas furiosas la amenazaban mientras se inclinaba y vaciaba el estómago en el mar.

Pasó los tres días siguientes en la cama, alternando entre un sueño inquieto y la descarga de sus entrañas en un recipiente de barro que le dejaron al efecto. Creyó que moriría y hacia el final del primer día oró con fervor que así fuera. ¡Cualquier cosa con tal de escapar de esta desgracia! El capitán rió, insensible, cuando se enteró del estado de la prisionera y dio indicaciones a Petersham, su ayudante personal, para que atendiese las necesidades de Cathy.

Petersham era un hombrecillo delgado y nervudo, de edad mediana, que conocía al capitán desde que era niño. Contó a Cathy que había sido mozo del padre del capitán en Woodham, la propiedad de la familia Hale en Carolina del Sur. De joven, Jon había peleado con el padre y huido al mar; aquél, furioso, envió a Petersham a buscarlo. Pero una cosa llevó a la otra y Petersham terminó embarcándose con su joven amo. Estuvo siempre con el amo Jon... ¡y las cosas que vio habrían bastado para ponerle los pelos de punta a cualquiera! Sin embargo, teniendo en cuenta las circunstancias, le gustaba esa vida y no pensaba alejar de ella al capitán.

A Cathy le interesó mucho lo que le contó Petersham. Así que Hale era norteamericano, ¿eh? Eso explicaba muchas cosas. Cathy había oído decir que los habitantes de las colonias eran salvajes sin remedio y sin duda Jon Hale respondía a esa descripción. No era mejor que un salvaje: pillaba, asesinaba y robaba mujeres a su antojo.

El capitán no entraba con frecuencia en el camarote y siempre era para devorar una comida rápida o unas pocas horas del descanso que tanto necesitaba. La primera noche, Cathy estaba dormida cuando él llegó; al despertar, lo encontró tendido junto a ella como un leño exhausto. Estaba completamente desnudo y la muchacha sintió que la piel del hombre le quemaba donde entraba en contacto con la suya, incluso a través de la tela del vestido. Con cautela, intentó alejarse, pero el brazo de Jon estaba apoyado sobre su pelo y no podía soltarse sin despertarlo. Muy inquieta, permaneció echada sobre las almohadas, observándolo con ojos afligidos. Como el hombre siguió durmiendo, poco a poco se tranquilizó y, al fin, se durmió junto a él.

Cuando despertó, el capitán aún dormía; una de sus manos rodeaba, como al descuido, un pecho de Cathy, y tenía la rodilla entre los muslos de ella. Lo íntimo de la posición hizo jadear a Cathy, que trató, desesperada, de liberarse, sacudiéndolo con movimientos frenéticos.

—¡Quédate quieta! —gruñó el hombre, mirándola con el entrecejo fruncido y los párpados enrojecidos.

Cathy se sometió, temerosa de lo que podría hacerle si desobedecía y Jon volvió a cerrar los ojos. Pero escasos minutos después, Jon se levantó y se estiró, exhibiendo como al descuido su desnudez viril. En verdad horrorizada, esta vez Cathy cerró los ojos. El aspecto del hombre por delante era mucho más aterrador que por detrás.

Resonó un trueno y el barco se balanceó. El capitán maldijo y se vistió de prisa. Tenía los hombros caídos y los ojos inyectados en sangre por la preocupación. Para su propia sorpresa, Cathy descubrió que sentía lástima por él, pero las palabras que Jon dijo a continuación disiparon todo sentimiento compasivo:

—La próxima vez que me acueste contigo no quiero que tengas puesto ese vestido. Si eso ofende tu pudor, haz que Petersham te dé una de mis camisas de noche. ¡Es como dormir con un maldito alfiletero! Te advierto que, si no estás desvestida cuando vuelva, te desnudaré yo mismo. ¡Y créeme que no me disgustará hacerlo!

La miró, burlón; Cathy se subió las mantas hasta el cuello, sin atreverse a mirarlo por temor a provocar su violencia. El capitán salió cerrando de un portazo, de bastante malhumor, y Cathy sonrió para sí. ¡De modo que el altanero y poderoso capitán había sufrido los pinchazos de los alfileres de su vestido! ¡Era una pequeña venganza por todo lo que la había hecho sufrir!

A pesar de su alegría, no se atrevió a desobedecerle: no tenía sentido provocar un enfrentamiento si podía evitarlo. Revolvió los arcones, encontró una pulcra pila de camisas de noche y se puso una. Era demasiado grande para ella: las mangas le colgaban casi hasta las rodillas y el bajo arrastraba unos veinticinco centímetros por el suelo. Pero debía admitir que era mucho más cómodo que su propio vestido, desgarrado y mugriento y, mientras tuviese cuidado de cubrirse hasta la barbilla con las mantas cada vez que entrara alguien al camarote, no se quejaría. Por cierto, era mucho menos revelador que su propio camisón de tela delgada.

El capitán no volvió al camarote hasta bien entrada la noche y para entonces Cathy ya se había acostumbrado al insólito atuendo. Estaba sentada en la cama, apoyada en una montaña de almohadas y bebía con cuidado una taza de té. El estómago se había asentado un poco, pero todavía se rebelaba con violencia si el barco se balanceaba demasiado. Cuando el capitán entró, aturdido de fatiga, Cathy lo miró con ojos muy abiertos y asustados e hizo un movimiento como para bajarse de la cama.

—Mi elegante señora, si pones un pie fuera de esa cama, lamentarás haber nacido —le espetó—. Considera que gozas de una postergación hasta otro momento.

Cathy se quedó donde estaba y observó, preocupada, cómo el hombre apagaba la vela y se desnudaba. Apenas distinguía la figura en la penumbra, y cuando se acostó, Cathy se sobresaltó y trató de apartarse porque le rodeó la cintura con uno de sus brazos duros. Luego lo sintió estremecerse, como si tuviese frío. Tal vez había dicho la verdad y sólo la quería para mantener el calor: era una posibilidad que no podía desechar. Dejó que la acercara a él en medio de la cálida penumbra y que rodeara con brazos y piernas su cuerpo rígido. Como no hizo más que abrazarla, poco a poco Cathy se relajó. La proximidad de ese cuerpo todavía la asustaba... y la turbaba de un modo extraño, pero mientras durase la tormenta, pensó, no tendría nada que temer de él.

El capitán se quedó dormido casi de inmediato, con una respiración profunda y regular. Cathy se apoyó en un codo y contempló el rostro bronceado tan cercano a ella, sobre la almohada. Para un hombre tan masculino tenía unas pestañas demasiado largas, en forma de oscuras medialunas sobre las mejillas. La boca era sensible, la barbilla esbelta y dura. Al verlo dormido, sintió una extraña atracción hacia él y se preguntó qué sentiría si deslizaba los labios por la mejilla áspera... Enfadada por el rumbo de sus propios pensamientos, se apoyó otra vez en las almohadas y cerró los ojos. Un rato después estaba dormida.

Cuando despertó, comprobó que por fin brillaba el sol y que estaba sola en la cama. Se levantó de un salto, corrió hacia la ventana y se asomó. El mar resplandecía como un cristal pulido por un diamante. El sol tibio le bañó el rostro vuelto hacia arriba y el aire era dulce y balsámico. Cathy ansió salir a disfrutar de aquel aire tan puro y decidió pedir a Petersham que le consiguiera permiso para salir a cubierta. «Incluso a los criminales se les permite hacer un poco de ejercicio», pensó, rebelde.

«¿Pero cómo podría?», se preguntó, mientras se salpicaba la cara con agua fría. El vestido, que una vez fue hermoso, estaba reducido a un trapo sucio y, al parecer, la única alternativa era usar una de las camisas de dormir del capitán. Estaban limpias y la cubrían, pero eso era todo. No cabía duda de que no eran apropiadas para un paseo por cubierta.

Fastidiada, se sentó en la silla con un libro de obras de teatro en la mano. «Propiedad de Jonathan Creighton Hale», se leía garrapateado en letra decidida en la primera hoja en blanco; Cathy estaba contemplando la firma cuando el propio Jonathan Creighton Hale entró. Al verlo en ese momento, Cathy no comprendió qué la había conmovido de él cuando dormía. Despierto, era el mismo monstruo arrogante y desagradable que la había apresado y abusado de ella. Le lanzó una mirada ceñuda.

—Hoy estás pálida, milady —dijo Jon, con ese odioso matiz burlón en la voz.

—No es de extrañar, si usted me tiene aquí, encerrada. ¿Pretende matarme por asfixia o de aburrimiento? —replicó, con tono venenoso.

—¡En tu lugar, yo cuidaría la lengua, encanto! Como pronto descubrirás, hay destinos peores.

Se acercó hasta la cama, quitándose entretanto la chaqueta y la camisa. Cathy, humillada, se mordió el labio, contemplando la flexión de los músculos en la ancha espalda. La tormenta había terminado y estaba otra vez a merced del capitán. Hizo un esfuerzo por controlar la irritación y probó con un tono más tierno.

—Capitán, me gustaría mucho salir a cubierta.

—¿Qué te lo impide? Los últimos dos días la puerta ha estado sin llave. Además, estamos en alta mar y, aunque quisieras, no tendrías a dónde huir. Claro, a menos que prefieras las atenciones un tanto toscas de mis hombres a las de mi propia persona encantadora.

La miró riendo con expresión de lobo y Cathy casi se ahogó de furia.

—¡Antes que su desagradable presencia preferiría las atenciones de cualquiera! —le espetó.

—¿Es cierto eso, milady? Entonces, sal a cubierta, pavonéate. Me pregunto cuánto durarías, con mis hombres turnándose contigo. Apuesto a que estarías muerta mucho antes de que el *Margarita* tocara puerto.

La ira oscureció los ojos de Jon y sus palabras hirieron a Cathy como piedras. La muchacha guardó un prudente silencio, dejándose caer otra vez en la silla y mirándolo con hirviente resentimiento. Jon se volvió, se dejó caer cuan largo era sobre la cama y se quedó echado un rato. Cuando al fin habló, parte del enfado se había disipado.

—No tengo nada que objetar a que tomes el aire, siempre que te quedes en el alcázar y permanezcas alejada de mis hombres. Hace mucho que están en el mar y si ven a una mujer como tú cerca... Bueno, no hay por qué buscar problemas. Necesito a todos mis hombres. No quiero tener que matar a ninguno porque tú lo hayas tentado hasta la locura.

—¡El Cielo no lo permita! —replicó la muchacha, con tono sarcástico—. Y eso nos conduce a otro pequeño problema. ¿Qué es lo que usaré el resto de este viaje encantador? ¡Como recordará, sus preciosos hombres me desgarraron el vestido!

Como no respondió, Cathy se atrevió a ir todavía un poco más allá.

—Capitán, ¿qué es lo que han hecho sus piratas con mis baúles? ¿Los arrojaron por la borda? ¿O los usan como trapos para frcgar la cubierta?

—Tus baúles están a bordo, milady, y se hizo inventario con ellos, igual que con el resto de la carga del *Anna Greer*. Tienes un magnífico guardarropas: vestidos que cuestan lo mismo que alimentar a una familia durante un año, ropa interior de seda y hasta calzones de auténtico encaje irlandés. Es un botín valioso, mi señora, lo sepas o no.

Se quedó tendido de espaldas sobre la cama, al parecer indiferente a la irritación creciente de la muchacha.

—¿Me dará mi ropa? —La voz le tembló de ira y le costó un gran esfuerzo no lanzarle las palabras de odio que tenía guardadas. Se sintió arder al imaginárselo revolviendo sus pertenencias.

—Como dije, señorita mía, valen bastante. Y no sólo me pertenecen a mí, sino también a mis hombres. Sinceramente, no podría regalarlas. Si tuvieras la intención de comprarlas...

Dejó que la voz se perdiese y se sentó en el borde del camastro, mirándola burlón.

—Sabe usted muy bien que no tengo dinero —le dijo Cathy, cortante.

—¿Quién ha hablado de dinero? Quizá tú y yo podamos llegar a algún acuerdo. Digamos, por ejemplo, un vestido... por un beso.

Cathy lo miró, perpleja, y comenzó a enfurecerse. De modo que quería llegar a un arreglo, ¿verdad? Debía de imaginar que ella era tonta: un beso era lo más alejado de su mente.

—¿Y bien, Cathy? —dijo con suavidad, observándola—. Un vestido por un beso. Creo que es un acuerdo justo.

Cathy lo observó, tratando de adivinar qué pensamientos había tras esa sonrisa burlona; aunque la expresión del capitán era indescifrable, una diminuta llama chispeaba en el fondo de esos ojos. Cathy empezó a asustarse. Ahí, sentado, el hombre parecía tan fuerte, tan masculino, que le recordaba un felino hambriento contemplando un ratón muy apetitoso. La muchacha tragó saliva y luego lo miró de frente, con un gesto altivo de la barbilla.

—¡Preferiría besar a un cerdo!

Jon no pareció enfadarse por esa respuesta tan grosera; por el contrario, soltó una carcajada de deleite.

—Así que preferirías besar a un cerdo, ¿no es cierto, lady Catherine? ¿Estás segura? Dudo mucho de que en el transcurso de tu vida tan protegida hayas tenido ocasión de besar a nadie y mucho menos a un cerdo. Por lo tanto, no puedes comparar. Tendrías que besarme a mí y luego a un cerdo, y entonces podrías comparar y decidir cuál de los dos besos prefieres.

Se burlaba, se reía de ella, y Cathy sintió que un impulso asesino le corría por las venas. ¡Nadie, hasta ese momento, había tenido la audacia de reírse de ella y ahora ese sujeto arrogante se atrevía a hacerla blanco de sus bromas! Los ojos le brillaron de furia y abrió los labios en una mueca que parecía un gruñido.

—¡Lo odio! —le dijo entre dientes, con los ojos azules lanzando chispas.

Se la veía muy hermosa respirando fuego, desafiante y Jon advirtió que la deseaba tanto que le dolía. Le recordaba una zorra colorada acorralada... Se levantó y se encaminó hacia ella con gran lentitud, taconeando.

Cathy se sobresaltó y dejó de lado la sábana que aferraba para preservar el pudor. El camisón de lino delineaba con nitidez los pechos. Jon esbozó una amplia sonrisa y Cathy comenzó a retroceder, resguardándose detrás de la mesa. El hombre la siguió, sin dejar de sonreír, con plena confianza en el resultado del juego.

Cathy retrocedió todo lo que pudo, hasta quedar con la espalda contra la pared. El capitán avanzó, colocando los brazos con rapidez a los costados de la muchacha, para inmovilizarla. Cathy lo miró y abrió mucho los ojos al comprender, de pronto, lo que pretendía: ¡de modo que ésa sería la confrontación decisiva! Sintió oleadas de temor recorriéndole las entrañas. Jon estaba tan cerca que Cathy percibía el aroma tibio y almizclado de su cuerpo. Los ojos despedían un brillo peligroso y la boca se curvaba en una sonrisa maliciosa.

Cathy nunca había carecido de coraje; ahora el valor le tensó la espalda y lo miró, severa:

—¡Déjeme en paz, animal! —le espetó, desafiándolo con la mirada a que la tocara.

—Con que soy un animal, ¿eh? —dijo Jon marcando las palabras y mirándola con ojos resplandecientes—. Eso tendría que atraerte, milady. A fin de cuentas, admitiste una asombrosa inclinación hacia los cerdos. Ahora verás si te gusta la clase de animal que soy.

Se inclinó morosamente; Cathy cerró los ojos y apartó el rostro, intentando alejarlo, empujándole el pecho con las manos, pero fue en vano. La boca quemante de Jon rozó la mejilla que Cathy trataba de apartar y luego, con la mano sobre su barbilla, le torció la cabeza hasta que pudo cubrirle la boca con sus labios. Ella mantuvo los suyos apretados, rechazando el beso, pues todavía recordaba muy bien la última vez. No volvería a avergonzarse de ese modo.

Los brazos de Jon la rodearon, apartándola de la pared y atrayéndola hacia él. Cathy trató de clavarle las uñas en la cara, pero él le atrapó la mano antes de que pudiese hacerle daño y la sujetó. La boca del hombre se abatió otra vez sobre la de la muchacha y logró abrirle los labios temblorosos con la lengua. Cathy se arqueó hacia atrás esperando librarse, pero el movimiento no hizo más que acentuar la presión ardiente del duro cuerpo masculino contra el suyo, blando y femenino. Sintió que la lengua de Jon tocaba la de ella y también que un temblor sacudía esos brazos que la rodeaban. Un extraño calor comenzó a latir en la ingle de Cathy mientras las manos del hombre acariciaban su espalda y sus nalgas de manera cálida y seductora. De pronto se le aflojaron las rodillas y se vio obligada a sujetarse de los hombros de él para no caer. Jon la echó hacia atrás, sosteniéndola con el brazo y arrasó la blanca y esbelta columna del cuello, para luego volver a devorarle la boca. De súbito Cathy supo que estaba perdida. Por su propia voluntad, sus brazos rodearon el cuello del hombre y entrelazó los dedos en el cabello espeso y oscuro.

Al percibir la reacción de la muchacha, el hombre gimió, la alzó y la llevó hacia la cama, con pasos vacilantes. Cathy se acurrucó contra el pecho desnudo del capitán como una gatita confiada, con los brazos enlazados en torno de su cuello. Así como él no podía detenerse, ella fue incapaz de resistirse.

La depositó con suavidad sobre la cama, se tendió junto a ella y la estrechó contra sí, besándola de ese modo animal que la enloquecía. Cuando la boca del capitán se apretó contra la de ella, Cathy se estremeció y le devolvió el beso.

«Esto no está bien», dijo una vocecilla dentro de ella, pero ya no podía prestar atención a ninguna advertencia.

Las manos de Jon exploraron las curvas de Cathy a través del camisón fino, gozando de la feminidad en capullo de la muchacha. Bajo las manos del capitán, los pezones de Cathy se irguieron y endurecieron. Impaciente, él desgarró la tela que la cubría y, ante el espectáculo de los pechos tan blancos coronados por pezones rosados, se le cortó la respiración casi hasta provocarle dolor físico. Extendió un dedo y tocó los suaves picos con reverencia, maravillado ante la tibieza aterciopelada de la piel.

Inclinó la cabeza y besó con delicadeza un pezón, luego otro, que tomó en la boca mordisqueándolo, provocativo. La intensa sensación que la aguijoneó la hizo jadear y abrió los ojos. Al ver la cabeza oscura que se cebaba en ella con tanta intimidad, la impresión le devolvió la cordura. La vergüenza fue abrasadora y apoyándole las manos sobre los hombros lo empujó para apartarlo.

—¡No! ¡Por favor Jon, deténte! —jadeó, clavándole las uñas en la carne

—¡Cálmate, Cathy! —murmuró él con voz ronca y los ojos turbios de pasión—. Tranquila, Cathy, mi amor.

Con delicadeza apartó las manos de Cathy de su propia carne y se las levantó sobre la cabeza sujetándolas con firmeza. Volvió a depositar besos calientes sobre los pechos de la joven. Asustada, Cathy se retorció como pudo y trató inútilmente de apartarse.

—Quédate quieta, tesoro —le dijo al oído—. No te lastimaré, quédate tranquila. Quédate quieta.

Le sujetó las manos contra el colchón con una de las suyas y con la otra le arrancó lo que quedaba del camisón. En un instante el cuerpo de Cathy quedó desnudo ante los ojos de Jon. Con mirada lenta y posesiva, Jon la recorrió, quemándole la piel. Cathy sollozó, asustada y avergonzada, mientras el hombre la examinaba de la cabeza a los pies, y cuando llevó la mano a los botones del pantalón Cathy comenzó otra vez a debatirse con desesperación.

Desnudo, Jon la sujetó con las piernas y acalló los agudos sollozos con su boca. La besó amorosamente y las manos reanudaron el audaz vagabundeo por su cuerpo. Pasaron como al descuido por los pechos sensibles y luego bajaron para acariciar el vientre suave. Cathy gimió y sacudió la cabeza de un lado a otro, mientras le clavaba las uñas en los hombros. El capitán siguió con la suave caricia del vientre, sin prestar atención a los esfuerzos de Cathy por liberarse. La mano de Jon bajó todavía más y empezó a acariciar la carne sedosa del interior de los muslos.

—¡No! —exclamó Cathy, jadeando, cuando la palma callosa se deslizó por la unión entre los muslos. Completamente horrorizada, Cathy juntó con fuerza las piernas y las cruzó, desesperada por resistirse a los intentos de Jon por separárselas con las manos.

—Relájate, Cathy, relájate, amor mío —murmuró Jon, con tono ronco—. Cathy, abre las piernas, mi amor. No te lastimaré.

Esas últimas palabras la abrumaron. Se puso rígida, se retorció y se deslizó como una contorsionista, tratando de escapar de las manos de Jon. Pero él era muy fuerte y por fin, con un sollozo estremecido, se rindió y quedó inerte. Ya nada podía hacer.

Jon se apoyó sobre una rodilla y metió la otra entre las piernas cruzadas de Cathy. Al fin, logró separarle los muslos.

Ella lanzó un último suspiro convulsivo cuando él le separó bien las piernas y luego permaneció quieta, sollozando quedamente, sin hacer más esfuerzos por resistirse. Al sentir la dureza de Jon entre los muslos, se estremeció.

La recorrió una llamarada de fuego cuando Jon encontró la entrada y la penetró un poco. Luego, con un potente impulso, quedó hondamente sepultado en ella. El dolor, como una cuchillada, fue tan intenso que la hizo gritar. Los labios de Jon se cerraron sobre los de Cathy, acallándola, y se quedó inmóvil sobre ella, con su carne en la carne suave de la muchacha. El aliento del hombre salía en explosiones entrecortadas, como si hubiese corrido una gran distancia. Cathy volvió la cabeza, con desagrado por el calor de ese aliento. Por fin, como si ya no pudiera contenerse, el hombre empezó a moverse, con lentitud al principio, como para no lastimarla, después cada vez con más fuerza y rapidez.

Cathy se quedó debajo de él, sin resistirse, dejando que hiciera lo que quisiese con su cuerpo, aturdida por la impresión. No podía creer que estuviera sucediéndole algo tan horrible: un pirata estaba violándola y ella no podía hacer nada. Ya era tarde, estaba arruinada, perdida. Nunca más podría levantar la cabeza. Y todo por ese animal tembloroso y jadeante que resollaba y la atacaba... ¡Cómo lo odiaba!

Intentó pensar en cualquier otra cosa, pero esa carne dura, caliente, unida a ella de manera tan íntima, se lo hizo imposible. Se movió un poco, a prueba, con la esperanza de aliviar al menos la presión del pecho de Jon sobre el suyo, pero el movimiento incitó al hombre, provocándole un frenesí aún mayor. Sin quererlo, Cathy se vio atrapada en esa pasión. Con un movimiento instintivo, alzó el cuerpo para salir al encuentro de la embestida del hombre. Jon contuvo el aliento, se estremeció y se aflojó sobre ella. Cathy sintió una absurda decepción cuando el corpachón del hombre cayó sobre ella. Un momento después, Jon rodó apartándose y se tendió de espaldas, mirando el techo. Cathy se deslizó hacia el extremo opuesto de la cama y le volvió la espalda, sintiéndose acalorada, pegajosa y profundamente humillada. Recordó el modo en que su cuerpo la traicionó en el último instante, cuando no pudo detener ese movimiento instintivo, y los ojos le desbordaron de lágrimas calientes de furia y vergüenza. Ahogó un sollozo, pero Jon la oyó y la atrajo con rudeza hacia él. Le acarició el cabello y, ante el despliegue de ternura, Cathy olvidó el orgullo y el odio hacia él y sollozó como una criatura. Jon siguió abrazándola, acariciándole el pelo y murmurándole frases de consuelo al oído. Cuando al fin los sollozos se redujeron a suspiros e hipos, la apartó, se levantó y se vistió. Quedó un momento de pie, mirándola, mientras se ceñía la hebilla del cinturón, con una sonrisa débil en los labios. Cathy cerró los ojos, rehusándose a mirarlo.

—No te preocupes por esto, cariño. La próxima vez será mejor, te lo prometo —dijo con tono suave y se rió al advertir la expresión enfurecida de Cathy cuando por fin comprendió lo que él decía.

¿De verdad esperaba que se sometiera otra vez a esa desagradable situación? Furiosa, saltó de la cama arrastrando la sábana con ella para ocultar su cuerpo de la mirada del hombre, con una expresión asesina en la mirada. Miró a su alrededor buscando un arma, pero sin darle tiempo a encontrar algo lo bastante duro y afilado, Jon la alzó y la arrojó otra vez al medio de la cama. Indefensa, Cathy cayó hecha un lío de sábana y cabellos, provocando las francas carcajadas de Jon. Cuando consiguió librarse, el capitán ya se había ido y lo único que pudo hacer fue lanzar una mirada furiosa a la puerta cerrada del camarote. ¡Nadie podía tratarla impunemente como a una mujerzuela! En ese mismo momento decidió que el capitán Jonathan Hale recibiría una lección que necesitaba mucho. ¡Pronto descubriría que había encontrado la horma de su zapato.

# 3

Cathy quedó sola varias horas, bufando de cólera. «Es muy astuto de parte de cierta persona —pensó, lúgubre—, pues con todo gusto le sacaría los ojos al primero que se cruzara en mi camino». Todos, sin excepción, eran unos criminales, unos ladrones y unos asesinos, incluso el capitán Jonathan Hale, que era el peor. ¡Cuánto disfrutaría si viera ese cuerpo largo colgando y retorciéndose en el extremo de una cuerda, con ese rostro burlón morado e hinchado! Cathy sonrió con dulzura por primera vez en muchos días. ¡El solo hecho de imaginarlo la hacía sentir mejor!

«¡Oh, qué no daría por tener un cuchillo largo y afilado! —pensó—. Lo llevaría constantemente conmigo, oculto en la manga de un camisón amplio, y la próxima vez que ese bruto tratara de violarme, se lo clavaría en la espalda sin dudar!» Imaginó con gran gozo la agonía del capitán. Pero en el camarote no había cuchillos ni ninguna otra arma de esa forma, de modo que Cathy lo recorrió con la mirada en busca de algo que pudiera servirle para ese propósito. Cuando al fin cesó la búsqueda, fatigada, no había reunido un arsenal demasiado impresionante. Lo más prometedor de la modesta colección era un pesado candelabro de bronce. Lo metió debajo del colchón, para tenerlo a mano y poder estrellarlo en la cabeza de alguien. La taza de noche de porcelana tenía su posible utilidad, pero Cathy temía que si no la veían por ninguna parte el captor sospecharía. Cathy sabía que tal vez el capitán era un villano, aunque no un estúpido.

La joven se rehusó de plano a ponerse otra de las odiadas camisas de noche de Jon. Si podía evitarlo, no dejaría que nada que perteneciera al capitán le rozara otra vez la piel mientras viviese. Se envolvió como una momia en la manta y se instaló a esperar en una de las sillas. Tarde o temprano, el capitán Jonathan Hale tendría que regresar al camarote y Cathy quería estar segura de que cuando lo hiciera la ocasión le resultara memorable.

Sin embargo, el que llamó a la puerta fue Petersham. El camarote empezaba a quedar a oscuras pues se esfumaba la última claridad del día y Cathy tenía las piernas entumecidas por haber estado sentada tanto tiempo en la misma posición. Sin embargo, estaba decidida a que no la tomaran desprevenida otra vez. Al oír el golpe, se puso rígida y luego se relajó: si había algo seguro en este mundo loco, era que ese canalla arrogante no tendría la gentileza de llamar antes de entrar. ¡Se limitaría a irrumpir!

—Le he traído la cena, señorita —dijo Petersham, al entrar—. El capitán dijo que al mediodía no se sentía usted muy bien, pero como ahora son casi las siete, necesita comer algo sólido. Si no se cuida, ese mal de mar la dejará débil como un gatito.

—Ya no tengo malestar, Petersham —respondió Cathy con tono agrio, sin moverse de la silla. Petersham la miró con disimulo mientras dejaba la comida sobre la mesa, observando el rostro pálido, el cabello enredado y, por fin, el cuerpo envuelto en la manta: era obvio lo que había sucedido. Al no estar atareado protegiendo el barco de la tormenta, el amo Jon había pasado la mañana disfrutando de lo que consideraba el botín de la batalla. «Bien, los hombres tienen sus necesidades», pensó Petersham, «como yo muy bien sé, aunque debe de haber sido duro para la señorita Cathy. Es muy joven y apuesto mi vida a que era inocente»

—Señorita, ¿está usted bien? —le preguntó Petersham, con voz queda.

—Por supuesto, Petersham —respondió Cathy con brusquedad, temerosa de que alguien adivinara su vergüenza.

¡Moriría si alguien lo supiera! Petersham no dijo nada más. En silencio, sirvió la comida y salió sin agregar palabra.

Cathy suspiró, se enderezó, acercó la silla a la mesa y se dedicó a comer. La sorprendió descubrir que en realidad tenía hambre, pese al trauma sufrido.

Estaba por llevarse a la boca el último bocado de carne en conserva cuando sonó otra vez un golpe en la puerta. La mirada de Cathy voló, aprensiva, hacia allí: ¿quién sería esta vez?

—¿Sí? —preguntó, cautelosa.

Petersham asomó la cabeza y la joven se aflojó.

—Señorita, pensé que le gustaría tomar un baño caliente. Hace meses que llevamos una vieja bañera en la bodega y nadie la ha usado. Me encantaría traérsela.

Cathy pensó rápido: un baño sería maravilloso y su cuerpo maltratado clamaba por él, pero si era un gesto del capitán con la intención de tranquilizar su propia conciencia, ella estaba dispuesta a saltar por la borda antes que aceptarlo. ¡No aceptaría favores del capitán!

—¿De quién fue la idea? —preguntó, suspicaz.

—Mía, señorita. ¿De qué otro podría ser?

Eso era tan cierto que Cathy no pudo contener una sonrisa desganada. «¿Cómo pude pensar que el capitán Jonathan Hale perdería su valioso tiempo preocupándose por mi comodidad, más ahora que ya tuvo lo que deseaba de mí?», pensó. «¡No lo creo! Para él, sólo soy un cuerpo inanimado sin ideas ni sentimientos!»

—Muchas gracias, Petersham, me encantará darme un baño —respondió.

Petersham la miró, radiante, y desapareció tras la puerta. Cathy se reclinó en la silla, un poco avergonzada por su comportamiento anterior. A fin de cuentas, no podía culpar a Petersham de lo sucedido. Desde que la tomaron prisionera no le había demostrado más que bondad.

Esta vez estaba preparada para el breve golpe en la puerta. Cuando respondió y la puerta se abrió, Petersham entró, seguido de cerca por un robusto marinero que cargaba una gran bañera y otro que llevaba uno de los baúles pequeños de Cathy.

—¡Mi ropa! —exclamó Cathy, gozosa.

—El capitán concedió su permiso para que le trajese algunas de sus cosas, señorita —dijo Petersham, sonriente—. Me tomé la libertad de elegir el baúl que tenía su ropa de noche. ¿He acertado?

La sola mención del capitán fue suficiente para que Cathy se enfureciera, más aún al saber que él había dado permiso para algo relacionado con ella, pero poco a poco, con dolor, se volvió más perspicaz. No tenía sentido escupir hacia el cielo. Si decía a Petersham que llevara de vuelta el baúl a ese demonio diciéndole que él mismo podría usar esa maldita ropa, lo único que ganaría sería una satisfacción fugaz. Era mejor aceptar las cosas como venían en ese momento y ganar tiempo. Como Martha repetía a menudo, al que sabe esperar todo le llega. Y si era necesario, Cathy estaba dispuesta a esperar eternamente para vengarse.

—Fue muy considerado de su parte, Petersham —murmuró, con el semblante convertido en una máscara helada que disimulaba sus pensamientos.

Luego, mientras los marineros llevaban cubos de agua hirviendo para llenar la bañera, agregó con aspereza:

—Petersham, en cuanto a esta noche, cuando usted me trajo la cena... yo... yo no estaba en mis cabales. Lamento haber sido grosera.

Era la primera vez en su vida que Cathy se disculpaba con alguien por algo y sintió pudor. Pero tuvo la recompensa de una sonrisa radiante de Petersham.

—Está bien, señorita. Todos tenemos días malos de vez en cuando.

«Esta es la perogrullada del año», pensó Cathy, aunque no dijo nada. Cuando los marineros terminaron de llenar la bañera a satisfacción de Petersham, los tres salieron y la dejaron sola en el camarote.

Lo primero que hizo Cathy fue arrimar una silla a la puerta para mantenerla cerrada. Aunque, si Jon decidía entrar, no se lo impediría por mucho tiempo, ¡al menos tendría aviso con suficiente tiempo para que no la sorprendiera desnuda en la bañera!

Una vez hecho eso, se acercó al pequeño baúl y lo abrió con cariño. El simple espectáculo de algo que provenía del hogar le humedeció los ojos. ¡Qué no daría por oír a Martha regañándola o al padre gritando por algo que no había ido como él quería! Decidida, se enjugó una lágrima que le rodaba por la mejilla: llorar no hacía más que empeorar las cosas.

Con cuidado, levantó la pequeña bandeja con jabones aromatizados y perfumes, que encajaba con esmero sobre la ropa. Esparció generosamente esencia de rosas en el agua del baño y olió con deleite el vapor perfumado que llegó a sus narices. Tomó una pastilla de jabón con aroma a rosas, un paño de bañarse y se metió en la bañera. Fue una bendición sentir el agua caliente que acariciaba su cuerpo. Apoyó la cabeza en el respaldo de la bañera y no se movió, disfrutando de la idea de que pronto estaría otra vez limpia de pies a cabeza. Tras unos minutos de gozo, comenzó a frotarse vigorosamente los brazos, las piernas y el cuerpo, y casi se arrancó la piel en el afán de librarse del contacto de Jon. Por último se mojó la cara una y otra vez hasta que las mejillas le quedaron rosadas y resplandecientes. Lo único que faltaba era el pelo y, tras aspirar a fondo, sumergió la cabeza en el agua. Empapó bien toda la melena y la enjabonó.

Estaba enjuagándose el pelo bajo el agua, cuando el picaporte se sacudió. A ello siguió una maldición impaciente, luego un crujido agudo cuando un hombro fuerte apoyado contra la puerta empujó la silla que la sujetaba y la arrojó al suelo. Jon pasó con dificultad por la abertura lograda, miró en torno del camarote con cautela y luego su rostro se iluminó con una amplia sonrisa. Todo lo que veía de la gatita era una madeja de cabello dorado que goteaba y unos hombros marfileños. En silencio, Jon se acercó a la bañera. ¡La expresión de Cathy cuando emergiera sería, verdaderamente, algo para recordar!

En ese momento Cathy salió para tomar aire y Jon rió a mandíbula batiente ante el espectáculo absurdo que veía. Los cabellos empapados caían lisos sobre la cara y los hombros, y flotaban alrededor como algas. Al oír las carcajadas, Cathy se irguió y se quitó el cabello de los ojos. Miró a Jon, que se cernía sobre ella, con el rostro contraído de furia.

Mientras ella intentaba recuperar la palabra, él se divirtió examinando las curvas suaves que se veían a través del agua. «Muy hermoso», pensó, admirando el ángulo impúdico de los pechos y la tierna redondez de las caderas. «Muy hermoso.» Comenzaba a esbozar una lenta sonrisa cuando Cathy le arrojó a la cabeza la pastilla de jabón, al tiempo que lanzaba un alarido inarticulado de furor. Jon retrocedió, incrédulo, y llevó la mano al sitio lastimado. A su vez el carácter de Jon, que nunca había sido plácido, comenzó a bullir. «¡Si esta zorrita quiere jugar rudo, me aseguraré de que lo consiga!»

—¡Fuera! —gritó Cathy, recuperando al fin la voz.

Mientras Jon no recuperaba el equilibrio, Cathy trató de saltar fuera de la bañera, aferrando con desesperación la manta para cubrirse, pero el capitán la atrapó en mitad del salto, rodeando con las manos la piel resbaladiza de la cintura. Por más que se retorció y se revolvió, Cathy no logró liberarse y el capitán volvió a arrojarla otra vez al agua.

—¿Por qué? Después de todo, éste es mi camarote —dijo Jon, marcando las palabras, aferrándola con firmeza de los hombros.

La expresión acerada de los ojos del hombre le advirtió que pisaba terreno peligroso, pero Cathy estaba demasiado enfadada para hacer caso de la advertencia.

—¡Estoy bañándome! —chilló al fin, cerrando los puños, mientras los ojos del hombre la recorrían con total impudicia.

—Ya veo.

El tono era aprobador y la mirada también. Quizá la llamita que brillaba en el fondo de esos ojos debería haberla calmado, pero Cathy siguió adelante con el escándalo.

—¡Lo odio! ¡Salga de aquí!

Como el capitán permaneció como un enorme objeto inmóvil, Cathy comenzó a patear y a golpear el agua con los puños, como una chiquilla con un berrinche. Cuando el agua jabonosa le salpicó la ropa sucia, Jon cerró la boca con fuerza. Se colocó detrás de Cathy a tal velocidad que la joven no tuvo tiempo de prepararse para lo que sucedió.

—Cuando te interrumpí con tan poca consideración, creo que estabas enjuagándote la cabeza —dijo, en tono muy suave—. Déjame ayudarte.

Cathy sintió que una manaza la empujaba por la coronilla y apenas tuvo tiempo de aspirar una bocanada de aire antes de que la metiese a la fuerza en el agua. Se debatió y se retorció, agitando las manos con frenesí hacia la superficie, pero Jon la sujetó hasta que ella sintió que le estallarían los pulmones. Por fin la soltó, separando la mano, y Cathy emergió aspirando con avidez grandes bocanadas de aire.

—¡Cerdo! —jadeó Cathy cuando pudo hablar—. ¿Acaso no le basta con haberme violado? ¿O siempre ahoga después a sus víctimas?

—No, a todas no —dijo el capitán, sentándose en el borde de la bañera y jugando con los mechones de pelo empapado.

Cathy le arrebató el pelo de un tirón y le lanzó una mirada furibunda, pero el hombre le devolvió una sonrisa burlona.

—Sólo a las chiquillas descaradas que necesitan que se les demuestre quién es el amo.

—¡Amo! —chilló Cathy, recuperándose ante ese golpe a su orgullo—. ¡Usted, animal insoportable, no es mi amo y puede estar seguro de que nunca lo será!

—En eso te equivocas, tesoro.

Jon entrecerró los ojos hasta que no quedaron más que dos ranuras resplandecientes en el rostro oscuro.

—Me convertí en tu amo desde el momento en que pusiste un pie en este barco. Si todavía no lo has entendido, significa que fui demasiado blando contigo. Y me propongo remediarlo ya mismo.

Apoyó nuevamente la mano en la cabeza de Cathy, que no tuvo siquiera tiempo de tomar aire y la obligó a hundirse en el agua. Cathy se deslizó y resbaló en el fondo de la bañera como un anguila, y por fin logró librarse. Mientras aspiraba aire para sus pulmones hambrientos, Jon la agarró otra vez. Cathy le atrapó una de las manos entre las propias y le hincó los dientes hasta que llegaron al hueso.

—¡Perra! —aulló Jon, apartando la mano.

Ésa fue la oportunidad que Cathy esperaba. Saltó hacia arriba y le arrojó al rostro el paño de lavar enjabonado. El instante que empleó el hombre en librarse del paño le bastó para aferrar la manta e intentar salir corriendo por la puerta. ¡Pero aunque el picaporte cedió con facilidad, la maldita puerta no se abrió! Tiró con desesperación: ¡tenía que abrirse!

—Está cerrada con llave —gruñó Jon en tono amenazador, desde el otro extremo del camarote.

Cathy giró y vio que Jon avanzaba hacia ella con el rostro tenso de furia. Se había envuelto la mano en el paño de lavar, pero de todos modos la sangre comenzaba a manar. Cathy tuvo una fugaz sensación de triunfo. ¡Fuera cual fuese el resultado, al menos Jon no saldría indemne!

—Así que el valiente pirata tuvo que cerrar con llave, ¿no es cierto? —se burló la joven, mientras se acercaba al rincón estratégico donde había dejado la taza de noche—. ¿Qué pasa, capitán? ¿Acaso temía que una pobre mujer lo derrotara?

Jon se acercó lentamente hacia ella, prometiendo con la mirada una respuesta dolorosa, pero Cathy estaba demasiado enfadada para notarlo o para que le importase. ¡Por fin estaba pagándole con la misma moneda! Llegó al rincón, se inclinó para recoger la taza de noche, se irguió y se la lanzó con tal rapidez que Jon no tuvo tiempo de esquivarla. Le dio de lleno en el hombro, haciéndolo retroceder. Cathy maldijo su mala puntería y aferró otra arma: esta vez, era el libro de obras de teatro. ¡Si hubiese recibido semejante golpe en la cabeza, ya no sería una amenaza para ella!

—¡Eso ya fue demasiado, pequeña arpía! —rugió Jon, abalanzándose hacia ella.

El libro le pegó en medio del pecho musculoso sin hacerle ningún daño. Antes de que pudiese lanzarle otro proyectil, los brazos del hombre se cerraron en torno de Cathy y la apretaron con fuerza, como una boa constrictora, dificultándole la respiración. Cathy le dio patadas y lo arañó, pero lo único que logró fue lastimarse los pies descalzos contra las piernas duras del hombre. Las uñas tuvieron más éxito, pues le arañaron un lado de la cara hasta que Jon tuvo que apartar la cabeza. La muchacha se debatió con fiereza, gritando maldiciones mientras el hombre la arrastraba y en parte la cargaba a través del cuarto. Jon no pareció impresionado en absoluto por el vocabulario de la muchacha. Cathy gritó con toda la fuerza de sus pulmones al tiempo que Jon le arrancaba la manta de un tirón, dejándola totalmente desnuda y en sus brazos. Mostrando los dientes y las uñas, trató de atacarlo de nuevo, pero el hombre le dio la vuelta sin ningún esfuerzo, dejando el ataque sin efecto. Antes de que Cathy tuviese plena conciencia de lo que estaba pasando, el hombre se había sentado en una de las sillas de madera, con ella tendida boca abajo sobre sus rodillas, retorciéndose furiosamente, con el largo cabello húmedo cayendo por el suelo y el trasero al aire, meneándose frenéticamente, sin dignidad alguna.

—Creo que ya es hora de que aprendas ciertos modales, milady —dijo Jon entre dientes, dando una fuerte palmada sobre el trasero estremecido.

Cathy contuvo el aliento cuando la mano del hombre dio en el blanco con toda la fuerza de un latigazo y gritó cuando él la golpeó una y otra vez. En pocos instantes, quedó reducida a un cuerpo que sollozaba e hipaba.

—¡Déjeme ir, canalla inmundo! —logró decir con una considerable medida de desafío, pero la mano bajó otra vez, despiadada, sobre las nalgas y le negó incluso esa pequeña porción de dignidad.

—Desde ahora, harás exactamente lo que yo te diga, ¿de acuerdo? —le preguntó Jon, severo, amenazándola con la mano sobre la carne tierna.

Cathy no dijo nada y la mano cayó como un resonante palmetazo sobre el trasero.

—¿De acuerdo? —repitió.

—¡De acuerdo! —gritó Cathy, furiosa, condenándolo en su mente a todas las torturas del infierno.

«¡Lamentará todas las indignidades a las que está sometiéndome! —se prometió Cathy—. Tengo mi orgullo, y lo veré muerto a mis pies aunque sea lo último que haga en la vida!»

—¿Quién es el amo? —prosiguió Jon.

Cathy vaciló: no podía darle esa satisfacción. Jon le dio una nueva palmada, más fuerte que las anteriores, y Cathy gritó de dolor y humillación.

—Estoy esperando —dijo el capitán, amenazador.

—¡Oh, tú, miserable!

Sollozando, Cathy le lanzó la aceptación y se preparó, segura de que volvería a golpearla por el modo en que lo había dicho, pero para su sorpresa la dejó ir, arrojándola con desprecio del regazo al tiempo que se ponía de pie.

—No lo olvides —refunfuñó y fue a buscar la taza de noche adonde había aterrizado, junto a la puerta.

Cuando la levantó, vio que se había partido por la mitad. La miró con aire sombrío y giró para contemplar el desastre en el camarote. Había un charco de agua alrededor de la bañera medio vacía y el jabón estaba debajo de la mesa. La manta estaba húmeda, tirada en un montón colorido, cerca del camastro. Cathy se acurrucó en el suelo, donde él la había arrojado, y se rodeó el cuerpo con los brazos para defenderse del escrutinio del hombre. Le dirigió una mirada de odio ardiente. Jon le sonrió, amenazador, ante el espectáculo salvaje que presentaba la muchacha. ¡Por Dios, que ya era tiempo de que la zorrita fuese domesticada!

—¡Levántate! —le gritó.

Cathy lo miró con rebeldía.

—¡No lo haré! —respondió, también gritando.

—¡He dicho que te levantes! —vociferó Jon, en una voz que restalló como un latigazo.

Cathy lo miró de soslayo, dispuesta a seguir desafiándolo, pero lo que vio en el semblante del capitán la disuadió: parecía deseoso de estrangularla.

—No puedo. No... no estoy vestida —murmuró, enfurruñada, sin atreverse a contradecirlo abiertamente.

—Si no haces ahora mismo lo que te ordenado, haré que lo lamentes mucho, te lo aseguro.

La voz de Jon era engañosamente suave, pero Cathy vio que un músculo en la comisura de la boca se contraía peligrosamente. Cuando lo miró, Jon dio un paso hacia ella y se apresuró a ponerse de pie, tambaleante. ¡Bravucón arrogante! Los dos sabían que la joven no tenía más alternativa que someterse, por el momento. «¡Pero después —se prometió— pagará con sangre por cada humillación que me hace sufrir!».

Temblorosa, se puso de pie, mientras los ojos del hombre la examinaban, despojándola de los últimos retazos de respeto por sí misma. Las mejillas de Cathy se pusieron purpúreas e intentó cubrirse el cuerpo con el cabello, que le llegaba a las caderas, pero los mechones húmedos no eran muy apropiados para ese fin. «Ésta es otra forma de violación», pensó, enfadada, viendo que los ojos de Jon la contemplaban lentamente, con detenimiento. El orgullo innato la hizo alzar la barbilla y plegar con firmeza la boca. Se negó a darle la satisfacción de verla encogerse.

Jon se tomó su tiempo, dejando que sus ojos acariciaran los encantadores pechos estremecidos, los largos muslos de marfil y el atrayente triángulo de vello rojizo que había entre ellos. Casi a desgana, percibió una oleada de calor y tensión en la entrepierna. Tenía que admitir que la pequeña bruja era muy bella. Debería tener cuidado, pues de lo contrario pronto lo dominaría. A esta altura, ya lo volvía más loco que cualquier hembra que hubiese conocido jamás, lo que era mala señal.

¿No decían que un hombre debía de tener cuidado con lo que deseaba, pues podía conseguirlo? Bueno, Jon deseó domesticar a esa fierecilla desde el instante en que posó los ojos en ella. Lo había logrado y no resultaba como había esperado que fuese, pues la muchacha era demasiado suave, encantadora, muy femenina pese a su carácter. Ya comenzaba a corroerlo un sentimiento de culpa poco familiar cuando veía los magullones que se oscurecían sobre esa carne blanca. Ahogó un juramento, se apartó con brusquedad de la muchacha, fue a zancadas hacia la puerta y la abrió de par en par.

—¡Petersham! —vociferó.

Mirando a Cathy por encima del hombro, le ordenó:

—¡Cúbrete!

Cathy levantó la manta húmeda del suelo y se envolvió en ella hasta que pudo rescatar su bata de las entrañas del baúl. Melancólico, Jon la observó cruzar el cuarto y revolver sus pertenencias y, sin quitarle los ojos de encima, vio cómo de espaldas a él Cathy se ponía la tenue prenda azul. Si ella lo hubiese mirado, lo habría visto crisparse ante las marcas lívidas que surcaban la carne suave de las nalgas y los muslos.

Cuando Petersham llegó corriendo a la puerta del camarote, Cathy ya estaba decentemente cubierta, de pie junto al camastro, pues tenía el trasero demasiado dolorido para sentarse. Petersham le echó un vistazo fugaz y abrió los ojos, sorprendido, al notar que tenía rastros de lágrimas en las mejillas y se apresuró a volver la atención hacia el capitán.

—¿Señor?

—Trae más agua caliente. Yo también deseo bañarme.

—¡Sí, señor!

Petersham fue con presteza a cumplir la orden, sabiendo que no era prudente meterse con el amo Jon cuando tenía esa expresión. Cuando estaba exasperado, el capitán tenía un carácter endemoniado. Petersham lamentó que Cathy fuese tan tonta como para irritarlo. Pero, a juzgar por las apariencias, nadie podía hacer nada para ahorrarle las consecuencias de sus propios actos.

En silencio, Cathy se secó el pelo con la toalla mientras Petersham llevaba más agua caliente para llenar la bañera. Petersham pasó la mirada del semblante sombrío del amo a la figura contrita de Cathy y supo que le convenía mantener la boca cerrada; se concentró en limpiar el charco que cubría la mitad del suelo. Cuando por fin Jon le hizo señas de que se fuera, sintió un gran alivio.

Jon mantuvo silencio. Cathy casi deseó que la regañase y le gritara, pues ese silencio era mucho más enervante que todo lo que le había hecho. «Sin duda lo sabe muy bien», se dijo, resentida, viendo con el rabillo del ojo cómo se desvestía.

La imagen del cuerpo desnudo del hombre era impactante. Los músculos resaltaban bajo la piel como los de un gato salvaje. El pecho estaba totalmente cubierto por una espesa mata de vello oscuro que se estrechaba formando una cinta y terminaba en forma de flecha en la parte baja del vientre plano, y se ensanchaba otra vez cubriendo la masculinidad flagrante. La llama vacilante de la vela arrojaba sombras al rostro, tornándolo más siniestro, casi endemoniado. Tenía una apariencia casi fuera de lo natural por lo masculina y fuerte. Cathy se estremeció y se ruborizó cuando la mirada de Jon giró en dirección a ella y le dirigió un saludo burlón. Mortificada por haberse dejado sorprender contemplándolo, se apresuró a volverse.

—Lávame la espalda.

El tono severo la hizo salir del ensueño y, al girar, vio a Jon metido en la bañera, con un aspecto algo ridículo con el agua hasta la cintura. Si Cathy no se hubiese sentido tan cansada, tan dolorida y profundamente humillada, habría sonreído al ver ese corpachón metido en la delicada bañera de porcelana. En cambio, apenas podía contener las lágrimas.

—He dicho que me laves la espalda.

Esta vez, la orden fue casi un gruñido. Cathy lo miró, incrédula: ¡no podía estar hablando en serio...! En realidad, no esperaría que...

—¡Maldición! —rugió Jon y Cathy se sobresaltó.

—Sí, amo —respondió con tono amargo, acercándose al hombre que aguardaba.

Sin hablar, Jon le entregó el jabón; Cathy se situó detrás de él, mordiéndose el labio. «¡Qué no daría por un cuchillo!», pensó, contemplando la espalda ancha del hombre. De súbito, los músculos del cuello de Jon se tensaron como si esperase un ataque y a Cathy le temblaron los labios. Para colmo, ese sujeto debía de leer la mente. Pero Jon no tenía que preocuparse de ningún peligro inminente: Cathy estaría más tentada si el trasero dolorido no le recordara las consecuencias de una violencia parecida.

—¿Qué esperas? —le espetó Jon, por encima del hombro.

Cathy se subió las mangas de la bata y se inclinó para cumplir la tarea. Cuando empezó a pasar el jabón por los duros contornos, los hombros de Jon se estremecieron, pero ese fue todo el movimiento que hizo mientras ella se apresuraba a frotarle la espalda. Sentía la piel de Jon suave bajo las yemas de los dedos y la veía resplandecer. Ansiaba arañarlo arrancándole tiras de piel, en pago por el abuso a que la había sometido, pero se impuso el sentido común. Lo único que lograría sería provocar más dificultades. Apretando los dientes, Cathy terminó el trabajo con eficaz diligencia y suspiró aliviada al enderezarse cuando hubo terminado.

—¿Desea algo más, amo? —dijo Cathy, irónica, sin poder contenerse.

Saltó casi en el aire cuando la mano de Jon voló y le aferró la muñeca.

—Si estás tan ansiosa, bien puedes lavarme entero.

Otra vez un músculo se contraía al costado de la boca del hombre. Tiró de ella, colocándola a la vista y Cathy se resistió, horrorizada por el embrollo en que la había metido su propia lengua. ¡No esperaría que ella lavase todo su cuerpo!... ¡Ésa sería la humillación definitiva!

—¡No lo haré! —murmuró Cathy pero dio un respingo al sentir que la mano del hombre se cerraba como una esposa sobre su muñeca.

—Harás lo que yo te diga, chiquilla. Vamos.

Se echó atrás para que Cathy pudiese llegar a su pecho y le soltó la muñeca. La muchacha hizo un movimiento fugaz, como si fuese a escabullirse; Jon le lanzó una severa mirada de advertencia.

—Si me haces salir de la bañera para ir a buscarte, lo lamentarás.

El tono inexpresivo lo hizo más convincente aún. Cathy no tenía más remedio que obedecerle, ambos lo sabían. Sería mejor hacerlo y terminar de una vez.

A regañadientes, Cathy se inclinó sobre la bañera, humedeció el jabón y empezó a pasarlo con movimientos lentos por el pecho de Jon. Bajo la mano de Cathy el vello del cuerpo de él se rizaba en pequeños círculos y lo sentía áspero en las yemas de los dedos. De pronto, Cathy sintió el anhelo casi irresistible de dejar caer el jabón y acariciar con las manos ese vello oscuro. Horrorizada consigo misma, hizo exactamente lo contrario: puso de por medio el jabón y procuró tocarlo lo menos posible. Comprendió que Jon se daba cuenta, aunque no dijo nada y permaneció con los ojos cerrados, relajado, mientras ella trabajaba. Terminó con el pecho, enjuagó echándole agua y se irguió. Jon abrió un ojo y la miró.

—Termina lo que empezaste.

Sin quererlo, Cathy echó una mirada al cuerpo largo, perfectamente visible bajo el agua: ¡ya tenía una erección! ¡No podría hacerlo, sencillamente, no podría!

—¡Yo... yo no puedo! —murmuró, desesperada, al ver que los ojos del hombre comenzaban a entrecerrarse, enfadados.

—¿No puedes? —repitió él con lentitud, como si sopesara la negativa.

—No me obligues —murmuró ella en tono humilde y aunque se despreció por suplicar, no pudo evitarlo.

Jon la contempló largo rato: a Cathy le temblaban los ojos y sus bellos ojos estaban arrasados de lágrimas. De golpe, Jon recordó la ocasión en que había obligado a su mejor yegua a saltar una cerca que ella se rehusaba a trasponer; el casco del animal quedó atrapado en la barra, se cayó y se rompió una pata delantera. Los ojos de la yegua tenían la misma expresión de ruego herido que los de Cathy en ese instante.

—Vete a la cama —dijo con brusquedad, sorprendido de sí mismo y se enderezó para terminar el baño con una mueca lúgubre.

Cathy obedeció, acurrucándose bajo las mantas, del lado de la pared. Se sentía demasiado desdichada hasta para alcanzar el candelabro, que seguía debajo del colchón. ¿Para qué? Sólo lograría que ese hombre se lo quitase y la castigara por el intento. Las lágrimas se deslizaron por las mejillas de Cathy y mojaron la almohada. Hasta entonces siempre había estado rodeada de personas que la amaban y a las que importaba su bienestar. ¡Para este sujeto, en cambio, sólo era un objeto para usar a su antojo como... como una taza de noche! Cathy ahogó un sollozo. ¿Por qué tenía que ocurrirle algo así? ¿Qué había hecho para merecer semejante destino?

Cuando él apagó la vela, se puso tensa y se acurrucó lo más cerca posible de la pared. Jon se deslizó en la cama, a su lado; ella se crispó al sentir la dura desnudez que se acomodaba sobre el colchón. La mano de Jon la tocó y Cathy lanzó un breve gemido de angustia. ¡No pretendería forzarla otra vez a realizar ese acto sucio! ¿Acaso los hombres podían hacerlo más de una vez por día? No lo sabía. Hasta el momento, nunca había tenido nada que ver con la parte oscura de un hombre.

Jon le pasó la mano por la cintura y la acercó a su propio cuerpo tenso y duro. Cathy intentó soltarse, pero sus esfuerzos fueron en vano. Sin dificultad, él la adosó a su costado. Sin fuerzas, la muchacha se debatió al sentir que las manos de Jon la exploraban, la acariciaban.

—¡Yo... no podemos! —protestó al fin, en un gemido bajo—. ¡Dos veces en el mismo día, no!

Apenas percibió que la boca dura de Jon se curvaba en una maliciosa sonrisa.

—Y más también, pequeña inocente, si quieres conocer mi opinión —dijo el capitán en el oído de Cathy, mientras posaba los labios sobre la piel tersa del cuello y la acariciaba con la lengua, haciéndola estremecerse.

Cathy ya sabía qué pretendía y no estaba segura de poder soportarlo, pero no tenía alternativa. Era prisionera de ese individuo y él podría violarla hasta que muriera, si se le antojaba. No había manera de impedírselo.

Ante semejante idea, las lágrimas se renovaron y se apartó un poco, pero Jon la atrapó por los muslos y la acercó otra vez a sí. Cuando la mano del hombre se cerró sobre la carne blanda, Cathy gimió, lastimera.

—¡Maldición! —murmuró Jon, apartándola.

Un instante después, Jon estaba de pie junto al camastro y encendía la vela.

Con expresión asombrada, Cathy lo vio acercarse de nuevo a ella. ¿Acaso estaba enfadado por su resistencia? ¡No pretendería que se derritiera en sus brazos!

—Date la vuelta —le ordenó el capitán, con aspereza.

De pronto a Cathy se le secó la boca: la golpearía otra vez. ¡Oh, por Dios, no! Estaba hinchada de los golpes anteriores y esta vez sería peor.

—Por... por favor, no me golpee —murmuró, con voz quebrada, sin hacer ni un gesto para obedecerle.

Jon contuvo el aliento al ver que las lágrimas corrían por las mejillas de la muchacha.

—No te lastimaré —le prometió, haciéndola girar, pese a que Cathy se esforzaba por resistir.

Cathy se estremeció al sentir que le levantaba la falda de la bata, pero permaneció tendida, sumisa, mientras él la observaba. Era demasiado fuerte para luchar contra él, mucho más fuerte que ella, que además estaba demasiado fatigada. No tenía otra alternativa que soportar lo que quisiera hacerle. ¡No podía ser peor de lo que ya le había hecho!

Jon contempló las curvas suaves que él mismo había lastimado y se despreció. ¡Fuera lo que fuese lo que Cathy hubiese hecho para provocarlo, no merecía eso! La carne marfileña del trasero y de la parte superior de los muslos estaba caliente y enrojecida, sembrada de marcas amarillentas que se estaban empezando a oscurer rápidamente. ¡Debía de hacerle mucho daño! Se volvió con brusquedad y rebuscó en el baúl; en pocos instantes, cuando se levantó, tenía un equipo de primeros auxilios en la mano. Al sentarse en la cama, junto a ella, se sintió como el peor canalla de la tierra. La joven no se movió ni gimió mientras él le untaba una loción curativa por encima de la carne inflamada.

Los largos dedos de Jon la masajearon para que la crema penetrara en la piel y Cathy trató de no crisparse ante la intimidad del contacto. «El contacto de esas manos es peor que el dolor —pensó, sombría—. Que yo, acostumbrada a todos los cuidados, a todos los lujos, consentida, haya caído tan bajo, es increíble. Sin embargo, está sucediendo.»

—¿Te sientes mejor ahora? —preguntó el hombre con suavidad, unos minutos después.

Cathy quiso gritarle, pero era demasiado esfuerzo y se limitó a asentir, apática.

—Se te forman hematomas con facilidad —prosiguió Jon, con tono acusador, como si de algún modo, ella tuviese la culpa de los magullones. Cathy no respondió. Un instante después, Jon dijo con brusquedad—: Tal vez creas que si te enfurruñas lo suficiente, yo te pediré perdón.

¡Perdón! Cathy reprimió un loco deseo de reír. ¡En verdad él suponía que unas palabritas arreglarían todo. «Algo es algo», pensó la joven. «Sería el primer gesto de humildad de esa airosa cabeza oscura.»

—No se preocupe: sé que no puedo esperar nada de usted —logró decir con tono amargo y se estremeció al oír el ruido brusco de la mandíbula de Jon al cerrarse.

Jon la vio temblar y se maldijo. «¡Dios sabe que no quise herirla! —pensó—. Esta muchacha es capaz de agotar la paciencia de un santo, más aún de un tipo irritable como yo. De todos modos, ¿cómo podía saber que se le formaban hematomas con tanta facilidad?» Sopló la vela, volvió a la cama, se tendió de espaldas y no intentó tocarla otra vez.

—Está bien, lo siento —pronunció al fin, después de un largo silencio.

Esa afirmación inesperada sorprendió a Cathy: en realidad, no esperaba que se disculpara. ¿Podría sacar ventaja de su remordimiento? Quizá, si fingía que lo perdonaba...

—¿Qué? —preguntó Cathy, con cautela.

—¡Maldición, he dicho que lo siento!

Lo dijo entre dientes y Cathy casi sonrió. Era evidente que le resultaba difícil la disculpa. Si era capaz de arrancarle una disculpa, sólo era cuestión de tiempo lograr lo que quería, que estuviera a sus pies. Aunque eso no sería suficiente para Cathy. ¡Sólo se satisfaría cuando lo viese muerto!

—Sabes que te merecías todo lo que lograste —le dijo Jon, como si tuviese necesidad de justificarse.

—¿Que yo lo merecía? —dijo Cathy, casi sin aliento, olvidando que había pensado en perdonar—. ¿Cómo puede decir algo así? ¡Por cierto, no merecía que me violara!

—No fue una violación y lo sabes tan bien como yo —dijo Jon, en tono áspero, apoyándose en un codo para ver la expresión de su rostro.

—¡Que no fue una violación...!

—Tú también lo deseabas. En mi país, si la dama lo desea no se considera violación.

—¡Que yo lo deseaba...! ¡Usted me forzó! ¡No tuve ninguna alternativa!

—Admito que, si hubiese sido necesario, te habría forzado. En realidad no lo hice. Desde la primera vez que te besé, en el *Anna Greer*, supe que eras mía si quería tomarte. Cariño, eres una mujer muy apasionada... ¡o lo serás cuando hayas aprendido un poco más de todo esto!

—¡Bestia! —vociferó Cathy, sentándose como un resorte, como si las palabras del hombre la hubiesen herido en lo vivo—. ¡Me repugnó todo lo que me hiciste! ¡Odié tus caricias! ¡Te odio a ti! ¡Me violaste, sucio canalla, y ahora pretendes aliviar tu conciencia afirmando que yo lo deseaba!

—¿No fue así? —murmuró Jon, en tono provocador.

—¡No! —exclamó Cathy, indignada.

—¿Tengo que demostrártelo? —preguntó él suavemente, al tiempo que le rodeaba la cintura con un brazo para atraerla otra vez hacia la cama.

—Pero... tú ... no puedes. ¡Me has pedido disculpas! ¿Cómo es posible que quieras lo mismo, si lamentas haberlo hecho la primera vez?

—No me has entendido, encanto. Me disculpé por darte una paliza, aunque bien la merecías. Jamás dije que lamentara haber tomado lo que te morías de ganas de entregarme.

—¡Déjame en paz de una vez, miserable mentiroso! —vociferó Cathy—. ¿Acaso eres tan engreído que no te entra en la cabeza que te desprecio? ¡He dicho que me sueltes!

El tono de Cathy se hizo más agudo cuando Jon la arrastró hacia él.

—No te asustes, encanto. Te advertí que la próxima vez será mejor. Si te relajas y me dejas a mí... no te dolerá en absoluto...

La voz de Jon se perdió mientras hundía la boca en el suave valle entre los pechos de Cathy, con aroma a rosas.

—¡Jamás te dejaré hacer nada! —declaró Cathy en un susurro estrangulado, tirándole con fuerza del cabello negro—. ¡Lo que quieras de mí, tendrás que tomarlo por la fuerza! ¡Me violarás una y otra vez y aun así no cederé! ¡Te repito que te odio y que prefiero morir antes que someterme a ti!

—No lo creo, muchacha. A menos que pienses hacerlo muy pronto.

Lo murmuró con la boca apoyada en la curva del pecho, mientras estiraba los brazos para sujetarle las manos. Cathy se retorció y se debatió, mientras Jon succionaba primero uno de los pezones erguidos, luego el otro. La joven sintió que recorrían su cuerpo extraños temblores al contacto de esa boca dura, pero luchó con todas sus fuerzas contra la tentación de someterse. En esta ocasión, sabía cuáles eran las intenciones del hombre. Había sufrido la cuchillada de dolor que fue como si la partiesen en dos. «¡Oh, Dios, no puedo soportar eso otra vez, no puedo...!»

Jon estaba tendido de costado, cara a cara con ella, cuidando de que Cathy no tuviese que acostarse sobre la zona lastimada, y la tenía apretada contra su propio cuerpo musculoso. Con la otra mano le quitó la bata y, cuando quedó desnuda como él, le atrapó la pierna y la levantó hasta ponerla en torno de su cintura. Cathy se debatió frenética, horrorizada por esa nueva indignidad, pero fue inútil. Quería gritar a todo pulmón, rogar que le evitase esta nueva tortura, pero la boca de Jon ahogó los gritos y las súplicas, sofocándola. Sintió la dureza del hombre entre las piernas y se puso tensa, esperando el dolor que sobrevendría. Para su gran sorpresa, sólo sintió una dulce y caliente plenitud cuando Jon la penetró. La extraña sensación la hizo jadear, pero no de dolor: era buena...

—Te había dicho que esta vez sería mejor —murmuró con picardía en el oído de la muchacha.

Cathy anheló que la familiar oleada de rabia le corriese por las venas; lo que sintió fue una flojedad, como si se fundiera, mientras él se movía con delicadeza en su interior. El asombroso placer la hizo gemir y los brazos, por propia voluntad, rodearon el cuello del hombre.

—¡Ahhh, Cathy! —oyó que gemía Jon a través de la niebla en que flotaba, aunque estaba demasiado atrapada en su propia reacción para pensar en ello.

Los embates de Jon la transportaban a un remolino de vértigo y estaba demasiado débil para luchar contra ellos. Lo único que quería era estar cada vez más cerca de ese cuerpo duro y cálido al mismo tiempo. Comenzó a moverse hacia él, retorciéndose con cierta torpeza y, a la vez, con un deseo de seducción. Entre gemidos, Jon la embistió con más fuerza y rapidez y Cathy se aferró a él como si no quisiera soltarlo nunca. Luego, repentinamente, con una última embestida profunda, todo acabó. Contra sus deseos, Cathy volvió a la realidad y lo vio echado a su lado, una mano sobre uno de sus pechos y el aliento agitado en su oído. A modo de prueba, movió una pierna sobre la de Jon: ¡no podía ser que todo hubiese terminado! ¡Se sintió al borde de algo... de algo maravilloso! ¿Qué había sucedido?

—¿Jon? —murmuró, dubitativa.

—De modo que ahora soy Jon, ¿no es así? Creía que me odiabas y me despreciabas. —Cathy adivinó la curva burlona de la boca—. Ah, eso no hace más que demostrar lo volubles que son las mujeres.

—¡Oh...! —exclamó indignada Cathy, separándose y dándole la espalda.

Otra vez había logrado avergonzarla. «Espera —pensó, furiosa—. Espera, mi fiero capitán pirata. No pasará mucho tiempo antes de que tengas tu merecido.»

Acababa de terminar el pensamiento cuando los brazos de Jon la rodearon de nuevo, atrayéndola hacia sí, acurrucada contra ese cuerpo cálido. La cabeza de Cathy anidó en el brazo del hombre.

—Duérmete, zorrita —le murmuró, depositando un beso suave sobre la melena revuelta. Cathy creyó ver el brillo de los dientes cuando Jon añadió con suavidad—: ... mientras tengas oportunidad.

# 4

A la mañana siguiente Jon se despertó sintiéndose más vivo que nunca en muchos meses. Se estiró, bostezó, y al hacerlo tomó contacto con el cuerpo suave acurrucado como un ovillo en el otro borde del camastro. «Hasta en sueños —pensó—, se aparta de mí lo más posible. Pero yo cambiaré eso», se prometió. Llegaría el día en que Cathy desearía su cuerpo tanto como él el de ella. «Y tengo que admitir que lo deseo demasiado.» Incluso en ese momento, sabiendo que el barco y el mar lo esperaban, tuvo que emplear todo su control para no rodar sobre ese precioso trasero y desahogar su lascivia entre las piernas de la muchacha. Jon rió entre dientes: debía de estar poniéndose viejo. Siempre había oído decir que, al llegar a la edad mediana, los hombres empezaban a desear a chicas lo bastante jóvenes para ser sus hijas. Si lo que sentía era propio de la edad mediana... bienvenido. ¡Por ahora, era fantástico!

Movió la mano bajo las mantas, pero las retiró antes de llegar al objetivo. ¡Ya era suficiente! Tenía un barco que comandar. Los hombres creerían que se había ablandado y que haraganeaba en la cama hasta que el sol estaba alto. Era la primera vez que dormía después del alba desde que se había hecho a la mar, cuando tenía dieciséis años. La idea lo hizo fruncir el entrecejo. Las mujeres debían de ser la perdición de muchos hombres. Tendría que estar alerta para que la fascinación que ejercía en él esa zorrita no se le escapara de las manos. Aunque no es probable, se tranquilizó. Se había acostado con muchas mujeres, en su mayoría adorables, y todas mucho más expertas en complacer a un hombre que la chiquilla que estaba junto a él. Y, si había sido más tierno con ella que con las otras, se debía a que esta era más joven y tierna. Era natural que hubiese sentido culpa y remordimiento al ver los magullones. ¡Al fin y al cabo, podría suceder que le impidieran gozar y nada importaba más que eso! «Espera que lleguemos a Cádiz, donde me espera cierta viuda alegre y me desharé para siempre de la pequeña arpía —pensó—. Igual que el exceso de whisky, una atracción sexual intensa se curaba con otra. Y cualquier mujer servirá.»

En la puerta del camarote sonó un golpe discreto. Jon saltó del camastro. Lo último que quería era que lo sorprendieran acostado, soñando despierto, como cualquier mozo enfermo de amor. Se apresuró a ponerse los pantalones, los abotonó, se puso la camisa y preguntó con brusquedad:

—¿Qué pasa?

La puerta se abrió unos centímetros y por la abertura apareció la cabeza de Harry. Al ver a Jon ceñudo, con el cabello erizado y el aspecto evidente de recién levantado, abrió más los ojos, sorprendido, y su expresión de asombro hizo que el entrecejo de Jon se hiciera más profundo.

—¿Y bien?

—Lo lamento muchísimo, capitán —dijo Harry, conteniendo una sonrisa—. La tripulación estaba preocupada. Oyeron todo el barullo de anoche y... bueno, pensaron que tal vez la mujer lo había matado. Como no vino a cubierta esta mañana, señor...

—Muy gracioso —dijo Jon, con tono acre—. A cualquiera que esté interesado, puedes decirle que todavía estoy vivo. Y si tú no borras esa estúpida sonrisa de tu cara, muy pronto dejarás de estarlo.

—¡Sí, señor capitán!

Mientras retrocedía, Harry reía abiertamente. Luego se interrumpió.

—¡Ah, dicho sea de paso, capitán, ese ojo está muy amoratado...!

—¡Fuera de aquí! —vociferó Jon.

Harry salió corriendo.

—¿Pasa algo malo? —preguntó Cathy, a la que habían despertado los gritos de Jon y trataba de sentarse en la cama.

Jon la miró, ceñudo: la larga melena dorada que caía en ondas brillantes sobre la desnudez de la muchacha y los ojos de color zafiro grandes como platos eran de una belleza que quitaba el aliento. Sólo mirar esos montes suaves de los pechos, casi por completo descubiertos sobre la manta, hizo subir la temperatura de Jon. ¡Por Dios, cuánto la deseaba! ¡Tanto, que le dolían los músculos! De pronto, Jon comprendió que tendría que deshacerse de ella lo antes posible, pues de lo contrario se metería en graves dificultades.

—No. Sigue durmiendo. —Respondió con tono cortante, irritado de que tuviese la capacidad de perturbarlo.

La noche anterior había estado a punto de lograr que él admitiese, como si fuera un pobre enamorado, que lamentaba haberle pegado... ¡cuando ella había provocado todos los golpes y más también! Quizá la mujerzuela fuese la bruja que él la había acusado de ser; no era imposible. A fin de cuentas, esas cosas pasaban y Jon comenzaba a creer que tenía todos los síntomas de un hombre perseguido por el demonio.

—¿Qué miras? —le preguntó, hostil, al ver que los ojos azules se abrían más grandes aún al contemplarlo.

—Tu... tu cara —murmuró, al tiempo que una sonrisa temblorosa le asomaba a las comisuras de los labios.

—¿Qué diablos tiene mi cara de divertido?

Jon giró para buscar un espejo pequeño que usaba cuando se afeitaba. Ahora que lo pensaba, Harry había hablado de un ojo amoratado. Se palpó el ojo izquierdo y lo sintió un poco hinchado. Pero ya había tenido ojos morados y nunca le dio demasiada importancia. Tenía la piel tan curtida por el sol y el viento del mar, que hacía falta un golpe muy potente para dejarle un magullón. Encontró el espejo y se miró. Lo que vio lo dejó abrumado: ¡parecía el perdedor en una pelea gigante contra veinte hombres! Alrededor del ojo tenía sombras purpúreas que se iban oscureciendo y ya se veían matices de un enfermizo verde amarillento. Tres largos rasguños le cruzaban la mejilla y ahora advertía que le palpitaba la mano donde la perra lo había mordido. ¡Hasta sentía el hombro dolorido! Lanzó a Cathy una mirada torva, mientras ella intentaba, sin mucho éxito, contener la risa.

—Así que te parece muy divertido, ¿verdad, señorita? —refunfuñó, avanzando hacia Cathy con aire amenazador.

Cathy dio un alarido e intentó saltar de la cama, pero los brazos fuertes del capitán la aferraron a cada lado, impidiéndole moverse.

—No. ¡Oh, no...! —exclamó ella, con voz trémula sin reprimir la risa—. Lo siento —dijo, entre espasmos—. ¡Yo... no puedo evitarlo!

—Si te llevara a cubierta y exhibiese tus heridas, no te reirías mucho tiempo —la amenazó Jon, en tono áspero, sabiendo mientras lo decía que él mismo no soportaría que los ojos de otros hombres recorriesen la desnudez de Cathy.

—¡No serías capaz! —barbotó Cathy, haciendo un ademán instintivo hacia su parte posterior.

—Sería capaz —le advirtió.

—No... no me reiré más —prometió, pero rompió en otra oleada incontenible de carcajadas al echar otro vistazo al rostro golpeado de Jon.

—Mujerzuela —dijo el hombre, pero sin convicción.

Se apartó de la muchacha y se sentó en el borde del camastro para ponerse las botas altas.

—Jon —se atrevió a decir Cathy, cuando por fin la risa se calmó un tanto—, no quise lastimarte... si bien quise hacerlo... ahora... ahora lo siento. En serio.

—¿Sí? —Jon se dio la vuelta y la miró, suspicaz. Cathy sintió que el corazón le daba un vuelco al ver la expresión en los ojos del hombre.

—S-sí.

Ni la misma Cathy estaba segura de ser franca o no. Tal vez sí, pero también podía ser una treta para que él bajara las defensas. Ese hombre le había provocado tal torbellino de emociones que no tenía claro qué sentía.

—Demuéstralo.

—¿C-cómo?

—Besando mejor. —Aunque la expresión de los ojos grises era divertida, en el fondo ardía una llamita.

—Yo... yo... está bien. —Tenía un extraño encanto la idea de recibir un beso de ese hombre con el que había compartido tales intimidades la noche anterior. Sumisa, Cathy alzó el rostro, cerró los ojos y compuso un mohín con los labios sonrosados, en posición apta para un beso. Jon rió.

—He querido decir que tú me dieras un beso, chiquilla, y no al revés.

—Ah...

Cathy se balanceó sobre los talones, pensando a toda velocidad. La sorprendió descubrir que le gustaba la idea de posar la boca sobre las heridas del capitán, de aliviarlas con sus labios. El juego se tornaba peligroso, ya no sabía si quería ganar o perder, ni qué quería decir perder o ganar en este caso. «Pero cualquier cosa que lo ablande será provechosa —pensó—. Entonces, darle un beso por propia voluntad servirá a mis planes.» Se arrodilló junto a Jon, que todavía estaba sentado en el borde de la cama, sin soltar la manta en que estaba envuelta. Los ojos del hombre se oscurecieron cuando los brazos tersos de Cathy le rodearon el cuello. Cathy sintió, sorprendida, que su propio corazón apresuraba sus latidos. «No tiene sentido que olvide mis propósitos —se advirtió a sí misma, mientras se acercaba más—. Esto es parte de una venganza...»

Primero, depositó una lluvia de besos suaves sobre el ojo y luego recorrió los rasguñones de las mejillas. Sintió la piel dura y firme bajo la boca, con sabor a sal del mar y aroma a hombre. Empezaba a gustarle ese olor...

De pronto los brazos de Jon la rodearon y enredó la mano en los cabellos de Cathy para atraer la boca de ella hacia sí. Los labios de Jon devoraron hambrientos esa boca y luego se quedaron inmóviles, dejando que ella tomara la iniciativa. Cathy abrió los labios apoyados en los de él pero Jon siguió sin moverse, controlando sus emociones, dejando que ella aprendiera por sí misma lo que necesitaba saber acerca de los besos. La lengua pequeña de la muchacha lamió la del hombre con timidez y se retiró de prisa. La reacción física de Jon fue tan intensa que le dolió: lo que más deseaba era tenderla otra vez sobre las almohadas y hacerle el amor hasta que perdiese el aliento. Pero no quería asustarla... Atónito, comprendió que la idea de la violación ya no le parecía tan satisfactoria como antes. La quería por entero, dispuesta y voluntariosa.

—Señorita —se oyó la voz de Petersham al otro lado de la puerta y se apartaron bruscamente.

«Maldición», pensó Jon, frustrado, pero luego reconoció que era mejor, pues esa moza comenzaba a metérsele bajo la piel. Tenía que salir al aire libre, donde podría darle cierta perspectiva a lo que ella lo hacía sentir. Saltó del camastro, lanzó una mirada fugaz hacia Cathy por encima del hombro y se encaminó a zancadas hacia la puerta. La boca de la muchacha esbozaba una irritante sonrisa de Mona Lisa. Parecía muy satisfecha consigo misma y Jon se preguntó si no estaría burlándose de él...

—Tendría que arrojarte por la borda —dijo, remarcando las palabras, con cierto matiz de seriedad—. El único modo de matar a una bruja es ahogarla.

—No serviría de nada: las brujas flotan.

Le hizo una mueca traviesa pero Jon ni siquiera sonrió.

—¡Amo Jon! ¡Eh, capitán! No sabía que todavía estaba en el camarote. ¿Se siente mal? —exclamó Petersham, ruborizado, cuando Jon abrió la puerta de par en par.

Al ver el rostro magullado del capitán, adoptó una expresión de asombro, pero se apresuró a contener la exclamación que pugnaba por salir de su boca. Realmente, era mejor ignorar ciertas cosas.

—No, no me siento mal —respondió Jon, con sequedad, mirando ceñudo a Petersham.

«Es muy obvio lo que piensa ese viejo tonto», se dijo.

—Esta mañana tenía ciertos... eh... asuntos que era mejor atender a puerta cerrada.

—Lo entiendo, señor.

Petersham se permitió una sonrisa fugaz. Jon ahogó una maldición, pasó junto al mayordomo y desapareció.

—Le traje el desayuno, señorita.

Vacilante, Petersham entró en el camarote. Después de ver las heridas del amo Jon, detestaba mirar a la señorita Cathy. El amo era fuerte y tenía un carácter difícil, y no habría tomado a la ligera que lo atacasen de ese modo. Cuando menos, esperaba que la muchacha también tuviese marcas, pero se sintió aturdido cuando vio que Cathy le sonreía con descaro.

—Buenos días, Petersham. Estoy hambrienta. ¿Qué me ha traído de comer?

Petersham dispuso la comida ante ella, todavía confuso. Por lo que sabía, el capitán no tenía el menor escrúpulo en darle un buen bofetón a una mujer, si creía que lo merecía. Y, si alguna lo hubiese marcado como la señorita Cathy, sabía, conociéndolo, que le pagaría con la misma moneda. En lo que se refería a esa chica, se mostraba blando. Reflexionó al respecto, pero la única conclusión posible le pareció ridícula.

—Petersham —lo llamó Cathy cuando se disponía a retirarse para dejarla tomar el desayuno tranquila—. Me gustaría tener mis otros baúles, por favor. Por fin se me permite salir a tomar el aire. —Mientras pronunciaba estas palabras, esbozó una sonrisa luminosa.

—Seguro, señorita —le respondió Petersham, completamente confundido—. Haré que se los traigan. Eh... con permiso del capitán, por supuesto.

—Por supuesto —admitió Cathy, con voz dulce.

Si todo marchaba bien, pronto el capitán aceptaría cualquier cosa que ella deseara. ¡Cuánto le gustaba eso! ¡Y cómo lo haría arrastrarse!

Los mismos marineros que habían llevado la bañera al camarote del capitán la noche anterior acarrearon los baúles y, aunque fueron muy respetuosos, Cathy se sintió abatida por las sonrisas suspicaces que le dirigieron cuando les dio las gracias. «¿Qué será lo que les divierte?», se preguntó, después de comprobar si estaba bien cubierta. Lo estaba. Cathy sacudió la cabeza y dejó de lado la cuestión. En el mejor de los casos, los hombres eran seres extraños.

Pasó la hora siguiente acomodando la ropa. Plegó con cuidado las prendas interiores y las metió en el guardarropas. Tuvo que apartar algunas camisas de Jon para hacer sitio para sus propias prendas, y se encogió de hombros mientras las metía dentro de un baúl: estaba segura de que al capitán no le molestaría. No era demasiado meticuloso con su ropa. Colgó algunos vestidos que no estaban demasiado arrugados y arrojó el resto a los pies de la cama hasta que los plancharan... si es que el *Margarita* tenía algo tan civilizado como una plancha... Al parecer, lo único que pretendía Jon de su ropa era que estuviese limpia y, en ocasiones, tampoco eso le preocupaba demasiado.

Un vestido de día de muselina blanca, salpicado de diminutas hojas de color verde menta, era el menos arrugado de todos y Cathy decidió que le iría muy bien. Se sujetaba a la cintura con una faja de seda verde que se ataba atrás con un moño enorme y lo combinó con pequeñas sandalias verdes. A su juicio, el sombrero añadía el toque justo. Se miró en el espejo y aprobó lo que veía. El verde suave del sombrero acentuaba el cabello dorado y hacía resaltar el azul de los ojos. La sencillez del vestido llamaba la atención hacia la cintura diminuta de Cathy y las curvas rotundas encima y debajo. «Sin duda, Jon quedará bastante aturdido —pensó—. Y aturdirlo forma parte de mi plan.»

El capitán la había poseído dos veces durante la noche y, para ser sincera, debía admitir que tenía razón: era mejor a medida que se repetía. Aun así, le causaba resentimiento la idea de que pudiese tomarla, le gustara a ella o no. El orgullo exigía que Cathy lo pusiese de rodillas e hiciera todo lo posible para que se enamorase de ella.

Ya había pasado el mediodía cuando se aventuró a salir a cubierta y el sol estaba directamente sobre su cabeza. La luminosidad la hizo cerrar los ojos unos instantes y luego levantó la cara hacia el sol, disfrutando la fuerza de los rayos sobre la piel. Abrió los ojos y vio un cielo perfecto, con nubes blancas que huían por el cielo como ovejitas. Una brisa punzante refrescaba el aire. El *Margarita* se balanceaba arriba y abajo como la cuna de un bebé, los aparejos restallaban en el viento, las maderas crujían. De repente Cathy se sintió maravillosamente. ¡Era magnífico estar otra vez en el bullicio de la vida!

—Lady Catherine.

Cathy se volvió y vio al joven que se había negado a ayudarla cuando la llevaron a bordo. Había oído que Jon lo llamaba Harry. El buen humor de la muchacha se enfrió un poco, pues la presencia del joven era un recordatorio de que, a fin de cuentas, ella no era más que una prisionera en el barco y dependía de las órdenes y de la buena voluntad del capitán. Al pensar en ello echó la cabeza atrás, con los ojos azules relampagueantes: «No por mucho tiempo», se prometió.

—Señora, el capitán le envía sus cumplidos y todo eso, y le ruega que se reúna con él en el alcázar. Dice que ahí el aire es más saludable para una dama joven.

Cathy lo miró altanera: la última vez que se dirigió a ella no estaba ni por asomo tan preocupado por el bienestar de la prisionera. ¡En realidad la había dejado directamente en las fauces del león proverbial! Desde aquel momento Cathy había aprendido que, si bien el león era feroz, no era tan temible como parecía. Y la protección de ese león le permitía hacer caso omiso de la persecución de otras fieras menores, como el hombre que estaba ante ella.

Con toda deliberación apartó el rostro, como si de pronto la afectara una aguda sordera y dejó vagar la mirada alrededor. Los marineros interrumpieron las tareas y la contemplaban como lo haría una jauría ante un hueso muy jugoso. Bajo las miradas de tantos ojos lascivos, Cathy se estremeció: ¡lo que tenían en mente era obvio! Si no contara con la protección de Jon, estaba convencida de que se la pasarían de mano en mano como una golosina. Comparado con lo que podría haberle sucedido, su destino era casi tolerable.

—Milady —comenzó Harry, desesperado, pero lo interrumpió un grito colérico desde el alcázar.

—¡Harry! Deja de parlotear y tráela aquí. ¡Y vosotros, los demás, volved al trabajo! ¡Tendréis tiempo de sobra para estar con mujeres cuando toquemos puerto!

—¡Sí, capitán! La cuestión es si encontraremos un bombón como ése. ¡Es mucho mejor acostarse con una tigresa que con una gata doméstica! ¿No es así, muchachos?

Un coro de hurras y gruñidos saludó la humorada. Al alzar la vista hacia donde estaba el capitán, Cathy advirtió, irritada, que hasta él reía. ¡Todos eran unos animales crueles y su grosería le revolvía el estómago! Sin duda la tripulación había adivinado la verdadera causa de las marcas que Jon llevaba en el rostro y durante un tiempo hicieron bromas con doble sentido. «¡Bueno, que piensen lo que quieran! ¡No permitiré que una banda de piratas me avergüence!»

De pronto, al ver a Cathy en toda su gloria, con el vestido escotado y delgado como el aire, Jon frunció el entrecejo y ella le retribuyó la misma expresión. ¡Cómo tenía la audacia de permitir que sus hombres la hicieran objeto de bromas sucias! Lo miró con altanería y subió los peldaños de madera. Con expresión severa, Jon la observó acercarse, con las piernas abiertas para mantener el equilibrio en el constante balanceo del barco, las manos aferradas a la barandilla. La brisa había desordenado los cabellos oscuros. El sol resplandecía en los tocones de barba negriazul que le oscurecía las mejillas. Llevaba una camisa blanca con desgarrones, abierta hasta la cintura, el pecho húmedo de sudor expuesto a la brisa. En la faja que le ceñía la cintura esbelta llevaba pistolas y un cuchillo largo y las piernas fuertes estaban metidas en apretados pantalones negros. «¡Gracias a Dios, el día que me arrebató del *Anna Greer* no tenía un aspecto tan temible! —se dijo Cathy—, pues de lo contrario me habría asustado de muerte!».

—Parece un auténtico pirata —lo acusó, al aproximarse a él en el alcázar.

—Es lo que soy —respondió Jon, con sequedad—. Y harías bien en recordarlo, encanto, si no quieres obligarme a que te lo recuerde.

La dura advertencia amilanó a Cathy. Después de la gentileza con que la había tratado esa mañana y la pasión con que le había hecho el amor por la noche, la joven confiaba en que pronto Jon comería de su mano y, de pronto, no estaba tan segura. El capitán había tenido experiencia con muchas mujeres; ¿acaso el cuerpo inexperto de Cathy tendría la fuerza suficiente para dominar la relación? No lo sabía. Era el único as que tenía y no le quedaba otra alternativa que jugárselo.

Lo miró con coquetería pero la irritó comprobar que no le prestaba atención a ella sino a algo que estaba en un punto lejano del horizonte.

—¿Buscas a mis salvadores? —lo aguijoneó.

Jon le lanzó una mirada fugaz e inexpresiva y luego la desvió hacia el horizonte.

—Tus «salvadores», como los llamas, nos perdieron de vista en la tormenta. Hace días que no vemos rastros de ellos. Y como ahora el *Margarita* tomó un curso completamente diferente al de ellos la última vez que posaron los ojos sobre nosotros, no tengo esperanzas de librarme de ti de un modo tan satisfactorio.

—Si estás tan ansioso de librarte de mí, ¿por que no me has lanzado a la deriva en uno de esos botes, la primera noche? Estoy segura de que a la Armada Real le habría encantado recogerme.

—Ocurre que aquella primera noche yo tenía otras intenciones hacia ti.

La mirada que le dedicó no dejó dudas a Cathy del significado de la frase. Con las mejillas encendidas, la muchacha miró alrededor para comprobar si alguien podía oírlos. Sólo Harry y un marino viejo y robusto estaban cerca, ambos concentrados en sus tareas. Sin embargo, algo en sus expresiones indicó a Cathy que escuchaban con sumo interés lo que Jon y ella hablaban.

—He notado que demuestras demasiado interés por los demás cautivos.

Las palabras de Jon la hicieron volver la vista.

—Yo... por supuesto que me preocupan —mintió. A decir verdad, estaba demasiado preocupada por su propia seguridad para afligirse demasiado por tres personas casi extrañas, pero eso Jon lo ignoraba.

—Simplemente, me ha limitado a suponer que, como esperas obtener una gran suma de dinero de su rescate, por tu propio interés te ocuparías de mantenerlos sanos y salvos. ¿Estoy equivocada?

—No, gatita mía —murmuró el capitán—. No te has equivocado, pero sí tienes la lengua un poco afilada. Eso pronto podrá remediarlo un encuentro con otro gato.

Aquel inexplicable cambio de actitud desconcertó totalmente a Cathy. ¿Qué le pasaría? No se habían peleado. ¿Estaría enfadado por algo que ella ignoraba? ¡Bien, prefería soportar el gato de nueve colas antes que pedirle que le concediera una tregua!

—Haga lo que estime necesario, capitán —dijo, en tono frío—. ¡Siempre supe que los piratas eran una especie temible por lo cruel y sanguinaria!

—¿Y nunca te dijeron, milady, que el orgullo precedía a la caída? —La voz del capitán fue dura—. Un solo golpe del gato sobre tu espalda desnuda bastaría para que te arrastraras de rodillas implorando piedad.

—En ese caso usted no obtendría un gran placer, ¿no es así, capitán?

Cathy sonrió triunfal, sabiendo que lo tenía atrapado en eso: no podía darle latigazos, pues si lo hacía luego no podría acostarse con ella. La protección de la muchacha residía en el egoísmo y la lascivia del mismo bribón.

—¿No es así?

Él sonrió, mirándola a los ojos.

—En realidad, que recibas latigazos no arruinaría demasiado mi placer. Es cierto que para ti sería algo doloroso, aunque los piratas no nos distinguimos por preocuparnos por la comodidad de nuestros prisioneros.

—¡Tú...! —comenzó Cathy, acalorada, pero se interrumpió de golpe al ver que Harry se acercaba a ellos.

Jon le lanzó una mirada impaciente y Harry pareció hallarse incómodo.

—Perdone, capitán, es hora de que saquemos a los prisioneros para que hagan ejercicios. ¿Me encargo de eso?

—Sí —respondió Jon, con brusquedad, y giró para que su ancha espalda quedase frente a Cathy.

La joven permaneció ahí, mordiéndose los labios, mientras llevaban de la bodega a sus compañeros de infortunio, que subían tambaleándose por la escala del castillo de proa; se limitó a echarles una mirada, más preocupada por el extraño comportamiento de Jon que por la difícil situación de los prisioneros. Luego, volvió a mirarlos con más atención: los tres parpadeaban por el brillo del sol, con los rostros pálidos y delgados, y la ropa sucia y arrugada. No parecían haber recibido una comida decente ni un baño desde que abordaron el *Margarita*, una semana atrás, y los labios de Cathy formaron un «oh» de asombro y horror. Si acaso hubiese pensado en algún momento en sus compañeros de cautiverio, habría supuesto que se los alimentaba y alojaba como a ella misma, y que la única diferencia consistiría en que no los obligaban a acostarse con nadie, pero ahora comprendía su error. ¡Salvo por un detalle, su destino fue mucho mejor que el de ellos! Sintió una punzada de indignación hacia Jon, que los había maltratado de manera tan inhumana.

Con la cabeza alta, la espalda rígida, se sujetó las faldas con una mano y empezó a descender del alcázar con aire regio. Jon la llamó, perentorio, pero ella no hizo caso moviendo la cabeza en un gesto desafiante. Al fin y al cabo, ¿qué podía hacerle que ya no le hubiese hecho? Le cruzó por la cabeza el comentario referido a un encuentro con un gato, pero lo descartó. ¡Ya vería Jon que ella no se dejaba amilanar con facilidad!

Cathy cruzó rápidamente la cubierta y se acercó a la duquesa. Al oír a Cathy, la anciana giró la cabeza y luego, al ver quién le hablaba, una sonrisa iluminó el rostro macilento.

—¡Lady Catherine! Me alegro de que esté bien. Al ver que no se unía a nosotros comencé a temer por su seguridad.

—Es evidente que a ella le ofrecieron un lecho mucho más abrigado —dijo, sarcástica, la esposa del comerciante, no tan gorda como antes y mirando a Cathy como si la muchacha acabara de salir arrastrándose de abajo de una roca—. Veo que, al menos, le permitieron cambiarse de ropa, milady. Pero, claro, la duquesa y yo no les ofrecimos nuestros favores a los piratas.

—Señora Grady —dijo la duquesa con el tono autoritario al que su alto rango la tenía acostumbrada—, tenga la gentileza de callarse. Si a lady Catherine le fue mejor que a nosotros, estoy segura de que no es culpa de ella. Si no, bueno... estoy segura de que tampoco es culpa de ella.

Ante el regaño, la señora Grady se enfurruñó y se alejó. La duquesa miró a Cathy con vivacidad:

—¿La maltrataron? —le preguntó, en voz baja.

Cathy sintió que las mejillas se le enrojecían, pero respondió con toda la calma que pudo:

—No, en realidad... no.

Por regla general Cathy detestaba las mentiras y también a los mentirosos, pero en aquellos momentos comprendía, con un nudo en la boca del estómago, que todo su futuro dependía de que nadie supiera lo que había sufrido en realidad. El estigma de la violación todo lo saturaba. En cuanto se supiera, se esfumarían las esperanzas de Cathy de hacer un matrimonio brillante, o cualquier otro. En la Inglaterra de Victoria, una mujer soltera que no fuese casta era de inmediato catalogada de prostituta, sin importar en qué circunstancias esa mujer hubiese perdido la castidad.

—Entiendo.

Los ojos de la anciana observaron el rostro de Cathy, pero nada en su expresión indicaba que no le hubiese creído y Cathy contuvo un suspiro de alivio.

—¿Dónde te alojaron?

—Yo... yo... el capitán tuvo la bondad de dejarme usar su camarote.

Eso era cierto: usaba el camarote de Jon. Y a nadie le importaba qué precio había pagado por ello.

—Fue muy caballeroso de parte de él y debo confesar que me sorprende. Es probable que le recuerdes a una hermana más pequeña, o incluso a una hija. Me imagino que hasta los asesinos tienen sus puntos débiles.

—Sí, sí, sin duda debe de ser eso.

Cathy se sentía cada vez más incómoda. Tenía la vergüenza marcada a fuego en la frente y las mejillas, y se apresuró a cambiar de tema.

—Dígame, ¿cómo han sido las cosas para usted y para... eh... el señor y la señora Grady?

La duquesa miró con aire melancólico el vestido manchado que parecía colgarle de los huesos.

—Como ves, las cosas no han ido demasiado bien para nosotros. Al menos estamos vivos y creo que tenemos que darle gracias a Dios por eso. Por lo general, a los piratas no les importa mucho matar a gente inocente si la tienen a mano. Son personas brutales, sin ley.

—Sí, señora, tiene usted razón. Somos brutales y sin ley.

Cuando las manos de Jon se cerraron con fuerza sobre los hombros apenas cubiertos de Cathy, la muchacha saltó. Tendría que haber adivinado que la seguiría, pues el orgullo y la arrogancia no le permitirían pasar por alto su desobediencia frente a la tripulación. Pero ¿la delataría? Sin darse cuenta, le echó una mirada suplicante por encima del hombro y, al mismo tiempo, intentó con mucho disimulo librarse de su contacto. Para su asombro, Jon la soltó.

—Me alegra que lo comprenda, joven, pues si continúa con este modo de vida, sin duda lo colgarán.

El tono de la duquesa era despectivo y, al ver que la boca de Jon se ponía tensa, Cathy temió por la anciana: Jon no era de los que toman a la ligera la impertinencia.

—Sin duda, señora.

Al ver que Jon se limitaba a responder con algo de impaciencia, Cathy se relajó.

—Mis hombres y yo preferimos que nos cuelguen a morir de hambre.

La duquesa miró a Jon con expresión helada. Era una anciana, una mujer casi al final de la vida y, si bien no le temía a la muerte, no tenía intenciones de apresurarla. Aquel individuo era un pirata y su oficio, por definición, era el crimen. La anciana suavizó el tono.

—Lady Catherine me informó que el alojamiento de ella es algo mejor que el nuestro y eso me alegra. Es muy joven y sería abominable que sufriera malos tratos. —Sus palabras significaban una clara advertencia para Jon. Cathy tragó con dificultad: ¡ojalá el capitán no la delatara! Después de todo, no ganaría nada con desprestigiarla.

—Como usted dice, es muy joven —respondió Jon, lentamente, con el semblante inmutable—. Me pareció mejor ponerla donde estuviese libre de daño. En cuanto a la falta de comodidades de ustedes, en verdad lo lamento, pero tiene que comprender que el *Margarita* no es una nave de lujo.

—Eso es bastante evidente, joven. ¿Cuándo cree que seremos liberados?

—En cuanto sea posible, cuando el *Margarita* toque puerto se harán los arreglos necesarios. Es posible que sea dentro de diez días.

—Capitán, le aseguro que para nosotros no se moverá usted lo bastante rápido.

—Ya lo sé. Y ahora, señora, a mis hombres los reclaman otras tareas. Si está lista, la acompañaremos abajo.

—Ah, sí. Nunca hay que tirar de la cola de un tigre, ¿verdad? —dijo la duquesa, con aire sombrío. Sin esperar respuesta, se dio la vuelta para bajar.

Un marinero que vigilaba a los prisioneros tomó del brazo a la anciana sin demasiada gentileza. Otro, fue empujando a los Grady delante de sí como si fuesen gansos. Al observar el rostro macilento de la duquesa con una expresión de fatigada tolerancia, Cathy sintió una punzada de remordimiento. Tendría que hacer todo lo posible para ayudarla pues, de lo contrario, la conciencia no la dejaría en paz.

—¡Un momento! —gritó, en un impulso y agregó, dirigiéndose a Jon—: ¡No puedes seguir tratándolos de un modo tan bárbaro! ¡Es cruel e inhumano! ¡Si siguen así, yo quiero sufrir junto con ellos!

Jon la observó desde la coronilla hasta las puntas de los pies y Cathy sintió que aquella mirada dura la congelaba, pero se mantuvo firme. Podía ocurrir que le tomara la palabra y la enviase abajo, con los demás. Si así fuese, habría cambiado buena alimentación y una cama blanda por la restitución del honor, aunque algo estropeado. Si no, si se empecinaba en darle una lección y no quería renunciar al uso de su cuerpo, podría negarse a someterse al capitán hasta que los otros prisioneros fuesen bien alimentados y alojados. Claro que él siempre podría emplear la fuerza bruta, aunque Cathy comenzaba a sospechar que eso ya no le satisfacía. Al menos, esperaba que fuese así.

—¿Qué has dicho?

La voz de Jon tuvo un tono suave y amenazador, para que solamente ella lo oyese; los ojos de Cathy relampaguearon, desafiantes.

—Exijo que trates con decencia a los prisioneros. ¡Es una brutalidad abusar así de ellos! ¡Si piensas matarlos de hambre y tenerlos encerrados, yo lo compartiré!

—Mi dulzura, si insistes en pasar hambre y en permanecer encerrada, no tengo nada que objetar. Pero yo daré las órdenes, no tú.

La voz seguía siendo baja. Cathy esperaba que los demás no hubiesen oído los términos cariñosos con que había iniciado su declaración. El sentido común le indicaba que se echara atrás, mientras todavía tenía oportunidad de retirarse con gracia, pero el orgullo no se lo permitió.

—Deberían tratarnos a todos del mismo modo —insistió—. Si a mí se me alimenta y aloja bien, ellos también tendrían que disfrutarlo.

Jon negó con la cabeza.

—No eres rápida para aprender, ¿no es cierto, gatita? Soy el capitán y yo doy las órdenes. ¡No creas que porque compartes mi cama puedes indicarme lo que tengo que hacer!

Cathy contuvo una exclamación y miró por encima del hombro, rogando que nadie hubiese oído la cruda afirmación del capitán; sus esperanzas fueron vanas. El matrimonio Grady la miraba espantado; la expresión de la duquesa, en cambio, era de pena. Cathy se puso encarnada. Aunque ella misma había causado la difusión de su propia desgracia, se negó a admitirlo. Sintió que odiaba más a Jon por revelar su vergüenza que por causarla. ¡Nunca lo perdonaría, jamás!

—¡Te odio! —murmuró en tono feroz, mientras Jon indicaba a los divertidos marineros que llevaran abajo a los otros tres prisioneros.

Aferró a Cathy del brazo con rudeza y la arrastró a zancadas hacia el camarote.

—Ahórrate los berrinches para cuando estemos solos, por favor —dijo, con aspereza—. ¡De lo contrario, me veré obligado a ventilarlos también en público!

—¡No tendrías que haber dicho eso! ¿No te bastó con lo que me hiciste que, además, tienes que contárselo al mundo entero? Capitán, ¿te envaneces tanto de tus conquistas que tienes que procurar que todos las conozcan?

—¡He dicho que te calles!

El tono salvaje, apenas contenido del capitán, hizo efecto en Cathy. Prudente, hizo lo que le ordenaba, pero mientras la arrastraba dentro del camarote alzó la barbilla en gesto desafiante.

—Lo has hecho adrede —atacó Cathy con voz trémula en cuanto Jon cerró la puerta de una patada.

—No tuve más remedio —fue la tranquila respuesta de Jon, quien se apoyó de espaldas contra la puerta y cruzó los brazos sobre el pecho. No exhibía rastros del enfado que demostró minutos antes—. De todos modos, lo sabían. ¿Acaso crees que son tontos?

—No estaban seguros hasta que tú se lo dijiste directamente —siseó Cathy—. ¿Tienes idea de lo que has hecho? Me arruinaste la vida. ¡Ahora nadie querrá casarse conmigo! Ningún caballero aceptará... ¡las sobras de un pirata!

—Pero tú no eres una sobra... todavía.

De pronto Jon rió, con una expresión maliciosa bailoteándole en los ojos.

—Quién sabe, tal vez seas afortunada: tal vez decida conservarte como mascota. En ocasiones, me encanta cómo ronroneas, mi gatita.

Furiosa, Cathy contuvo el aliento.

—Sucio canalla, ¿crees acaso que mi padre no vendrá a buscarme? Lo hará... y me encontrará. Tu única esperanza es dejarme libre en cuanto toquemos tierra. Mi padre es poderoso: ¡te colgará veinte veces por lo que me has hecho!

Estaba tan enfadada que no sabía lo que decía. La sonrisa de Jon se tornó irónica.

—Gatita, antes tiene que atraparme y eso es difícil. Muchos lo intentaron durante años y aquí estoy. ¿Qué te hace pensar que tu padre tendrá éxito en una misión en la que otros fracasaron?

—Lo logrará, eso es todo —fue lo único que se le ocurrió a Cathy. Habló entre dientes, para compensar la falta de sentido de lo que decía.

—Tal vez no lo intente si tú le mandas un mensaje en el que afirmas que has decidido quedarte conmigo por tu propia voluntad.

Si bien Jon lo dijo con aire indiferente, no apartó la mirada del rostro sonrojado de Cathy; ella estaba demasiado enfadada para notarlo.

—¿Quedarme contigo? —Rió, despectiva—. ¡Estás bromeando! ¿Acaso crees que puedo dejar de lado mi futuro, mi familia y mis amigos para quedarme con un hombre que no tiene escrúpulos en violar a una joven inocente, un sujeto que asesina y roba, que mata de hambre a una anciana indefensa? Capitán, debes de sobrestimar tus habilidades en la cama. En lo que a mí respecta, no estoy de acuerdo.

—Eres una gatita engreída, ¿no es cierto, encanto? —Jon habló marcando las palabras, con un extraño resplandor en la mirada—. ¿Qué te hace pensar que yo te tomaré? Sólo me refería a una posibilidad. En cuanto lleguemos a puerto, habrá mujeres de sobra deseosas de entibiar mi cama. Y me alegra decir que serán mujeres mucho más aptas que tú para satisfacer a un hombre. A ti ya te conozco.

Cathy lo miró, furiosa, demasiado exasperada por el modo arrogante con que la había rebajado como para pensar en una réplica. Jon continuó con frialdad:

—Y, en cuanto al resto de tus comentarios, los tomaré en consideración uno por uno. En primer lugar, pensé que ya estábamos de acuerdo en que no fue violación. En segundo lugar, robo para sobrevivir. Si alguna vez hubieses tenido hambre, serías más comprensiva. En tercer lugar, si no mato a mis rivales, con toda seguridad ellos me matarán a mí. Y yo prefiero vivir. Y por último, en lo que se refiere a esos gordos que pasan hambre, déjame decirte que las raciones del *Margarita* se calculan con sumo cuidado antes de cada viaje para que alcancen hasta nuestro destino y de regreso... y nada más. No tenemos espacio para almacenar alimentos de más. Cuando asaltamos el *Anna Greer*, nuestras reservas ya eran escasas. Lo seguimos más tiempo del que creí al principio, ¿entiendes? Si quisiéramos alimentar bien a uno de tus tres amigos, habría comida insuficiente para uno de mis hombres, a fin de compensar. Reciben lo suficiente para mantener juntos alma y cuerpo, y llegaremos a puerto antes de que sufran efectos graves. Tendrías que agradecer que tus curvas me atrajeran lo bastante para querer mantenerlas así.

—Te desprecio y te detesto —repuso Cathy con lentitud, tras largo rato—. Tienes el corazón más duro que haya conocido. Si es que tienes corazón, cosa que dudo.

—No te preocupes, tengo corazón. —Las largas pestañas de Jon bajaron para ocultar los ojos—. Pero también tengo sentido suficiente para comprender que si no cuido de mí y de lo que es mío a nadie le importará un ardite. Eso es algo que aprenderás cuando crezcas, chiquilla mía.

—Gracias a ti, ya no soy una chiquilla —repuso Cathy, con amargura—. Te has ocupado de que creciera de prisa.

—Y disfruté de cada instante de tu educación.

Otra vez apareció esa luz traviesa en los ojos del capitán.

Cathy le volvió la espalda, harta de discutir, y atravesó el cuarto en dirección a la ventana, para mirar hacia fuera.

—¿Puedes salir, por favor? Me gustaría estar a solas un rato —dijo, con voz glacial.

—A sus órdenes, milady. Por un rato. No te acostumbres demasiado a la soledad. Recuerda que es sólo transitoria.

Cathy apretó los labios y se negó a dignificar la pulla con una respuesta. Un momento después escuchó que la puerta se abría y luego el chasquido, al cerrarse tras el capitán. A través de la ventana, el sol dibujaba formas cambiantes y chispeantes sobre las olas que rompían con suavidad. Cathy las miró sin ver. Se sintió destruida, vacía de toda emoción. Por primera vez, aceptó que estaba por completo a merced del capitán pirata. Luego sonrió con expresión sombría. Sólo una tonta era capaz de esperar merced de un hombre inmisericordioso.

# 5

Once días más tarde el *Margarita* entró en las aguas del puerto español de Cádiz. El tiempo estaba caluroso y soleado otra vez, tras una semana de chubascos. Desde la pelea, Cathy sólo le dirigió la palabra a Jon cuando fue imprescindible y lo mismo hizo el capitán. En esos momentos, el único contacto entre ellos consistía en que Jon poseyera el cuerpo de Cathy al menos una vez, en ocasiones dos o tres veces por día. A la muchacha cada vez le resultaba más fácil tenderse inmóvil como una estatua de piedra debajo del hombre, mientras él le hacía lo peor. Se volvió una cuestión de honor para Cathy no sentir nada... y procurar que Jon lo supiera.

A medida que la resistencia de la joven aumentaba, el ánimo del capitán empeoraba. Hasta Harry se movía cerca de él como si fuese una bomba viviente a punto de estallar. Petersham cuidaba de mantenerse lejos del camarote cuando el capitán estaba allí y le decía a Cathy con franqueza que no tenía el menor deseo de estar presente cuando ocurriera la explosión. Ella se negaba a dejarse intimidar y admitía que su táctica, aunque peligrosa, daba resultado.

La actitud de la muchacha era tan irritante para el capitán como una mosca para un caballo. De tan exasperado que estaba, no podía ocultar el hecho de que ya tenía a Cathy metida bajo la piel. La noche anterior, cuando inició lo que Cathy denominaba el asalto ritual, se irritó tanto que no pudo menos que revelarle cuánto le molestaba su falta de respuesta. Jon la arrojó al camastro y Cathy permaneció inerte, sin resistir, como una muñeca de trapo, mientras él la desnudaba. Por fin, ahogando un juramento, Jon se interrumpió con su manaza en la cintura de los calzones de Cathy y la miró, ceñudo. Cathy apretó los dientes y su única respuesta fue una mirada.

—Está bien, perra —exclamó entre dientes, con ferocidad—. Cierra los ojos y piensa en Inglaterra. ¿Acaso crees que me importa lo que sientas?

Tras eso, descendió sobre el cuerpo rígido y lo poseyó con brutalidad. Cathy no hizo movimiento ni emitió sonido alguno que pudiese ayudar o impedir: yacía como un cadáver, con una sensación interior de triunfo, pues tal vez el hombre ganase alguna batalla, pero ella estaba ganando la guerra.

Las manos y la boca de Jon eran bruscas adrede y le dejaron hematomas que, al día siguiente, aún eran evidentes. Cuando terminó, rodó a un costado, maldiciendo. Instantes después se levantó del camastro, se vistió y salió a zancadas del camarote sin proferir palabra. Desde entonces, Cathy no lo había visto y al recordarlo sonrió: lo hacía sufrir y esa convicción le iluminó el día.

El espectáculo desusado de la tierra por la ventanilla atrajo a Cathy de modo irresistible y decidió poner fin al exilio autoimpuesto. A fin de cuentas, la única que sufría con el confinamiento era ella. Como dijo Jon en numerosas ocasiones, por lo que a él le importaba, Cathy podría quedarse en el camarote hasta el día del juicio final. Lo único que interesaba al capitán era tener disponible el cuerpo de la joven. «¡Animal!», pensó Cathy con amargura, y se apresuró a apartarlo de sus pensamientos. Estaba decidida a disfrutar del día.

Se vistió de prisa, tan harta de las cuatro paredes del camarote del capitán que le dieron ganas de gritar. Teniendo en cuenta el calor, le pareció lo mejor un vestido sencillo de lino color melocotón, que se fundía con el color de su piel y daba la impresión, a primera vista, de que estaba desnuda. Un gran sombrero de paja sujeto bajo la barbilla le protegía el rostro del sol y completaba el atuendo. Abrió la puerta del camarote y salió a cubierta.

La aparición de Cathy no produjo el menor tropiezo en la fluidez con que se manejaba el barco. A decir verdad, nadie le dirigió siquiera una mirada. Los marineros estaban atareados arriando las velas, para que el *Margarita* pudiese echar el ancla sin contratiempos. Desde las jarcias, donde los hombres se atareaban como monos vocingleros, flotaban hasta los oídos de la muchacha canciones picarescas y palabrotas joviales.

Jon no estaba en el alcázar. Cathy lo buscó alrededor, pues opinaba que era preferible tener al enemigo a la vista pero, al parecer, no estaba en el buque. Sus ojos volvieron a pasearse cuando oyó la voz profunda del capitán muy arriba. Miró hacia lo alto y, cuando al fin lo divisó, casi se le detuvo el corazón antes de retomar sus latidos a doble velocidad. Estaba en las jarcias con sus hombres, cerca de la punta del mástil principal, y trepaba más alto aún ante la mirada de Cathy, para soltar la cuerda que amarraba la gavia a la verga. Por fin, tras varios intentos fallidos lo logró y la lona cayó aleteando como una gran mariposa blanca. Jon lanzó un grito triunfal y empezó a bajar del mástil con las piernas apretadas en torno de la madera tersa, colocando las manos una debajo de otra. Lucía una sonrisa que Cathy sintió deseos de borrar de un bofetón. ¡Era peligroso subir tan alto! ¡Podría haber dejado esa tarea a sus hombres! Cathy estaba demasiado conmocionada para preguntarse por qué la perturbaba tanto la idea de que Jon se cayera: sólo sabía que así era.

—Michaelson, tú y Finch revisad esa lona en busca de desgarrones —vociferó el capitán, mientras la vela seguía cayendo sobre cubierta.

—¡Diablos, capitán, no somos sastres! —replicó uno de los hombres, en tono amistoso.

—¡Si yo lo digo, lo seréis! —replicó Jon, todavía riendo—. ¡Manos a la obra!

Refunfuñando, aunque con buen ánimo, los hombres obedecieron, cosa que a Cathy le extrañó, teniendo en cuenta el humor del capitán los últimos días. Pero hasta el mismo Jon parecía más alegre. En los últimos tiempos, estaba tan entretenido como una sepultura. Entonces, la letra de una de las canciones comenzó a cobrar sentido para Cathy: Jon había dicho que cuando el *Margarita* llegara a puerto habría muchas mujeres dispuestas a calentarle la cama y al parecer la tripulación coincidía con él. Cathy apartó de su mente las canciones obscenas y entrecerró los ojos. ¡Si el capitán Hale prefería dormir con prostitutas, se sentiría agradecida, pues eso la relevaría del penoso deber! Se apretó contra la pared debajo del alcázar, ansiosa por no ser vista. ¡Esa bestia arrogante interpretaría su presencia en cubierta como una señal de que se ablandaba!

—¡Eh!, capitán!

Harry se detuvo al pie del mástil, el cuello torcido para mirar a Jon, que todavía trabajaba en las alturas.

—¿Qué hay?

—Se trata de los prisioneros, capitán. ¿Quiere que me ocupe de los rescates mientras estoy en el puerto, encargando las provisiones?

—¡Sí, demonios! ¡Cuanto antes nos deshagamos de esos apestosos, mejor!

Esa afirmación insensible impresionó a Cathy. Permaneció allí, mordiéndose el labio, sin que nadie la viese, y se dijo que debería regocijarse. Pronto quedaría libre y podría reanudar su vida a partir del momento en que fue interrumpida con tanta rudeza, ir a fiestas y bailes, conocer a jóvenes apuestos. Se propuso regresar a Portugal. Allí nadie sabría lo sucedido... y su buen nombre estaría a salvo. Hasta podría casarse... Entonces, el *Margarita* y todo lo que había sucedido a bordo sólo serían un mal sueño.

—¡Harry! —vociferó Jon después de un rato de silencio.

El segundo oficial ya había girado y se acercaba a la baranda: abajo, un bote esperaba para llevarlo al muelle. Al oír la llamada de Jon se volvió.

—¿Sí, capitán?

—Eh... arregla sólo los rescates de la vieja y del matrimonio. Tengo pensado quedarme con la muchacha por un tiempo.

Lo dijo en tono indiferente, aunque tuvo que repetirlo gritando para que Harry lo oyese bien.

—¿Está seguro, capitán? —preguntó Harry, preocupado, cuando entendió con claridad.

—Maldición, no discutas cada vez que doy una orden. Limítate a obedecer.

—Pero, capitán...

—Considérala mi parte del botín. ¿Esto facilitará que tu alma puritana lo acepte?

Jon parecía muy irritado y Harry se aclaró la voz, nervioso, recordando el cambio del temperamento del capitán en los últimos días.

—Sí, señor —dijo Harry con tono vivaz, meneando la cabeza mientras se alejaba.

Por un instante fugaz, Cathy tuvo conciencia de una punzada de deleite: ¡Jon quería conservarla...! Ella se encargaría de tenerlo a rienda corta. Sí, quería tenerla con él hasta que se cansara y luego la haría a un lado como un pantalón gastado, cuando encontrara a otra que la reemplazara. ¡Ni siquiera tendría exclusividad mientras estaba con él, si había entendido bien lo que planeaba para la noche! ¿Acaso era eso lo que Cathy, la hija de un conde, quería de la vida? ¿Ser el recipiente transitorio de la lujuria de un pirata? ¡Nunca! ¡Prefería tirarse por la borda antes que someterse a una vida tan degradante! Su orgullo se rebelaba ante semejante cuadro. «¡No lo aceptaré, no! —se dijo—. ¡Me escaparé!»

Cathy miró hacia donde la rompiente golpeaba la línea curva de la playa, a unos cientos de metros. Siempre fue una buena nadadora, cosa insólita en una mujer, pero insistió en aprender y, como siempre, se salió con la suya. Por una vez, su voluntarismo la pondría en buen camino. Estaba segura de que podría nadar hasta la costa. Si bien era cierto que nunca había nadado una distancia tan larga, tampoco había tenido nunca tan buenos motivos. Estaba convencida de que lo lograría. ¡La sola idea de contrariar al capitán Jonathan Hale le daría las fuerzas necesarias!

Con los ojos chispeantes de triunfo, Cathy se deslizó en el camarote. Jon no tenía que saber que ella había oído lo que le dijera a Harry. Tenía que pensar que ella aún creía que sería liberada cuando tocaran puerto. Esa noche bajaría a la costa despreocupado, ignorante de que la prisionera sabía nadar... Cathy sonrió. ¡Pronto descubriría que ella no era tan fácil de domesticar!

Una hora después de que oscureciera, Jon regresó al camarote. Cathy, con un casto atuendo de bata azul sobre un camisón a juego, ya estaba acurrucada en el camastro, con un libro en las manos. Dirigió una mirada altanera al hombre que entraba, pero no dijo nada. Tampoco él. Cathy mantuvo la vista en el libro, mientras por dentro se regocijaba. ¡Jon bajaría al muelle! En lugar de desnudarla y atacarla como solía hacer en cuanto entraba, estaba aprestando con cuidado los elementos de afeitarse. Con malicioso placer, la muchacha lo observó librarse el rostro de los rastrojos de barba. Poco después, se limpió los restos de jabón y se puso un pantalón de buen paño gris que no avergonzaría a un dandy de la Corte. Después se puso una camisa de lino blanco limpia y sana con un pequeño frunce en el frente y en los puños. A continuación se miró en el espejo del guardarropa y se anudó con cuidado una corbata de seda blanca en el cuello. Por último, se puso una levita de terciopelo negro. Cathy admitió que tenía todo el aspecto de un caballero y, por cierto, de un caballero muy apuesto. Si lo hubiese conocido con ese atuendo, en una fiesta o en un baile, sin duda habría ejercido a fondo sus encantos para atraerlo. Pero, como repetía Martha con frecuencia, «el apuesto es lo que hace». De acuerdo con eso, ¡Jon tendría el aspecto del príncipe sapo!

—¿Sales? —preguntó al fin Cathy, en tono helado.

Si no le demostrara la menor curiosidad, despertaría sus sospechas.

—¡Me honra! —resopló Jon, volviéndose a mirarla con exagerada admiración—. ¡Su señoría se digna hablarme, al fin! Bien, para tu información, voy a visitar a una vieja amiga —dijo, poniendo el énfasis en el femenino—. Esta noche estoy encaprichado con un postre más vivaz de lo que tú eres últimamente. Tendrías que estar agradecida, pues hoy tu descanso será tan apacible como el de una virgen.

—Estoy agradecida —le aseguró Cathy, apartando con firmeza cualquier rastro de celos—. Me gustaría que te decidieras a cambiarme de una vez. Y no te preocupes por herir mi sensibilidad. Creo que sobreviviré al golpe.

Se justificaba que Cathy estuviese orgullosa del tono indiferente con que se expresó. Si Jon tuviese la menor sospecha de lo que planeaba, eso ayudaría a engañarlo.

—Estoy pensándolo muy seriamente —respondió Jon, con frialdad.

Cathy tuvo que contener una exclamación de «¡mentiroso!». Sabía que no era cierto. ¡Ese pérfido pensaba tenerla a ella como plato principal, mientras tomaba a cualquier otra mujer que se le ocurriese al mismo tiempo! «No será por mucho tiempo», se prometió la muchacha, a punto de sonreír. Por fortuna, se contuvo a tiempo.

Jon giró otra vez hacia el espejo para alisar el cabello rebelde con el cepillo con mango de oro de Cathy, que en la enorme manaza parecía ridículamente pequeño.

Cathy lo contempló, con el triunfo brillando en los ojos: a ese sujeto arrogante no le pasó siquiera por la imaginación la idea de que ella pudiese escapar. Se apresuró a bajar los ojos, temerosa de que Jon leyese en ellos el entusiasmo creciente que la animaba.

Mientras él terminaba de acicalarse, Cathy mantuvo un silencio pétreo, negándose a mirarlo o a responderle cuando él le deseó las buenas noches, en tono burlón.

Cathy necesitó de todas sus fuerzas para quedarse donde estaba cuando Jon cerró la puerta tras de sí. Tenía que darle tiempo de abandonar el barco... Tal vez ésa fuese la única oportunidad y tenía que aprovecharla al máximo.

Por fin, el chapoteo de los remos le indicó que Jon estaba en camino. Saltó de la cama y corrió hacia la ventana: así era, él estaba alejándose. La muchacha vio la luz que se balanceaba sobre el agua mientras Jon remaba hacia la costa.

Soltó la cortina y corrió hacia los baúles. «Cálmate —se dijo, al ver que casi tropezaba con la pata de una silla—. Hay mucho tiempo.» Si le había dicho la verdad sobre su punto de destino, lo más probable era que estuviese ausente toda la noche. Los dedos de la joven volaron buscando en el baúl un equipo adecuado para nadar.

Instantes después, se irguió con su presa en la mano: un pantalón y una camisa que tendrían que servir a su propósito. Por cierto, serían más apropiados para nadar que su propio vestido largo. La tela del vestido pronto quedaría empapada y el peso la arrastraría hacia abajo. Además, la ropa de Jon le sería útil cuando hubiese llegado a la costa. Fingiría ser un muchacho hasta asegurarse de que estaba en buenas manos. Algo que este viaje le había enseñado en carne propia era que una dama joven y atractiva estaba expuesta a constantes peligros a a cada paso con el peligro.

Se vistió de prisa, agradeciendo a Dios la holgura de la ropa, que no dejaba adivinar en absoluto la forma de su cuerpo. Salvo el cabello, podría pasar con facilidad por un chico harapiento. Tendría que hacer alguna cosa con el pelo. Con rapidez lo peinó en dos largas trenzas que sujetó en la coronilla. «Con una de las gorras de Jon calzada en la cabeza, pasaré por un muchacho», pensó, mirándose en el espejo con severidad. De todos modos, estaba oscuro y se mantendría lo más lejos posible de la luz.

Tomó los zapatos más bajos del guardarropa y ató juntos los cordones para llevarlos colgados del cuello. No podría nadar con zapatos puestos pero, por otro lado, no podría caminar descalza, pues la pequeñez de sus pies la delataría de inmediato.

Por último, retiró las sábanas de la cama, las ató a lo largo y tiró del nudo con todas sus fuerzas para probar su resistencia. Como sin duda Jon habría dejado a algunos hombres de guardia, no tendría más remedio que salir por la ventana y bajar por las sábanas para no hacer ruido al zambullirse. Si tenía mucho cuidado y un poco de buena suerte, no la echarían de menos hasta la mañana siguiente, cuando regresara Jon; para entonces, ella estaría a salvo, en manos de las autoridades. Cuando les contara la historia, lo arrestarían y lo colgarían... Bueno, tal vez no contara toda la historia hasta que el *Margarita* zarpara, pues no quería tener ningún muerto sobre su conciencia. Apagó la vela.

Era más fácil hablar de salir por la ventana que hacerlo, y aunque Cathy era menuda, la ventana era más pequeña aún. Resopló y jadeó hasta que, al fin, cuando empezaba a pensar que había quedado atrapada para siempre, salió como la última aceituna del frasco. Por fortuna, había salido con los pies primero y se mantuvo aferrada a la cuerda; de lo contrario, habría caído de cabeza al agua con gran ruido de salpicaduras que alertarían a todos los barcos que había en el puerto. En cambio, salvo unas pocas maldiciones no muy femeninas, Cathy se las ingenió para bajar por el costado del *Margarita* en relativo silencio. Contuvo un poco el aliento cuando los dedos de los pies tocaron las olas, pues el agua estaba más fría de lo que esperaba. «Bueno, nadie te prometió que la huida sería una diversión —se dijo, apretando los dientes a medida que su cuerpo se introducía en el agua helada—. Un poco de frío nunca mató a nadie... todavía», agregó su cerebro, traicionero. Cathy descartó la idea en silencio.

«De cualquier modo, nadar hasta la costa me calentará», reflexionó, chapoteando un poco para orientarse. ¡Si, por accidente, nadaba hacia mar abierto, sería terrible! El agua estaba oscura pues aún no había salido la luna, pero por fortuna la costa estaba más oscura todavía y se veía como una línea de tinta negra salpicada de alfileres de luz. Aspiró una buena bocanada de aire y comenzó a nadar hacia esas lucecitas, usando el casco del *Margarita* para darse impulso. Nadó con firmeza, un brazo tras otro, como le enseñaron. El único problema fue la gorra, que se alejó flotando en cuanto la cabeza de Cathy tocó el agua y cada vez que se la volvía a encasquetar sucedía lo mismo. Por fin se la quitó, conteniendo las ganas de arrojar ese molesto objeto tan lejos como pudiese. La sujetó entre los dientes como un perro con un hueso, pues al llegar a la costa la necesitaría. Tenía un sabor asqueroso, como si la hubiesen mojado con ron. ¡Y quizá, considerando las inclinaciones de Jon, eso había sucedido!

A Cathy le pareció que había nadado horas y que la costa seguía tan lejos como siempre. Miró atrás, al *Margarita*, para cerciorarse de que iba en la dirección correcta: sí, el barco estaba a su espalda. Empezaba a felicitarse por su sentido de la orientación cuando quedó espantada por lo que veía. En la prisa por regresar al *Margarita*, casi se hundió. ¡Ahí, en el costado del barco, estaba la cuerda hecha con sábanas, colgando como una reveladora serpiente blanca! «¡Maldita sea!», murmuró, usando sin advertirlo uno de los juramentos preferidos de Jon. Si ella podía ver la cuerda con toda claridad desde donde estaba, a medio camino de la costa, debía de ser apenas un poco menos visible desde la ciudad. ¡Tendría que haberla quitado! «Demasiado tarde», se dijo, mientras se alejaba de la costa con renovado vigor. Ahora estaba segura de que notarían su ausencia la primera vez que cualquier miembro de la tripulación mirase hacia el buque.

Bueno, no había más remedio que nadar con la mayor fuerza posible y rogar que los marineros estuviesen tan embebidos en la diversión que no se les ocurriese mirar hacia el barco. Cathy se impulsó sin descanso, nadando hasta sentir que los brazos se le saldrían de las articulaciones. El aliento le ardía en la garganta y los dientes le castañeteaban de frío, pero seguía. Cuando ya desesperaba de lograrlo, su pie chocó contra algo sólido. Con un grito mudo de triunfo, supo que lo había conseguido. Dejó de nadar y se detuvo. El fondo barroso le pareció la más fina de las alfombras bajo los pies. Sonriendo, feliz, se rodeó con los brazos el cuerpo también tembloroso y helado, y fue vadeando hacia la orilla.

El olor la alcanzó antes de que tocara tierra seca. Era dulzón y pútrido, una mezcla de partes iguales de pescado podrido, basura y desperdicios humanos, que le provocó náuseas. Nunca en la vida había olido algo así.

Mientras chapaleaba por la arena mojada debajo de un tambaleante muelle de madera, se le hizo evidente que había ido a parar a la zona más dudosa de la ciudad. Se puso los zapatos y se encasquetó la gorra de Jon. El instinto le indicó que no debía demorarse.

A paso vivo se encaminó hacia lo que suponía el centro de la ciudad. Junto a ella paseaban hombres y mujeres de aspecto siniestro. Cathy se aisló todo lo que pudo del ambiente que la rodeaba, aliviada de que las personas que pasaban estuviesen concentradas en sus propios y dudosos asuntos para echarle algo más que una mirada indiferente. Sin duda le convenía encontrar a las autoridades lo más rápido posible, pues vagar sin rumbo por esa ciudad dejada de la mano de Dios era correr el riesgo de que la asesinaran.

El callejón por el que caminaba se convirtió en una calle más ancha, iluminada a ambos lados por antorchas encendidas. Los borrachos reían estrepitosamente y se tambaleaban de un establecimiento a otro, llevando de la cintura a mujeres desaliñadas. Cathy comenzó a retroceder por donde había llegado y luego se detuvo: si quería llegar a estar a salvo, necesitaba orientación, y vestida como estaba no tendría dificultad en preguntar.

Hasta donde era capaz de discernir, todos los establecimientos abiertos eran salones de uno u otro tipo. Una construcción de adobe un poco más tranquila que las otras tenía un cartel en el frente que proclamaba «Red Dog», en inglés. Le pareció la elección lógica, pues ella no sabía casi una palabra de español. Sin embargo, cierto instinto latente de autoconservación la hizo dudar.

Tenía que hacer algo. No podía seguir vagando por las calles, de noche, en la esperanza de que apareciera algún policía. En primer lugar, era peligroso. En segundo lugar, Jon la buscaría en cuanto descubriese que había desaparecido. Entretanto, tendría que estar en un lugar seguro. De todos modos, ¿qué peligro podía correr vestida de muchacho, incluso en un salón? Se miró: no se veía un atisbo de su verdadero sexo. Lo único que tenía que recordar era bajar la voz, así nadie sospecharía que era una mujer. Por alguna razón, Cathy estaba segura de que en esa parte de la ciudad, a esa hora de la noche, no convenía ser mujer.

Aspiró una gran bocanada de aire, se bajó sobre la frente la gorra de Jon, todavía húmeda, y entró con audacia por la puerta de vaivén. ¡Los corazones débiles nunca conseguían sus propósitos! Sin embargo, cuando estuvo dentro comenzó a moverse con mucha más cautela. Los hombres que bebían sentados ante las mesas redondas eran ordinarios, sucios, con más apariencia de piratas que la misma tripulación del *Margarita*. Por cierto, las voces roncas y el lenguaje obsceno indicaba que no eran precisamente caballeros. Y las mujeres que les servían cerveza y whisky y que de vez en cuando se dejaban dar un pellizco o un abrazo, ¡sin duda no eran damas! «Sería más preciso llamarlas rameras», pensó Cathy, despectiva, conteniendo apenas el rubor al ver que un inminente seductor tironeaba del corpiño de una mujer de atavío chillón y le dejaba los abundantes pechos al descubierto. La mujer lanzó unas risitas y apoyó con audacia esos montes temblorosos sobre la cara del tenorio, mientras los otros hombres la animaban con gritos lujuriosos.

«¡Animales!», pensó Cathy, estremeciéndose al tiempo que se dirigía a la barra. Al parecer, todos los hombres eran bestias sucias y desagradables: era algo innato. Empezaba a pensar que jamás se casaría, ni siquiera cuando volviese a su hogar. Tenía la sospecha de que hasta el individuo de apariencia más caballeresca tendría en común al menos una parte de esa brutalidad innata.

Cathy se detuvo junto al bar y volvió a bajarse la gorra sobre los ojos, cuidando en lo posible de no llamar la atención. Necesitaba un poco de tiempo para orientarse antes de empezar a preguntar nada a nadie. Le pareció que lo más conveniente sería preguntarle al que atendía la barra. Era un sujeto alto, corpulento, de cabello rojo que comenzaba a encanecer, ataviado con un delantal de carnicero generosamente salpicado de manchas. Aunque no parecía menos rufianesco que cualquiera de los presentes en el salón, tenía una ventaja: estaba completamente sobrio.

—¿Señor?

«¿Cómo se dirige una a un tabernero? ¡Oh, Dios! —se lamentó—, ¡tendría que haber pensado en eso!». No podía imaginarme a ninguno de aquellos sujetos empleando un trato cortés. No debía preocuparse, pues su «¿señor?» no había producido la menor respuesta.

—¡Eh, usted! —intentó otra vez, con voz gruñona.

Esta vez obtuvo resultados. El cantinero se dio la vuelta con lentitud, como si no diese crédito a sus oídos.

—¿A mí me hablas, muchacho? —vociferó, en un tono abiertamente hostil.

Cathy parpadeó, asustada, hasta que se recuperó.

—Sí.

Intentó conferir a su voz la seguridad propia de un muchachito, cuando el hombre se acercó hacia ella. A medida que se aproximaba, tragó saliva: no esperaba algo tan imponente. De cerca, el sujeto tenía la misma apariencia de un mono rojo lampiño.

A su vez, el cantinero la inspeccionaba y demoraba la mirada en la piel blanca y suave y en los enormes ojos azules bajo la gorra demasiado grande.

—¡Caramba, tenemos a un muchachito muy guapo por aquí! —exclamó, para el salón en general.

Los hombres dejaron de beber para observar a Cathy, que palideció bajo el escrutinio de tantos ojos hostiles.

—¡Álzalo para que podamos verlo! —gritó un hombre que estaba en el extremo opuesto del bar.

—¡Eh, Mac, no sabía que te gustaban los muchachos!

El compañero dio un codazo en las costillas al que había hablado primero y ensayó una amplia sonrisa:

—¿Qué pasa, acaso Bella te apartó de las mujeres?

Una mujer pelirroja muy bien dotada, que sin duda era la maligna Bella, se dio la vuelta y dio al segundo hombre un pellizco juguetón en la mejilla.

—Yo te volveré hacia las mujeres, cariño. ¡Basta con que digas una palabra! —rió.

En el transcurso de esta escena, Cathy comprendió que había cometido un error grave al entrar en ese preciso salón. Lo mejor que podría hacer era irse tan sigilosamente como había entrado. Llegó hasta la puerta sin inconvenientes y esperaba salir mientras la atención de todos se concentraba en Mac y sus compañeros; por desgracia el tabernero la vio escabullirse y la detuvo apoyando una mano carnosa en su hombro, en el mismo instante en que ya creía estar a salvo.

—¡No tan rápido, muchacho! —refunfuñó el hombre—. ¡No me has dicho aún qué era lo que querías!

Cathy lo miró con cierta desesperación.

—Yo... eh... quería saber si habría algún sitio donde pudiera encontrar una cama para pasar la noche.

Se enorgulleció de su capacidad de inventiva: era evidente que al hablar de su verdadero objetivo no encontraría eco entre esos malhechores, pues a juzgar por su pinta, todos estaban fuera de la ley.

—¿Necesitas un lugar para dormir? —preguntó el gigante, pensativo—. Bueno, sospecho que Bella querrá compartir la cama. ¡Siempre le gustaron los tipos con cara de críos!

Semejante afirmación trajo como resultado gritos y maullidos. Una mujer de pelo oscuro, una nativa a juzgar por su aspecto, se acercó contoneándose a Cathy para contemplarla más de cerca.

—¡No, es demasiado pequeño! —sentenció, tras una cuidadosa inspección—. ¡Échalo!

Los hombres estallaron en carcajadas. Cathy, con las orejas en llamas por las bromas groseras, trató de librarse de la mano del cantinero mientras María captaba la atención general, pero fue inútil: la mano del hombre estaba como pegada con cola a su hombro.

—Vamos, muchacho, no hay motivos para darse tanta prisa. ¡Tú siéntate aquí y podrás ver la diversión!

Así diciendo, el hombrón aferró la camisa de Jon del cuello y alzó a Cathy para sentarla sobre el mostrador del bar. Para su gran horror, la joven oyó que la tela cedía con un fuerte desgarrón. ¡Oh, no! Quizá no fuese tan malo, tal vez no se viera nada...

—Lo lamento por la camisa, muchacho —dijo el tabernero, mirándola, y al hacerlo sus ojos se agrandaron—. ¡Diablos, mirad esto por favor!

La voz resonante atrajo inmediatamente la atención de todos los presentes en el salón y Cathy siguió la dirección de los ojos. «¡Por Dios! —pensó, aterrada—, ¡estoy perdida!». ¡El pecho de la joven estaba expuesto en toda su gloria, rosado y blanco! Se apresuró a cubrirse con la tela, pero al lanzar una mirada alrededor comprendió que ya era demasiado tarde para remediar nada. Todos los hombres presentes en el salón la miraban con avidez.

—¡Maldita sea! —gritó una voz desde el fondo del salón—. ¡Es una chica!

—¡Es una chica! ¡Una chica!

Todos los borrachos del salón se sumaron al coro.

—¡Big Jim, muéstranos otra vez esas tetas! —lo instó uno y el coro hizo eco—: ¡Muéstranos esas tetas! ¡Muéstranos esas bonitas tetas!

El tabernero, al que llamaron Big Jim, atrapó a Cathy por la cintura con un brazo enorme. Con la mano libre, le arrebató la gorra y las trenzas, que se habían soltado cuando nadó hasta la costa, cayeron. Los dedos gruesos y carnosos se entrelazaron en el cabello húmedo separando los mechones de modo que cubrieron los hombros de la muchacha y se rizaron en torno de la cintura. Cathy, asustada como nunca en su vida, hizo desesperados intentos por liberarse, pero el brazo de hierro del hombrón la sujetó sin piedad y los dedos se le clavaron en la cintura.

—¡Hombre, muéstranos esas tetas! —lo urgió uno desde el extremo opuesto del salón.

Big Jim atrapó las manos de Cathy y las sujetó a los costados. La camisa, sin nada que la sostuviera, cayó como un pájaro muerto. Cathy sintió que todo su cuerpo enrojecía de pudor bajo las miradas de todos los varones presentes en el salón posadas sobre su pecho desnudo. ¡Oh, Dios!, ¿qué le pasaría? ¿Acaso la violarían todos ellos? De súbito, Cathy lamentó de todo corazón no estar otra vez segura en el *Margarita*. ¿Segura? ¡Sí! Aunque Jon reclamara su cuerpo, en realidad nunca le había hecho daño. ¡Por cierto, era preferible que la usara él y no que la forzara toda una banda!

—¡Eh, Jim, pásala aquí! ¡Hacía años que no veía a una beldad así!

—¡No, dámela a mí! ¡Me bastará con unos segundos para tenderla sobre ese lindo traserito y para que me entregue todo lo que tiene!

Las bromas continuaron, tornándose cada vez más lascivas. Al parecer, nadie dudaba del destino de Cathy. La única duda era quién sería el primero.

—¡Yo la vi primero!

—¡Ni hablar! ¡Yo la vi primero!

—¡Eres un maldito mentiroso! ¡Fui yo! Green, ¿recuerdas que te dije que miraras a ese chico?

Cathy empezó a marearse: ¡no era posible que aquello estuviera sucediendo. ¡Aquellos animales la destrozarían! Tenía que hacer algo para salvarse. Pelear con un hombre del tamaño de Big Jim era como ganar una mandíbula rota y no parecía tener el menor escrúpulo en golpear a una mujer. Tal vez pudiese engañarlo...

—Big Jim —murmuró al hombre cuyos brazos enormes la tenían prisionera como si fuese una niñita indefensa—. ¿Te gustaría ganar dinero? Mi padre es rico y te pagaría bien. Déjame ir...

—Odio a las mujeres —dijo Big Jim, sin alterarse—. En especial a las mentirosas. ¿Sabes qué le sucedió a la última mujer que me mintió? Pues que le tuve que partir el cuello con estas manos.

Flexionó los dedos que mantenían sujetos los brazos de Cathy a la cintura y ella tembló al sentir aquel pecho inmenso apretado contra su espalda. Sin la menor duda, tenía fuerza suficiente para hacerlo. Pero no podía rendirse...

—No miento, Big Jim —le murmuró—. Mi padre...

—Aunque es posible que no mientas, chica, tu padre no está aquí, ¿verdad?

Atribulada, Cathy negó con la cabeza y Big Jim adoptó una expresión triste.

—Eso pensé. Entonces, no tenemos nada de que hablar, ¿no es cierto?

—Big Jim —insistió Cathy, desesperada, pero la hicieron callar con un resoplido impaciente.

—De todos modos, ¿qué es lo que te asusta tanto? Puedes estar segura de que estos muchachos no te harán ningún daño. Solamente quieren divertirse un poco contigo esta noche y mañana te dejarán libre para que puedas ocuparte de tus propios asuntos sin ningún problema. Claro está que quedarás un poco inflamada, aunque seguro que eso no les importa a las muchachas como tú.

Cathy sintió deseos de gritar, llorar y reír al mismo tiempo. ¡Aquel individuo pensaba que ella era del mismo tipo que las mujeres que trabajaban para él! «¡Oh, Dios! —pensó—, ¡esto es como salir de la sartén para caer en el fuego... como una venganza! No se los facilitaré. Lucharé...».

Los dos que discutían con más fervor quién la había visto primero se levantaron de un salto y sacaron los cuchillos, pero antes de que pudieran atacarse, el puño robusto de Big Jim se estrelló con fuerza en la barra, junto a Cathy, haciéndola sobresaltarse.

—¡Esperad! —bramó—. ¡Aquí no habrá ningún derramamiento de sangre! ¡Yo digo que cada hombre que quiera a la chica tendrá que apostar por ella!

—¡Sí, sí! ¡Apostaremos por ella!

La sugerencia fue acogida con entusiasmo y aceptada por todos; Cathy se sintió tan asustada como indignada. ¿Apostar? ¡En nombre del Cielo, o debería decir del Infierno! ¿Qué quería decir eso? Instantes después lo supo.

—¿Quién tiene unos dados? ¡Muy bien, el que logra más puntos tiene el primer turno, el que sigue, el segundo y así! ¿Os parece bien?

Bulliciosamente, todos expresaron su acuerdo.

—Cuando haya empate, se tira otra vez. ¿De acuerdo?

—¡De acuerdo!

Los hombres se reunieron alrededor de una mesa redonda grande, en el centro del salón. Uno sacó un par de dados del bolsillo. Otro, miró por encima del hombro a Cathy y los ojos le brillaron de lujuria.

—¡El premio! —vociferó, de pronto.

Cathy palideció.

—¡Sí, ponedla en medio de la mesa, así veremos por qué estamos apostando!

Dos de los sujetos cruzaron la habitación para arrebatarle a Cathy a Big Jim, que la soltó sin pronunciar palabra. Cathy pataleó y arañó, frenética de terror, mientras la cargaban como un fardo hacia el lugar donde se agrupaban los demás hombres, reunidos en un apretado círculo alrededor de la mesa. El hombre que la llevaba por debajo de los brazos aprovechó la situación para apretarle el pecho desnudo, causándole gran dolor. ¡Oh, Dios, era imposible que aquello estuviera sucediéndole! Le mordió la mano con todas sus fuerzas. El hombre maldijo y casi la dejó caer al suelo. El que la llevaba de los pies se burló del dolor del compañero. Cathy trató de darle alguna patada, pero la sujetaba de los tobillos y no logró soltarse. Cuando al fin la dejaron en el suelo, el hombre al que había mordido echó el brazo atrás y la abofeteó con tal fuerza que ella se tambaleó. Otro la atrapó, riendo, y la acarició con lujuria. Cathy le pateó la espinilla y el sujeto aulló, apretándose el sitio lastimado. Antes de que pudiese responderle, alguien sujetó a Cathy por detrás y la alzó.

—¡Atad a esa perra! —gruñó el hombre mordido.

Los compañeros no necesitaron más. Sin que Cathy supiera lo que ocurría, la alzaron sobre el centro de la mesa y le ataron las manos a la espalda. Intentó patearlos pero lo único que logró fue que le amarraran también los tobillos. Para mayor seguridad, pasaron la cuerda alrededor de su cintura y la aseguraron a un gancho para carne que colgaba del techo. Cathy quedó completamente inmovilizada, indefensa y sin poder hacer nada. Lo único que podía hacer era expresar su terror y su furia con la lengua.

—¡Cerdos inmundos, responderéis por esto! —gritó, con voz temblorosa—. ¡Si no me soltáis...!

Las palabras se ahogaron de golpe cuando le taparon la boca con un trapo sucio. Cathy hizo arcadas y escupió, pero no pudo librarse de la mordaza. ¡Por Dios, estaba sofocándose! Aunque eso era preferible al destino que esos animales planeaban para ella. A través de una niebla de vergüenza y horror sintió que le desgarraban la camisa por completo.

Se le aflojaron las rodillas al contemplar al círculo de hombres que la miraban con una brutal lascivia. ¡No podía desmayarse, pues en tal caso quedaría por entero a merced de esos sujetos! Comenzó a respirar hondo por la nariz y, tras un momento, sintió que le volvían las fuerzas. El que había sufrido la mordedura le pellizcó los pezones y Cathy se crispó de dolor y de miedo.

—¡Eh, Billy, eso no es justo! Tienes que esperar tu turno, como todos —protestó uno.

El llamado Billy bajó las manos, a desgana. Cathy hizo todo lo posible por proteger su cuerpo de las miradas ávidas, pero fue inútil. Estaba obligada a permanecer de pie, amordazada y atada, en el centro de la mesa, rodeada de hombres babeantes que se regalaban la vista con avidez en sus pechos descubiertos. Juntó sus últimas reservas de voluntad y enderezó la espalda, mirándolos con ferocidad.

—Diablos, ¿qué esperamos? ¡Empecemos de una buena vez! —dijo Billy, impaciente.

Uno de los hombres tomó los dados, los agitó con intensa concentración y los hizo rodar sobre la mesa. Cayeron a los pies de Cathy que, con gran esfuerzo, los golpeó con los pies y los arrojó al suelo.

—¡Dios, era un diez! —se quejó el que había lanzado los dados, al tiempo que Billy saltaba por encima de la mesa, junto a Cathy.

La hizo esperar, echando atrás el brazo con lentitud; cuando el golpe cayó, le echó la cabeza hacia atrás. Cathy la enderezó despacio, sintiendo que se le llenaban los ojos de lágrimas y la mandíbula le palpitaba con una extraña sensación quemante: temió que se la hubiese roto.

—¡Perra, si vuelves a intentarlo te daré con mi cuchillo! —gruñó—. ¡Con la nariz cortada, no serás tan altiva!

Cathy tuvo el suficiente sentido común para comprender que hablaba en serio. Era el tipo de individuo que disfruta causándole dolor a los demás, en particular a las mujeres. Lo hacía sentir bien.

A los pies de Cathy, se reanudó el juego. Esta vez lo ignoró y se concentró en la lámpara sucia de humo y grasa que colgaba del techo.

—¡Oh, Dios, por favor, ayúdame! —rogó, desesperada.

Una lágrima de impotencia le resbaló por la mejilla. La mandíbula le dolía mucho, estaba terriblemente avergonzada por su desnudez y por el ramalazo de terror mortal que le provocaban esos hombres repulsivos. ¿Acaso no tenía modo de escapar de esos animales? ¡Recibiría gustosa al mismo diablo si podía librarla!

—Caballeros, ¿es un juego abierto?

Al oír esa voz aterciopelada que marcaba las palabras, Cathy se dio la vuelta, incrédula. ¡Jon! «¡Gracias, Dios!», pensó con fervor, sin importarle lo incongruente que resultaba ver a Jon como un salvador. Encontró la mirada de él con gozoso alivio, pero Jon le devolvió una mirada de advertencia y luego la ignoró, acercándose al grupo de hombres.

De pronto, Cathy comprendió que su rescate no era tan seguro como imaginaba: Jon estaba solo, armado con una pistola, y en el otro bando había cuando menos una docena de hombres armados hasta los dientes. No obstante, la sola presencia de Jon la hacía sentirse mucho mejor y estaba absolutamente convencida de que no podía sufrir ningún daño si él estaba allí para impedirlo.

Como un hombre, todos giraron para mirar a Jon, que se acercaba.

—¿Quién diablos eres? —preguntó Billy, suspicaz, uniendo las cejas espesas en un gesto amenazador.

—Me llamo Jon Hale. Soy capitán del *Margarita*, que está anclado en la bahía. Big Jim me conoce, ¿no es cierto, Jim?

Aunque el tono de Jon era despreocupado, no apartó la mirada de los ojos de Billy.

—Sí —admitió el cantinero, frunciendo el entrecejo—. Ya no vienes seguido por aquí, capitán. ¿Qué te trae esta noche?

—Iba a visitar a cierta dama cuando oí el barullo y me picó la curiosidad. Ahora que veo la causa... por cierto, vale la pena todo este alboroto. ¿Acaso pertenece a alguno de estos caballeros en particular?

Cathy miró de reojo a Jon, que la contemplaba con indisimulada lujuria, recorriéndola con mirada insolente y demorándose en los rosados picos que parecían apuntarle, trémulos, al ritmo de la respiración agitada. La mirada de Jon se posó un instante en la mandíbula hinchada y se apartó, pero el súbito brillo de sus ojos tranquilizó a Cathy. ¡Ya lo conocía lo suficiente para saber que significaban amenaza de peligro para alguien!

—¡Es por la chica que jugamos! —explicó una voz, en tono jovial.

—Ah, ya veo. Bien, ¿puedo participar?

La voz era muy serena y Cathy sabía, por experiencia, que esa engañosa calma enmascaraba un furor tremendo.

—No creo —dijo Billy, dubitativo—. Tú no estabas aquí cuando ella entró. No me parece justo que tengas tu turno.

Los otros asintieron, solemnes.

—¿Y si compro el turno a alguno de vosotros? —propuso Jon—. Digamos que doscientos dólares para el que me venda su lugar. ¡Con doscientos dólares podría comprarse un prostíbulo entero!

—¡Trescientos y te doy mi turno! —dijo uno que no había hablado antes.

—Doscientos cincuenta.

—¡Hecho!

El dinero pasó de manos y el juego se reanudó. Los tres primeros sacaron tres, cinco y dos, respectivamente. A juzgar por sus maldiciones, era obvio que se consideraban fuera de juego. Las jugadas se sucedieron. Billy sacó once, que resultó el límite a superar. Por fin le tocó a Jon y Cathy contuvo la respiración. ¿Qué harían si el capitán no ganaba? No se atrevía ni a pensarlo.

Jon tomó los dados, los sacudió y los dejó caer, como al descuido. Aterrizaron a los pies de Cathy, quien tuvo que esforzarse para verlos: eran... un cinco en uno y un seis en el otro. ¡Un once!

—Tiremos otra vez —refunfuñó Billy.

Arrojó los dados y sacó un nueve. Jon tiró. Los observadores murmuraron: el juego resultaba más emocionante de lo que pensaban. ¡Otro nueve!

—¡Tira otra vez! —dijo Billy, entre dientes.

—Esto podría continuar toda la noche —repuso Jon, con ligereza—. Y yo preferiría seguir con cosas más agradables. ¿Por qué no dejamos que la dama elija a su compañero?

—¡Sí, que la chica elija!

Los que habían perdido la oportunidad ansiaban prolongar la diversión y Billy no tuvo más remedio que aceptar.

Uno de los hombres se trepó a la mesa junto a Cathy y le quitó la mordaza mugrienta; la joven se crispó violentamente. Estaba pasándose la lengua por los labios resecos cuando la mano del sujeto se deslizó con familiaridad por sus nalgas, la acarició y le dio un pellizco lascivo. La muchacha lanzó un grito ahogado y Jon se dio la vuelta, con los ojos despidiendo chispas asesinas.

—Y bien, chica, ¿a cuál de estos dos varones prefieres? Te aseguro que los dos están calientes por ti. —La voz de Big Jim hizo que Jon recuperase el sentido.

Cathy miró primero a Jon, acariciando con la mirada el rostro delgado y apuesto, tenso de furia contenida, se deslizó por los hombros anchos y el pecho fuerte, que con el atuendo formal le resultaba poco familiar. Cuando los ojos de ambos se encontraron, tuvo que reprimir una sonrisa amarga: ¡cuán seguro estaba de ella! Se le veía en los ojos. Bueno, tenía sus motivos: por mucho que Cathy deseara elegir al otro para fastidiarlo, no se atrevería. No era momento para jueguitos infantiles de venganza. Jon arriesgaba la vida para salvarla y de pronto Cathy tuvo conciencia del deseo de que esos brazos fuertes la abrazaran. Por endemoniado que fuese, en ese momento para ella representaba la salvación. Era su única seguridad en ese mundo inseguro.

Casi no miró a Billy, que tendió los brazos como para bajarla. Cathy se estremeció. La luz de la lámpara caía sobre la mano tendida y vio la marca del mordisco que formaba un círculo lívido alrededor del pulgar. Los ojos de Jon fueron de la herida hacia la mandíbula lastimada de Cathy y le subieron a las mejillas manchas purpúreas de enfado.

—¡Elige, chica!

Cathy tragó saliva.

—Lo elijo a él —dijo con claridad, señalando con la cabeza a Jon.

Los hombres lanzaron bramidos de aprobación, palmearon al afortunado en la espalda e hicieron bromas obscenas a costa de Billy. Jon respondió a tono y algunas de sus afirmaciones hicieron sonrojar a Cathy, pero sus manos fueron cuidadosas al cortar con su cuchillo las ataduras. Ante la dulzura de ese contacto, Cathy sintió una abrumadora ola de ternura hacia él. Como consecuencia de su capricho, podrían haberlo matado. Cathy sabía que si Jon hubiese perdido habría tenido que luchar a muerte para protegerla y se le hizo un nudo en la garganta. Cuando tuvo los brazos y las piernas libres, le tendió los brazos sin hablar. Jon se acercó, la tomó de la cintura y la depositó en el suelo con la misma facilidad que si fuese ligera como una flor. Con gesto rápido, se quitó la chaqueta y se la puso sobre los hombros para cubrirle los pechos. El brazo en la cintura la guiaba con gentileza hacia la puerta.

—¡Deténte, capitán! —gritó Billy, mirando a ambos con evidente hostilidad—. ¿Adónde vas?

—Amigo mío, si tú no lo sabes, debo apenarme por las mujeres de esta ciudad, pues tienen unos compañeros bastante ignorantes —respondió Jon con languidez, volviendo el rostro hacia el hombre.

Los observadores aprobaron y el rostro de Billy se llenó de manchas rojizas.

—No puedes llevarte a la chica, capitán —dijo Big Jim en un aparte, desde detrás de la barra.

—¡No, la chica se queda! —gritó otro.

—¿Cómo es eso? —preguntó Jon, con una voz engañosamente fría.

Como al descuido, empujó a Cathy detrás de él; sintió que se le aceleraba el corazón.

—La gané en juego limpio, ¿no es así?

—Eso es cierto —admitió uno—. ¡Pero no esperaste a oír las reglas del juego! ¡No la has ganado del todo! Sólo la tienes por un rato. Luego pasará a Billy, después a Joe, después a Harper y así. ¡Solamente jugábamos por el primer turno!, ¿lo entiendes?

Cathy vio cómo se tensaban los músculos de la espalda de Jon bajo la camisa fina y lo miró, expectante. Desde donde estaba, sólo podía adivinar la apariencia granítica de su mandíbula mientras enfrentaba a los otros hombres agrupados. Dos de ellos se interponían, bloqueando la salida. De manera instintiva, la mano de Cathy se apoyó en el antebrazo de Jon. El hombre no respondió, pero los otros presentes lo vieron y lo encontraron divertido.

—Sin duda la chica está caliente contigo, capitán. ¿Por qué no la posees aquí mismo? ¡Todos queremos mirar!

—Ésa es muy buena idea, capitán —dijo Billy—. Así estaremos seguros de que no escaparás con algo que, por derecho, nos pertenece a todos. Si lo que quieres es intimidad, estoy seguro de que Big Jim te hará lugar gustoso detrás de la barra.

Big Jim asintió. Los demás empezaron a tocar los cuchillos, sonriendo abiertamente a Jon. Éste los observó largo rato y Cathy sintió bajo la mano que los músculos se tensaban como los de un tigre a punto de saltar. Sin embargo, el capitán se encogió de hombros y dijo con indiferencia:

—Con una zorrita como ésta, podría acostarme en el barro y creería estar entre sábanas de seda.

Los hombres rieron con disimulo. Jon giró y alzó a Cathy en brazos. De espaldas al salón, los hombros anchos ocultaban a la muchacha de la vista de los otros. Entonces se inclinó para besuquearle el cuello y le murmuró al oído:

—Cuando te avise, corre a la mayor velocidad posible. Hay un cuartelillo de policía a unos ochocientos metros al oeste. Diles quién eres y qué sucedió. Estarás a salvo y te enviarán con tu padre.

Los ojos de Cathy se agrandaron de asombro. ¿Por qué la ayudaba a alejarse de él... salvo que pensara que ya no estaría cerca para gozarla?

—¿Y qué pasará contigo? —preguntó la joven, con voz trémula.

—¿Te preocupas por mí, gatita?

Las comisuras de los labios se elevaron en un atisbo de sonrisa.

—No te preocupes. Me las arreglé para cuidarme bastante bien durante años. Y basta de charla. Haz lo que te digo, ¿entendido?

Los ojos de Cathy se posaron, interrogantes, en los del capitán; lo que vio en esas profundidades grises esfumó el núcleo de desafío que se había formado en su vientre desde la primera vez que la poseyó.

—Sí, Jon —murmuró.

—Ésa es mi chica —le susurró en el oído, la apretó contra sí y le dio un beso apasionado, para deleite de los mirones.

La boca de Cathy respondió a la dulce presión abriéndose a él, sin la menor resistencia. Le rodeó el cuello con los brazos y se sintió como desnuda cuando de pronto él la soltó.

—¡Ahora! —murmuró Jon, al tiempo que giraba para golpear a los hombres que cuidaban la puerta.

Tomados de sorpresa, uno cayó al suelo y dejó espacio suficiente para que Cathy pasara y saliera a la calle. La joven, asustada, echó un último vistazo a Jon y lo vio vacilar bajo la fuerza terrible de un puñetazo; notó que el resto de los hombres lo rodeaban, furiosos.

Cathy corrió calle abajo, seguida por los alaridos indignados de los hombres del salón, que comprendieron que había huido. El estallido de una pistola sonó como un latigazo tras ella. Corrió como nunca en su vida, con los pulmones doloridos por la falta de aire. Pero no fue hacia el oeste, al cuartelillo de policía: corrió al *Margarita*, en busca de ayuda.

# 6

—Tiene suerte de estar vivo —refunfuñó el doctor Sandoz, al alejarse del camastro.

Los ojos del médico recorrieron el cuerpo inconsciente de Jon, pálido y con aspecto de cadáver a la luz vacilante de la vela, en el camarote del barco.

—Si no fuese tan fuerte, la gran pérdida de sangre ya lo habría matado. De todos modos, está débil y con alta temperatura. Aún podríamos perderlo.

Cathy se mordió con fuerza el tembloroso labio inferior. «¡Jon no tiene que morir, no!» ¡Y menos aún por haberla rescatado de las consecuencias de su propio carácter caprichoso! «¡Oh, Dios! —pensó—, ¿por qué fui tan tonta para escaparme a una ciudad desconocida, donde no tengo amigos?» Sabía que Jon la buscaría y en secreto la idea la regocijaba. Quiso darle una lección... ¡Y en cambio, lo había matado! Si hubiese logrado que Harry y los demás llegaran más rápido, antes de que a Jon lo apuñalaran una y otra vez...

—Jovencita, ¿me escucha? —La voz del doctor Sandoz se abrió paso entre los pensamientos de Cathy—. Soy un hombre muy ocupado y hay muchos pacientes esperándome. No puedo perder tiempo mientras usted se pierde en sus ensueños.

Cathy se ruborizó y estaba por responderle bruscamente, pues aún no estaba acostumbrada a que le hablaran con tanta aspereza. Pero recordó hasta qué punto dependía Jon de la habilidad de ese hombre y se mordió la lengua. Si el médico podía salvarlo, dejaría que le hablara como le diese la gana.

—Lo siento, doctor. ¿Qué me decía? —El tono de Cathy fue sumiso.

—Necesitará cuidados constantes durante los próximos días... quizá durante semanas. La recuperación del paciente depende de dos factores: su reacción ante la fiebre que está subiendo y la posibilidad de que las heridas se infecten o no. Hay que cambiar las vendas cada cuatro horas, desde ahora hasta que yo indique lo contrario, y hay que espolvorear las heridas con un polvo que dejaré. Y también tiene que tomar estas píldoras todos los días —dijo el médico, mostrándole un frasquito de vidrio—. Si no siguiera mis instrucciones, sería igual que si lo matara ahora mismo. ¿Puedo confiar en usted para que lo cuide adecuadamente?

Los ojos oscuros, severos, estaban muy fijos en Cathy, que asintió con fervor.

—Sí, doctor, por supuesto.

—También puede confiar en la tripulación, doctor Sandoz —intervino Harry con tono frío, desde los pies del camastro—. Nos turnaremos para cuidarlo. Esta... dama... ¡ya ha hecho demasiado por el capitán!

—¡Yo lo cuidaré! —exclamó Cathy, mirando a Harry con el entrecejo fruncido; el hombre le devolvió la mirada adusta—. ¡Y lo haré mucho mejor de lo que lo harían usted y sus sucios marineros, pedante insoportable! ¡Si me hubiera escuchado, en lugar de tratar de arrastrarme al *Margarita* cuando yo insistía en que Jon necesitaba ayuda, podría haber llegado a tiempo para impedir que le hicieran daño!

—El capitán nos ordenó a todos que la buscáramos —replicó Harry, herido en lo más vivo—. ¿Cómo podía saber que usted decía la verdad? ¡Pensé que trataba de engañarme para que la dejara ir! Además, si usted no hubiese salido por esa ventana dejando un rastro que hasta un ciego sería capaz de ver, ahora haría mucho que habría desaparecido y todos seríamos más felices! Y el capitán...

—¡Basta! —interrumpió el doctor Sandoz, paseando los ojos relampagueantes de uno a otro—. ¡A mí no me importa quién hizo mal o bien! Si piensan pelearse como chiquillos, yo me iré y no volveré. Y sin duda el capitán Hale morirá.

Cathy y Harry intercambiaron miradas abatidas y se disculparon.

—Muy bien —dijo al fin el médico—. Jovencita, la hago responsable del capitán Hale. He comprobado que las mujeres, por su naturaleza más tierna, acostumbran a ser mejores enfermeras que los hombres. Usted —dijo, mirando a Harry— puede ocuparse de que ella sea relevada cada tanto. Supongo que usted quedará a cargo del barco mientras dure la enfermedad del capitán.

Harry asintió, sin hablar.

—¡Bien! —El doctor Sandoz les sonrió a ambos—. Y ahora, jovencita...

Dio a Cathy indicaciones detalladas para cuidar a Jon.

—Estaré observándola —dijo Harry a Cathy con tono feroz, cuando el doctor Sandoz se fue tras dejarle los polvos y las píldoras prometidos—. Y le advierto que si Jon muriera y existiese la más remota posibilidad de que usted hubiese hecho algo para provocar su muerte, la colgaré del palo mayor. Mujer o no. ¿Entendido?

—¡Oh, váyase al diablo! —replicó Cathy, con rudeza. Estaba a punto de abundar sobre el tema, cuando un quejido ahogado que surgió del tema de discusión atrajo la atención hacia el capitán—. ¿Jon? —preguntó ansiosa, inclinándose sobre el camastro y apoyando una mano sobre la frente oscura para ver si la sentía afiebrada.

En efecto, tenía fiebre.

—¿Capitán? —dijo Harry, al mismo tiempo.

Jon gimió y se revolvió, haciendo que su largo cuerpo se sacudiera de un lado a otro bajo la pila de mantas.

—¡Ella se marchó! —comenzó a murmurar—. ¡Maldición, se fue! ¡Y nada menos que en Cádiz...! Refugio de asesinos... Como un cordero vagando entre una manada dc lobos... ¡No tiene la menor probabilidad...! ¡Cathy! ¡Cathy!

—Calma, Jon, estoy aquí contigo, sana y salva como puedes ver —murmuró Cathy, tratando de calmarlo. Aunque sus palabras no penetraban la niebla de fiebre, al parecer Jon se calmó con el contacto suave de la mano que le acariciaba con dulzura la frente caliente.

—¿Ve lo que ha hecho? —dijo Harry con tono bajo, pero no por eso menos cruel—. Desde el momento en que Jon la trajo a bordo, supe que nos traería problemas. Se lo advertí, pero él no me hizo caso. ¡Estaba loco por usted y usted casi le provocó la muerte! ¡Bruja!

—Ya he tenido suficiente dosis de su insolencia y sus insultos —dijo Cathy entre dientes, sin poder evitar que su enfado se abriera paso entre el peso de la culpa que la aplastaba. No quiso pensar en la parte reconfortante de las acusaciones de Harry: que Jon estaba loco por ella, pero su corazón se derritió al oírlo. ¿Sería cierto?

—¡No se haga la dama fina conmigo, que no me engaña! —le espetó Harry—. ¡Recuerde que yo la vi con él y sé que en su interior no es mejor que esas mujeres trotacalles! Usted se muere por lo que él puede darle: se nota por el modo en que lo mira. ¡Y tiene la audacia de afirmar que lo odia...! ¡Dios, líbrame de las mujeres!

—¡Salga de aquí! —dijo Cathy, en voz helada, cargada de desprecio—. ¡No toleraré que vomite semejantes injurias! ¡Si le importara Jon, cosa que no creo, comprendería que nuestra discusión sólo puede lastimarlo!

—¿Si me importara Jon...? —Harry se ahogó de indignación.— ¿Y debo deducir que a usted sí? Le ruego que me corrija si me equivoco, pero creo recordar que hace sólo una semana usted lo odiaba. Es un cambio bastante abrupto, ¿verdad?

—Estaba enfadada —confesó Cathy, sintiendo que la ira que la inundaba iba dsiminuyendo poco a poco—. Claro que no lo odio. Él... esta noche me salvó la vida. Lo cuidaré bien, Harry, lo prometo. ¡Pero sería mucho más fácil para mí si usted no observara cada uno de mis movimientos como si yo fuese a envenenarlo!

La culpa y la cólera del mismo Harry disminuyeron al ver la sinceridad que reflejaban los ojos de Cathy. La miró indeciso un momento y luego asintió.

—De acuerdo, confiaré en usted. Pero le aseguro que si algo le sucede...

—Si yo puedo evitarlo, no sucederá —le dijo Cathy, con serena confianza—. Y ahora hágame el favor de salir. El doctor

Sandoz ha dicho que Jon necesita toda la tranquilidad posible y no sabemos si nuestras voces llegan a sus oídos.

Harry titubeó, luego se encaminó a la puerta y se detuvo, con la mano en el pomo.

—Enviaré a Petersham a ayudarla cuando suba a bordo. Y... eh... lady Catherine.

—Llámeme Cathy —dijo la muchacha—. Jon lo hace.

—Cathy. —Harry vaciló un instante, y luego se animó—: Lamento... lamento cualquier cosa que haya dicho para ofenderla. Sólo me preocupa el bienestar de Jon. Hace mucho que somos amigos.

—Entiendo. —Cathy le sonrió, señaló la puerta y Harry captó la señal. Ella tuvo la impresión de que se iba aliviado.

—Enviaré a Petersham en cuanto pueda —repitió el hombre y salió.

Cathy volvió para observar a Jon. Todavía estaba inconsciente y murmuraba cosas ininteligibles. El rostro oscuro estaba pálido bajo el bronceado y la cabeza se sacudía a un lado y a otro sobre la almohada blanca y blanda. Cathy observó, preocupada, que los labios y los párpados del hombre tenían un tinte azulino y supuso que se debía a la gran cantidad de sangre perdida. Cuando ella llegó al Red Dog con Harry y la fuerza de rescate reunida a toda prisa, Jon yacía en un charco de sangre que empezaba a coagularse. Junto a él estaban los cuerpos de los hombres que había logrado matar antes de que lo abatieran como a un lobo orgulloso. Esas bestias babeantes lo dieron por muerto y volvieron a sus bebidas. «Pero muchos ya no volverán a beber», pensó Cathy, satisfecha. Los pocos que habían escapado a la venganza sangrienta de la tripulación del *Margarita* no estarían en condiciones de entrar en un salón por mucho tiempo. Mientras se llevaban a Jon, Cathy tropezó con un cuerpo familiar, tirado sin vida cerca de la puerta del salón. Era Billy, el que la había abofeteado: había recibido un disparo en la cabeza.

—¿Cathy? —llamó Jon con tono afligido.

Con ternura, Cathy se inclinó sobre él, tomó la mano grande entre las suyas y la sintió muy caliente.

—Estoy aquí, Jon —dijo con serenidad, aunque sus palabras no llegaban a la conciencia del herido.

Él siguió llamándola, murmurando y removiéndose en las horas que siguieron; lo único que podía hacer Cathy era estar sentada junto a él, teniéndole la mano. Una vez Jon le pidió agua con voz ronca y Cathy tomó una jarra que había junto a la cama, le sirvió un vaso y se lo acercó a los labios para dejar caer sólo unas gotas en la boca del herido. El hombre tragó y pareció dormirse, pero la tranquilidad duró poco, pues la fiebre empezó a elevarse con rapidez tras un breve respiro. Cathy echó agua en una palangana, apartó las mantas hasta los pies de Jon, tomó un paño húmedo y lo pasó por el cuerpo con tanta naturalidad como si fuese el propio. En ese momento, la masculinidad de Jon ya no la aterraba. Al parecer, el baño frío le brindó cierto alivio y se quedó quieto. Cathy acarició con los ojos el cuerpo largo y duro, admirando los miembros que, aun en la enfermedad, tenían una apariencia fuerte y de músculos marcados: era un hombre apuesto...

Casi a regañadientes, lo cubrió otra vez hasta la barbilla y lo arropó con firmeza. La sorprendió ver por la ventana los rosados heraldos del amanecer que estriaban el cielo. Pronto sería hora de cambiar otra vez las vendas...

Estaba cansada. Buscó una manta en el guardarropa, la extendió en el suelo, cerca del camastro, se derrumbó sobre ella y apoyó la cabeza en el colchón. Cerraría los ojos para descansarlos un poco...

—Señorita Cathy —La voz de Petersham la despertó del sueño profundo—. Señorita Cathy, ya es casi mediodía y le traje algo de comer.

Cathy se irguió, alerta de inmediato, y lo primero que hizo fue mirar a Jon, que se movía inquieto bajo la pila de mantas.

—¿Cómo está? —le preguntó, conteniendo el aliento.

¿Cómo pudo quedarse dormida si él la necesitaba...?

—Casi igual —informó Petersham, con aire grave—. Entré hace unas horas y me quedé sentado junto a él. No crea que empeoró porque usted se durmió.

Cathy se levantó y se frotó los ojos para ahuyentar el sueño.

—Tengo que ocuparme de las heridas. El médico dijo que le cambiase las vendas cada...

—Ya se las cambié una vez. Vino el señor Harry y me explicó cómo hacerlo. Dijo que la dejara dormir, que usted había pasado momentos muy difíciles.

—Fue muy amable —dijo Cathy, extrañada ante la insólita preocupación de Harry por ella.

—Señorita, si se da prisa tendrá tiempo de comer y de refrescarse un poco antes de que sea necesario hacer algo más. —Como Cathy meneó la cabeza, el ayudante agregó con severidad—: No ayudará en nada al amo Jon si no se cuida bien y termina usted medio muerta.

Cathy lo pensó un instante: quedarse sin comer no ayudaría a Jon, por cierto, y hasta podría perjudicarlo. Tenía que conservar las energías para atenderlo. «La última vez, Petersham se ocupó de las heridas del patrón, pero desde ahora —se prometió— lo haré yo misma. Se lo debo». Y, además, en realidad quería atenderlo personalmente.

Petersham la llevó hasta una silla; Cathy sintió que sus músculos, rígidos por haber dormido en el suelo, chillaron cuando se sentó. Le dolía todo. Probó a mover la mandíbula y sentía como si cada centímetro de su persona estuviese magullado. «Pero yo busqué que me pegaran», admitió para sí. «Si no hubiese sido tan tonta, ahora ninguno de nosotros estaría en tan malas condiciones.»

Petersham le puso delante un apetitoso desayuno: jugo fresco de naranjas, tostadas con mermelada de frutas y hasta jamón con huevos. Después de la carne de cerdo seca y salada, y los bizcochos duros en que consistía la dieta del *Margarita* en alta mar, la comida tenía un aspecto y un aroma maravillosos. Se dedicó a ella con entusiasmo y comió hasta el último bocado. Por fin, satisfecha, se echó atrás en la silla y Petersham le dirigió una mirada aprobatoria y radiante.

—Estaba delicioso, Petersham. Me siento mucho mejor.

—Pensé que así sería, señorita. Si quiere lavarse, en la palangana hay agua caliente. Falta media hora para el cambio de vendas del amo Jon.

—Gracias, Petersham. Lo llamaré cuando lo necesite.

—Muy bien, señorita —dijo el ayudante en tono grave y salió del camarote.

Cathy apoyó la mano con suavidad sobre la frente de Jon antes de iniciar su tocado matinal. El herido se removió inquieto y murmuró algo, pero no abrió los ojos y no dio indicios de reconocer la presencia de Cathy. Ella, con el entrecejo fruncido, se dio la vuelta para vestirse. Para sus ojos inexpertos, él estaba peor que la noche anterior. Mientras empezaba a lavarse, se le ocurrió llamar otra vez al doctor Sandoz, pero decidió esperar hasta haber visto cómo estaban las heridas.

La noche anterior, mientras uno de los hombres corría a buscar a un médico, Cathy se había apresurado a cambiarse la ropa sucia y desgarrada de Jon por un vestido, pues en ese momento la preocupaba más el pudor que la moda. Ahora, comprobó con amargura que se había ensuciado el vestido rosado matinal. Se lo cambió rápido, se cepilló el pelo y lo peinó en un modesto moño; luego juntó la jofaina, vendas limpias y el polvo que le había dejado el doctor Sandoz.

Dejó las cosas sobre la mesilla de noche, junto a la cama, y apartó la sábana. El cuerpo desnudo de Jon era largo y resaltaba, oscuro y velludo, contra el hilo blanco. Cathy se sentó en el borde del camastro y comenzó a quitar con suavidad las vendas. Jon tenía seis heridas de distinta gravedad distribuidas al azar por el cuerpo. «La peor es la que está sobre el muslo izquierdo», pensó Cathy. Era larga y desgarrada, y parecía haber sido infligida con una botella rota. La herida, hinchada y de aspecto temible, pasaba a escasos centímetros de la virilidad de Jon y llegaba hasta la rodilla; al mirarla, Cathy sintió que se le llenaban los ojos de lágrimas. Imaginó la sensación del cristal hundiéndose en la carne de Jon, desgarrando la pierna. «¡Dios, cuánto debió dolerle!» Y había soportado ese dolor por ella...

Si bien las heridas en sí mismas eran graves, el doctor Sandoz dijo que sobreviviría a ellas. El verdadero peligro residía en la infección y en la fiebre alta que la acompañaba. Si empezaba una gangrena, Jon estaba demasiado débil para luchar contra ella. Mientras limpiaba la sangre seca de las heridas, Cathy se estremeció: la única cura que se conocía de la gangrena era la amputación. Y no era muy probable que Jon, debilitado como estaba por la pérdida de sangre, sobreviviese a ella.

Si sobrevivía, quedaría mutilado de por vida y Cathy sabía que preferiría la muerte.

Mientras Cathy lavaba con suavidad el muslo herido, Jon se debatía feroz. La joven llamó a Petersham para que la ayudase, temerosa de que el forcejeo reabriese las heridas y las hiciera sangrar otra vez. Cuando Petersham apareció, se quedó helado al ver a Cathy inclinada sobre el cuerpo desnudo de Jon, mientras un mechón dorado que se había soltado de las hebillas se destacaba sobre el vello negro del pecho del capitán.

—Yo terminaré con esto, señorita Cathy. No es correcto que una joven como usted vea esto —dijo Petersham, cuando recuperó el habla.

Cathy giró sobre sus talones y lo miró, impaciente.

—No sea ridículo, Petersham. Usted sabe que ya he visto a un hombre desnudo: este hombre —enfatizó—. Y ahora, ¿puede sujetarlo, por favor, mientras le pongo este polvo en las heridas? Tengo miedo de que le duela y, si se mueve con brusquedad, quizá se haga daño.

Con el rostro rígido y enrojecido de pudor, y expresión desaprobadora, Petersham cumplió lentamente el pedido; aunque Cathy percibió más que vio su incomodidad, no podía hacer nada. La salud de Jon era más importante que las nociones de corrección de Petersham.

Cuando la joven echó sobre las heridas el polvo curativo y éste comenzó a penetrar en la carne, Jon lanzó gemidos lastimeros; poco después, los gemidos se convirtieron en aullidos de dolor. Cathy quería huir de ese espectáculo de dolor, pero no podía, pues Jon la necesitaba ahora más que nunca. En lugar de esconderse, acunó en los brazos la cabeza del herido y le murmuró palabras tranquilizadoras, mientras Petersham hacía lo que podía para sujetar los miembros de Jon, que se agitaban sin control. Si el capitán no hubiese estado tan débil, habrían hecho falta cuatro individuos del tamaño de Petersham para sujetarlo. Cathy tembló de angustia al comprobar cuánta fuerza había perdido su audaz capitán pirata para que se lo pudiera someter con tanta facilidad.

Por fin, el dolor disminuyó y Jon se relajó. Petersham se alejó de la cama, pero Cathy demoró unos instantes en apoyar con delicadeza la cabeza oscura sobre la almohada. Cuando cesó la proximidad tranquilizadora de la muchacha, Jon se agitó, inquieto, y al apoyarle Cathy la mano sobre la frente, se calmó otra vez.

—Milady, ¿necesita algo más?

Petersham aún se mostraba rígido y formal, señal de que estaba muy ofendido, como Cathy sabía por los años pasados con Martha. La joven suspiró.

—Petersham, comprenderá usted que no son momentos para preocuparse de convencionalismos —trató de explicarle—. El capitán Hale está muy enfermo y necesita cuidado. Los demás tienen tareas que hacer en el barco y yo tengo que atenderlo. ¿Le gustaría que me mostrara remilgada porque está desnudo y no lo cuidara?

—Me encargaría gustoso de atenderlo, milady. Cuando el señor Harry me dijo que usted lo haría, yo no comprendí del todo la... eh... delicadeza de la tarea.

—¡Por el amor de Dios, Petersham! —exclamó Cathy, demasiado exasperada para hablar con rodeos—. Tiene que comprender que yo... que él... bueno, que la relación entre nosotros no es, precisamente, de tipo fraternal. En resumen, conozco bien al capitán. Su cuerpo desnudo no es una novedad para mí.

Cathy se sonrojó ante su propia audacia. Tres semanas atrás, no se habría creído capaz de semejante falta de pudor. Pero no había dicho más que la pura verdad y no tenía sentido disfrazarla. Levantó la vista y comprobó que Petersham la miraba con frialdad.

—Sea como sea, milady, éste no es un espectáculo para una persona de su sexo y de su tierna edad. ¿Necesita algo más, milady?

Cathy suspiró y lo despidió. La mojigatería de Petersham era una dificultad que, en esos momentos, no se sentía en condiciones de enfrentar.

Cathy cuidó a Jon con devoción los cinco días que siguieron. Limpió y curó las heridas, y llamó al doctor Sandoz cada vez que veía indicios de hinchazón. El tajo del muslo empezó a infectarse; el médico lo abrió y drenó pus amarillo mezclado con sangre en una palangana que Cathy sostenía. Para la operación, ataron las manos y los pies de Jon al camastro; sus gritos de dolor helaban la sangre. Aunque las lágrimas caían por las mejillas de Cathy, no se movió de su puesto. Después recogió las vendas sucias y cuando el doctor Sandoz desató los miembros de Jon, apretó la cabeza transpirada del enfermo contra su pecho y lo acunó. Al parecer, esos murmullos inarticulados lo tranquilizaron y cayó en un sueño intranquilo, con la cabeza aún apoyada en el pecho de Cathy.

Además lo alimentó, dándole cucharadas de gachas poco espesas a intervalos regulares y apretándole los labios hasta que conseguía que las tragara. Le daba agua y le aplicaba compresas calientes en el muslo inflamado. Cuando la fiebre subía, lo bañaba cada hora con agua fría, pero ni aun eso ayudaba a bajar la temperatura. La misma Cathy se ocupaba de las funciones corporales del enfermo, pues sabía que Petersham se desmayaría si le pidiese ayuda. Su total dedicación asombró a todos, incluso a ella misma. Cathy, que nunca había recogido siquiera sus propios vestidos sucios, jamás imaginó que sería capaz de cuidados tan íntimos y tan carentes de egoísmo con otro ser humano.

A pesar de los tiernos cuidados de Cathy, el estado del herido empeoró de manera dramática. Al asistirlo, el doctor Sandoz movió la cabeza con aire grave y Cathy estuvo a punto de enloquecer de angustia. El mayor peligro para Jon, en ese momento, era la alta temperatura constante. Lo único que aconsejó el médico fue que Cathy lo bañase con frecuencia y que le diera de beber mucho líquido, pues de lo contrario la recuperación del capitán estaría en manos de Dios.

Con frecuencia, cuando la temperatura subía, Jon se agitaba tanto que Cathy no podía controlarlo y se veía obligada a llamar a Petersham o a Harry para que la ayudaran. Poco a poco los dos hombres perdieron la rigidez y comenzaron a considerarla como uno de ellos. Para tranquilizar a Petersham, Cathy le aseguró que en cuanto el estado de Jon lo permitiese, le pondrían una camisa de noche, como correspondía. Por el momento, hasta Petersham comprendía que la enfermedad de Jon era demasiado grave para que Cathy perdiera tiempo preocupándose por algo tan poco esencial como el recato.

La devoción de Cathy por la salud del capitán también le ganó rápidamente la amistad de los miembros de la tripulación. Le hablaban con respeto cuando salía a cubierta a respirar aire fresco y ya las miradas de los marineros carecían por completo de la lujuria que las caracterizó los primeros tiempos. Cathy lo agradecía.

El sexto día, Cathy vio que Jon había llegado a una crisis y el doctor Sandoz lo confirmó: o le bajaba la temperatura o se moría. El doctor recomendó combinar los frecuentes baños fríos con una buena dosis de plegarias. Cuando se marchó, Cathy resopló, indignada, pues si bien la plegaria era algo bueno, como había comprobado con frecuencia, uno de los axiomas preferidos de Martha era que el Señor ayudaba a los que se ayudaban a sí mismos. Guiada por esa idea, convocó a Harry, le dijo que tenía que enviar a toda la tripulación del *Margarita* a recorrer Cádiz en busca de hielo y se negó a escucharlo cuando protestó asegurando que en esa húmeda ciudad no se encontraba hielo. Para que Jon viviera, ella necesitaba hielo a fin de bajarle la temperatura. El Señor proveería.

Lo hizo. Menos de una hora después, Harry volvió con un gran bloque de hielo y el rostro pálido de Cathy reflejó el alivio que sentía.

—¡Gracias a Dios! ¡Está empeorando! Vamos, ayúdeme con esto.

Cathy puso a Harry a cortar el hielo en pequeños trozos que flotaban en una gran jofaina llena de agua. Cuando el agua estuvo helada, hizo que Harry empapara una sábana y envolvió con ella el cuerpo de Jon, arrasado por la fiebre. Aunque el enfermo gemía, Cathy repitió la operación, infatigable, reemplazando las sábanas cada vez que el cuerpo ardiente de Jon las recalentaba. Trabajaron durante horas: mojaban la sábana, lo envolvían, mojaban otra vez la sábana. Por fin, de la frente de Jon comenzaron a brotar perlas de transpiración.

—¡Empezó a bajar! —murmuró Cathy, casi sin poder creer que las gotas fuesen reales—. ¡Oh, Harry, la fiebre cedió!

En un exceso de alegría, cayó en brazos de Harry, que se cerraron automáticamente a su alrededor. Un instante después, Cathy se recobró y lo alejó, ruborizada. Al levantar la vista y mirar a Harry, lo que vio en su rostro la dejó atónita: la contemplaba con franca adoración y sus ojos expresaban que estaba enamorado.

—Harry, suéltame —le ordenó Cathy, trémula y muy perturbada por esta nueva complicación.

—Lady Catherine... Cathy... —comenzó el hombre.

Cathy supo que tendría que interrumpirlo antes de que la situación se le escapara de las manos.

—No tienes que olvidarte de Jon, Harry —le dijo con gentileza, echando una mirada hacia el camastro al tiempo que trataba de soltar las manos.

—Jon —repitió Harry, aturdido, y luego, como volviendo en sí—: Sí, el capitán.

—Sí, Jon, el capitán —repitió Cathy, en suave burla. Le advirtió con la mirada que no dijera nada más y, poco después, Harry apartó las manos.

—Lo siento. Por favor, perdóname —murmuró Harry, girando sobre los talones y saliendo del camarote.

Cathy movió la cabeza y luego volvió hacia la cama. Aunque Jon todavía estaba inconsciente, parecía estar descansando mucho mejor. De no ser por aquella pequeña escena con Harry, para Cathy aquel fue uno de los días más felices desde que Jon estaba enfermo. «¡Oh! —se dijo—, ¿por qué todo será tan complicado?»

Más tarde, mientras caminaba por el camarote hacia la ventana, Cathy pensó que el amor era algo realmente extraño, que podía surgir en los lugares más inesperados. Era absurdo y al mismo tiempo un poco triste que Harry, que tanto la despreciaba, estuviese ahora atrapado en sus lazos. «¿Por qué será que la adoración en los ojos de un hombre me deja por completo indiferente, y si otro me mirara así, en cambio...» Al imaginar los ojos grises de Jon suavizados por el amor, a Cathy se le cortó el aliento y luego rió. Jon jamás suplicaría el afecto de una dama. ¡Lo exigiría como un derecho y si se lo negara, se pondría furioso!

—Cathy —llamó Jon con voz débil, como había hecho tantas veces a lo largo de los últimos días. Aunque la presencia de Cathy nunca penetró en su mente confusa, parecía aliviarlo tenerla a su lado, sosteniéndole la mano o refrescando la frente afiebrada.

—Sí, Jon, estoy aquí —respondió ella, acercándose al camastro y contemplando con ternura la cara oscura. Lo que vio ahora la sorprendió: los ojos grises estaban abiertos, fijos en ella con mirada lúcida.

—¡Jon! —exclamó con alegría—. ¿Me ves?

—Por supuesto que te veo. —Si bien la voz era débil, tenía un leve matiz de irritación por lo aparentemente ridículo de la pregunta.

—¿Cómo te sientes? —Cathy se sentó junto a él, en el borde de la cama, y apoyó la mano de manera automática en la frente del hombre, notando con alivio que estaba fresca.

—Muy mal —le dijo Jon, sin rodeos—. ¿Qué día es?

—Miércoles 22 de junio de 1842. Has estado inconsciente seis días.

—¿Qué sucedió? —preguntó él, frunciendo el entrecejo mientras intentaba recordar. Luego, antes de que la joven tratara de explicarle, fijó los ojos en los de ella con expresión furibunda—. ¡Pedazo de tonta! ¿Acaso no podrían haberte matado o algo peor? Por aquí, las rubias hermosas como tú significan mucho dinero para un prostíbulo. Si eso hubiera sucedido, nadie habría vuelto a tener noticias tuyas ¡y abusarían de ti hasta que murieses! ¡Por Dios, de todas las ciudades se te ocurrió elegir nada menos que a Cádiz! ¡Y de todos los lugares de Cádiz, fuiste a parar al Red Dog, el refugio de todos los piratas proscritos de esta costa...! Cuando vi esa sábana ridícula y te seguí el rastro hasta ahí, no lo podía creer. ¡Dios, cuando oí a todos aquellos miserables riéndose adentro, pensé que ya era demasiado tarde!

Comenzaba a agitarse cada vez más y Cathy le tomó la mano para que no se lastimara. Los largos dedos se cerraron en torno de la muñeca de la muchacha con fuerza sorprendente.

—No quiero que vuelvas a intentar nada semejante, ¿me oyes? —preguntó, con fiereza—. ¡Te mantendré a salvo aunque tenga que encerrarte! ¡Te...!

—No será necesario, Jon —le dijo Cathy con serenidad, sin intentar soltarse—. Te prometo que no volveré a huir de ti.

Me quedaré hasta que estés dispuesto a dejarme ir. Ahora, tienes que estar tranquilo: has estado muy enfermo. ¿Quieres un poco de gachas? ¿O agua?

Jon la contempló, hundiendo la mirada en sus ojos, y lo que vio lo tranquilizó. Le soltó la muñeca y se tendió otra vez sobre las almohadas.

—¡Gachas! —gruñó—. ¡No me sorprende estar débil como un crío si me has alimentado con eso! ¡Quiero comida de verdad y una botella de vino tinto!

—Hasta que te examine el doctor Sandoz, no —negó Cathy con firmeza, al tiempo que una sonrisa pugnaba por asomar en las comisuras de sus labios—. ¡Por ahora comerás gachas y te gustarán!

Jon empezó a protestar, pero al ver la expresión de su cara él también rió.

—Al parecer, ahora soy yo el que está a tu merced, gatita. Bien, haz lo tuyo. Pronto me tocará a mí.

Cathy le sacó la lengua en gesto juguetón y se levantó de la cama para ir hasta la puerta a llamar a Petersham. Sintió los ojos de Jon fijos en ella. Cuando el ayudante apareció corriendo, la joven le sonrió.

—Por fin el capitán se despertó y tiene hambre. Por favor, ¿puede traerle lo de siempre, Petersham?

—¡Gracias a Dios! —exclamó Petersham y corrió a buscar lo que le pedían.

—El viejo también estaba preocupado por mí, ¿verdad? —rió Jon cuando Cathy se acercó y se encaramó en una esquina de la cama.

—Todos lo estaban.

—¿Todos? ¿Tú también? —Lo dijo en un tono que parecía indiferente y bajando las largas pestañas para ocultar la expresión de los ojos grises.

—Yo también —respondió Cathy con sinceridad, sonriéndole cuando él le lanzó una mirada fugaz. «Yo, en especial» podría haber agregado, pero no lo hizo.

—Entonces imaginarás cómo me sentí cuando descubrí que te habías ido —murmuró, haciendo una mueca mientras atrapaba la mano de Cathy y se la llevaba a los labios.

Al contacto de la boca dura con la palma de la mano los dos sintieron que los recorría una corriente eléctrica. Cathy apartó la mano y lanzó una risa temblorosa.

—¡Basta! Sabes que no tienes que excitarte. Has tenido una fiebre muy alta y...

—El solo hecho de mirarte me excita —dijo el hombre, jadeante, mientras volvía a tomar la mano de Cathy.

El corazón de la muchacha se aceleró pero resistió la tentación de dejarse llevar por esa calidez que la inundaba. Se levantó de un salto y caminó vivamente hacia la puerta.

—¿Dónde diablos se habrá metido Petersham? —dijo en voz alta, regañándose para sus adentros por la estupidez de la pregunta, que no hacía más que poner al descubierto su súbito nerviosismo.

—Cathy... —comenzó a decir Jon, interrumpiéndose de golpe cuando apareció Petersham en la puerta con un tazón de gachas humeantes.

Tras él apareció Harry. Cathy tomó el tazón de manos de Petersham y lo dejó sobre la mesilla mientras los dos hombres se acercaban rápidamente al camastro y Jon los recibía con una sonrisa débil.

—Lamento decepcionaros, caballeros, pero todavía no me he muerto.

—¡Gracias a Dios! —le dijo Petersham, con fervor.

—Capitán, es fantástico tenerlo otra vez entre nosotros —dijo Harry aferrando la mano de Jon y sacudiéndosela con vigor, hasta que Cathy se vio obligada a intervenir.

—Harry —le advirtió—. Si no tienes cuidado, sangrará otra vez.

—Oh, lo lamento —dijo Harry, dejando caer la mano de Jon como si, de pronto, le quemara.

Jon entornó los ojos al percibir la familiaridad entre ellos, pero no dijo nada.

—Amo Jon, ¿cómo se siente? —preguntó el ayudante.

—Viviré —refunfuñó el aludido.

—Está muy débil —precisó Cathy—. Y necesita comer las gachas y descansar. Si nos disculpáis...

—Por supuesto.

Los dos hombres comprendieron la insinuación; saludaron otra vez a Jon y salieron.

—Eres una señora muy mandona, ¿no? —dijo el inválido cuando quedaron solos otra vez. La miró pensativo, mientras Cathy se concentraba en revolver la avena. Entretanto, Jon intentó incorporarse para quedar sentado, pero se dejó caer hacia atrás con un gemido—. ¡Por Dios, mi pierna!

—No tienes que moverte —lo regañó Cathy con severidad, al tiempo que se sentaba junto a él con el tazón de cereales a su alcance—. Si las heridas empezaran a sangrar de nuevo, podrías morirte.

—¿Y cómo comeré? —preguntó el hombre, fastidiado por su propia impotencia.

—Como has estado haciéndolo hasta ahora. Así.

Se colocó detrás de él y apoyó con cuidado la cabeza de Jon en su propio regazo. Luego metió una almohada debajo, de modo que él quedase semisentado y ella sostuviera el peso de su cuerpo sobre el propio. El capitán protestó pero la dejó hacer. Por último, Cathy apoyó el tazón en el regazo de Jon y le dijo:

—Ahora, si sostienes las gachas, podrás comer.

Hundió la cuchara en la papilla humeante y la llevó a la boca del hombre. Jon giró la cabeza hasta que sus ojos se encontraron con los de Cathy.

—¿En serio piensas alimentarme como a un infante indefenso? —preguntó, incrédulo.

Cathy le lanzó una mirada de advertencia.

—Así es. Y estuve haciéndolo desde que enfermaste. Si te opones, haré que te dé de comer Petersham. Pero todavía no tienes suficiente fuerza para hacerlo solo, como descubrirías muy pronto si te dejara intentarlo.

Jon la miró y luego sonrió a desgana.

—La próxima vez que tome prisionera a una mujer, elegiré a una buena, gentil y tímida. No a una cascarrabias autoritaria que toma las riendas en sus manos a la primera oportunidad que se le ofrece.

—Muy gracioso —lo regañó Cathy, disgustada por la referencia a otras mujeres o prisioneras—. Abre la boca.

Jon le lanzó otra mirada de soslayo.

—Sí, señora —dijo, sumiso, abriendo la boca.

Cuando las gachas estuvieron terminadas y el tazón a un lado, Cathy comenzó a apartarse con suavidad, pero Jon la sujetó de la muñeca y posó la boca en el hueco del codo.

—No me dejes —le pidió con voz ronca.

—Tengo que hacerlo —dijo Cathy con voz débil, luchando contra las sensaciones que esos labios tibios despertaban en ella—. Necesitas descansar.

—Quédate conmigo —murmuró Jon, recorriendo con los labios la suave piel de la parte interior del brazo de ella—. Me parece que tú también necesitas descansar. Si quieres, podemos descansar juntos.

—Jon —advirtió Cathy, sin convicción—. Estás demasiado débil para... para...

—Lo sé.

La miró con expresión suplicante.

—Sólo quiero que te quedes junto a mí. Así, dormiré mejor. Te aseguro que no tengo otra intención. Si intento algo, tienes mi permiso para darme una bofetada y levantarte.

—Bueno...

Cathy vaciló.

—Por favor —dijo Jon, con suavidad.

—Oh, está bien —se rindió Cathy—. Siempre que no lo olvides. Si empiezas a... a... Bueno, me levantaré.

—No lo haré —prometió el hombre, viendo cómo Cathy se acercaba a la puerta para cerrarla.

No dijo nada mientras la muchacha se acercaba con lentitud y se detenía junto al camastro, con un suave rubor en las mejillas. Rió, conociendo la causa de ese súbito pudor.

Cathy le dio la espalda y se desabotonó el vestido con lentitud. Se quitó hasta la última prenda, sintiéndose absurdamente pudorosa. Ahora que Jon estaba despierto y consciente, volvía a ella la anterior reserva. «No seas tonta», se regañó, sintiendo que el rubor le cubría las mejillas cuando se puso de frente. El sonrojo se intensificó cuando la mirada ávida de Jon se posó en los pechos apenas cubiertos. La boca del hombre esbozó una mueca provocativa a medida que su mirada ascendía hacia el rostro de la muchacha.

—¿Te ruborizas, mi gatita? —se burló con ternura—. No es necesario, pues sabes que te he visto con mucha menos ropa que la que llevas ahora.

Cathy hizo un esfuerzo para mirar esos ojos grises, decidida a superar ese pudor absurdo, si podía.

—Lo sé —logró decir—. Eso era... era diferente.

Al ver que tartamudeaba, se sintió abrumada, y esa sonrisa perspicaz la puso más incómoda aún.

—¿Porque en esa ocasión yo te quité la ropa y ahora lo haces tú? —adivinó Jon—. Bueno, no importa, cariño. Piensa que tienes el deber de darle el gusto a un enfermo.

—Oh, cállate —dijo Cathy, enfadada.

—Lo haré —le prometió, al ver que la joven estaba por darse la vuelta—. Ven a la cama, por favor.

—Eres terrible, ¿sabes? Estoy pensando en hacer que Petersham te cuide desde ahora.

—Petersham no tiene tus... tus habilidades. Ven a la cama, junto a mí.

Cathy le dirigió una mirada severa y luego se rindió. Ese hombre comenzaba a dominarla, pensó, fastidiada, mientras se metía en el camastro, del costado sano de Jon. Tendría que estar atenta para no encariñarse demasiado con él, pues lo único que lograría sería que le destrozara el corazón.

Pero pese a todas sus reservas, dejó que Jon la estrechara contra sí y acomodó la cabeza en el hombro de él, como obedeciendo a una voluntad ajena.

—Duérmete —murmuró el capitán, apretando el brazo alrededor de Cathy.

Y, para su propia sorpresa, Cathy se durmió.

# 7

—¿Por qué huiste?

La pregunta, formulada en un tono de cuidadoso desinterés, sorprendió a Cathy, que antes de responder se quedó un buen rato mirando los naipes que tenía en la mano.

—Me parece que es obvio.

Cuando al fin la joven levantó la vista, se encontró con los ojos de Jon que la miraban fijo. El hombre frunció el entrecejo como pensando en la respuesta de la muchacha y luego negó con la cabeza.

—Para mí no.

La mano de naipes quedó olvidada sobre la manta, junto a Jon. Cathy suspiró: al parecer, no se olvidaría del tema.

—Tendrías que haber sabido que me escaparía si pudiera. ¡Cielos, reaccionas como si yo hubiese cometido un error grave! Sabes que no eres mi padre, mi hermano, mi esposo, ni siquiera mi novio. Eres el pirata que me sometió y me forzó a... a... Bueno, yo no tenía ninguna obligación de quedarme contigo.

—¿Acaso afirmas que te escapaste porque tu orgullo te impulsó a hacerlo?

Jon la miró con expresión pensativa. Cathy suspiró otra vez: no se sentía preparada para semejante conversación, pero se dispuso a hacer un esfuerzo para que Jon entendiera su posición sin traicionar la ambigüedad de sus propias emociones en ese momento.

—Jon, creo que no comprendes la magnitud de lo que me hiciste. Me educaron como a una dama. Una dama no... eh... eh...

—¿No hace el amor? —completó el capitán, con una leve sonrisa.

Cathy alzó la barbilla en gesto altanero.

—...no permite que un hombre se tome libertades con ella antes del matrimonio. Tú me violaste brutalmente... y no una sino varias veces. ¡Claro que procuraría huir en la primera ocasión que tuviese!

—¿De modo que te fuiste porque no soportabas que yo te hiciera el amor?

—¡Que me violaras! —lo corrigió Cathy con vivacidad.

—Llámalo como quieras —admitió Jon, restándole importancia al término—. ¿Por eso escapaste?

—¡Sí —respondió la joven, aliviada de haber terminado de una vez con el tema.

—Estás mintiéndome, gatita mía —se burló Jon—. Te gustan las sensaciones que le provoco a tu cuerpo. No puedes ocultármelo: lo sé.

Cathy se ruborizó intensamente bajo esa mirada penetrante. «¿Cómo me metí en semejante conversación?», se preguntó, desesperada. Y lo más importante: «¿Cómo saldré de ella sin revelarle más de lo que quiero que sepa?»

—Si piensa eso, capitán, es muy engreído —logró decir, sin mirarlo a los ojos.

Aunque le fuese la vida en ello, no podía contener el púrpura que le teñía las mejillas.

—De modo que ahora soy otra vez el capitán, después de que las últimas semanas me has llamado Jon... Muy bien, si el tema te desagrada, cambiaremos por otro —dijo, con tono irónico—. Dime, gata mía, ya que el daño a tu virtud era irreparable, ¿no podrías haberte quedado conmigo hasta que yo estuviese dispuesto a dejarte ir? ¿Por qué huir y correr semejante riesgo? ¡Por Dios, no me dirás que no te alegraste cuando me viste entrar en ese agujero infernal! ¡En tus ojos se notaba el alivio!

—Admito que me alegré de verte. —Cathy se mordió el labio—. Pero las circunstancias no eran normales.

—De acuerdo.

Durante un rato, Jon no dijo nada; con la frente arrugada, parecía perseguir el tema, como un perro con un hueso.

—Fuiste a pedir auxilio. —Parecía una acusación y Cathy logró no retorcerse, incómoda, fijando la vista en los naipes como si la fascinaran. Ése era el punto que temía desde el principio de la conversación.

—¿Habrías preferido que no lo hiciera? —respondió, a la defensiva.

—No, confieso que me gusta vivir. —Jon hizo una pausa, sin apartar la vista del rostro de la muchacha, que lo eludía—. Cathy, mírame.

De mala gana, la mirada de Cathy se elevó hacia los ojos de Jon. La mirada de Jon era especulativa y la de ella, en cambio, cautelosa.

—¿Por qué fuiste a pedir ayuda? Si te desagrada tanto que te haga el amor, tenías la oportunidad perfecta de librarte de eso y de mí para siempre. ¡Hasta te dije dónde estaba el cuartelillo de policía! ¿Por qué no aprovechaste?

Desafiante, Cathy enfrentó la mirada indagatoria del hombre. «Si espera oírme confesar que muero de amor por él, tendrá que esperar largo rato», se dijo. ¡De todos modos, no era nada de eso!

—Yo no soy como usted, capitán. ¡No podía apartarme y dejar que lo asesinaran!

—¿En serio? —Los ojos de Jon adquirieron un brillo burlón—. ¿O es que... eh... empiezas a interesarte en mí?

—¡No sea más engreído de lo necesario! —le espetó Cathy, indignada—. ¡Me dobla la edad y no es mi tipo! ¡Prefiero toda la vida a los caballeros que a los piratas turbulentos! —Si bien las palabras de Jon la habían herido en un punto vulnerable, Cathy decidió ocultarlo—. De cualquier modo —continuó, arrojando otra vez la pelota al campo de Jon—, ¿por qué me seguiste? ¡Al fin y al cabo, como tú dices, hay muchas mujeres en Cádiz que se sentirían dichosas de compartir tu cama! ¿Por qué no me dejaste ir? ¿O es que... eh... empiezas a interesarte en mí?

La elección de las palabras fue deliberada, con la intención de aguijonearlo como él lo había hecho con ella. Los ojos del capitán lanzaron destellos.

—Tengo una respuesta muy simple, mi gatita de garras afiladas, y debes tenerla en cuenta: yo conservo lo que es mío.

—¿Y yo soy tuya? —preguntó la joven, los ojos azules brillantes, provocativos.

—Por el momento, sí.

Entonces fue Jon el que quiso abandonar el tema. Recogió los naipes e intentó enseñar a Cathy las intrincadas reglas del veintiuno. Ella dejó que la conversación se desviara, pero se reservó el derecho de pensarlo luego a sus anchas. ¿Acaso era posible que ese pirata feroz estuviera enamorándose un poco de ella? La idea la encendió y la excitó hasta un punto que no creía posible. «Si Jon me ama —pensó—, ¡lo tendré donde yo quiero: a mis pies!». Y de vez en cuando, hasta tendría la bondad de dejar que la besara. Pero nada más. ¡El capitán Hale todavía tenía mucho que aprender con respecto al modo correcto de cortejar a una dama! Cathy rió al imaginar al lujurioso capitán pirata conformándose con los castos besos que se permitían en la sociedad cortés. ¡No le agradaría en lo más mínimo! Bueno, quizá después de que hubiese sufrido bastante, podría ablandarse...

—Pareces una gatita presumida que acabara de terminar un tazón de crema —observó Jon, lacónico, interrumpiendo el ensueño de Cathy—. ¿Me dirías en qué estabas pensando?

—En el veintiuno, claro —replicó Cathy, frunciendo la nariz: la fantasía le había devuelto el buen humor—. ¿En qué iba a pensar, si no?

—Claro, ¿en qué? —le dijo Jon, enigmático y volvió a concentrarse en las cartas.

Por fin, dejaron el tema de lado.

Al haber recuperado la conciencia, Jon era un paciente difícil: por momentos se mostraba burlón, por momentos irritable y se exasperaba porque no podía levantarse ni hacer las tareas más sencillas por sí mismo. Después de esa primera ocasión, se negó a que Cathy le diera de comer, pero tuvo que permitir que cortara la carne antes de que él la pinchara con el tenedor para llevársela a la boca. Eso lo enfurecía sobremanera y se desquitaba con ella, lanzándole observaciones irónicas, como dardos, mientras la joven lo atendía. Cathy lograba contener el impulso natural de mandarlo al diablo, pues sabía que el hecho de sentirse indefenso debía de molestarle como un dolor de muelas. Y aunque en ocasiones le costaba un gran esfuerzo, lo trataba con dulzura, le decía que si quería bañarse o afeitarse, ella misma o Petersham podrían ayudarlo. Jon se sometía a regañadientes a los cuidados de la muchacha, pues los prefería a los de su ayudante.

Acalorada, cuando no la dejó cambiarle las vendas de las heridas, Cathy le dijo que se comportaba como un niño malcriado. Al oírla Jon dilató las aletas de la nariz y enrojeció de furia. Abrió la boca como para insultarla, pero la cerró luego esbozando una mueca y permitió que le cambiara las vendas y le diese la píldora. Más tarde le besó el hueco del codo como pidiéndole disculpas. Cathy lo miró de soslayo, suspiró y lo perdonó.

Bajo la supervisión del doctor Sandoz, Jon se mostraba apenas manejable, pero en cuanto el *Margarita* estuvo otra vez en altamar, se tornó autoritario a más no poder. Por deferencia a la sensibilidad de Petersham, Cathy convenció al capitán de que se pusiera una camisa de noche que detestaba. Él se rindió y se la puso, pero se quejó tanto de lo incómoda que resultaba que Cathy tuvo ganas de decirle que se desnudara y se fuese al diablo. El único modo que tenía de tratar con él era amenazar con dejarlo en las manos inmisericordes de Petersham: Jon no quería ni oír hablar de eso. Quería que Cathy estuviese todo el tiempo a su lado leyéndole, jugando a los naipes o al ajedrez, conversando o simplemente sentada ahí. La joven sólo podía escapar unos quince minutos por día, mientras Jon, aunque de mala gana, hacía una breve siesta.

—Estás pálida, Cathy —le dijo Harry preocupado, una tarde, cuando la joven se reunió con él en el alcázar.

Hacía más de una semana que el *Margarita* estaba en el mar. Ese día el barco se balanceaba en medio de olas que rodaban suavemente y la brisa punzante del mar acariciaba la espalda de la muchacha. Antes de responder, Cathy aspiró una bocanada de aire salado, vigorizante.

—Debo confesar que no me siento del todo bien. —Rió y los ojos azules chispearon, maliciosos—. Jon es como un niño, que exige atención constante.

—Tú eres poco más que una niña —respondió Harry con vivacidad, los ojos opacos de desaprobación—. Si yo hubiese sabido lo joven y dulce que eres, jamás habría permitido que Jon te tuviera. ¡Fue un bruto al aprovecharse de tu inocencia!

La franqueza desusada de Harry tomó desprevenida a Cathy. Claro que comprendía que tanto Harry como el resto de la tripulación estaban enterados de la relación poco ortodoxa que mantenía con el capitán: la presencia permanente de la joven en el camarote de Jon la hacía evidente. El capitán era un sujeto lascivo, y antes de resultar herido, nada le habría impedido poseerla.

No obstante, no era un tema fácil de conversación y si bien Cathy se ruborizó, respondió con amarga sinceridad:

—No podrías haber evitado... bueno, que hiciera lo que hizo. Y como ves, sobreviví y seguiré viva. Algún día, cuando regrese a mi hogar, quizá recuerde esto como una aventura tremenda.

Cathy sonrió mientras hablaba, pensando que era poco probable que regresara al hogar en mucho, muchísimo tiempo: Jon no parecía nada dispuesto a librarse de ella en un futuro próximo.

—Los otros rehenes fueron liberados en Cádiz —dijo Harry, de pronto.

—Lo sé. —La sonrisa de Cathy se ensanchó—. El día que escapé, oí cuando Jon te decía que te ocuparas de ellos.

—¡Fue entonces cuando lo hiciste! Me extrañaba, ¿sabes? En ese momento era tarde para... Bueno, era tarde.

Harry se interrumpió y sus mejillas se llenaron de manchas rojas.

—Sí, era demasiado tarde —admitió Cathy con suavidad, la mirada perdida en el horizonte lejano.

—¡Lo mataría por lo que te hizo! —explotó Harry, perdiendo el control ante la placidez de la joven—. ¡Aunque es uno de mis más viejos amigos, juro que quisiera matarlo!

Algunos miembros de la tripulación se dieron vuelta, sorprendidos por la voz de Harry, inesperadamente alta, y luego rieron, perspicaces, al ver a Cathy en el alcázar, junto al joven segundo oficial. Si el capitán llegaba a enterarse de lo que sucedía entre esos dos, podría haber una explosión. ¡No era hombre de compartir sus mujeres!

Cathy detectó las miradas especulativas que los hombres le dirigían y de pronto se enfadó con Harry. ¡El enamoramiento del joven hacia ella comenzaba a escapársele de las manos! Rogó que Jon se mantuviese ignorante de la devoción de Harry. Como la tripulación, tampoco Cathy se engañaba con respecto a la posible reacción de Jon si descubría que Harry creía estar enamorado de ella. Jon era un individuo violento y posesivo, y cuando recuperase la fuerza por completo podría aplastar a Harry bajo los talones como a un insecto. ¡Y si Harry hacía la menor insinuación, eso era lo que haría Jon!

—En realidad no es asunto tuyo, Harry —replicó Cathy con calma, esperando enfriar el ardor del joven antes de que Jon se enterara.

Harry la miró, incrédulo.

—Estás enamorada de él, ¿no es cierto? —remarcó, con crueldad—. ¡Dios, no puedo creerlo! Pensé que eras demasiado pura, demasiado fina... ¡Pero a ese canalla le bastó con meterte en su cama para que te enamoraras! Dime algo, lady Catherine —prosiguió, enfatizando el título y mirándola con lascivia—, ¿te habrías enamorado de mí si te hubieses acostado primero conmigo?

Sin reflexionar, Cathy le dio una bofetada. Al oír las risas ahogadas de los demás marineros se mordió el labio y pensó que se habría pateado a sí misma por haberse permitido semejante explosión. ¡Sólo sería cuestión de tiempo que Jon oyese algo de lo que sucedía entre ella y Harry! ¡En una comunidad cerrada como el *Margarita*, los rumores se esparcirían como un reguero de pólvora!

—Discúlpame —murmuró Cathy, abatida, y corrió abajo para calmarse antes de que Jon se despertara.

—¿Dónde has estado? —preguntó el capitán en cuanto ella entró en el camarote.

Cathy contuvo la necesidad de ponerse las manos frescas sobre las mejillas encendidas, pues sabía que si Jon sospechaba que sucedía algo malo no la dejaría en paz hasta que le hubiera contado todo.

—En cubierta —respondió la joven con la misma vivacidad y sin hacerle caso atravesó el camarote hasta un estante del guardarropa donde estaban el peine y el cepillo. Sin mirarlo, se quitó las hebillas del cabello y sacudió la cabeza hasta que una nube cobriza cayó sobre su rostro. Tomó el cepillo y atacó con vigor la masa resplandeciente, pues necesitaba actividad física, aunque fuera ligera. Jon la observó, cautivado por los mechones largos y brillantes, pero poco a poco, al ver que no le prestaba atención, comenzó a enfurruñarse.

—Tengo sed —dijo al fin, con tono quejumbroso. Había descubierto que, si quería que lo atendiese, lo mejor era invocar una necesidad física.

—Hay agua fresca en la jarra, junto a la cama. Sírvetela —respondió Cathy.

Jon le obedeció, mientras la miraba extrañado. Al contemplarla, una oleada de calidez empezó a invadirle la ingle. El rostro de la joven, reflejado en el espejo del guardarropa, era terso y tenía el delicado matiz de un melocotón. Fue bajando la mirada y la posó en las curvas salientes de los pechos, se deslizó por la cintura diminuta y las caderas redondeadas. «Es tan adorable que sólo mirarla me enciende», pensó, a medias divertido, disfrutando del ramalazo de deseo físico que le hacía circular con fuerza la sangre por los músculos. Llegó a la conclusión de que, si tenía bastante fuerza para desearla, tendría la suficiente para tomarla y dibujó una amplia sonrisa anticipándose al placer.

—Ven aquí —dijo, apoyando la espalda contra las almohadas, muy complacido consigo mismo.

—No soy tu esclava —replicó la joven, lanzándole una mirada penetrante por encima del hombro.

Jon comenzó a enfadarse consigo mismo, al no encontrar motivos para el mal talante de Cathy.

—No, no lo eres —admitió, picado. La pequeña bruja se mostraba altanera y necesitaba que le recordara su lugar—. Eres mi amante y me propongo aprovechar esa circunstancia. Ven aquí.

—¿Qué has dicho? —exclamó Cathy, girando hacia él con los ojos echando chispas y los brazos en jarras.

En un gesto instintivo, Jon levantó el brazo sano para protegerse la cabeza de un ataque. La reacción de la muchacha lo divertía y exasperaba al mismo tiempo. ¿Acaso la muy zorrita suponía que, como él estaba confinado a la cama, podría gobernarlo?

—He dicho que eres mi amante y que te deseo —repitió Jon con audacia, sin perder de vista la posibilidad de que le lanzaran algún proyectil.

—¡No soy tu amante! —le espetó Cathy, con los dientes apretados. De pronto, todas las humillaciones del pasado parecieron abatirse sobre ella. Los labios suaves comenzaron a temblar, se le agolparon en los ojos lágrimas que se derramaron en ríos brillantes por sus mejillas.

Jon la miró atónito, sin comprender que sus palabras, a medias en broma, pudieran haber provocado semejante catarata de pena.

—¡No soy tu amante! —repitió ella, temblorosa pero compuesta, hasta que se derrumbó por completo. Le dio la espalda, se cubrió el rostro con la manos y los sollozos sacudieron el cuerpo esbelto.

—¡Cathy, Cathy, mi amor! —Las lágrimas de la muchacha le oprimieron el corazón. Dios era testigo de que no quería causarle dolor—. Cathy, escúchame: sólo estaba bromeando. Retiro lo dicho. ¡Lo siento!

Ella siguió llorando como si se le rompiera el corazón. Jon maldijo e intentó levantarse del camastro. Logró ponerse de pie usando como apoyo la cabecera de la cama, pero cuando quiso dar un paso hacia Cathy las piernas no lo sostuvieron. Se le aflojaron las rodillas y cayó al suelo, golpeándose la cabeza contra una esquina de la mesa. La atmósfera del camarote se llenó con sus juramentos.

—¡Pedazo de estúpido! —gritó Cathy, al tiempo que corría a arrodillarse junto a él—. ¡Vamos, mátate! ¿Acaso crees que me importa?

Las lágrimas caían como lluvia de los ojos de la muchacha. Jon la tomó de la muñeca, haciendo muecas de dolor.

—¡Déjame, patán desagradecido! —gritó ella, intentando desasirse.

Incluso debilitado por la pérdida de sangre y el largo período en cama, Jon era más fuerte que Cathy. Adoptando una expresión torva, la sujetó, aunque no podía levantar el otro brazo para protegerse la cabeza de los golpes, por la herida del hombro a medio curar. Por fin, Cathy dejó de debatirse y se acurrucó contra él, esforzándose por contener los sollozos que la sacudían.

—Cathy. —A Jon le dolía la pierna por el contacto con el suelo, y le latía la cabeza donde se la había golpeado con la mesilla, pero casi no sentía el dolor, pues sólo prestaba atención a la muchacha llorosa—. Cathy, mi amor, lo lamento. Por favor, perdóname.

Le habló en voz suave y tranquilizadora, mientras acariciaba con los dedos la muñeca, aunque se rehusara a soltarla.

—Eres despreciable —dijo Cathy, entre sollozos—. Tienes la mente sucia como una zanja. ¡Ojalá hubiera dejado que te mataran! ¡Ojalá te hubiese asesinado yo misma!

—Lo siento —murmuró Jon otra vez, contrito, mientras alzaba la mano de Cathy y se llevaba a los labios esos dedos esbeltos—. No quise decirlo así.

Se llevó a la boca los dedos de la muchacha y los succionó uno a uno.

—¡Basta! —chilló ella, sobresaltándolo, al mismo tiempo que daba un tremendo tirón a la mano.

Jon se sorprendió tanto que la soltó y, en cuanto quedó libre, Cathy se levantó de un salto y corrió hacia la puerta.

—¡Cathy, vuelve aquí! —la llamó, furioso, pero la única respuesta fue el portazo cuando Cathy salió—. ¡Cathy! —vociferó, sabiendo de inmediato que sería en vano.

«¡Pedazo de imbécil!», se regañó a sí mismo, mientras intentaba incorporarse. Sintió un desgarro en la pierna y se dejó caer, maldiciendo en voz alta.

—¡Petersham!

El bramido sacudió el buque, pero tuvo que repetirlo varias veces hasta que, al fin, Petersham apareció.

—¡Amo Jon! —El ayudante corrió junto al amo—. ¡En nombre de Dios!, ¿qué ha ocurrido? ¡Está sangrando!

—Eso no importa ahora —se apresuró a responder Jon—. Llévame de vuelta al maldito camastro y ve a buscar a la señorita Cathy. ¡Tráela aquí aunque tengas que arrastrarla de los pelos! ¡Y date prisa! ¡Es imprevisible lo que es capaz de hacer esa chiquilla tonta cuando algo se le mete en la cabeza!

Petersham hizo lo que pudo, pero no logró cargar con el peso de Jon. Éste insultó al ayudante y a sí mismo por estar tan indefenso.

—¡Está bien, déjame! —refunfuñó, tras unos cuantos esfuerzos inútiles—. Ve a buscar a la señorita Cathy. Envía aquí a Harry con otro hombre.

—Pero amo Jon, está sangrando...

—¡Maldito sea, hombre, ve a buscar a la muchacha! ¡Te digo que está angustiada y que es perfectamente capaz de cometer alguna estupidez!

—Sí, señor Jon.

De súbito, los ojos del ayudante adoptaron una expresión reprobatoria, como si se preguntara qué habría hecho Jon para causar semejante disgusto a Cathy. Jon no lo culpaba: por primera vez en su vida, él estaba disgustado consigo mismo.

Harry y Finch, el artillero, entraron en el camarote minutos después de que saliera Petersham. Entre los dos se las arreglaron para acostar nuevamente a Jon. La camisa blanca estaba manchada de sangre de la herida del muslo, pero ni Jon ni Harry se preocuparon por ello. En cuanto Finch ya no fue necesario, Harry lo hizo salir y se volvió, enfadado, hacia Jon.

—¿Qué le has hecho? —dijo con tono áspero, la boca blanca en las comisuras.

Jon lo miró sorprendido y luego entrecerró los ojos.

—No creo que sea asunto tuyo —replicó, con un tono frío y calmado.

—¡Yo me hago cargo de este asunto! —exclamó Harry, sofocado, con manchas de furia en el rostro—. ¡Aunque somos amigos desde hace muchos años, Jon, que Dios me ayude, pues si has hecho daño a esa chiquilla te mataré!

—Estás demasiado preocupado por mi propiedad, ¿no crees? —dijo el capitán, marcando las palabras con un tono punzante—. Te lo agradezco. Pero creo que tendrías que recordar algo: es de mi propiedad. ¡Puedo hacer con ella lo que se me antoje!

—¡Sobre mi cadáver! —vociferó Harry.

—Si insistes... —La mirada de Jon adquirió la calidez de una cobra—. Y ahora, si no te importa, sal de aquí. Todavía este barco sigue siendo mío.

—¡Sí, señor! —respondió Harry con tono amargo. Giró sobre los talones y salió a zancadas.

Media hora después, por fin Petersham golpeó a la puerta. La mayor parte de ese tiempo, Jon la pasó maldiciendo su propia indefensión y estupidez. Por otra parte, empezó a concebir una desagradable sospecha: ¿qué sucedía entre Harry y la pequeña arpía mientras él estaba confinado en la cama y no se interponía en su camino? ¿Acaso habrían...?

Los golpes de Petersham pusieron fin a esas reflexiones.

—¡Adelante! —exclamó Jon, impaciente, mirando a Petersham que asomaba la cabeza por la puerta.

Era obvio que estaba solo.

—¡He dicho que la trajeras aquí! —refunfuñó Jon, colérico. De pronto, un súbito temor se instaló en su mirada—: ¿La has encontrado? ¿Se encuentra bien?

—Sí, capitán, la encontré y está bien, pero muy acongojada. Estaba llorando.

Los ojos de Petersham miraron a Jon con expresión acusadora y el aludido suspiró.

—Lo sé.

Por un instante, pensó en contarle a Petersham lo sucedido, pues a juzgar por las lágrimas de Cathy todos imaginarían que le había hecho algo malo e indecible. Pero luego desechó la idea. ¡A fin de cuentas, él era el capitán del barco! ¡Que lo llevara el diablo si permitía que una mocosa llorona lo obligara a dar explicaciones de lo que hacía!

—¿Y por qué no la has traído? —le dijo, en cambio.

—Se negó a venir. Le ruego que me perdone, capitán, pero me pidió que le dijera que se fuese usted al infierno. —Al transmitir el mensaje de Cathy, los ojos de Petersham brillaban con expresión triunfal: era evidente de qué lado estaban sus simpatías.

Jon observó a Petersham largo rato. Desde el principio supo que la chica crearía problemas y he aquí que tenía lo más cercano a un motín sin que la tripulación hubiese tomado las armas. ¡Dos de sus compañeros más antiguos se habían vuelto contra él, en apoyo de la muchacha, en un solo día! Jon dirigió a Petersham una mirada feroz.

—Si te interesa saberlo, no le puse un dedo encima a esa gatita —dijo el capitán, entre dientes, viendo que tendría que contar con el apoyo del ayudante si quería hablar con Cathy—. Dije algo que hirió sus sentimientos. Quiero pedirle disculpas, pero se niega a escucharme. Por favor, ¿puedes ver si logras que vuelva aquí? Te doy mi palabra de honor de que no le haré ningún daño.

Esto último fue un débil intento por bromear para disimular la ira y la vergüenza que sentía al tener que apoyarse en Petersham hasta ese punto. ¡Las cosas habían llegado a una situación complicada si el capitán tenía que suplicar a la tripulación que obedeciera sus órdenes! Frunció el entrecejo, pero el semblante de Petersham se relajó y le respondió con un tono mucho más cálido.

—Muy bien, amo Jon. Yo... eh... le diré que se le abrió la herida de la pierna y que no puedo detener la hemorragia. Eso la hará volver. —Empezó a girar para salir, pero miró atrás—: Y... eh... lo siento, capitán, debí suponer que usted no haría daño a la señorita Cathy.

Jon marcó las cejas, pero Petersham ya se había ido. ¿Qué había querido decir? Por experiencia, el ayudante sabía que Jon no tenía escrúpulos en pegarle a una mujer si creía que lo merecía, ¿por qué, entonces, suponía que no le haría tal cosa a Cathy? A menos que Petersham sospechara que él se había ablandado en lo que se refería a ella. ¡Maldición con esa chica! Cuando abordó el *Anna Greer*, tendría que haber hecho caso a su instinto y dejarla ir. ¡En el presente, la chica amenazaba con poner su vida patas arriba!

—Si me pones un solo dedo encima, te haré daño —le advirtió una voz truculenta desde la puerta—. Te curaré la pierna y luego me marcharé. Me quedaré en cualquier otro sitio hasta que el *Margarita* llegue a su destino y después no podrás hacer nada para detenerme. Cuando echemos el ancla en el puerto, me iré a casa de mi padre. Si todavía necesitas ayuda, Petersham podrá cuidarte.

Con los ojos abiertos de asombro Jon escuchó ese discurso descarado, pronunciado por quien era, después de todo, una prisionera. «¿Con quién cree que está hablando, la pequeña perra?», pensó. «Pronto le haré saber cuál es su lugar.» La miró de soslayo y, aunque a regañadientes, sintió que el enfado se evaporaba. El pequeño rostro manchado de lágrimas parecía tan abatido que no tuvo ánimos para decírselo.

—Me sangra mucho la pierna —gimió Jon, con la intención de lograr que se acercara lo suficiente para que pudiese atraparla antes de que oyera lo que él tenía que decir.

—¡Te lo mereces! —repuso Cathy, resoplando mientras se acercaba a la cama con la cautela de una gama joven.

De cerca vio las manchas de sangre en la camisa blanca y bajó un poco la guardia—. ¿Te duele? —preguntó, con un dejo de simpatía, recogiendo el trapo y el agua antes de acomodarse en el borde del camastro.

Jon calculó con cuidado la distancia y suspiró para sus adentros: «la taimada gatita es lo bastante astuta para quedarse fuera de mi alcance».

—Como el demonio —mintió el capitán, alerta en espera de la oportunidad para atraparla.

—¡Me alegro! —refunfuñó Cathy, recordando su enfado.

Frustrado, Jon miró cómo le levantaba la camisa para exponer la superficie dura y bronceada del muslo vendado. Todavía no estaba seguro de poder sujetarla y sabía que sólo tendría una oportunidad. Si la perdía, ella huiría de él como un pájaro asustado.

Al ver las manchas purpúreas que empapaban las vendas de hilo, el semblante de Cathy expresó preocupación. Comenzó a desenrollar la venda de la pierna y cuando al fin quedó al descubierto la herida irregular contuvo el aliento al ver la supuración de color rojo oscuro que brotaba de la costra delgada. Hasta Jon pegó un respingo sin mucha dificultad. ¡Gracias a Dios, tenía un aspecto mucho peor de lo que en verdad era!

Mientras limpiaba la sangre de la pierna, con manos frescas y firmes sobre la carne desgarrada, Cathy mantuvo un silencio pétreo. Jon agradeció en silencio la cobertura protectora de la camisa sobre su regazo, pues si la joven viera el efecto que tenía en él, ¡era dudoso que pudiese permanecer ahí sentada, tan serena!

Cuando esparció parte de ese polvo endemoniado sobre la herida medio abierta, Jon respingó de verdad. ¡Ardía como los fuegos del infierno! Lanzó un fuerte gemido y obtuvo la recompensa de una palmada consoladora de la mano pequeña sobre la pierna. ¡Dios, eso ya era demasiado! ¡Si seguía sin poder satisfacer su anhelo por ella, temía estallar!

Cuando por fin la herida quedó vendada a su entera satisfacción, Cathy dejó el tazón con agua y el polvo a un lado, y empezó a recoger las vendas manchadas. En algún momento quedó al alcance de Jon y éste, veloz como un tigre, la atrapó. Aferró la muñeca de la muchacha con la mano y tiró hacia él, de modo que quedó tendida, a medias sobre él y a medias sobre la cama. El movimiento provocó a Jon un dolor palpitante, pero no le hizo caso. Lo que tenía que decir era más importante que cualquier dolor. Giró para poder mirarla y vio que Cathy lo miraba enfadada, con los ojos enrojecidos.

—Era una treta, ¿no es cierto? —preguntó con calma—. Lograste que Petersham me hiciera creer que estabas muy mal. En realidad ni siquiera intentó detener la hemorragia de la pierna, ¿verdad?

—Sólo quería pedirte perdón —murmuró Jon, comprobando cómo se tensaban sus músculos por la proximidad de la muchacha.

—¿Acaso crees que una simple disculpa borrará lo que dijiste? —Lo desafió, y sus ojos comenzaron a humedecerse otra vez—. ¿O es verdad? Tienes razón: soy tu amante, aunque eso empezó sin mi consentimiento. ¿Tienes idea de lo sucia y miserable que me haces sentir?

—Oh, Cathy, no fue eso lo que quise decir—repuso Jon, arrepentido—. Eres mi amor, mi mujer. Amante fue un término mal elegido.

—Pero es verdad —susurró Cathy, en un hilo de voz.

Al ver la vergüenza reflejada en el rostro de Cathy a Jon se le oprimió el corazón. Esa vergüenza la había causado él, no sólo con sus palabras sino también con sus actos. Cathy parecía muy pequeña e indefensa tendida de espaldas, los ojos llenos de lágrimas pero desafiantes y el cabello cobrizo cayendo en cascada sobre el pecho de Jon y la almohada. La suave boca rosada temblaba de manera incontrolable y, de pronto, Jon supo que tendría que detener ese temblor antes de que lo desgarrase a él mismo.

Cuando se inclinó sobre ella, los ojos de Cathy se agrandaron, pero antes de que pudiese resistirse, la boca de Jon estaba en sus labios, caliente, dulce e insoportablemente suave. Quiso gritar, pegarle, morder esa lengua que la invadía con todas sus fuerzas, pero no pudo hacerlo. Muy dentro de sí, Cathy sabía que necesitaba ese beso como las flores necesitan a la lluvia. Era un bálsamo para su corazón herido, un ungüento para su orgullo. Su boca se estremeció bajo la del hombre como una mariposa atrapada y se abrió a él sin poder evitarlo. Las manos acariciaron la cabeza negra, los dedos se entrelazaron en los mechones gruesos, tirando de ellos. Cuando Cathy comenzó a responder al beso, Jon exhaló un gemido ahogado de satisfacción.

Cuando por fin levantó la cabeza, fue para hundirla en la curva tibia del cuello de la muchacha. Las manos de Cathy, en lugar de causarle magullones, acariciaron la mejilla áspera.

—Estoy loco por ti —murmuró Jon, irguiéndose para verle el rostro.

Lo que vio hizo que sus músculos se tensaran de anhelo. Los ojos de color zafiro, más radiantes aún por las gotas que los desbordaban y que colgaban de las pestañas, lo miraban resplandecientes de adoración. La boca pequeña tenía el color intenso de la rosa roja más lozana. Le sonrió y Jon contuvo el aliento como si hubiese recibido un golpe.

—No quise decir lo que dije, cariño. Por favor, tienes que perdonarme.

El tono fue el más humilde que Cathy había oído en sus labios y el núcleo duro de vergüenza y cólera alojado en su interior se derritió como mantequilla al sol. «Amo a este hombre», pensó, y la revelación la dejó tan perpleja que sólo atinó a contemplarlo fascinada. Poco después, alzó la mano para acariciar el mentón sin afeitar, gozando de esa aspereza bajo la palma de la mano.

—¿Me perdonas? —preguntó otra vez el hombre en voz baja, con mirada suplicante.

—¿Acaso significa tanto para ti que te perdone? —preguntó Cathy con suavidad, esperanzada.

Los ojos de Jon chispearon y sus labios esbozaron una sonrisa burlona.

—Bueno, verás, gatita mía —le confesó en el oído—. Te deseo tanto que me duele. Y en este mismo instante resolví no volver a hacerte el amor sin tu absoluto consentimiento. Por tanto, como no quiero pasar el resto de mi vida como un pobre lisiado, necesito tu cooperación.

Ese discurso audaz hizo reír a Cathy: ¡era propio de Jon hacer sugerencias lascivas al mismo tiempo que intentaba obtener su perdón por sus anteriores sugerencias lascivas! Los ojos de Jon destellaron de risa cuando bajó la cabeza.

El blanco era la cima del pecho suave. Los labios calientes y húmedos se posaron en la tela del vestido, pero Cathy no intentó apartarlo. Sin quererlo, lanzó un gemido de placer al sentir que una calidez se extendía dentro de ella. Bajo la arrasadora caricia, el pezón se endureció.

—Tu cuerpo me perdona —murmuró él.

Las manos de Cathy se apoyaron en los hombros de Jon con la intención de apartarlo, pero no pudo reunir fuerzas suficientes.

—¡Está bien, te perdono! —exclamó, esperando que su rendición lo hiciera detenerse antes de que ella se perdiera por completo.

—Ésa es mi chica. —Lo dijo con sus labios en los de Cathy, reclamándola. Al principio, Cathy respondió vacilante y luego cada vez más apasionada. Enlazó los brazos alrededor dl cuello del hombre y se movió hacia él por puro instinto, olvidando las ofensas a medida que iba sintiendo un anhelo cada vez más intenso hacia él.

—¡Ah, Cathy! —gimió Jon, mientras introducía la mano bajo el vestido y apretaba en una íntima caricia las nalgas de la muchacha cubiertas de encaje, apretándola contra sí.

Cathy se retorció contra la dureza de Jon y, de pronto, sintió ansias de tenerlo en su interior, con el mismo deseo con que una persona hambrienta ansía el alimento. ¡Hacía mucho tiempo... y lo amaba! Quizá siempre lo había amado. Con cierta timidez le acarició el muslo y apartó la mano cuando los dedos se toparon con la venda de hilo.

—¡Jon, Jon, espera un poco! —Trató de alejarse—. ¡Querido, no puedes, sangrarías otra vez!

—¿Crees, acaso, que me importa un comino? —murmuró Jon, con auténtico fervor, depositando besos cálidos en el cuello y la parte descubierta del pecho de Cathy—. ¿Cómo me has llamado?

Cathy sintió que se ruborizaba, pero no pudo evitarlo.

—Yo... querido —respondió con sencillez.

Jon se apartó un poco para mirarla, los ojos grises nublados de pasión, fijos en el rostro sonrosado de Cathy.

—Eso me pareció oír —dijo, satisfecho. Su mano fue hacia los ganchos que cerraban el vestido de Cathy.

—¡Jon, de verdad, no! —Aunque con la respiración entrecortada, Cathy hablaba en serio—. Todavía no estás del todo bien.

La mano de Jon soltó el último gancho y tiró del vestido para sacarlo por los hombros. Cathy lo sujetó antes de que pudiese pasarlo por los pechos turgentes y Jon la miró.

—Sí, puedo... si me ayudas. Te deseo mucho. Por favor.... —Los ojos grises le suplicaron como un niño pequeño pidiendo un dulce.

Cathy suspiró y dejó que le quitara el vestido. Por el calor, sólo usaba una pequeña prenda interior y por el mismo motivo no llevaba corsé. Jon no le dio tiempo a quitársela: deslizó la mano por la parte trasera del muslo y tiró de la prenda, desgarrando un poco el fino encaje en la prisa. Cuando Cathy se la quitó de un puntapié, obediente, Jon la colocó encima de él y le subió la falda de las enaguas hasta la cintura.

Cathy contuvo el aliento al sentir la dureza quemante contra su vientre suave y, de manera instintiva, se frotó contra él hasta que los dos estaban jadeando.

—Cathy... hazme el amor —gimió Jon.

Cathy lo miró, dispuesta a hacer cualquier cosa que él quisiera, pues ya sabía de qué se trataba. Los ojos del hombre, vidriosos de pasión, se abrieron y, al ver la confusión de la muchacha, se oscurecieron aún más.

—Cabálgame —le indicó con suavidad.

Cuando al fin lo comprendió, Cathy sintió que las mejillas se le llenaban de manchas encarnadas. Jon le mostró lo que tenía que hacer y ella lo hizo. Cuando se deslizó dentro de ella, los dos contuvieron la respiración. Los movimientos de ella eran todavía desmañados y tímidos, pero bastaron para lanzarlos a los dos en una espiral de tal intensidad que ninguno de ellos creía posible.

# 8

Cathy quedó más que consternada por lo sucedido. Le costaba creer que se había enamorado de un sujeto que la había apresado y que luego le impuso cometer con él los actos más íntimos. Más aún, un hombre que era ladrón y asesino, y no le molestaba serlo. Un hombre sin linaje ni dinero, ¡y cuya única posesión en el mundo era un barco!

«Ni siquiera me trata bien», reflexionó, mientras empezaban a nublársele los ojos. Desde su estallido, dos días atrás, Jon fue gentil, casi tierno con ella, pero Cathy lo conocía lo suficiente para saber que ese trato no duraría. Tarde o temprano haría algo que lo enfadaría y caería sobre ella con la furia habitual. Bueno, al menos ya no le temía. Sabía que no la lastimaría físicamente ¡y que de palabra ella era capaz de devolverle el golpe!

Tratando de descubrir por qué su corazón se aceleraba, admitió que era apuesto. Era tan alto y fuerte, tan mundano, que a su lado se sentía como Jon le decía en broma: una chiquilla. Sólo pensar en esos sus ojos cuando la miraba, en la curva burlona de la boca y el hoyuelo en la mejilla cuando sonreía, la hacía encenderse. El recuerdo de cómo le hacía el amor bastaba para cortarle el aliento. Hizo una mueca y se apartó el cabello de los ojos con un gesto impaciente. Fuera cual fuese la razón, tenía que admitirlo: estaba enamorada de ese hombre.

Una vez resuelto eso, la cuestión era qué hacer al respecto. La única solución satisfactoria era que él también se enamorara de ella. En ocasiones, Cathy pensaba que podía ser.

Cada vez que estaba cerca, los ojos de Jon la seguían ávidos y, si quedaba al alcance de su mano, con seguridad recibía una palmada lujuriosa o un pellizco. Sabía que Jon deseaba su cuerpo en una medida tan insaciable que nunca dejaba de asombrarla. Y sabía conmoverlo: sí, en la cama podía llevarlo a grandes alturas. Pero aun en los momentos de mayor pasión, nunca daba indicios de amor, de afecto o de nada que no fuese el intenso deseo de poseerla físicamente. «Lo cual me reduce a la honorable categoría de su ramera», pensó, furiosa. ¡Con una sacudida decidida de la cabeza, resolvió que tendría que cambiar eso muy rápido! Haría que se enamorase de ella aunque eso la matara... o lo matara a él.

La evolución de su herida permitía que Jon se levantara de la cama y saltara hasta una silla cercana a la ventana. Estaba ansioso por volver a cubierta, pero Cathy tenía miedo de que se aventurase demasiado, antes de tiempo. La muchacha sabía que sólo accedía a sus deseos porque no quería exhibir su disminución ante los hombres. Como él le dijo en una ocasión: una tripulación pirata se parecía mucho a una manada de lobos y lo único que respetaban era la fuerza. Si un jefe mostraba debilidad, daba ocasión a provocar problemas. Si bien hacía muchos años que la tripulación estaba con él y confiaba en la lealtad de sus hombres, Jon había aprendido en la vida que no existía ninguna persona completamente fiable. Hizo que uno de los hombres le fabricase una muleta y, entretanto, aunque quejoso, se mantuvo apartado. Volvería a cubierta cuando no tuvieran que llevarlo como a un niño pequeño. No tenía sentido correr riesgos.

Cathy suspiró. La devoción de Harry se había hecho evidente para todos y hasta Petersham le advirtió con una mirada significativa que el capitán era un hombre celoso. Cuando Jon recuperara el mando, tomaría conciencia de la situación. Cathy había intentado todo lo que sabía para desanimar las atenciones de Harry, pero nada resultó. Era de esperar que Jon considerase el interés del joven como algo natural de parte de un varón hacia la única mujer presente y lo dejara así. O, mejor aún, tal vez la presencia de Jon en cubierta dominaría a Harry lo suficiente como para no revelar nada ante el capitán.

Era un día hermoso, tibio y soleado; de no haber sido por la brisa fresca habría hecho calor. El *Margarita* avanzaba hacia el sur y Cathy suponía que Jon estaba de acuerdo con las órdenes que había dado Harry. Las reservas de agua y comida escaseaban otra vez, pero cuando fastidiaba a Jon para que le dijera adónde se dirigían, él se negaba a responderle aunque en broma. Le contestaba que ya lo vería y Cathy movía la cabeza. En realidad, cada día Jon se parecía más a un niño travieso.

De regreso al camarote, con las mejillas sonrosadas por el sol, los cabellos rizados en desorden, Cathy sonreía. Pero la sonrisa se convirtió en una expresión ceñuda, al ver a Jon embutido en pantalones negros que le ajustaban demasiado sobre las gruesas vendas, sentado a la mesa, estudiando unos mapas. Se acercó a él por detrás, apretando los muslos contra la espalda ancha y musculosa, y apoyando la mano sobre el hombro desnudo. Sin volver la cabeza, Jon la saludó con un «hola» gruñón y Cathy hizo una mueca. Si bien era un amante apasionado, tenía algunos defectos fundamentales.

—No tendrías que estar levantado —le dijo Cathy con severidad.

Él alzó el brazo para rodearle la cintura e hizo que diera la vuelta para verla. Jon sonreía y sus ojos grises tenían un brillo malicioso. Cathy sintió que su corazón se derretía de ternura por él.

—Pareces un ángel —dijo el hombre a modo de respuesta, posando una mirada cálida sobre el rostro reprobador de la muchacha—. Pero un ángel muy mandón. Creo que te he mimado en exceso. ¿Acaso no sabes que tendrías que estremecerte cada vez que frunzo el entrecejo? Soy un pirata cruel y sanguinario, ¿recuerdas?

—Y yo no soy un ángel sino tu enfermera —replicó Cathy con ligereza—. Si no me obedeces, la próxima vez que te cambie las vendas seré muy torpe.

Jon rió y la hizo girar para sentarla sobre su rodilla sana. Le rodeó la cintura con el brazo y su mano vagó hacia arriba, en procura de una presa más tierna, pero Cathy le apartó la mano fingiéndose indignada. Sin embargo, pronto la boca tibia del hombre la distrajo, acariciando provocativo la curva del cuello. La mano volvió para acariciar su presa y la joven se puso rígida, pero luego se relajó. El contacto de esa mano sobre el pecho le provocó un cosquilleo de placer que le llegó hasta los dedos de los pies.

—Déjame levantarme —le ordenó Cathy, sin mucha convicción—. La puerta está abierta y puede entrar alguien.

—¿A quién le importa? —murmuró Jon, distraído, concentrado en el valle tentador que revelaba el suave escote del corpiño.

—¡A mí me importa! —exclamó Cathy, lanzándole una mirada de reproche.

Los labios bajaron por el pómulo de la muchacha, por la nariz, y se posaron en la comisura de la boca.

—¿En serio? —preguntó, con la boca pegada a los labios temblorosos.

Luego, la boca atrapó la de Cathy con lánguida pericia y la muchacha tuvo que admitir que, en ese momento, lo único que le importaba eran las delicias que le hacía sentir.

—¿Qué estás haciendo?

Cuando al fin Jon levantó la cabeza, el corazón de Cathy latía desordenado, pero esperaba que la pregunta lo distrajera.

—Admirando tu belleza —le respondió al instante, moviendo el brazo duro debajo de los pechos para apretarla y hacer que el escote del vestido se abriera y dejase escapar sus curvas.

Los ojos disfrutaron de los tesoros expuestos ante él.

—Me refería a los mapas.

Cathy le dio un fuerte pellizco en el brazo y la atención de Jon volvió, con un suspiro atribulado, a los papeles que tenía desparramados en la mesa.

—Calculaba cuánto tiempo nos llevará llegar a donde vamos. Harry me ha dicho que hemos topado con corrientes fuertes del oeste, que nos apartaron un poco del curso.

—¿Y adónde estamos yendo? —preguntó Cathy como al pasar, esperando que le respondiera sin pensar.

Pero Jon se rió.

—Mi amor, la curiosidad mató al gato —la provocó.

—Y la satisfacción lo revivió —replicó la joven, para agregar, con tono zalamero—: Por favor, dime a dónde vamos.

—Convénceme —le murmuró el capitán al oído.

El brillo malicioso de los ojos no dejó lugar a dudas acerca del tipo de persuasión que pretendía.

—De ninguna manera —respondió Cathy, recatada, pero sin resistirse a pasar un dedo provocativo por el brazo duro.

Jon recompensó la audacia de la muchacha con un mordisco en la oreja.

—Si quieres saberlo, mi gata entremetida, vamos a Las Palmas —dijo, reclinándose en la silla y alzándola para que se acomodara mejor encima de él.

Con un dedo atezado, jugueteaba distraído con un mechón de cabello dorado y Cathy, contenta, apoyó la espalda contra el pecho duro.

—¿Las Palmas? —preguntó, con una mirada soñadora. En realidad, no le interesaba mucho la respuesta, pues el tibio aroma masculino actuaba sobre ella como una droga—. Nunca oí hablar de ese sitio. ¿Es una ciudad?

Jon sonrió apenas y negó con la cabeza al tiempo que acercaba uno de los mapas.

—No, mi encantadora ignorante, Las Palmas no es una ciudad. Es una isla. La usamos como una especie de base entre un viaje y otro.

—Quieres decir entre una incursión de robo y otra —lo corrigió Cathy, con cierto filo en el tono.

—Está bien, entre incursiones de robo, si prefieres —admitió él, sin darle importancia, entrecerrando un poco los ojos al mirarla.

Cathy apartó la mirada y la volvió hacia los mapas.

—¿Alguna vez has pensado en dejarlo? —preguntó, como al pasar.

—¿Qué cosa? ¿Mi vida de libertinaje y pecado? —Se burló—. No, ¿por qué lo haría? Me gusta esta vida.

—¿Cómo es posible que te guste matar y robar? —le espetó Cathy, irguiéndose y apartándose de él.

—Tiene sus compensaciones —repuso Jon, haciéndola saltar sobre las rodillas como haría un adulto con un niño caprichoso.

Cathy lo miró de soslayo y él rió.

—Gano bien, no existe ningún hombre al que tenga que llamar amo, navego en mi propio barco y... eh... tengo una preciosa compañera de cama.

Recorrió a Cathy con la mirada, con exagerada lascivia, y luego la posó en sus ojos.

—Hablo en serio —insistió Cathy, dirigiéndole una mirada exasperada—. No puedes ser siempre un pirata. Algún día cometerás un error, te atraparán y te colgarán.

—¿Y acaso eso te inquieta, mi gata? —Alzó una ceja negra en gesto interrogador—. No hace mucho, habría jurado que si caía en tus manos una pistola o un cuchillo mi vida terminaría bruscamente.

—¡Oh, eres imposible! —exclamó Cathy, forcejeando para levantarse.

Con sus palabras, Jon se burlaba de la preocupación que sabía que ella sentía por él. ¡Gracias a Dios, no conocía la verdad acerca de sus sentimientos de la muchacha hacia él! ¡El día en que se enterase, sería de fiesta para Jon!

—No quisiera ver colgar a ningún hombre —agregó la joven, con toda la dignidad de que fue capaz y todavía forcejeando para soltarse.

—No tan rápido, gatita —le murmuró Jon, mientras le impedía los movimientos sin dificultad, a pesar de las heridas.

Cathy sabía que podía haberse librado golpeándole o pateando el muslo lastimado, pero no quiso. Su amor por él era tan grande que no lo lastimaría conscientemente.

—¿Por qué será que siempre que la conversación se pone interesante quieres irte?

A desgana, Cathy dejó de forcejear, comprendiendo que, si insistía demasiado en soltarse, revelaría más de lo que Jon tenía derecho de saber. Se apoyó otra vez por encima de él y sintió el cosquilleo del vello de su pecho a través del vestido.

—¿Te molestaría mucho que me colgaran? —insistió.

Cathy bajó las pestañas para ocultar los ojos y no dejarle ver ni un atisbo de las emociones que se reflejaban en su rostro, pues sabía que Jon podía leer en ella como en un libro abierto. Por un instante sintió la tentación de confesarle su amor, pero una fría prudencia la hizo contenerse. A fin de cuentas, sería un arma poderosa en manos de un hombre que, al fin y al cabo, sólo era un pícaro y un sinvergüenza. A menos que también el capitán estuviese tan sensible como ella, la confesión la pondría por completo a su merced. A Cathy se le ocurrió disipar cualquier sospecha que pudiese albergar deslizándose lo más cerca posible de la verdad, sin revelarla por completo. Después de todo, Jon no era estúpido. Ya debía de saber que el cuidado hacia él tenía algún significado.

—Claro que no me gustaría verte colgado —respondió con frialdad, mirando con sus ojos azules despejados y cándidos los ojos grises del capitán—. Contra mi mejor criterio, me encariñé contigo.

Al oírla, la llama vacilante que había en los ojos de Jon se extinguió y se tornaron duros e impenetrables. Para castigarla, le mordisqueó la carne blanca del hombro desnudo.

—Así que «te encariñaste» conmigo, ¿verdad? —murmuró con tono suave, con la boca apoyada contra el pulso que latía debajo de la oreja de Cathy—. Para ser un simple cariño, tu corazón late demasiado rápido.

—Eres una bestia presuntuosa, ¿no crees? —dijo Cathy, con el tono más helado que pudo, para mantener el pulso bajo control—. Tienes suerte de que me haya encariñado. Por el modo brutal conque me trataste, tendría que odiarte para siempre.

—Te traté como a una reina, mi gatita, y tú lo sabes. —La voz se tornó tan dura como la mirada—. ¿Acaso te he hecho pasar hambre, te he lastimado de alguna manera? ¿No se te ha ocurrido pensar cómo habría sido caer prisionera en manos de cualquier otro hombre? Tendrías que estar agradecida.

—¿Agradecida? —vociferó Cathy, incrédula, mientras los ojos lanzaban chispas de color zafiro—. ¡Me raptaste y me hiciste prisionera! ¡Me violaste y me humillaste! ¿Te parece que son motivos para estar agradecida?

En la última palabra, la indignación le quebró la voz. Jon la observó sentada sobre su regazo, erizada como una gallina, y esbozó una sonrisa torcida. Los últimos días, su gatita había ronroneado para él y había llegado a gustarle. En ese momento comprendía que le gustaba demasiado.

—Oh, Cathy —murmuró, a medias divertido, a medias resignado. Por cierto, no estaba de humor para una discusión. En realidad, tenía en mente algo muy diferente—. Retiro lo dicho. Sin duda he sido brutal contigo y me disculpo.

—Es lo que debes hacer —le dijo Cathy, severa, intentando otra vez levantarse de su regazo.

El capitán la retuvo con pasmosa facilidad y por el endurecimiento de los músculos debajo de su cuerpo Cathy adivinó que sus movimientos sólo habían logrado excitarlo.

—Al parecer, paso la mitad de mi vida pidiéndote disculpas por una cosa u otra —le dijo al oído—. Esto tiene que acabar. Temo que se te suba a la cabeza y deba pasar el resto de mi vida disculpándome por naderías.

—Pero yo no estaré contigo el resto de tu vida, ¿no es así, Jon? —preguntó Cathy, con dulzura, aprovechando el pie—. Tarde o temprano me dejarás ir.

Por un instante, los ojos de Jon brillaron. Sepultó el rostro en el pelo resplandeciente de la joven y aspiró la suave fragancia, pero no respondió.

—Jon, ¿cuándo me dejarás ir? —probó, con suavidad.

—Cuando esté dispuesto. —La respuesta fue cortante—. En Cádiz, no parecías tan ansiosa por dejarme, si recuerdas, aunque tuviste una oportunidad.

—Los otros prisioneros fueron liberados en Cádiz —le recordó ella—. Pero tú tenías clara que pensabas retenerme incluso antes de ser herido. ¿Por qué no querías dejarme marchar con ellos?

—Porque tengo una extraña afición por el sabor de tu piel, mi bella arpía. Me propongo no dejarte ir hasta estar plenamente satisfecho.

Los ojos de Jon la miraron con lascivia, pero el resto del rostro se mantuvo en guardia. Cathy empezó a sentir que estaba progresando.

—Cariño, la pierna no me duele tanto como otras partes de mi cuerpo —rió.

—El remedio está en tus propias manos —replicó la joven sin la menor simpatía cuando captó el significado de la insinuación—. Déjame levantarme.

—Prefiero otra solución —refunfuñó él, acariciándola con gestos insinuantes.

Cathy negó con la cabeza, sin atreverse a eludir los dedos que la acariciaban. Ya no estaba de humor para más desafíos verbales. Rodeó con un brazo la nuca de Jon y le echó la cabeza hacia atrás para depositar un beso suave en la mejilla áspera. ¡Que pensara en eso también!

—Capitán, yo sé muy bien que ladras más de lo que muerdes. Ahora, déjame ir, que tengo mucho que hacer.

La expresión de los ojos de Jon se entibió. Ese beso fue el primer gesto espontáneo de afecto de parte de Cathy y le aceleró los latidos del corazón. Se sintió como un escolar enamorado. De algún modo, aquella mujercita menuda y suave estaba logrando hacerle sentir cosas que, en el pasado, habría desdeñado. La experiencia no le agradaba en absoluto, pero no podía hacer nada al respecto. Ya había intentado sacársela de la cabeza por todos los medios que se le ocurrieron y había fracasado.

Cathy se retorció entre sus brazos, con los ojos muy abiertos ante su expresión arrobada.

—Jon, ¿sucede algo malo? —ronroneó.

Por un momento, los ojos del hombre la contemplaron aturdidos, como si no pudiese recuperar la cordura. Luego, la mirada se enfocó en el rostro de la joven e inclinó la cabeza para devolverle el beso en la dulce boca. Estaba seguro de que esa muchacha no era como las otras. Carecía de tretas y mañas femeninas tanto como una recién nacida.

—Disculpa, capitán —dijo Harry junto a la puerta del camarote, con voz gélida—. Me gustaría mirar los mapas contigo. —Lanzó una ardiente mirada de soslayo a Cathy, que tenía el rostro sonrosado y seguía en el regazo de Jon—. Si tienes tiempo —agregó.

Mientras Jon la bajaba a regañadientes, Cathy miró ceñuda a Harry y al volverse hizo caso omiso de él. En realidad, si no tenía cuidado, Jon se enteraría de la persecución del joven, pues en eso se había convertido, ¡y entonces sí que la situación se tornaría crítica! «Mi capitán pirata tiene un carácter feroz y un fuerte sentido de posesión en lo que a mí se refiere», pensó. Ya miraba a Harry con suspicacia.

Los dos hombres conversaron un rato, dibujaron líneas sobre las cartas de navegación y midieron la distancia hacia varios puntos; como la conversación era bastante ininteligible, pronto Cathy dejó de prestar atención. Recorrió uno de los estantes de la biblioteca, eligió un libro y se instaló en el hueco debajo de la ventana, a leer. El libro era demasiado aburrido y llegó un momento en que lo dejó de lado y prefirió entretenerse contemplando el mar que cambiaba constantemente. No advirtió que el sol de la tarde convertía su cabellera en una brillante aureola en torno del rostro, ni que su perfil vuelto tenía la pureza de un camafeo perfecto. De vez en cuando los dos hombres se regalaban la mirada con ese cuadro encantador. Jon abiertamente y Harry cada vez que creía que el capitán no lo miraba. La conversación se hizo cada vez más inconexa hasta que, al fin, cesó del todo. Esto atrajo la atención de Cathy y, al volverse, vio que los dos hombres la contemplaban con avidez. Sonrió con calidez a Jon e ignoró a Harry mientras se ponía de pie y se estiraba un poco.

—¿Queréis que me vaya?

Quizá tuvieran algo que hablar sin su presencia.

—De ninguna manera —dijeron los dos al mismo tiempo.

Jon dirigió a Harry una mirada filosa.

Cathy la sorprendió y se acercó de prisa a Jon, le apoyó la mano en el hombro y le sonrió.

—Es hora de que descanses.

Se lo dijo en tono acariciante, en parte para que lo escuchara Harry y en parte porque no pudo evitarlo. Jon se distrajo, que era lo que ella pretendía. Le cubrió la mano con la suya y la apretó contra los músculos duros del hombro. Cathy sintió que una oleada de excitación le penetraba por las yemas de los dedos. Harry los observó, resentido, y de pronto se puso de pie, con expresión tensa.

—Podemos terminar con esto en otro momento, capitán —dijo, con aire rígido.

Jon le dirigió una mirada airada mientras el joven salía a zancadas del camarote.

Para sorpresa e inquietud de Cathy, cuando quedaron solos, Jon no dijo nada. Un pesado silencio flotaba en el aire cuando Jon se acercó con dificultad hasta el camastro y empezó a desnudarse. Tenía la frente crispada en un ceño profundo y los labios apretados en una mueca mientras daba tirones para quitarse los pantalones. Cuando se apoyó en la cama, Cathy ya no pudo soportar el ominoso silencio. Fue a sentarse junto al hombre, le colocó una almohada debajo de la cabeza para que se viera obligado a acostarse y lo arropó con las mantas. La mirada de Jon la siguió con expresión pensativa. Si bien sabía que era una estupidez, esa mirada oscura la hacía sentir culpable.

—Cathy.

Cuando iba a volverse, Jon la aferró de la muñeca.

—¿Harry estuvo... molestándote... mientras yo estaba inconsciente en la cama?

Aunque Cathy sabía que Jon debía de percibir el sobresalto nervioso del pulso bajo la mano, no pudo impedirlo. «¡Maldito sea Harry!», pensó, «¡por ponerme en semejante situación!». Si bien no quería mentir, tampoco quería provocar problemas entre Jon y uno de sus más antiguos amigos.

—No —respondió en un tono glacial, sin mirarlo en los ojos—. ¿Por qué lo preguntas?

—Te mira como una gaviota a un pez y eso no me gusta. Si se portó como un fastidioso, dímelo. Yo lo refrenaré en menos de lo que lleva decirlo.

Haciendo un esfuerzo, Cathy le sonrió con la esperanza de alegrarle el ánimo.

—Si yo fuese presumida, diría que estás celoso, capitán —lo provocó.

Los ojos de Jon sostuvieron unos instantes la mirada de Cathy, como golpeado por la broma. Replicó con voz ronca:

—Y si lo estuviera, ¿tendría motivos?

Los ojos de Jon ardían como brasas y Cathy no pudo contener un ligero temblor de triunfo. Si estaba celoso —y al parecer, así era— ya debía de estar enamorándose de ella. Jon vio la chispa fugaz en los ojos de Cathy y frunció el entrecejo, apretándole la muñeca hasta hacerle daño.

—Pregunté si tenía motivos para estar celoso.

La voz del pirata fue dura.

Cathy le dirigió una sonrisa, con los ojos chispeantes, traviesos como los de una niña.

—Tendría que permitir que te cocieras en tu propia salsa —dijo, pensativa—. Creo que te haría bien.

El semblante de Jon se ensombreció. La miró de soslayo y le apretó la muñeca con tanta fuerza que la hizo encogerse.

—No juegues conmigo, gata mía —le advirtió, con expresión amenazadora—. No te gustarían las consecuencias. Te preguntaré una vez más: ¿tengo motivos para estar celoso?

Si la inquietud que reflejaban los ojos de Jon no la hubiese hecho tan feliz, Cathy se habría enfadado. Apretó los labios, bajó la mirada como si temiera la reacción del capitán ante lo que tenía que decirle y se inclinó para susurrarle al oído:

—No, pero creo que de todos modos lo estás.

Vio que bajo la piel comenzaba a extenderse un tono rojo, a medida que Jon absorbía el significado de sus palabras. Cathy se irguió y él le lanzó una mirada que era, al mismo tiempo, cautelosa y un poco sumisa. Cathy se mantuvo a la expectativa, pero Jon aún no estaba preparado para reconocer ningún sentimiento de ternura hacia ella.

—Lo que tengo, lo conservo —fue todo lo que dijo.

En realidad, a Cathy no le importaba: quizá llevara un poco de tiempo, pero llegaría el momento en que la amaría y se lo diría. Estaba segura. Entretanto, podía esperar.

El día siguiente fue caluroso y sofocante, con ese clima pesado que presagia tormenta. Sólo la ingenuidad de Cathy era capaz de divertir al capitán. Él ansiaba volver a hacerse cargo del barco y le preocupaba que Harry no estuviese preparando bien todo para el mal tiempo que se avecinaba. Con sumo tacto, Cathy trató de que desistiera; como no resultó, le dijo francamente que todavía no estaba lo bastante recuperado para ir a cubierta. Las heridas estaban cicatrizando bien, pero aún se cansaba con facilidad y no había recuperado del todo el apetito. Cathy lo regañó por dejar casi intacta la porción de cerdo salado ese mediodía. Jon la miró enfurruñado, como un crío, y la joven no pudo menos que sonreír. Todavía sonreía cuando llamó a Petersham para que se llevara los restos de la comida; después se sentó junto a Jon, sobre la cama.

—¿Cómo te sientes? —le preguntó, recorriéndolo con la mirada, con aires de propietaria.

Desde que lo hirieran había perdido peso, pero no lo bastante para estropear las líneas espléndidas del cuerpo. La delgadez no hacía más que acentuar la fuerza de los músculos marcados.

—Como un niño quejumbroso —respondió, posando la mirada en la curva turgente de los pechos de Cathy.

La joven no se inmutó bajo el examen de esa mirada que la acaloraba. «Acostarme con él cada vez que lo desea no me lleva a ningún lado», reflexionó. «Tal vez ya sea hora de intentar una nueva táctica. ¿Qué pasaría si tuviese que pasarse un tiempo sin mí? Quizá su afecto florecería de pronto.»

Jon, impertérrito por la indiferencia de la muchacha, estiró un dedo para seguir el recorrido de su mirada. Cathy le dio una palmada en la mano, pero lo único que logró fue que la arrastrara sobre su regazo, tendida en parte sobre el cuerpo de Jon, en parte en la cama. La boca del capitán se abatió hambrienta sobre la de Cathy, quien devolvió un instante el abrazo y después le dio un ligero mordisco en la lengua. Jon lanzó un grito y saltó hacia atrás, llevándose la mano al miembro lastimado.

—Es una pena que no tengas tanta hambre de comida como de mí —dijo la joven, con ligereza—. Si así fuese, recobrarías antes las fuerzas.

—Tengo fuerzas suficientes para domar a una zorra —refunfuñó él, tendiendo la mano hacia ella.

Cathy hizo todo lo posible para eludirlo, pero sus propios deseos la entorpecieron. A la larga, se rindió a la fuerza superior de los brazos de Jon y le retribuyó los besos con calidez. Cuando la mano del capitán hurgó en su espalda en busca de los broches del vestido, la joven la alejó con firmeza.

—No —dijo.

Jon abrió los ojos y la miró.

—¿Por qué no?

—Porque no quiero —respondió, altanera, levantando la nariz—. Prefiero... prefiero hablar.

—¡Hablar! —gruñó Jon, rodando de espaldas con expresión dolorida.

—Sí, hablar.

Cathy estaba resuelta a no rendirse otra vez a él, apoyándose en la teoría de que la abstinencia fomentaba la ternura del corazón.

—Adelante, hablemos —suspiró Jon, y cruzó las manos bajo la cabeza.

Cathy se incorporó hasta quedar apoyada contra el pecho de él, la barbilla en las manos para poder mirarlo, las piernas entre las suyas para no provocar dolor en el muslo herido. Los ojos de Jon se encendieron al ver el método de conversación que proponía Cathy, pero cuando intentó besarla otra vez ella le sacó la lengua.

—¿Alguna vez te has enamorado? —comenzó Cathy, cuando al fin se acomodaron.

—¡Oh, Dios! —musitó el capitán, cerrando los ojos como si algo le doliera mucho—. ¡Ella quiere hablar de ello y yo quiero hacerlo!

—Muchas veces. —Esbozó una sonrisa endemoniada y se dejó llevar por el espíritu de la conversación—. Y en cada ocasión duró media hora.

—Muy divertido —dijo Cathy, con acritud—. Quiero decir enamorado de verdad.

—Cuando tenía dieciséis años me enamoré perdidamente de mi madrastra —respondió él con ligereza, fijando los ojos en el techo.

—¿En serio? —preguntó Cathy, suspicaz.

—Sí, en serio —dijo Jon—. Cuando se casó con mi padre, tenía veinte años y era una bella joven de cabello negro y todo en su lugar. En aquel entonces pensaba que era lo más encantador que había en el mundo.

—¿Qué sucedió? —preguntó Cathy con cierta rigidez, sin poder controlar los celos.

Era ridículo odiar a una mujer que no conocía y por algo ocurrido casi veinte años atrás.

—Estaba tan enamorado que la seguía a todas partes. No olvides que era sólo un chico y la adoraba como a una diosa. Y creo que ella ni advertía que yo estaba vivo. No recuerdo que me mirase jamás, por no hablar de sonreírme. La puse en un pedestal y nunca se me ocurrió tocarla, siquiera, pues me habría parecido un sacrilegio. Sea como fuere, una tarde de agosto la seguí a casa de la modista. Iba a casa de la modista dos veces por semana y, por lo general, yo me quedaba fuera hasta que salía. Esa vez, sin ningún motivo en particular, se me ocurrió volver y la vi salir por una puerta trasera. Como era natural, eso me intrigó y la seguí. Caminó hasta una casita alejada de la calle y entró. No supe qué pensar. En mi inocencia, supuse que visitaría a otra modista o quizás a una sombrerera. Poco después la curiosidad se sobrepuso a mi sentido de la propiedad y me acerqué a la casa para espiar por la ventana. Mi querida madrastra estaba desnuda como el día en que nació, en el suelo de la biblioteca, gimiendo como una perra en celo, mientras un hombre que yo no conocía cabalgaba entre sus muslos.

—¿Se lo contaste a tu padre? —dijo Cathy, más fascinada que horrorizada.

—Por cierto que no. De todos modos, no me habría creído. Estaba enamorado de ella y creía que era el ser más perfecto de la tierra.

—¿Y qué hiciste?

—Junté mis escasas ropas y me fui esa misma noche. Después de eso, no podía quedarme. El recuerdo de lo que había visto me daba ganas de vomitar. Si me hubiese quedado, tal vez la habría matado.

Aunque la voz de Jon parecía indiferente, Cathy detectó que una nota áspera de desilusión vibraba en ella. Como gesto de consuelo, apoyó suavemente la mano en la mejilla barbuda. Jon puso la boca en el hueco de la palma y luego le dirigió una sonrisa forzada.

—Ahórrate la compasión, encanto. Aunque en aquel momento no lo pensé, ahora sé que esa ramera me hizo un favor. Nunca volví a ser joven ni ingenuo.

—Y... ¿y te enamoraste pronto de otra persona?

La voz de Cathy era muy dulce y un tanto cargada de añoranza, y Jon le dirigió una mirada brillante.

—No del mismo modo. Mis otros amores fueron de una clase que no puedo contarte, pues eres muy joven. —Estaba bromeando y Cathy le guiñó el ojo, contenta al ver que la tensión había desaparecido del rostro del capitán—. Te preguntaría a ti si alguna vez te enamoraste —bromeó—, pero eres casi una niña. No has tenido tiempo.

—¡Claro que sí! —protestó Cathy, indignada. Pero al ver la mirada perspicaz que Jon le dirigió, se apresuró a corregir—: Bueno, tuve muchos pretendientes.

—Me imagino —respondió el pirata con tono seco, deslizando la mirada por ese rostro y ese cuerpo—. ¿Y te llevaban flores y te besaban la mano?

—Por supuesto —respondió Cathy, con dignidad.

—Eso es lo único que hacían —murmuró Jon.

—¿Cómo lo sabes?

Cathy lo miró con coquetería desde debajo de las pestañas, con la esperanza de provocar otro arranque de celos, pero al ver que él se limitaba a sonreír, se sintió burlada.

—Gata mía, fue evidente para mí la primera vez que te besé. Nunca te había tocado un hombre.

—Eso es lo que crees —resopló Cathy, picada.

—Es un hecho —dijo Jon, pellizcándole la punta de la nariz—. Me acosté con muchas mujeres y sé cuando tienen experiencia. Tú no tenías ni un poquitín.

A Cathy le ardieron las orejas de vergüenza y lo miró con expresión de reproche.

—Lo dices como si fuese sólo una de una larga fila.

A pesar de la intención de Cathy de hablar con naturalidad, su voz sonó tensa.

Jon la miró con los ojos entrecerrados: parecía herida y no era eso lo que él quería.

—¿Celosa? —se burló, para distraerla.

—En absoluto —respondió Cathy, con frialdad—. Nunca estaría celosa por ti.

—Me alegro. Odio a las mujeres celosas —dijo Jon, alegre, y cuando los ojos de ella lo miraron furibundos, le sonrió y rodó junto con ella—. Basta ya de conversación —protestó, acostándola en el colchón blando—. Estoy hambriento, y no de comida, precisamente.

Cuando Cathy salió del camarote unas dos horas más tarde, Jon dormía apaciblemente.

«Caramba con mi plan de ganar el corazón del capitán negándole mi cuerpo», pensó, fastidiada. No tuvo que obligarla. Sus caricias sensuales la hicieron arder; luego, hacer el amor fue para Cathy como nadar con la corriente. «Oh, bien —pensó, encogiéndose de hombros—. Al menos, disfruté perdiendo.»

El sol se hundía tras el horizonte y el brillante globo naranja sólo se veía en el borde dorado del mar. Alrededor, se amontonaban hebras rosadas y lavanda como si fuese un molinillo, y el crepúsculo tenía una belleza que cortaba el aliento. Cathy se acercó a la baranda para ver mejor. Salvo por el oficial de guardia, la cubierta estaba desierta y sólo quebraban el silencio el crujir de los maderos y el aletear de las velas. Cathy permaneció apoyada apenas en la baranda bebiendo la profunda paz del momento, sin pensar en nada, ni siquiera en Jon.

—Veo que te monta bien —se mofó una voz tensa, a sus espaldas.

Cathy lanzó un hondo suspiro, pues supo quién era antes de darse la vuelta: ¡Harry, por supuesto!

En realidad, quería que superase esa idea ridícula de que estaba enamorado de ella, pues estaba resultando demasiado cansador.

—Buenas noches, Harry —dijo con tono frío, sin hacer caso de la burla.

—Buenas noches, Harry —repitió el joven, imitando el tono altivo—. Apuesto a que no es así como saludas a Jon.

—Pero tú no eres Jon —precisó ella, con un matiz cortante en la voz. Se recogió la falda y quiso pasar a su lado, pero él la detuvo apoyándole una mano en el brazo. Cathy miró la mano, como exigiendo en silencio que la soltara—. Déjame ir, Harry —le ordenó con severidad, abrigando la esperanza de no tener que pedir ayuda.

Después del interrogatorio de Jon, no haría falta mucho para volver a despertar sus sospechas. Y si Cathy necesitaba hacer cierto escándalo para escapar de este tonto, sin duda Jon se enteraría.

—Todavía no. —Habló en voz baja y la miró con mal disimulado deseo—. Quiero disculparme por el modo en que me comporté últimamente. Yo... no puedo evitarlo. Eres muy hermosa y te amo. La sola idea de que estés en brazos de él me vuelve loco.

—Acepto tus disculpas, Harry —dijo Cathy, pues le pareció prudente pasar por alto la última frase del joven y le palmeó el brazo—. Ahora tengo que irme. Está oscureciendo.

—¡Por Dios!, no quieres escucharme, ¿verdad? —explotó Harry—. ¡Bueno, tal vez quieras oír esto!

Antes de que Cathy adivinara sus intenciones, la rodeó con los brazos y la apretó contra él. Ella se debatió, pero el joven era muy fuerte. No tan grande ni musculoso como Jon, pero sí fibroso, y estaba resuelto a besarla. Se quedó inerte entre los brazos del hombre, con la esperanza de que su falta de respuesta lo convenciera de que la persecución era en vano. «¡Espera!», pensó Cathy, furiosa y mantuvo los dientes apretados ante la insistencia de la lengua del joven. «Cuando me sueltes, te daré una bofetada que te dejaré ciego, pedazo de estúpido!»

Abrió los ojos, sorprendida y disgustada, al sentir que los labios y las manos de Harry le suplicaban, y cuando miró por encima de su hombro, se agrandaron todavía más. A menos de un metro estaba Jon, apoyado en una muleta improvisada. Bajo la mirada horrorizada de la muchacha, la sangre se precipitó al rostro delgado y a los ojos, furiosos y sombríos, que la miraban con expresión asesina.

# 9

Jon sintió que crecía dentro de él una furia hirviente que amenazaba con hacerlo estallar.

«¡La perra traidora!», pensó. Comenzaba a creer que era diferente, dulce, inocente... y hasta pensó que se interesaba por él. «¡Tonto!», se reprochó, enfurecido. Tendría que haber sabido que, en el fondo, todas las mujeres eran iguales. Como un imbécil enamorado, había dejado que un rostro encantador y una carne suave lo llevaran de la nariz. Lo que le encolerizaba era que, cada vez que esa perra de dos caras le murmuraba palabras cariñosas, pensaba en encontrarse con otro hombre a escondidas. «Pero eso se acabó —se prometió a sí mismo—. La destrozaré con mis propias manos.» En cuanto a Harry... Jon esbozó una sonrisa salvaje: ¡eso sí que lo disfrutaría!

A la larga, los desesperados empujones de Cathy en los hombros de Harry surtieron efecto. Él la soltó de mala gana y empezó a hablar, contemplando su rostro pálido con expresión apasionada. Pero lo que vio en ese rostro lo hizo girar. «¡Oh, Dios, Jon!» Parecía más furioso de lo que nunca lo había visto: el rostro sombrío enrojecido, un músculo se retorcía convulsivo en la mejilla. Sus ojos grises lo contemplaban como heraldos helados de la muerte. Harry sintió que su propio rostro perdía el color y agradeció a Dios que el capitán aún no hubiese recuperado del todo las fuerzas.

Los tres permanecieron congelados en su sitio largo rato, como en una escena de una obra dramática. Por fin Cathy recobró el uso de sus miembros y corrió hacia Jon, lo aferró por el brazo y lo sacudió.

—Querido, no es lo que aparenta —le dijo, ansiosa. La quietud fija de ese rostro y la expresión horrible de los ojos la asustaron más que cualquier grito que hubiese podido lanzar—. ¡Jon, tienes que creerme, puedo explicártelo...!

Jon miró a Cathy con los ojos ardientes como dos brasas en un horno del infierno. Cuando lo llamó querido, con esa vocecilla insidiosa, sintió como si le hubiese clavado un puñal en las entrañas. El dolor fue tan intenso que casi lo dobló.

—¡Perra mentirosa! —exclamó por lo bajo.

El brazo al que Cathy se aferraba se balanceó con violencia y la hizo tambalear y caer pesadamente sobre las tablas duras de cubierta. La fuerza del golpe la hizo gritar. De manera automática, Harry corrió a ayudarla y se topó con Jon, que le obstruía el paso.

—¡No la toques, maldito canalla! —dijo Jon, entre dientes, enfurecido.

La voz era de hielo y las manos le temblaban, ansiosas de cerrarse en torno del cuello de Harry. El joven retrocedió. En circunstancias normales no podía enfrentar a Jon, pero el estado debilitado del capitán le daba una oportunidad. O tal vez no: se sabía que la furia daba una fuerza increíble hasta a los seres más débiles y Jon, hasta apoyado en una muleta, parecía capaz de hacerlo pedazos. Cathy lo necesitaba... y Harry no se atrevía a pensar en lo que le haría cuando acabara con él.

Jon resolvió el dilema. Comenzó a avanzar hacia Harry, amenazador, y en sus ojos se reflejaba resolución suficiente para hacerlo retroceder. Si alguna vez la muerte se asomó a los ojos de un hombre, estaba en los de Jon en ese momento.

Con intenciones mortíferas, Jon sacó el cuchillo largo de la vaina que llevaba a la cintura. Los dedos acariciaron la hoja afilada. Harry estaba acorralado contra la baranda y no podía seguir más allá. Miró a su alrededor, desesperado, buscando un arma, pero no había nada. Sintió que le subía el terror a la garganta, como bilis.

Cathy vio lo que estaba sucediendo y se puso de pie de un salto, con un grito inarticulado de terror. Corrió frenética hacia Jon y aferró el brazo que sostenía el cuchillo con una fuerza que no cedía.

—¡Jon, no puedes hacerlo! —gritó—. ¡Harry no hizo nada! ¡No puedes matarlo! ¡Fui yo! ¡Te digo que fui yo!

Lo único que se le ocurrió para salvar la vida de Harry fue una mentira. ¡Un beso no era motivo para matar a un hombre! Sabía que Jon lo entendería si le daba tiempo para que superara la furia. Pero entretanto tenía que impedirle hacer algo que lamentaría siempre.

Las palabras de Cathy lograron atraer la atención de Jon. La miró, posando la mirada primero en sus redondeces y después en los labios temblorosos. Esa boca suave, sólo una hora atrás lo volvía loco... Ahora lo volvía loco, pero de otra manera. Los ojos ardieron y estiró una mano para aferrarle el pelo. Cathy jadeó cuando de pronto le tiró la cabeza atrás y por un instante pensó que le quebraría el cuello. Jon la sujetó con crueldad con sus manazas, haciéndole daño adrede al hundirle los dedos en el cuero cabelludo. Los dedos retorcieron las hebras sedosas moviendo la cabeza hacia atrás, de modo que quedó apretada contra el hombro del capitán, con el rostro vuelto hacia él. Cathy no forcejeó pues, pese a la cólera de Jon, no creía que en realidad la lastimara. Pero si en ese momento se resistía, Jon perdería todo control.

La línea recta de la boca se cerró sobre la de Cathy y la forzó a abrir los labios, lastimándola. La besó como si quisiera herirla, insultarla, imprimir en la mente de la joven su posesión total. Cathy se estremeció bajo el asalto, pero en lugar de intentar apartarse le devolvió la dulzura plena de su boca. Cuando Jon la soltó, una porción minúscula de la ira había perecido en sus ojos.

—¡Esto es mío! —le ladró a Harry, que contemplaba la escena en helado silencio.

La afirmación de Jon, brusca como un proyectil, sobresaltó a Cathy. El capitán la hizo girar de modo que quedara con la espalda contra su propio pecho, de cara hacia Harry. El brazo que le rodeaba la cintura aferraba con fuerza el cuchillo, con la hoja afilada hacia fuera; cuando el segundo oficial captó la amenaza, palideció.

—Esto es mío —repitió Jon, con gesto salvaje—. Si intentas tocarla otra vez, te mataré al instante. ¿Entendido?

Harry miró a Jon y asintió sin hablar. Se sentía como el condenado al que le condonan la pena a último momento. Los ojos de Jon lo escrutaron, todavía chispeantes de furia y luego se posaron en la muchacha temblorosa a la que sujetaba con brutalidad. La empujó con tanta rudeza que la hizo chocar contra la baranda.

—Vuelve al camarote, ramera —refunfuñó.

Como Cathy no hizo ademán de obedecerle, levantó la mano como para pegarle. Ella le lanzó una mirada colérica, pero Harry habló sin darle tiempo a que dijera nada:

—Ella mintió —dijo, como si le arrancaran las palabras—. Cathy no hizo nada. Yo la besé, y aunque trató de soltarse, no la dejé. Es completamente inocente, como tú sabrías si no fueses tan estúpido. Es demasiado buena para ti: la tratas como a una prostituta y ella te llama «querido».

La mirada de Jon volvió hacia Harry; Cathy permaneció de pie, con los labios trémulos. Ese último despliegue de violencia la había asustado y enfadado al mismo tiempo. No podía creer que la tratara con semejante brutalidad y menos aún después de... Se tapó la boca con mano temblorosa, se dio la vuelta y caminó con dignidad de regreso al camarote. Sentía la mirada dura de Jon en la espalda.

Mientras la atención de Jon estaba concentrada en la figura de Cathy que se alejaba, Harry aprovechó la oportunidad para escabullirse hacia abajo. Cuando Jon se volvió otra vez hacia la baranda, descubrió que estaba solo. Se quedó contemplando unos minutos el mar que oscurecía y, al fin, fue cojeando tras de Cathy.

—¿Es verdad? —preguntó, apoyándose contra la puerta cerrada del camarote.

Cathy estaba de pie en el rincón más alejado, los ojos de color zafiro enormes en el rostro pálido, rodeándose con los brazos para contener los temblores del cuerpo.

—¿Es verdad? —repitió él, con voz áspera—. ¿Te obligó?

—Puedes creer lo que quieras —respondió Cathy con frialdad—. Me da igual.

Los ojos grises de Jon, como idénticas astillas de cristal, parecían clavarse en el cuerpo trémulo de la muchacha. Cathy le devolvió una mirada igualmente helada y colérica. ¡Si después de la devoción que derramó sobre él la trataba como a una ramera, no merecía ninguna explicación!

—Te he hecho una pregunta.

La voz de Jon retumbó, amenazadora como un volcán a punto de entrar en erupción.

—Te aconsejo que respondas.

Cathy le lanzó una mirada fulminante:

—No te tengo miedo —declaró, con desdén.

—Por Dios, bien harías en tenerlo —le espetó Jon, al tiempo que se abalanzaba desde la puerta.

Valiente, Cathy no se movió; lo esperó con un gesto desafiante de la barbilla y los ojos relampagueantes. No pudo evitar encogerse instintivamente cuando el hombre se abatió sobre ella con ímpetu salvaje, pero no emitió un solo sonido. Las manos enormes del capitán se cerraron sobre su cuello y oprimieron la carne suave lo suficiente para hacerle sentir su fuerza y, con los pulgares, le empujó la barbilla hasta que el rostro quedó levantado hacia él.

—Podría romperte el cuello en menos de un segundo —gruñó Jon, apretando un poco las manos.

—¿Y por qué no lo haces? —lo desafió Cathy, sintiendo que la ira sobrepasaba el temor.

—Lo haré —prometió él con aire torvo— si no respondes a mis preguntas. ¿Harry ha dicho la verdad? ¿Te besó contra tu voluntad?

—Estás celoso otra vez, ¿no es cierto? —aventuró Cathy, deseosa de lastimarlo—. Estás tan celoso que enloqueces. Bien, como ya te he dicho, no tienes ningún derecho sobre mí: puedo hacer lo que me plazca.

Los ojos de Jon se ensombrecieron de furia.

—Cathy —le advirtió en voz muy suave—, en esta ocasión te aconsejo que pongas freno a esa lengua afilada que tienes. Me propongo obtener una respuesta. ¿Te obligó?

—¿Y qué pasa si digo que sí? —lo desafió—. ¿Acaso me creerías? En cubierta estabas dispuesto a pensar lo peor de mí.

—Te creeré —musitó Jon, luego de una larga pausa—. Sólo Dios sabe por qué, pero te creeré.

—De acuerdo, entonces: sí, me obligó. ¿Estás satisfecho?

El tono de Cathy era retador y burlón.

Jon contempló el rostro de expresión rebelde y sintió la esbelta fragilidad del cuello blanco que tenía entre las manos. Podía matarla con tanta facilidad... Apretó las manos hasta que vio que la sangre se precipitaba en la cara pálida y las aflojó otra vez. Ella afirmaba que Harry la había obligado.

—¿Es cierto? —exigió, dirigiéndole una dura mirada que quemaba.

Cathy le devolvió la mirada, furiosa.

—He dicho que sí. Pensé que me creerías.

—Está bien, está bien, te creo.

Jon sintió que el dolor mortal que había sentido en el vientre se esfumaba. Lentamente, le soltó el cuello y dejó caer las manos a los lados del cuerpo.

Cathy dirigió una mirada furibunda a la espalda de Jon, que se encaminaba cojeando hacia el camastro. La muleta estaba allí donde la había dejado caer, junto a la puerta del camarote; se detuvo para levantarla y apoyarla contra la pared, al lado de la cama. Luego se sentó pesadamente en el colchón, de espaldas a Cathy, la pierna rígida, extendida hacia delante. Con aire distraído, comenzó a masajearse la pierna herida y al contemplarlo Cathy se ablandó un poquitín. A fin de cuentas, lo que quería era que el capitán se enamorase de ella y los celos eran un saludable síntoma de amor. O quizá no. Tal vez fuera igualmente posesivo con todo aquello sobre lo que reclamaba derechos.

—¿Te duele mucho la herida de la pierna? —le preguntó, casi sin querer.

Los anchos hombros se encogieron.

—Viviré —refunfuñó, lanzándole una mirada de soslayo por encima del hombro. Luego, como en un impulso, añadió con rigidez—: ¿Te había tocado antes?

La hostilidad de Cathy se renovó.

—Si lo que quieres saber es si me acosté con él, ¿por qué no me lo preguntas directamente?

—¿Lo has hecho? —gruñó, volviendo la vista hacia ella como si la odiara.

Cathy creyó ver en los ojos grises señales de dolor que nada tenían que ver con la pierna herida. «Está dolido», pensó, angustiada. La violencia era provocada por el sufrimiento intenso. Al comprenderlo y al recordar lo que le había contado de la madrastra, la ira de Cathy se disipó. Corrió hacia él haciendo crujir las faldas y se arrodilló a sus pies, tomando la mano morena entre las suyas; Jon se lo permitió pero le lanzó una mirada cautelosa.

—Jon, jamás he estado con otro hombre —empezó, buscando con la mirada el semblante escéptico—. Recordarás que no me entregué a ti por mi propia voluntad. Fue necesario que me forzaras, ¿no es cierto?

Él se limitó a asentir con un gesto, lo que dio a Cathy la medida de su dolor.

—¿Por qué crees que sería más fácil para cualquier otro? —le preguntó, seria—. No soy una ramera, capaz de caer en la cama con cualquier hombre que me desee. Me educaron en el respeto a cierto código moral. Y si bien tú te apoderaste de mi inocencia, mis principios no han cambiado.

Lo miró fijamente a los ojos y Jon empezó a sentirse mejor. Lo que decía la muchacha era cierto: nació y se educó como una dama y era virgen cuando él la poseyó. Era poco probable que tan pronto hubiese desarrollado tretas de ramera. Le oprimió las manos y la boca dura se curvó en una sonrisa un tanto torcida. Cathy le sonrió, con mirada cálida y resplandeciente. A pesar de sus defectos, o tal vez debido a ellos, su amor por él permaneció intacto.

—Creo que te debo otra vez una disculpa —suspiró Jon, llevando una a una las manos de Cathy a los labios—. Pero no tendrías que haberme mentido. ¿Te he hecho daño, cariño?

—No —respondió Cathy—. No mucho. Pero me has dado un susto mortal.

—Ahora sí que no te creo —murmuró Jon, alisando el cabello que él mismo había desordenado sobre la frente—. Me gruñías como una tigresa acorralada. No estabas asustada en lo más mínimo.

—No creí que fueras a hacerme daño.

Cathy bajó los ojos con recato.

—¿Estaba equivocada?

Jon rió y una luz burlona barrió las últimas trazas de sospecha de su mirada.

—Nunca lo sabrás, gatita, ¿verdad? ¡Y basta de tonterías, quiero mi cena!

—Sí, mi amo. De inmediato, mi amo —bromeó Cathy a su vez, haciendo una reverencia como un culí chino.

Jon la recompensó con una palmada en el trasero y ella fue a pedir a Petersham que sirviera la cena.

Hasta que terminaron de comer no volvieron a tocar el tema. Petersham retiró los platos, y cuando quedaron nuevamente solos, Jon la convenció de que jugaran al ajedrez. Risueña, lo acusó de que sólo quería jugar con ella porque lo hacía muy mal. Cuando la mano de Cathy revoloteaba indecisa entre dos peones, Jon aludió otra vez al tema.

—¿Alguna vez Harry te había molestado? —Habló con voz indiferente, concentrado en el tablero.

—Nunca antes me besó, si eso es lo que quieres saber —respondió Cathy, moviendo un peón al azar.

—Pero ¿te molestó de alguna otra manera? —insistió Jon, levantando la vista y fijándola en el rostro de la muchacha.

Cathy se mordió el labio, pues no deseaba provocar dificultades entre los dos hombres, pero comprendió que había llegado la hora de la verdad.

—Harry cree que está enamorado de mí.

Jon fijó en ella los ojos oscurecidos; Cathy contuvo el aliento y se preparó para otro estallido.

—Y tú... ¿tú crees que estás enamorada de él?

Aunque la pregunta parecía indiferente, Cathy sabía que no era así.

—¿Qué crees tú? —repuso a la ligera, aunque por dentro se regocijó.

Por el tono de esa última pregunta, dedujo que no faltaba mucho para que Jon se enamorara de ella... y lo confesara. Por el momento, decidió ocultar el júbilo que sentía. Lo último que deseaba era que Jon creyera que trataba de manipularlo. De todos modos, él no confiaba en las mujeres y, si imaginaba que ella le tendía una red, sin duda huiría en dirección opuesta.

Jon parpadeó y volvió a concentrarse en el juego. Con toda facilidad le dio jaque al rey y luego respondió:

—Me encargaré de que no te moleste otra vez —fue todo lo que dijo, pero para Cathy significaba toda una promesa.

Jon cumplió su palabra. Se pegó a Cathy como una sombra grande y coja hasta que el *Margarita* entró en la bahía de Las Palmas. Mantuvo a Harry atareado en el castillo de proa, en el otro extremo del barco. La mañana siguiente a la pelea, Jon retomó el comando del barco, sin hacer caso de las preocupaciones de Cathy. Cuando pasó la tormenta, el capitán ya casi había vuelto a la normalidad. Todavía cojeaba un poco, pero podía caminar sin ayuda de la muleta. Una vez que el clima mejoró lo suficiente para que saliera otra vez a cubierta, permaneció en todo momento en el alcázar, a la vista de Jon. Si por alguna razón las tareas llevaban al capitán a otro sitio, daba a Petersham instrucciones precisas de que actuara como guardaespaldas de Cathy. A ella le divertían tanto como la conmovían esas precauciones tan complicadas para su propia seguridad. Era evidente que el capitán cuidaba bien de sus posesiones.

Cuando al fin el *Margarita* llegó a su destino, corría el primero de agosto. Para entonces, Cathy estaba tan harta de barcos y del mar, que habría aceptado gustosa el infierno mismo, con tal de que no se balanceara. Además, Las Palmas era una belleza. La pequeña isla, engastada como una esmeralda perfecta en el océano azul, la fascinó. Las palmas de coco que le dieron nombre estaban por doquier, meciéndose en la brisa con suave música. La arena blanca, resplandeciente, formaba una playa en forma de media luna perfecta hasta la línea de árboles y enormes pájaros exóticos esparcían manchas de color revoloteando entre el follaje espeso. Flotaba en el aire el perfume sensual de las flores.

La casa de Jon estaba enclavada sobre un pequeño acantilado que daba a la playa, a unos cuatrocientos metros del grupo de construcciones con techo de paja que constituían la ciudad. A Cathy le encantó en cuanto la vio. Era un edificio bajo, largo e irregular, construido con ladrillos fabricados con conchillas que atrapaban el sol y lanzaban miles de destellos, como diamantes diminutos. En el interior, las habitaciones eran grandes y aireadas, blanqueadas para garantizar frescura y con pocos muebles. Enormes ventanales con vista al mar en el frente y al jardín de colores vivaces en el fondo hacían que el interior fuese tan luminoso como el exterior. Había dos sirvientes nativos, el ama de llaves, Juta, y su esposo, Kimo. Mostraban un respeto casi cómico hacia la nueva «mam», y aseguraron tanto a Cathy como a Jon, en su inglés defectuoso, que la cuidarían con esmero. Jon, muy a sus anchas, le mostró toda la casa y los campos que la rodeaban; aunque tenía un aire despreocupado, Cathy sabía que estaba ansioso de que a ella le gustase. La joven le sonrió y le dijo que todo era, sencillamente, hermoso. Jon también sonrió, la alzó y le estampó un beso sonoro en la dulce boca. La exuberante ternura del hombre la hizo sentir como una novia en vez de una amante y ella disfrutó con esa sensación.

En la isla moraban unos doscientos europeos y, al enterarse de que todos ellos vivían de la piratería, Cathy se escandalizó. Algunos hombres tenían esposas o amantes europeas, aunque la mayoría se conformaba con relaciones casuales con las nativas. Mirando de soslayo a Jon, Cathy se preguntó si ésa sería su costumbre cuando estaba en la isla, pero no dijo nada. Petersham le había comentado que ella era la única mujer que había llevado a la casa y con eso se contentó. Al fin y al cabo, el capitán tenía treinta y cuatro años y sin duda era lujurioso: no podía esperar que viviera como un monje. Decidida, hizo a un lado la leve punzada de celos.

Cathy se asombró cuando Jon le señaló a un hombre de cabellos blancos y aspecto de abuelo, al que identificó como Red Jack, Jack el Rojo, llamado así porque se decía que tenía las manos manchadas con la sangre de sus víctimas. La muchacha observó al hombre con horror y cuando se volvió hacia Jon con los ojos desorbitados y de expresión dudosa, él estalló en carcajadas.

—Deberías verlo en el mar —dijo Jon, riendo.

Después de ver el cambio que se operó en Jon estando en Las Palmas, Cathy podía creerlo. En cuanto se alejó del *Margarita* el pesado manto de autoridad cayó de sus hombros como una capa y daba la impresión de ser muchos años más joven, casi un muchacho. Reía mucho y se inclinaba hacia atrás para divertir y complacer a Cathy. Bajo este nuevo aspecto, la joven lo amó más aún y comenzaba a temer que él pudiese leer el secreto en sus ojos. Como estaba resuelta a no confesarle que lo amaba hasta comprobar que él sentía lo mismo, sufría el temor constante de descubrirse. Jon medró al calor del amor de Cathy y Petersham le contó a ella, en privado, que el capitán parecía otro hombre.

La playa tan blanca y el mar chispeante invitaban a la exploración, y Cathy pasó la primera mañana en Las Palmas acostada con Jon sobre la arena y chapoteando en la bahía. Para nadar, Jon sólo usaba unos pantalones cortos que dejaban al desnudo el torso fuerte y las piernas largas y musculosas. La larga cicatriz irregular brillaba roja a la luz del sol y las de las otras heridas parecían medallas al valor sobre su pecho. Cediendo a un impulso, Cathy apoyaba los labios sobre esos recuerdos de dolor y Jon contenía el aliento. Pasaban el resto del día en la enorme cama de bronce.

Cathy se alegró al descubrir que era mejor nadadora. Jon estaba relacionado con el agua desde hacía años y nadaba en un estilo burdo que lo llevaba adonde quería ir, pero ella había tomado lecciones que le proporcionaron un estilo pulido que el capitán no era capaz de igualar. Al principio, la habilidad de Cathy le fastidió, pero luego se enorgulleció y pronto aprendió a no apostar nada que no quisiera perder al resultado de una carrera con ella por la bahía.

Una tarde calurosa, más o menos un mes después de que el *Margarita* atracase, Jon estaba tendido de costado sobre la arena, apoyado en el codo y contemplaba el rostro de Cathy, que dormía. Estaba a unos treinta centímetros de él, acostada de espaldas, con los ojos cerrados, y lanzaba unos suaves ronquidos. Jon rió quedamente y admiró las medias lunas oscuras de las pestañas que se apoyaban en las mejillas. La noche anterior habían hecho el amor largo tiempo, de manera apasionada, hasta que el sol de la mañana pintó largas flechas encarnadas en el cielo oscuro. Era evidente que había sido demasiado para la chica, que se quedó dormida en cuanto se tendió en la arena.

La piel blanca había adquirido el matiz dorado de un melocotón maduro y el sol tropical convirtió el cabello tumultuoso en una masa gloriosa y brillante. La silueta, que se delineaba claramente debajo del vestido de muselina blanca hasta la rodilla que usaba para nadar, había madurado en esos meses transcurridos desde que la conoció: los pechos adorables estaban más plenos, la cintura y los muslos más largos y flexibles. Ahora era más mujer que muchacha y, al contemplarla, Jon sintió que se le aceleraba el corazón. Era tan exquisita que, en ocasiones, no podía creer que fuese real.

Y más importante aún que la belleza exterior era su calidez y su dulzura. La ternura de Cathy era como un bálsamo que calmara las aguas tormentosas de sus tratos anteriores con el llamado «bello sexo». «Es una en un millón», pensó. «Una mujer para proteger de todos los interesados. Es mía y pienso conservarla.»

Los pensamientos de Jon se detuvieron en Harry y se le ensombrecieron los ojos al recordar aquel momento en el *Margarita* en que encontró a Cathy en sus brazos. «¡Dios, en ese momento sentí deseos de matar —se dijo—, y los comentarios posteriores de Cathy, aunque me volvieron loco, dieron en el blanco. La verdad pura y simple es que estaba celoso.» Hasta el recuerdo de esa escena bastaba para que un demonio horroroso asomara a su cabeza.

Jon no recordaba haber estado celoso de ninguna otra mujer con la que se hubiese acostado y sólo se le ocurría una explicación: los celos eran un producto del amor. Jugó con la idea de que tal vez se hubiese enamorado de esa pequeña arpía de cabellos dorados, pero la desechó por absurda. Hacía mucho ya que manos expertas lo habían vacunado contra semejante locura. Y aunque no cabía duda de que era bonita y más tierna que la mayoría de las jovencitas, no tenía nada que lo hiciera abandonar las duras lecciones que le diera la vida. ¿O sí?

Olfateó y palmeó alrededor, como un oso que quiere carne pero huele una trampa. ¿Era posible que el sentido feroz de posesión hacia ella tuviese sus raíces en una emoción más profunda? Jon se apresuró a desechar esta idea, pero luego volvió a ella, aunque a regañadientes. Si era sincero consigo mismo, tenía que admitirlo: estaba locamente enamorado de una chica de diecisiete años y la más ligera de sus sonrisas era capaz de acelerarle los latidos del corazón.

Jon se volvió de espaldas, miró sin ver el cielo cerúleo y sopesó las facetas de esta situación sin precedentes para él. Desde el primer momento en que posó la vista en la pequeña bruja con apariencia de dorada gata salvaje, con el cabello resplandeciente cayendo en cascada sobre el cuerpo semidesnudo y los relampagueantes ojos color zafiro, se había metido en aguas profundas. La deseó y poseyó lo que deseaba. Y como se decía, eso debía de ser todo. Pero después, cuando Cathy lo desafió con un valor que le asombró, el deseo se hizo más hondo y se mezcló con admiración. Ésa no era la joven tímida y asustada que perdía su poco seso ante un pirata temible. Más bien, había hallado a una mujer de fuego y pasión, que aprendió pronto a igualarlo, beso a beso y golpe a golpe.

La mente de Jon siguió divagando y recordó otros hechos significativos. ¡Cuánto se angustió aquella noche, en Cádiz, cuando supo que Cathy había huido a la ciudad! Casi se volvió loco pensando en los peligros que la acechaban en esa ciudad corrupta.

Y más tarde, cuando entró en el Red Dog y la vio, los ojos agrandados de miedo y humillación y los adorables pechos expuestos, la ira explotó ante sus ojos como una bomba roja. Quiso matar a todos en ese instante, pero se reprimió hasta que ella estuvo a salvo. Sin embargo, se había prometido a sí mismo que el hombre que se había atrevido a desnudarla moriría... y cumplió la promesa. La única bala que disparó se incrustó en el cerebro del canalla.

Debía de amarla incluso desde aquel momento, aunque no lo sabía. La cuestión era si ella le correspondía. Sabía que estaba encariñada con él y en ocasiones, cuando al hacer el amor Cathy se excitaba hasta echarse a temblar, experimentaba algo más que cariño. No obstante, Jon había complacido a muchas mujeres y sabía cuán poco significaba en realidad esa apasionada adoración. El orgullo le impedía declararle que la amaba sin antes asegurarse de lo que ella sentía por él. Si Cathy no lo amaba, confesarle sus sentimientos sería como entregarle un látigo para que lo blandiera sobre él. «Será mejor seducirla, que se enamore de mí», decidió Jon, seguro de su propia habilidad para lograrlo. Y hasta podría casarse con ella...

Ante semejante idea, la flamante ternura de Jon se derrumbó. Siempre había afirmado que el matrimonio era para tontos y falderos. ¡No existía una mujer sobre la tierra que valiese lo suficiente para sacrificarle la libertad! Pero ¿de qué otra manera podía conservar a Cathy junto a él? Estaría muy contento si pudiese mantenerla a su lado como estaba, deshonrada, ya que de todos modos, el matrimonio sería una deshonra para él. Apretó los labios al imaginar a Cathy deshonrada. De todos modos, ¿qué sería el matrimonio sino la promesa de protegerla, de proveer su bienestar, y la promesa de ella de ser sólo para él? «Si Cathy quiere —admitió—, me casaré con ella.» Al menos así estaría seguro de que nunca lo abandonaría.

Al imaginar a Cathy como su esposa, Jon frunció un poco el entrecejo. Aunque parecía muy contenta en Las Palmas, estaba habituada a un estilo de vida muy diferente. Era una dama de alcurnia, hija de un conde, y tenía derecho a una posición en los círculos más altos de la sociedad. Hasta entonces, había gozado de todos los cuidados y los lujos. Si el destino no la hubiese arrojado a los brazos de Jon, podría haberse casado con quien se le antojara. Hasta la realeza hubiese estado al alcance de una muchacha tan bella y de tan elevado linaje.

«Pero ahora es mía», pensó Jon a la defensiva, «y yo cuido lo que es mío». Tenía bastante riqueza para mantenerla con lujo y, si eso la hacía feliz, Jon estaba dispuesto a abandonar su actual estilo de vida. Inglaterra estaba cerrada para él, porque había atacado muchos buques de esa bandera, pero podía llevarla consigo a Carolina del Sur. A pesar de todo lo sucedido allí, seguía siendo su patria, y aunque Cathy no estaba acostumbrada, a Jon le parecía que sería suficiente. Si lo amaba...

Una salpicadura de agua fría en el torso recalentado por el sol lo sacó bruscamente del ensueño. El objeto de sus reflexiones estaba ahí, a sus pies, riendo con los ojos iluminados y con el cabello dorado rizándose en torno del cuerpo esbelto. Ahuecaba las manos y ante sus propios ojos le echó más agua en el pecho.

—Ya te enseñaré a arrojarme agua —protestó Jon, fingiendo enfado y, saltando sobre sus pies, trató de atraparla.

Cathy lo eludió con facilidad y corrió, ligera y veloz como una gacela joven, mientras la risa provocativa flotaba tras ella que corría hacia el mar.

—Mejor será que corras, zorrita —la amenazó, y siguió a paso más tranquilo para juguetear con ella entre las olas.

Esa noche Jon estaba muy callado y Cathy se descubrió a sí misma lanzándole miradas ansiosas de vez en cuando. ¿Acaso estaba enfadado por algo? Cuando posaba en la joven los ojos grises, estos adquirían una expresión pensativa y distraída. Bebió varias copas de vino con la cena, pero casi no tocó la comida y a Cathy la preocupó la posibilidad de que estuviese enfermo. O quizá le dolía la pierna y no quería decirlo.

Por último, Cathy ya no pudo contenerse.

—Jon, ¿te sientes bien? —le preguntó, ansiosa.

Jon levantó la vista, pero tenía la mirada perdida y le llevó un minuto enfocarla en Cathy.

—¿Qué? Sí, claro que me siento bien. ¿Por qué me lo preguntas?

—¿Te hace daño la pierna? —insistió la joven, intrigada por la falta de atención.

En los últimos tiempos, Jon prestaba atención a cada una sus palabras de Cathy. ¿Qué le pasaría? ¿Estaría cansándose de ella?

—Mi pierna está bien. ¿Por qué, de pronto, te preocupa tanto mi salud?

Los ojos soñadores, el tono despreocupado, parecían estar a muchos kilómetros de allí.

—Entonces, ¿qué te pasa? —estalló ella.

Aunque la respuesta resultase desagradable, tenía que sabcrlo.

—No me pasa nada, al menos por lo que sé. ¿Tendría que sucederme algo? —preguntó, sin mucho interés.

—Estás muy callado. ¿Estás enfadado conmigo por algo?

Aunque Cathy no quiso parecer tan abyecta, no pudo evitarlo. No soportaba la idea de que Jon estuviese pensando en un modo de decirle con suavidad que ya no la quería.

Él rió y de pronto los ojos grises se suavizaron al posarse en Cathy.

—Sólo pensaba, mi amor.

—¿En qué? —preguntó la muchacha, suspicaz.

—Ya lo descubrirás. Algún día.

«Se hace el misterioso», pensó Cathy, fastidiada.

El enfado de Cathy lo hizo reír. Se levantó y se apartó de la mesa.

—Juta, hemos terminado —le dijo al ama de llaves.

Después se acercó a la silla de Cathy y la apartó con gesto galante. Cathy miró primero a Jon y luego, con sospecha, el botellón de vino medio vacío sobre la mesa. ¿Estaría borracho? No lo parecía, aunque tal vez fuese un buen bebedor. Había oído decir que algunos hombres lo eran.

Ante la insistencia de Jon, Cathy se levantó, sonrió a Juta que despejaba la mesa y dejó que Jon la llevara al gran salón. Los enormes ventanales estaban abiertos y los finos mosquiteros aleteaban en la suave brisa. La única iluminación provenía de un par de candelabros adosados a la pared.

—¿Vienes a caminar conmigo? —propuso Jon, haciendo un gesto hacia las ventanas.

Cathy aceptó, todavía un poco intrigada, mientras lo seguía al lozano jardín. La luna era un disco pálido que flotaba por encima de las palmeras y el jardín se estremecía con el coro de los insectos. El dulce perfume de las flores de hibisco flotaba en el aire. Cathy inspiró profundamente la penetrante fragancia.

—Esto es hermoso —murmuró, más para sí misma que para Jon.

Él le pasó un brazo por la cintura y la acercó, sujetándola mientras paseaban alejándose de la casa.

—Muy hermoso —admitió con voz ronca, pero mirando a Cathy.

—Está muy galante esta noche, capitán —bromeó la joven—. ¿Acaso tratas de suavizar alguna mala noticia que tienes que darme?

—De hecho, tengo algo que decirte —respondió Jon, en el mismo tono—. Tú decidirás si es malo o bueno.

Vaciló y Cathy le lanzó una rápida mirada de soslayo. ¿Le diría lo que había estado preocupándolo toda la tarde?

—¿Y? —lo instó, impaciente.

—Tengo que irme por unos días —dijo, al fin.

Algo en el tono de Jon inquietó a Cathy.

—¿Irte? ¿Adónde?

—A otra isla cercana: Tenerife. Esta tarde me dijeron que ahí hay un hombre interesado en comprar la carga del *Margarita*. Aunque yo pensaba venderla en Cádiz, las circunstancias me lo impidieron.

La miró de costado, pero Cathy siguió caminando lentamente y no advirtió si él seguía con ella o no. ¿Estaría pensando en no llevarla consigo?

—¿Podría acompañarte? —preguntó con voz débil, sin mirarlo. Tocó con el pie el borde de un pequeño acantilado que daba a la playa y se detuvo, sin siquiera advertirlo.

Jon sacudió la cabeza.

—Esta vez no, gatita. Tenerife es un lugar peligroso y yo estaré ocupado. No tendré tiempo de cuidarte. Prefiero dejarte aquí, donde sé que estarás sana y salva.

Se irguió detrás de ella y la rodeó con los brazos en gesto posesivo, apretándola contra su pecho. Cathy miró sin ver el reflejo de la luna en el agua que bullía sobre el mar, más abajo. En sus oídos resonaba el suave rugido de las olas.

—¿Me echarás de menos? —preguntó Jon con tono ronco, acariciando con la boca la curva suave del cuello de Cathy.

—Sabes muy bien que sí —murmuró ella, dejando de lado el orgullo.

Se dio la vuelta para rodearle el cuello con los brazos. Jon contempló ese rostro pequeño y admiró el resplandor traslúcido de la piel a la luz plateada de la luna. Las chispas de luna que se reflejaban en el pelo y los labios de la muchacha la volvían tan hermosa que quitaba el aliento.

Cathy se puso de puntillas para posar su boca en la del capitán. Al mismo tiempo, Jon bajó la cabeza y sus labios se encontraron en una explosión apasionada que los hizo estremecerse. Las manos grandes del hombre se movieron por el cuerpo de la muchacha, lentamente al principio, luego con ansiedad creciente. Cuando los dedos temblorosos se deslizaron dentro de su corpiño para ahuecarse sobre sus pechos, Cathy gimió. Antes de que supiera lo que ocurría, estaba desnuda bajo la luz de la luna y la mirada oscura de Jon la recorría con avidez sensual. Con dedos inseguros, lo ayudó a desabotonarse la camisa; después él, con un gemido casi animal, la hizo tenderse sobre la hierba alta, al pie del acantilado. El suelo estaba fresco y le cosquilleaba la piel desnuda de la espalda, pero Cathy casi no lo sintió al tenderle los brazos a Jon. Cuando al fin se echó junto a ella, también estaba desnudo. Los cuerpos se acoplaron, salvajes, sin detenerse en preliminares, sólo conscientes de una necesidad tan intensa que atrapó a los dos en sus llamas.

# 10

Ya era la tercera mañana consecutiva que Cathy se mareaba. Doblada sobre la taza de noche de porcelana, la sacudían violentas náuseas. Cuando por fin el estómago exhausto se aquietó, volvió a la cama temblando y se recostó encima de las frescas sábanas de hilo. ¿Qué le sucedería? ¿Habría contraído una enfermedad tropical exótica? Si esa mañana ocurría como las dos anteriores, pronto estaría en perfectas condiciones, lista para seguir con sus actividades como si nada hubiese pasado. Fuera de aquellos días en que sufrió de mal de mar, nunca en su vida había estado enferma y esos vómitos intermitentes comenzaban a preocuparla.

—Le traigo el café, señora.

El rostro moreno y alegre de Juta asomó por la puerta y la muchacha le sonrió, sin fuerzas. Era en vano esperar que Juta o Kimo llamaran a la puerta, pues consideraban la casa como propia y alimentaban a Jon y a Cathy como a huéspedes de honor. Cathy no podía acostumbrarse a que entrasen sin llamar, pero Jon se encogió de hombros y le dijo que no se podía hacer nada. Se había limitado a prohibir a los criados que entraran en el pequeño cuarto que Cathy usaba de vestidor o en el gran dormitorio que compartían. Al parecer, a criterio de Juta, si no estaba Jon esa prohibición quedaba anulada.

—¿Está bien, señora? —preguntó Juta, con la preocupación reflejada en los aterciopelados ojos oscuros.

Cathy se incorporó para beber el café, todavía un poco trémula.

—Estoy bien, Juta. Sólo que en estos últimos días tengo un poco de náuseas. No creo que sea nada de cuidado.

—Nada de qué preocuparse —estuvo de acuerdo Juta, mientras se daba la vuelta para irse—. Un hijo no es nada para preocuparse. El capitán estará contento, pues eso demuestra que es un hombre fuerte.

Juta salió de la habitación con aire digno y majestuoso y Cathy dejó la delicada taza de porcelana sobre la bandeja, con mano poco firme, casi temblorosa. «¡Un hijo! ¡No puede ser!», pensó. Le habían sucedido tantas cosas en los últimos tres meses, que había perdido por completo el control de la continuidad de sus menstruaciones. «La última fue, veamos, una semana antes de zarpar con el *Anna Greer*», recordó. Maravillada, posó la mano sobre el vientre, todavía firme y plano bajo el fino camisón. Juta tenía razón: según todas las señales, iba a tener un hijo.

Las emociones de Cathy se fundieron rápidamente en un vértigo salvaje de felicidad, preocupación y temor. Amaría al hijo de Jon tanto como lo amaba a él. Ya sentía en sus brazos el anhelo de tener al hijo, de derramar en él amor y cariño. ¿Qué sería, un niño de cabello negro y cutis aceitunado... o una pequeña de ojos grises? ¿Jon estaría contento? ¿Llegaría a amarla como madre de su hijo o se alejaría de ella a medida que se pusiera gorda y pesada, en busca de mujeres de formas más seductoras? ¿Y si ahora que no estaba en condiciones de complacerlo la enviaba de regreso con el padre? De pronto, Cathy comprendió que no le importaba si no veía más a su padre o a Martha. En el presente, Jon era su vida y se quedaría junto a él mientras la quisiera... y si lograba lo que se proponía, la querría para siempre.

La frente de la joven se crispó y se acarició el vientre con gesto protector. Según las normas sociales, el niño sería un bastardo... a menos que ella buscara una solución. Si existía algún modo de lograrlo, el hijo de Cathy tendría derecho al apellido del padre y estaría en condiciones de llevar la cabeza alta cuando llegase a la edad viril... o a ser una mujer. En ese mismo instante decidió emplear todos los medios a su alcance para convencer a Jon de que se casara con ella: la amara o no, tenía un deber hacia el hijo que aún no había nacido y Cathy no creía que dejara de cumplirlo.

Al pensar en el ambiente que rodeaba a Jon, se mordió el labio. ¿Acaso quería como padre de su hijo, como esposo... a un pirata? ¿A un bandido ladrón y asesino, al que si atrapaban sin duda colgarían? De todos modos, le gustara o no, era el padre de su hijo. Y Cathy lo amaba. Se casaría con él y correría el riesgo.

Se levantó con presteza de la gran cama de bronce y empezó a vestirse. Tendría que ocuparse de conseguir un nuevo vestuario, pues pocas de sus ropas eran apropiadas para el calor tropical. Y al imaginar cómo se le abultaría el vientre en los meses siguientes, sonrió: de todos modos necesitaría un nuevo vestuario.

Una vez vestida, salió de la casa y bajó hasta la pequeña construcción donde se alojaba Petersham. Después del incidente con Harry, Jon había decidido no correr riesgos: ordenó a Cathy que no se alejara tanto como para que no se la viera desde la casa sin la compañía de Petersham. Mientras estuviese protegida, los hombres que habitaban la villa mantendrían la distancia, pero si algunos personajes poco escrupulosos se cruzaban con ella a solas, podrían suponer que estaba disponible. Cathy obedeció las órdenes de Jon, más por necesidad de compañía que por su propia seguridad. Sin Jon, los días resultaban terriblemente largos y aburridos; al menos, con Petersham podía conversar.

El asistente estaba sentado en una silla, delante de la cabaña de techo de paja, tallando un trozo de madera. Al ver que Cathy se acercaba, le sonrió; sus ojos apagados se entrecerraron ante la encantadora imagen de la muchacha con el pelo dorado recogido en lo alto de la cabeza para estar más fresca y el sencillo vestido blanco que acentuaba su dulce figura juvenil. «El amo Jon es un hombre afortunado —pensó Petersham—, pero no es consciente de ello.»

—Se le ha hecho tarde, señorita —le dijo, sonriente—. Pensé que había decidido dormir todo el día.

—Sólo una parte —respondió Cathy, le guiñó el ojo y esperó que entrara a guardar la madera que estaba tallando.

—¿Adónde le gustaría ir a pasear esta mañana, señorita? —preguntó el asistente, sacudiéndose las manos mientras se reunía con ella en el jardín—. ¿Le gustaría dar otra cabalgata en uno de los ponies?

—Oh, no; no puedo cabalgar, Petersham, gracias —exclamó Cathy, sin pensar.

Si bien no quería correr riesgos en lo que se refería al niño, en ese momento no deseaba contarle a Petersham cuál era la verdadera situación. Por otra parte, quería que Jon lo supiera antes que nadie.

—No puede, ¿eh? —dijo Petersham, perspicaz, mirándola con los ojos entornados.

Entretenida con los espléndidos papagayos, tan abundantes allí como los gorriones en Inglaterra, no prestó ninguna atención a las palabras ni al tono. Cuando lo escuchó, Petersham decía:

—¿Qué le parece la playa?

Sonriente, Cathy aceptó. Cruzaron el jardín y bajaron por el sendero del acantilado hacia la arena blanca. Cathy encontró un pequeño saliente de roca y se sentó a la sombra, apoyando la espalda contra la piedra y contempló, muy cómoda, cómo rompían las olas. Petersham se sentó a su lado con expresión pensativa: no era propio de la señorita Cathy sentarse cuando podía estar haciendo algo.

Cathy se sacó las sandalias de cuero que le había hecho Jon con uno de sus propios chaquetones viejos y hundió los dedos de los pies en la arena tibia. Petersham la observó con curiosidad, pero no dijo nada, pues comenzaba a germinar una sospecha en su mente.

—¿Cómo era Jon de pequeño? —preguntó Cathy rompiendo el silencio, mientras contemplaba el mar.

—Según recuerdo, más o menos tan malhumorado y cabeza dura como ahora —rió Petersham.

Cathy lo miró con aire de reproche.

—Hablo muy en serio —insistió, al tiempo que Petersham reía.

—Yo también, señorita.

Cathy le lanzó una mirada severa y Petersham continuó:

—Bueno, recuerdo que era un niño corpulento, señorita: al nacer pesó unos cuatro kilos y medio. El señor Hale se puso tan contento al tener un varón, que todos creímos que tiraría la casa por la ventana. Convidó a ron de Jamaica como si fuera agua... hasta a los mozos de cuadra; en aquel entonces, yo era un mozo de cuadra. Entonces murió la señorita Virginia, la madre del amo Jon, una dama de verdad. Durante un tiempo, pareció que el señor Hale también moriría de pena o de tanto beber. Pero no fue así, aunque hubiese sido mejor para el amo Jon, pues tras la muerte de la señorita Virginia el señor Hale se convirtió en otro hombre. Se volvió amargo, ¿entiende?, y más tarde comprendimos que culpaba al amo Jon por la muerte de la esposa. Llevó a varias mujeres para que cuidasen al amo Jon, pero ninguna duró demasiado y el niño pasaba de mano en mano entre los criados. El padre casi no lo miraba. Era un pequeño muy tranquilo y serio, señorita.

—Pobrecillo —dijo Cathy con suavidad, imaginando a Jon como un niño no querido, sin amor, e instó a Petersham—: Siga, por favor.

—Bueno, de algún modo el amo Jon creció por sí mismo, no sé si me entiende. Tenía diez años cuando comenzó a merodear por los establos, pues en ningún otro lado era bien recibido. Como la mayoría de los niños, cubrió su cuota de problemas... nada serio, sólo travesuras, aunque el señor Hale no lo consideraba así. Las únicas ocasiones en las que parecía notar la presencia del amo Jon era cuando lo regañaba por alguna fechoría cometida. Pero llegó el día en que el amo Jon fue lo bastante grande para devolver los golpes y las palizas terminaron. Desde entonces las cosas mejoraron, pues el señor Hale conoció a una muchacha bonita con la que quería casarse. El señor Hale veía por los ojos de esa muchacha y al amo Jon también le caía bien. La seguía a todas partes como un cachorro al dueño, aunque ella no le prestaba la menor atención. Creo que lo consideraba un fastidio. De joven, el amo Jon era más bien alto y delgado, no apuesto como ahora. —Petersham se interrumpió para mirar a Cathy—. Tiene que tener paciencia con él, señorita, pues no tuvo a nadie que lo amara siendo niño y sufrió por ello.

Lo dijo con gran fervor y Cathy parpadeó para evitar las lágrimas que se agolpaban en los ojos: «Amaré a Jon y a nuestro hijo el doble, para compensar por lo que le faltó de niño».

—¿Y fue entonces cuando se marchó? —preguntó Cathy con voz queda.

Petersham le dirigió una mirada suspicaz.

—¿El amo Jon le contó eso?

Cathy asintió sin hablar y el asistente sacudió la cabeza.

—Creí que nunca se lo contaría a nadie. Y, lo sé porque después lo encontré arrancándose las uñas de los pies, y cuando lo amenacé con hacer que el padre llamara a un médico para él, me contó lo que había sucedido. Yo le dije que no lo tomara tan a pecho, pero creo que no me hizo caso: a la mañana siguiente se había ido. Durante un par de días el señor Hale no se preocupó demasiado, pero al cabo de una semana los amigos del pueblo empezaron a preguntar por el amo Jon y el patrón me envió a buscarlo y llevarlo de regreso. Lo encontré contratado para trabajar como marinero a bordo de un bergantín, el *Merciful*. El amo Jon estaba resuelto a hacerse a la mar y aseguró que no pensaba regresar jamás a Woodham. Al ver que no podía hacerlo desistir, fui con él. Comprendo por qué no regresó: aunque el *Merciful* no era gran cosa, resultó mejor que lo que tenía en el hogar.

—¿El señor Hale era rico?

—Aunque tenía cierta fortuna, en lo concerniente al amo Jon era un tanto tacaño. ¡Si hasta los mozos de cuadra tenían mejores ropas que el señorito Jon y comían mejor! El señor Hale gastaba el dinero en naipes y en mujeres. Según las últimas noticias que recibí, hasta dejó que la propiedad se arruinara.

—¿Regresó Jon alguna vez? —preguntó Cathy, con el corazón oprimido de compasión.

De niña había nadado en la abundancia, tanto de cosas materiales como de amor, y Jon, tan poco... le habría gustado que él estuviese ahí, en ese momento, en ese instante, para compensarlo por todo lo que había sufrido.

—Nunca —respondió Petersham, lacónico—. Y no creo que lo haga jamás. Le gusta la vida aquí, le resulta satisfactoria. Y a mí también.

Cathy guardó silencio un rato, pensando en lo que le había contado Petersham. La ayudaba a comprender mucho respecto de Jon: la desconfianza hacia las mujeres, la dureza, la posesividad feroz.

Como tuvo tan poco, estaba resuelto a tomar cuanto podía y a conservarlo.

—Y... ¿y cómo fue que se convirtió en pirata? —preguntó por fin Cathy.

Petersham reanudó el relato:

—Trabajando en el *Merciful*, Jon ahorró lo suficiente para asociarse con otro individuo en una embarcación pequeña, un lugre. Navegamos por la costa de Norteamérica, llevando cualquier carga que consiguiéramos. En ese viaje, el amo Jon era el capitán; nuestra carga consistía en cañones. Al parecer, unos piratas se enteraron de lo que llevábamos, pues nos atacaron. Como es natural, perdimos, porque no estábamos entrenados para pelear y el lugre sólo tenía un cañón. Mataban a todo el que se negara a unirse a ellos, y como ni el amo Jon ni yo somos tontos, firmamos donde nos indicaron y nos dedicamos a la piratería. El amo Jon tenía buenas condiciones para hacerlo y le gustó, de modo que nos quedamos. No había motivos para no hacerlo. Es una buena vida y ahora tenemos más de lo que nunca tuvimos.

Durante unos minutos Cathy digirió la información en silencio y luego dirigió a Petersham una sonrisa soñadora.

—Gracias por contármelo —dijo con suavidad.

Petersham asintió en silencio y de pronto se sintió avergonzado de su propia locuacidad. Permanecieron en silencio, contemplando las olas. Por fin fue Petersham el que quebró el silencio.

—Señorita Cathy, ¿tiene algo que informarle al amo Jon?

La inesperada pregunta sorprendió a Cathy. Lanzó al asistente una mirada rápida y sintió que el rubor comenzaba a subir por su cuello hacia el rostro.

—¿A q-qué se refiere? —tartamudeó.

Petersham rió entre dientes.

—Señorita, a mí no puede ocultármelo pues he visto muchas mujeres encinta. Tienen una expresión... como la suya.

Cathy sintió que se sonrojaba más aún. La idea de tener un hijo de Jon todavía era novedosa para ella y, aunque la hacía feliz, al mismo tiempo sentía un gran pudor. Un niño era algo muy íntimo y, además, una evidencia indiscutible del modo en que Jon la usaba.

—Yo-yo —tartamudeó, y luego, con más serenidad—: Claro, Petersham, tiene razón.

—Lo sabía —dijo el hombre, complacido—. El amo Jon estará contento como un perro con dos colas. Será lo mejor del mundo para él.

—¿Por qué lo dice? —preguntó rápidamente Cathy, con gran curiosidad.

La vergüenza comenzaba a disiparse. A fin de cuentas, era lo más natural del mundo tener un hijo... salvo por el detalle de que no estaba casada con ese hombre. Le gustara o no, ahí estaba la diferencia.

—Siempre necesitó a alguien a quien querer... y que lo quisiera. Ahora tiene al niño... y a usted.

—Petersham, ¿por qué se le ocurre que nos quiere? —De súbito, la voz de Cathy se tornó pesarosa.

—Señorita Cathy, lo que siente por usted es evidente y aunque el amo Jon no lo sepa todavía, la necesita. Usted le hace bien. El último mes, estuvo más feliz de lo que lo vi jamás. Cuando sepa lo del niño, dará un salto hasta el cielo. Y se portará bien con usted, ya verá.

—Espero que tenga razón, Petersham —suspiró Cathy, ya sin reservas.

—La tengo, señorita, puede quedarse tranquila.

Cathy le sonrió, pues sentía que había encontrado un aliado firme y el hombre le devolvió la sonrisa. Nuevamente permanecieron en silencio, contemplando pensativos el mar. Instantes después, Cathy se protegió los ojos con la mano, los entrecerró y miró hacia el horizonte.

—Petersham, ¿eso que estoy viendo es un barco? —preguntó, emocionada.

El asistente miró hacia donde ella señalaba.

—Creo que sí, señorita.

—¿Le parece que será el *Margarita*?

La perspectiva de darle la nueva a Jon comenzaba a poner nerviosa a Cathy.

—Es posible, señorita. En la casa hay un anteojo de larga vista. Espere aquí, que iré a buscarlo y entonces podremos estar seguros.

—Oh, ¿lo haría, Petersham? Si fuese Jon, me gustaría saberlo de antemano. Tengo... tengo cosas que hacer.

—Quiere arreglarse, ¿no es cierto, señorita? —rió Petersham—. Bueno, así son las mujeres, que Dios las ampare. Usted quédese aquí sentada y yo iré a mirar.

—Gracias, Petersham —dijo Cathy, ruborizada por la perspicacia del asistente.

Se reclinó contra la roca, mientras Petersham caminaba de regreso por la arena. Con el ánimo que le brindaron las palabras del hombre, Cathy casi estaba ansiosa de contarle todo a Jon, aunque no podía evitar preguntarse cómo reaccionaría. ¿Qué diría? Y más importante aún, ¿qué diría ella misma? ¿Cómo se le decía a un hombre que una esperaba un hijo suyo? ¡En particular cuando ese hombre no era el marido y tal vez no recibiera con agrado la novedad!

—¡Señorita Cathy, señorita Cathy! —exclamó Petersham, a sus espaldas—. ¡Señorita Cathy!

Algo indefinido en el tono de Petersham la alarmó. Se levantó de un salto, se sacudió la arena del vestido y se calzó las sandalias.

—¿Qué pasa, Petersham? —preguntó.

—No es el *Margarita*, señorita —jadeó, al tiempo que se acercaba a ella—. Allá hay unos ocho buques que se dirigen hacia aquí a toda velocidad. Estaban demasiado lejos para distinguir qué bandera llevan, pero representan problemas, ¡pues los cañones apuntan hacia la isla!

Cathy lo miró, atónita.

—¿Qué podemos hacer?

Petersham la aferró del brazo y la apartó de la playa.

—Para empezar, podemos salir de la playa, pues si comienzan a disparar, aquí somos un blanco fácil, señorita.

Cathy corrió a trompicones por la arena blanda y subió con torpeza el acantilado, con Petersham pisándole los talones. Ansiaba con toda el alma ver a Jon: él la cuidaría, mantendría a todos a salvo.

Si de verdad atacaban la isla, tal vez nunca volvería a verlo. Jon regresaría y la encontraría muerta o desaparecida... y nunca sabría del niño. De pronto, eso fue lo que más le dolió.

Como si los ruegos de Cathy lo hubiesen convocado, Jon se paseaba ansioso por la habitación del frente en el mismo momento en que Petersham y ella irrumpían en la casa. Estaba empapado y furioso. Cathy lanzó un grito de alegría y corrió a sus brazos, que se cerraron alrededor de ella, apretándola contra el duro cuerpo masculino como si nunca fuese a soltarla, al mismo tiempo que vociferaba maldiciones.

—¡Jon! ¡Oh, Jon!

—¿Dónde diablos te habías metido? —gritó él, con la boca sobre su cabellera, meciéndola como si fuese una niña pequeña—. ¡Estaba a punto de volverme loco! ¿Acaso no has visto esos barcos?

—¡Oh, claro que los vi! ¡Me alegra tanto que estés aquí!

—Capitán, ¿cómo ha llegado hasta aquí? Por lo que veo, han rodeado toda la maldita isla... con perdón de la señorita.

—Salvo el extremo sudeste, pues deben de suponer que los arrecifes no permiten pasar. El *Margarita* está rondando por ahí, más o menos a un kilómetro y medio. Yo llegué a nado. La apertura no tiene el ancho suficiente para que pase ninguno de los esquifes del *Margarita*, pero creo que un bote pequeño podría pasar.

—Oh, Jon, ¿crees que nos atacarán? ¿Por qué?

Echó la cabeza atrás para contemplar el rostro bronceado y, de repente, los dientes de Jon relampaguearon en una sonrisa salvaje.

—Porque somos piratas, mi amor, ¿lo has olvidado? De vez en cuando nos atacan. Ése es uno de los aspectos menos agradables de este negocio.

—Amo Jon, ¿presentaremos batalla?

—¡Demonios, por supuesto... tenemos que hacerlo! Ahora no hay modo de salir de esta maldita isla salvo por los arrecifes y no hay muchos que puedan pasar por ahí. No habrá tiempo.

Jon miró a Cathy, que lo contemplaba ansiosa, le depositó un beso breve y rudo en la boca temblorosa y la apartó, para decir en tono tenso y autoritario:

—Petersham, quiero que lleves a la señorita Cathy al lugar de donde yo vengo y que esperes. Si es necesario, acudiré personalmente o enviaré a alguien para haceros pasar entre los arrecifes. El *Margarita* tiene órdenes de no moverse sin vosotros, de modo que no tenéis por qué preocuparos.

—Jon, si vienes con nosotros podremos irnos todos —protestó Cathy, temblando—. Es imposible que pelees contra tantos barcos, pues si lo intentas será una masacre.

—¿Desde cuándo eres experta en temas militares, mi amor? —bromeó él, tratando de emplear un tono ligero—. Tú limítate a hacer lo que te digo y verás que todo saldrá bien.

—¡Jon Hale, no me trates como si fuera una niña tonta! —protestó Cathy, mirándolo enfadada—. Si estuvieses realmente convencido de que todo saldrá bien, no tendrías al *Margarita* esperándome mar afuera... ¡por no hablar de pasar a nado entre los arrecifes de coral! Bien, no pienso ir, ¿me oyes? ¡Me quedaré contigo!

—Cathy, no seas infantil —la regañó el capitán con tono de hartazgo—. Lo mejor que puedes hacer es no molestar. ¡Por Dios!, ¿cómo crees que podré pelear si tengo que preocuparme constantemente de dónde estás y qué está sucediéndote? Y no hay tiempo para discutir. Ve con Petersham, que te cuidará hasta que yo pueda hacerlo.

—Tiene razón, señorita. Lo único que lograría sería entorpecerlo —apoyó Petersham, con calma.

Cathy lo ignoró y escrutó el rostro delgado de Jon. De pronto, él le sonrió y la miró con expresión cálida.

—Por favor —rogó.

Esos ojos grises, de reflejos plateados, y esa sonrisa, fueron la perdición de Cathy.

—Está bien —refunfuñó, derrotada—. Pero ten cuidado, ¿eh? Hazlo por mí.

Aunque Jon no lo sabía en aquel momento, esas palabras tenían un significado especial: tendría que cuidarse también por el niño.

—Por tu bien —respondió el hombre como si hiciera una promesa solemne y le dio un suave empellón hacia el dormitorio—. Ve a buscar tu capa más abrigada, pues es probable que la necesites. Por la noche hace frío en el agua.

Cathy obedeció: como siempre, Jon se salía con la suya. Para ella nunca había sido de otro modo. Cuando regresó a la habitación con la capa sobre el brazo, oyó que Jon decía:

—... ocúpate de que ella vuelva con el padre.

—Capitán, hay algo que tiene que saber... —comenzó Petersham, pero se interrumpió al ver a Cathy en la arcada de entrada al cuarto, los ojos agrandados al comprender las consecuencias de lo que decía Jon.

Éste se volvió lentamente hacia ella, con expresión sombría, que intentó disimular al ver el temor reflejado en la expresión de Cathy.

Los ojos de la muchacha se llenaron de lágrimas, corrió a echarle los brazos al cuello y lo estrechó con fuerza.

—Jon, tienes que venir con nosotros —le murmuró al oído, con acento desesperado—. Voy a tener un hijo tuyo. ¡Tienes que venir!

Por un instante flotó un silencio denso. Jon se puso rígido como si le hubiesen dado un hachazo. Petersham, discreto, se alejó.

—Oh, Dios mío, no —murmuró Jon al fin, con la voz estrangulada—. ¿Estás segura?

Cathy lo apartó para mirarlo al rostro: tenía una expresión horrorizada.

—Estás arrepentido, ¿no es así? —exclamó, angustiada—. No deseabas tener conmigo un vínculo tan permanente como un hijo, ¿verdad? ¡Bueno, tendrías que haberlo pensado antes de violarme!

—¡Oh, Cathy, claro que no se trata de que no lo quiera! Es que... —Lo interrumpió el inconfundible retumbar de un cañón—. ¡Cristo, no tenemos tiempo de hablar de eso ahora! ¡Petersham, llévatela de aquí!

Tras lanzar un gemido frustrado, Jon le estampó un beso rudo y apasionado, tan intenso que le lastimó los labios y, apartándola de sí, se la entregó a Petersham, para luego volver a zancadas hacia la casa. En unos segundos había desaparecido y Petersham salía de prisa con Cathy por los ventanales y cruzaba con ella el jardín.

Mientras atravesaban la pequeña isla, oían el tronar distante del cañón. Ascendían hacia el cielo espirales de humo cada vez más frecuentes a medida que los disparos afinaban la puntería, y el aire estaba colmado de un olor quemante y acre.

El hedor del fuego y la destrucción marcaban un agudo contraste con la lánguida belleza del paisaje por el que andaban a toda prisa. Los papagayos chillaban en las palmeras y los colibríes revoloteaban de un arbusto a otro, picoteando las lozanas frutas y bayas tropicales. El púrpura de las flores de buganvilla se mezclaba con el rosado y blanco de las hortensias en arriates exóticos y coloridos. Tras veinte minutos de caminata llegaron al mar, que resplandecía ante ellos como una alfombra infinita de plata.

Petersham la llevó al abrigo de un grupo de palmeras pequeñas; la joven se dejó caer sobre el suelo blando, apoyó la espalda contra uno de los árboles y se abrazó las rodillas. Con cierta preocupación, la vio contemplar el mar en silencio.

—Petersham, él no quiere al niño —dijo Cathy, al fin.

Petersham se acuclilló a su lado, le tomó la mano pequeña y fría y la frotó con vivacidad.

—Señorita Cathy, el amo Jon estaba angustiado. Cuando pase todo este embrollo y vuelva a la normalidad, cambiará el ánimo, ya verá.

Cathy lo miró sin verlo, en realidad.

—Cuando pase todo este embrollo... si Jon sigue vivo. ¡Oh, Dios, qué complicada es la vida!

La idea de que Jon podía morir o estar muriéndose en ese mismo instante se mezcló con la espantosa comprensión de que el hijo de ambos sólo era una responsabilidad no deseada para el pirata. Se mordió el tembloroso labio inferior, en un esfuerzo por contener las lágrimas, y se rodeó la cintura con los brazos, intentando controlarse. Petersham no podía hacer otra cosa que permanecer junto a ella, consciente del dolor que sufría pero sin poder aliviarlo y cada tanto le daba una palmadita en el hombro.

Con la mente hecha un torbellino, Cathy contemplaba la rompiente. El único pensamiento claro era que, para ella, no había nada más importante que la preocupación por la seguridad de Jon. ¡Si volvía sano y salvo de esa batalla, no le pediría nada más a Dios!

La voz del asistente interrumpió los pensamientos de Cathy: levantó la vista y vio que la miraba, ansioso.

—Señorita Cathy, alguien se acerca. Tenemos que irnos.

De súbito, Cathy se puso alerta. Se levantó de prisa y corrió agazapada, junto a Petersham, hasta quedar fuera de la vista del acantilado. Desde la nueva posición no podían ver quién se acercaba, pero tampoco eran vistos, y en esa situación era preferible estar a salvo que lamentarlo.

—¡Cathy, Cathy!

Desde el saliente, encima de ellos, se oyó la voz de un hombre. Cathy y Pertersham se miraron y luego salieron del escondite.

—¿Harry? —exclamó Cathy, sin poder creerlo.

El hombre se colocó donde pudieran verlo; en efecto, era Harry. Cathy sintió que una mano helada le oprimía el corazón. Jon había dicho que, si podía, iría él mismo. ¿Por qué no lo había hecho? ¿Le habría sucedido algo... o al saber lo del hijo ya no quería a Cathy?

A medida que Harry se acercaba, bajando del acantilado, Petersham se aproximó más a la muchacha. Cuando al fin estuvo cerca, le preguntó con tono desafiante:

—¿Qué haces aquí?

En ese momento Cathy recordó la reyerta entre Harry y Jon, y pensó que Petersham acertaba al mostrarse suspicaz. A Jon no se le ocurriría enviar a Harry a buscarlos... a menos que ya no le importara si Harry la quería o no.

Harry se detuvo frente a Cathy y la joven vio las marcas de pólvora en el rostro y las manos del hombre.

—Jon me envió —dijo Harry a Petersham.

Para Cathy, entonces, murió el último rayo de esperanza: si lo enviaba Jon, significaba que, como estaba embarazada, ya no la quería.

—Eso no lo creo.

Con gesto protector, la mano de Petersham se cerró sobre el brazo de Cathy. Harry lo miró, exasperado.

—¡Oh, Petersham, por el amor de Dios! ¿Acaso crees que sería capaz de forzarla, sabiendo que está embarazada? Sé reconocer la derrota y Jon me lo contó, pues sabía cómo reaccionaría.

—¿Jon... te lo ha dicho? —preguntó Cathy, marcando las palabras.

Si Harry lo sabía, eso significaba que Jon lo había enviado, pues además de ella misma y Petersham, el único que lo sabía era Jon.

—¿Él está bien? —preguntó Cathy, casi en un suspiro.

—Lo estaba, la última vez que lo vi —dijo Harry, con expresión dura—. Quizás ahora ya no lo esté. Él, yo y otros tres hombres nos escondimos en una de las cabañas. Cuando me escabullí, los soldados estaban a punto de hacer fuego. Éste es el uniforme, ¿ves?

Estupefacta, Cathy miró el uniforme de la marina británica que Harry llevaba. Recordó que lo tenía puesto la primera vez que lo viera, a bordo del *Anna Greer* pero ¿qué tenía que ver...?

Petersham se recuperó más rápido:

—¿Soldados?

Harry sonrió sin alegría.

—¿Acaso no os lo había dicho? —respondió en voz baja—. Los buques estaban llenos de soldados... británicos. Supongo que vienen en tu honor, lady Catherine. A fin de cuentas, como ya nos dijiste en una ocasión, tu padre es un hombre muy rico.

—¡Oh, Dios mío, lo colgarán! —murmuró Cathy, totalmente horrorizada.

Ya imaginaba a Jon sufriendo una ejecución sumaria, pues sabía que los soldados británicos eran tan rápidos como eficientes.

—Si no muere quemado, supongo que eso es lo que le espera —admitió Harry.

—¡Tengo que ir a rescatarlo! —exclamó Cathy.

Harry la miró con un vago destello de respeto:

—Supuse que ésa sería tu reacción —dijo—. Y estoy de acuerdo contigo, pues eres la única posibilidad de salvarse que tiene. Pero sería peligroso ir al pueblo. ¡Esos hombres están ebrios de sangre y no están en disposición de preguntar tu nombre antes de colgarte por ser la novia del pirata!

—Creo que sé manejar a los soldados británicos, Harry —repuso Cathy, con un dejo inconsciente de altanería.

Casi por primera vez, Petersham y Harry la vieron asumir las prerrogativas de su rango y, cada uno a su modo, quedaron impresionados.

—Tal vez sí —reconoció Harry.

—No podemos perder tiempo hablando.

Mientras hablaba, Cathy avanzaba hacia el acantilado. Harry y Petersham intercambiaron una mirada breve y la siguieron. Ella los miró, sorprendida.

—¿Qué hacéis? ¡No podéis venir conmigo, pues podrían colgaros!

—¿Y acaso imaginas que alguna vez podríamos enfrentar a Jon si te dejáramos sola? —dijo Harry, con tono desdeñoso—. ¡Eso, si es que llegamos a tiempo para evitar que lo cuelguen!

Ante el innecesario recordatorio, Cathy apretó el paso y echó a correr, casi, sobre el suelo áspero, hasta que la detuvo una mano en el hombro.

—Acuérdese del pequeño, señorita Cathy —le advirtió, mientras dirigía una mirada preocupada al rostro enrojecido de la joven.

—¡Petersham, no estoy hecha de porcelana! —le espetó la muchacha—. ¡Y ahora vamos, pues si no nos damos prisa tal vez sea demasiado tarde!

El pueblo no quedaba lejos, pero a Cathy le pareció que llevaba horas cubrir la distancia. Pasó precipitadamente junto a lo que quedaba de la casa de Jon, sin echarle más que un vistazo. Parecía que una bala de cañón había caído sobre el techo, incendiando la estructura. No quedaba más que un esqueleto quemado. «Pero, comparada con Jon, ¿qué importa una casa?», pensó. No podía sacarse de la cabeza a Jon colgado, el largo cuerpo retorciéndose y girando en el extremo de una cuerda, el rostro apuesto hinchado y azul. No se le pasó por la cabeza la idea de que, en otra época, ella misma deseó que le sucediera exactamente eso. En el presente, lo amaba y sentía que si él moría, ella también moriría.

Sobre el grupo de chozas que antes fueron sólidas, se cernía una nube de humo negro. No quedaba una sola en pie. Por todas partes reinaba la desolación, como si una mano gigante hubiese aplastado esa zona de la isla, la hubiese sacudido y vuelto a arrojar. Los cadáveres de hombres, piratas y nativos, yacían donde habían caído. En uno de los barcos más grandes anclados en la bahía, Cathy vio otros cuerpos, colgados por el cuello a los mástiles. ¡Por Dios, habían empezado a ahorcarlos! ¿Jon estaría ya ahogándose en el extremo de una cuerda, el cuerpo girando a impulsos de la brisa con los movimientos de una danza macabra?

Harry y Petersham se le acercaron, cada uno de un lado, y la tomaron de los brazos, mirándola preocupados. La ausencia absoluta de disparos lo decía todo.

—La batalla ha terminado, Cathy —dijo Harry con suavidad—. Será mejor que te alejes. No querrás ver a Jon muerto, ¿no es cierto? La impresión podría perjudicar al niño. Nosotros trataremos de encontrarlo y, si es necesario, después iremos a buscarte.

—¡No! —exclamó Cathy con acento feroz, soltándose—. ¡No está muerto, sé que no lo está!

Corrió hacia el muelle, alzándose las faldas, más rápido de lo que lo había hecho nunca en la vida. Harry y Petersham corrían junto a ella, maldiciendo por lo bajo ante la tozudez de la muchacha. Los dos creían que era tarde para salvar a Jon y en el fondo ella temía que tuviesen razón. Sin duda, habría luchado como un demonio para no ser capturado y, para ser sincera consigo misma, debía admitir que era muy probable que fuese uno de los que habían muerto durante la batalla, antes de que comenzaran a colgar a los sobrevivientes. Pero, si no era así, si había siquiera una posibilidad, Cathy haría todo lo que pudiese. «Aunque llegara a tiempo, no sé si podré evitar que lo cuelguen», pensó. Un soldado curtido lo pensaría dos veces antes de detener una ejecución por el hecho de que una simple muchacha se lo dijera, fuera quien fuese. Sin embargo, tenía que intentarlo.

Una tropa de soldados británicos hacía guardia en la boca del puerto, con el propósito evidente de evitar que los piratas sobrevivientes huyesen. Cuando Cathy corrió hacia ellos, alzaron los mosquetes y le apuntaron.

—¡Alto! —gritó el oficial a cargo, cuando se detuvo frente a los soldados.

Al ver que se trataba de una mujer, dudó en dar la orden de fuego.

—¡No disparéis, estúpidos! —gritó Cathy, sin aminorar el paso hasta llegar junto al oficial. Tenía el rostro enrojecido y el aliento agitado pero, aun así, se irguió en toda su estatura y se las ingenió para conservar la apariencia de una dama. El oficial la miró, perplejo.

—Soy lady Catherine Aldley —dijo Cathy, con tono cortante e imperioso—. Y exijo que se me lleve al barco donde están colgando a los piratas. ¡De inmediato, por favor!

El oficial le lanzó una mirada suspicaz y, al echar un vistazo detrás de ella, su expresión se acentuó más aún al ver a Harry y Petersham que se acercaban, cautelosos. Cathy comprendió que lo único que los salvaba de que los apresara era el uniforme que vestía Harry. De prisa, se volvió hacia ellos con una mano levantada.

—Caballeros, gracias por escoltarme —se apresuró a decir y tomó sucesivamente la mano de Harry y la de Petersham—. Estoy segura de que ansiáis volver a vuestras tareas. No os demoraré más.

Los dos la contemplaron durante unos instantes, hasta que se percataron de la advertencia en su semblante; le estrecharon la mano con solemnidad y emprendieron la marcha. Habían hecho todo lo posible por Cathy y Jon, y sabían que, a partir de ese momento, tenían que preocuparse por sus propios pellejos.

—¡Un momento! —ordenó el joven oficial a los dos hombres que ya comenzaban a ascender el acantilado.

Harry y Petersham se detuvieron, pero antes de que alguien hablara, Cathy urgió al militar:

—¡Teniente, he dicho que exijo me acompañe al barco de inmediato! ¡No puedo esperar a que intercambie frases con esos hombres!

El teniente la miró, vacilante, y aunque no tenía modo de comprobar si era quien decía ser, recordó haber oído que cierta lady Catherine estaba muerta o cautiva de esos piratas. Si esta joven era la dama en cuestión, le convenía obedecer sus órdenes, pues al parecer tenía amigos influyentes en la Corte.

—¡De inmediato, teniente!

La voz de Cathy restalló como un látigo y el sobresalto del oficial fue evidente.

—¡Sí, señora! —tartamudeó, y dirigiéndose a sus hombres les ordenó que prepararan un bote para su señoría, sin demoras.

En la confusión, Harry y Petersham se fueron sin ser advertidos.

Cuando el bote estuvo listo, el teniente la ayudó a subir con gesto reverente y tanta pomposidad hizo rechinar los dientes a Cathy. ¡A Jon podían estar colgándolo en ese instante!

—¡Por favor, de prisa! —urgió a los remeros, de pie en la proa de la pequeña embarcación que cortaba las olas coronadas de blanco hacia las enormes fragatas.

Cuando al fin llegaron al barco donde estaban colgando a los piratas, Cathy los orientó hacia la escala lateral, mientras ella se sujetaba. Colocó en posición las manos y los pies sobre la escala y comenzó a trepar como una mona, pues el temor por la vida de Jon la hizo olvidarse del miedo por su propia seguridad. Cuando llegó a la borda, manos ansiosas la alzaron hasta depositarla sobre la borda. De pie en cubierta, casi no advirtió los numerosos pares de ojos masculinos que se concentraban en ella.

—¿Qué la trae al *Lady Chester*, señorita? —preguntó con aspereza una voz gruñona.

—Exijo ver de inmediato al capitán de este navío —dijo Cathy con vivacidad, con un nudo en la garganta al ver los cuerpos inertes de los hombres que ya habían sido ejecutados y ahora permanecían alineados contra la baranda del *Lady Chester*.

Después de colgar al último, se leería un servicio fúnebre y los cuerpos serían arrojados al mar. Cathy logró contenerse a duras penas para no correr hacia los cadáveres y examinar cada uno de los rostros. ¡A fin de cuentas, si Jon estaba entre los muertos, ya nada podía hacer por él, y de lo contrario, la rapidez era fundamental!

—¿En serio, señorita? —dijo la voz, divertida, y Cathy le lanzó su mirada más feroz.

—¡Sí, buen hombre, en serio! Soy lady Catherine Aldley y estos bandidos me tenían cautiva. Según tengo entendido, su capitán sabe muy bien quién soy y se sentirá muy molesto si se entera de que no fui conducida de inmediato ante él.

Bajo la mirada helada de la joven, el robusto contramaestre entrecano se amilanó.

—¡Sí, señora, enseguida! —respondió, obediente—. ¡Por aquí, señora!

Con la cabeza alta y la espalda recta, Cathy fue tras él a través del grupo de marineros que habían sido destacados para observar los ahorcamientos. Cuando estaban a mitad de camino, rugió un cañón tan cercano que el estrépito ensordeció a Cathy.

—¿Qué ha sido eso? —exclamó, indignada, apretando el paso para quedar a la altura de su sudoroso acompañante.

—Es una señal a los guardias para que saquen al siguiente grupo de prisioneros para ser ahorcados. ¡Podemos hacer cinco a la vez, milady!

El orgullo que resonaba en la voz del hombre asqueó a Cathy. Había llegado a encariñarse con sujetos similares a los que estaban colgando y descubrió que, pese a la ocupación poco digna que tenían, no eran diferentes de cualquier otro hombre, en cualquier sitio. En ese instante se sintió aliviada de saber que la tripulación del *Margarita* estaba lejos y a salvo. Se habían convertido en sus amigos y habría sido doloroso verlos morir.

Al oír unas pisadas detrás, Cathy se dio vuelta con presteza y vio a unos veinte marineros que traían a los condenados a las horcas improvisadas. Los guardias uniformados le obstruyeron la vista de los prisioneros, pero un sexto sentido la congeló donde estaba y, un instante después, dio gracias a Dios por haberse detenido. Sobre una plataforma destartalada, erigida a toda prisa bajo un mástil que sostenía la horca, las manos atadas a la espalda y los ojos tapados, estaban los cinco individuos prontos a ser colgados. El tercero de la izquierda era Jon. Y un verdugo cubierto con una capucha negra le colocaba el lazo en el cuello atezado

# 11

«Un momento», quiso gritar Cathy, pero no le salieron las palabras.

Lo único que logró fue abrir y cerrar la boca como un pez fuera del agua, con la garganta obstruida de terror. Sintió los miembros paralizados, que se negaban a llevarla donde estaba Jon, con esa horrible cuerda alrededor del cuello. ¡Oh, Dios, esto era peor que cualquier pesadilla! ¡Estaban por ahorcarlo y ella no podía hablar ni moverse!

Una mano la aferró del brazo y la oprimió de una manera familiar; de pronto Cathy recuperó el uso de los miembros y giró bruscamente hacia el supuesto atacante. Los insultos que pugnaban por salir de sus labios murieron al ver el semblante sombrío, fatigado, pero inmensamente aliviado de su padre.

—¡Cathy!

La exclamación sonó como una plegaria.

—¡Cathy, mi pequeña niña, pensé que estabas muerta...!

—¡Papá! —gritó la muchacha, agradecida—. ¡Oh, papá, gracias a Dios que estás aquí! ¡Tienes que impedir que cuelguen a ese hombre!

Señaló a Jon. Ante el ruego desesperado, los marinos que los rodeaban se dieron la vuelta, con expresiones curiosas. A Cathy no le importó. Estaba más allá de la vergüenza o de las consideraciones sociales. Jon era lo único que importaba.

Al ver que el padre se limitaba a mirar al hombre con los ojos vendados, Cathy, desesperada, le sacudió el brazo.

—¡Rápido, papá! ¡Oh, por favor, date prisa!

—¿Ése es el hombre que te secuestró? —preguntó sir Thomas, sin apartar la vista del hombre que estaba a punto de ser ahorcado.

—¡Sí, papá, deténlos!

—¡Deja que lo cuelguen! ¡Le hacen un favor a ese perro al ahorcarlo! ¡Querría arrastrarlo y descuartizarlo por lo que te hizo sufrir! ¡Canalla sanguinario!

Sir Thomas lanzó una mirada de odio hacia Jon, que estaba demasiado lejos para oír a Cathy; el pirata, pálido y callado, asentía a las preguntas del sacerdote. Ante la mirada de Cathy y del padre, horrorizada una y gozosa la otra, el sacerdote hizo la señal de la cruz sobre el prisionero y se trasladó hacia el siguiente para repetir la ceremonia.

—¡Papá, tienes que detenerlos! ¡Es el padre de mi hijo!

—¿Qué? —exclamó sir Thomas, con la voz quebrada de pena e indignación.

—¡Voy a tener un hijo de él! ¡Oh, papá, no quiero que ahorquen al padre de mi hijo! ¡Por favor, no se lo permitas! ¡Date prisa!

Sir Thomas contempló a la hija largo rato y entretanto Cathy creyó que se volvería loca. El sacerdote dio la absolución al último de los cinco y retrocedió. Comenzó el redoble de tambor que precedía a la ejecución.

—¡Por favor, papá, haz algo! —rogó Cathy, aferrada al brazo del padre.

Ya era demasiado tarde para recurrir al capitán del *Lady Chester*. Si el padre no le hacía caso, ¿qué quedaría por hacer?

La mirada de sir Thomas pasó del rostro suplicante de la hija al del hombre en la horca, otra vez al de Cathy, con los labios apretados en una línea fina.

—¡Papá...!

—¡Alto! —resonó la voz profunda y autoritaria—. ¡Quiero que me traigáis a ese hombre, el tercero de la izquierda, para interrogarlo! ¡Bajadlo!

El verdugo vaciló con la mano sobre la palanca que enviaría a los cinco hombres balanceándose a la eternidad y echó una mirada al oficial a cargo, para que confirmase la brusca orden. El oficial identificó de un vistazo a sir Thomas e hizo un breve gesto de asentimiento al hombre de la capucha negra. Éste se encogió de hombros, como lavándose las manos de toda responsabilidad por lo que estaba a punto de hacer, y quitó el lazo del cuello de Jon. Cathy sintió un nudo en la garganta al ver que los hombros anchos, erguidos en espera de la ejecución, caían un tanto. Dos de los marineros armados arrastraron a Jon desde las horcas improvisadas, y lo apartaron de allí con rudeza, todavía atado y amordazado. Cathy, ansiosa, se volvió hacia sir Thomas.

—¿Adónde lo llevan?

—Supongo que a la bodega, hasta que yo mande a buscarlo. Estará seguro.

Cathy se crispó ante la amarga ironía que resonaba en las palabras del padre.

—Papá, quiero explicarte... —insegura, se interrumpió, deseosa de disipar la ira y el dolor que vio aparecer en los ojos del padre.

Éste hizo una mueca y la tomó del brazo.

—Estoy seguro, hija, pero me parece mejor que lo hagas en privado. Creo que ya hemos atraído demasiado la atención.

Echó una mirada colérica al grupo de marinos sonrientes que, sin manías de ninguna clase, escuchaban la conversación. Al percibir las miradas lascivas que le lanzaban, Cathy comprendió, asqueada, que con sus propias palabras se había catalogado como una prostituta. Fueran cuales fuesen las circunstancias, una mujer soltera, encinta, era exactamente eso de acuerdo con la moral de la época. Levantó la cabeza mientras se dirigía con el padre hacia la escalera, pero no pudo evitar el intenso rubor que le cubrió las mejillas. A sus espaldas, la ejecución prosiguió. Un grito ronco que resonó en cubierta la hizo encogerse; la siguió el crujido agudo de los cuellos que se quebraban. Cathy se estremeció, oprimió con fuerza el brazo del padre y le subió a la garganta una bilis que amenazó con ahogarla. A pesar de la ruina inevitable de su propia reputación, no podía lamentar lo que había hecho: era preferible que fuese despreciada por el resto de su vida y no que Jon perdiese la propia. Pero no era sólo Cathy la que soportaba la vergüenza, sino también el padre...

—Papá... —comenzó con voz débil.

—Calla —le pidió el padre con suavidad, instándola a bajar la escalera—. Me lo dirás cuando estemos en mi camarote.

Como persona muy rica e influyente, a sir Thomas se le había asignado el mejor camarote del barco. Cuando hizo pasar a Cathy, la muchacha quedó un poco abrumada por el lujo. Comparado con el lugar pulcro pero espartano de Jon en el *Margarita*, éste era un cuarto opulento, casi incómodo por el exceso de lujo. Parpadeó al imaginar la reacción que hubiera tenido Jon ante una habitación tan recargada. Imaginó que haría un gesto desdeñoso al ver la alfombra gruesa, las cortinas de terciopelo, los muebles finos y los adornos de cristal, del mismo modo que resopló al ver la ropa lujosa de Cathy. La muchacha contempló el camarote a través de los ojos de Jon y se sintió un poco incómoda.

—Ahora, hijita, quiero que me cuentes todo lo que sucedió —indicó el padre, mirándola con expresión sombría y haciéndole señas de que se sentara en la silla, frente a él.

Cathy carraspeó, se ruborizó y obedeció lo mejor que pudo, soslayando únicamente las partes más íntimas de la relación con Jon. Subrayó que Jon había sido amable con ella, se había ocupado de que estuviese bien alimentada, abrigada y protegida de todo daño. Al describir cómo había arriesgado la vida para salvarla, en Cádiz, no advirtió que sus ojos resplandecían de amor. Sir Thomas, en cambio, notó su expresión y entrecerró los ojos. Cathy describió las terribles heridas de Jon y cómo ella lo había cuidado; los ojos del padre se entrecerraron todavía más. De pronto, Cathy advirtió que la ira del padre subía de tono y se interrumpió. Sir Thomas guardó silencio largo rato, mirando sin ver la pared opuesta. Por fin, demasiado inquieta, Cathy calló.

—¿Estás absolutamente segura... de que vas a tener un hijo, quiero decir?

Sir Thomas procuró dar a su voz un tono neutro.

Cathy sintió que el rubor traicionero encendía otra vez sus mejillas. En su actual estado, no podía ser más que un impedimento para el padre, que tan orgulloso había estado de ella. ¡La hija de sir Thomas, preñada por un pirata...! Cathy imaginaba las conversaciones maliciosas. Eso destruiría tanto al padre como a ella misma.

—Sí, papá, estoy segura —logró decir, sin poder mirarlo a los ojos.

Al ver cuánto se avergonzaba, el corazón de sir Thomas se llenó de amor por la muchacha. Después de todo era su hija y no tenía la culpa de lo que le había sucedido. Sintió que brotaba en él un odio feroz hacia el hombre que había tenido la crueldad de infligir semejante degradación a una virgen de diecisiete años, a una joven de buena crianza. Cuando recordó que él mismo había salvado de una muerte bien merecida a ese sujeto, echó chispas por los ojos. «Pero sólo di al pirata un perdón transitorio —pensó—. Por ahora, lo más importante es la felicidad y el buen nombre de mi hija. Pero más adelante...»

—Hija mía, no tienes motivos para afligirte tanto —dijo sir Thomas con voz consoladora, al tiempo que le tomaba la mano y la palmeaba—. Yo sé que no tienes la culpa de tu estado. El hijo que llevas fue concebido a través de un acto brutal, por el que no se te puede hacer responsable. Ahora, tendremos que adoptar medidas para salvaguardar tu reputación. Es una pena que hayas hablado delante de los marineros, pero creo que eso se puede remediar. Y ahora, Cathy...

Cathy sentía que le volvían las náuseas. Al reservarse los detalles más íntimos de la relación con Jon, era evidente que había inducido a error al padre. Por el bien de Jon, tendría que hacerle saber la verdad, por mucho que le doliese.

—Papá —empezó, vacilante, la vista fija en las manos—. Papá, no fue una violación.

—¿Qué dices? —explotó sir Thomas, después de un instante de silencio estupefacto.

—Jon... Jon no tuvo necesidad de violarme, papá —murmuró Cathy, sintiendo la humillación más profunda de su vida—. Yo... yo lo deseaba.

—¡Dios mío!, ¿qué estás diciendo?

Sir Thomas se levantó de un salto, agitado, y lanzó a la hija una colérica mirada de soslayo. Cathy levantó la vista para mirarlo, casi tan blanca como su vestido.

—Así es, papá.

Habló en voz queda, pero con la mirada firme. El rostro rubicundo de sir Thomas se puso más encarnado aún. Cathy se mordió el labio inferior pero no bajó la vista.

—¡Ese miserable sanguinario! —resopló sir Thomas—. ¡Me alegro de haber detenido la ejecución! ¡Él pagará...!

A Cathy le alarmó el resplandor de odio que asomó a los ojos del padre, que por lo general eran plácidos. Se levantó y al hacerlo se tambaleó, como si hubiese sufrido vértigos. Sir Thomas alargó una mano para sujetarla y Cathy, con los ojos muy abiertos y asustados, se aferró a él.

—Papá, yo lo amo.

Parecía un cadáver y sir Thomas no tuvo ánimos para seguir riñéndola. «Aunque no la hubiese forzado, para un hombre experimentado como él no sería muy dificultoso seducir a una jovencita inocente —pensó el padre, furioso—. Lo que hizo no es mucho mejor que una violación. ¡Tengo que hacérselo entender a Cathy. No puedo permitir que siga creyendo que está enamorada de semejante sujeto!»

—Hija, ese hombre es mucho mayor que tú, ¿verdad? —comenzó con suavidad.

Comprendió que, si condenaba el sentimiento de la hija hacia el pirata, lo único que lograría sería alejarla.

—Tiene treinta y cuatro años —respondió Cathy, mientras se dejaba caer otra vez en la silla.

La súbita voltereta del padre la sorprendió, pues esperaba que la sermoneara durante horas.

—Eso pensé.

Lo dijo como si al fin se hubiesen confirmado sus peores temores.

—¿Tienes motivos para suponer que él te ama a ti?

—Bueno...

—¿Alguna vez te lo ha dicho? —insistió sir Thomas.

Una mirada perspicaz al rostro sonrojado de Cathy le indicó que iba por buen camino.

—N-no —admitió.

Bajó la vista como si estudiase la lujosa alfombra, contra la cual sus pies calzados con sandalias parecían completamente fuera de lugar.

—Eso me parecía —sir Thomas exhaló un pesado suspiro, volvió a sentarse y tomó la mano de Cathy—. Hija mía, un hombre de treinta y cuatro años, si es además un bandido sin principios, tiene que haber conocido a muchas mujeres, hablando en sentido bíblico. Créeme que no habrán sido novedosos los sentimientos que despertaste en él, fueran cuales fuesen. Tú, en cambio, inocente, protegida de los hombres, interpretaste mal lo que era el despertar natural al amor. Es normal que una joven imagine que se enamora perdidamente del primer hombre que la hace mujer. ¿No has advertido que muchas jóvenes que desprecian a los maridos antes del matrimonio pronto se encariñan con ellos? Hija, ¿por qué crees que eso ocurre?

Cathy pensó: «Lo que dice mi padre es cierto. He conocido chicas que lloraban ante la idea de casarse y luego parecían por completo resignadas a su destino y hasta encariñadas con los esposos. Pero...»

—No es así, papá —dijo, decidida—. En realidad amo a Jon. Es apuesto, fuerte y capaz de ser muy gentil, muy dulce...

El padre estalló en carcajadas.

—Claro que es gentil y dulce contigo, pobre chica. Para un hombre, el placer es mayor si tiene una compañera bien dispuesta. Yo lo sé. Yo mismo empleé esa técnica para asegurar la complacencia de una mujer. Y las pobres siempre imaginaron que yo estaba locamente enamorado de ellas, cuando en realidad no era así. Un hombre no deshonra a la mujer que ama y ella tendría que tener la prudencia de usar el respeto que le brinda ese hombre como medida de los verdaderos sentimientos por ella.

A sir Thomas le satisfizo el efecto de su discurso, pues Cathy pareció anonadada, y si hubiese adivinado lo que en verdad pensaba, se habría alegrado todavía más. «Jon me prefería cuando estaba bien dispuesta. ¿Acaso su ternura era sólo una treta para que yo aceptara que me hiciese el amor?» Solamente podía juzgar por la profundidad de sus sentimientos hacia él, pero el padre le había abierto la puerta a sus propias sospechas. Lo que sentía por Jon, ¿era realmente amor o la reacción natural de una mujer hacia un hombre apuesto? ¿Cómo podía estar segura?

Sir Thomas vio que ya le había proporcionado material para pensar y, prudente, no agregó nada más sobre el tema. Prefirió pasar a un problema más grave aún.

—Cathy —dijo al fin, sacándola bruscamente del laberinto en que se hallaba perdida—. Tenemos que casarte, hija. Me parece que será el único modo de restablecer tu reputación.

Cathy lo miró, interrogante, con sus ojos azules muy parecidos a los del padre, ahora velados y pensativos. Tardó un rato en responder.

—¿Casarme, papá? —repitió, con expresión perdida.

—Sí, hija. Tengo en mente a un joven teniente de buena familia que en estos momentos está a bordo del *Lady Chester*. Tiene tres años más que tú y es un muchacho apuesto y caballeroso. Claro que no está a la altura del matrimonio que podrías haber hecho, pero es mejor que nada. Tal como están las cosas, estoy seguro de que puedo convencer a ese joven de que se reconozca como el padre de tu hijo. En este momento la familia está escasa de fondos, ¿sabes?

Cathy lo miró, mientras sus labios perdían el color lentamente; apretó los puños sobre el regazo.

—Papá, ¿propones comprarme un marido? —preguntó, con aire tenso.

Sir Thomas enfrentó con calma la mirada cada vez más fría de la hija.

—Querida mía, no tenemos demasiadas opciones. No hay muchos hombres dispuestos a aceptarte sin cierta presión. Sé realista, hija, no solamente por tu propio bien, sino también por el mío, y hasta por el del hijo que llevas dentro. Para que cualquiera de nosotros pueda volver a levantar la cabeza, debes tener un esposo.

Cathy reflexionó. Lo que el padre decía era cierto, pero no más que lo que ella se había dicho a sí misma, antes. ¿Acaso quería criar a un hijo bastardo, verlo sufrir el estigma de la ilegitimidad? ¿Quería soportar ella misma el ridículo, el desprecio, verse apartada de la sociedad para el resto de su vida? No, no quería. Y, al parecer, el matrimonio era el único modo de evitarlo.

—Estoy de acuerdo contigo, papá —dijo con claridad.

Sir Thomas la miró, algo sorprendido, pues esperaba una discusión y no semejante aceptación.

—¡Magnífico! —Las facciones abultadas del hombre se relajaron en una sonrisa—. Haré los arreglos de inmediato. Cuanto antes te cases, antes acabarán las habladurías.

—Sólo pongo una condición, papá.

Sir Thomas la miró con cariño.

—¿De qué se trata, hija?

—Quiero elegir yo a mi esposo.

Sir Thomas farfulló:

—¡Pero querida mía, no hay tiempo para que conozcas a un hombre y lo elijas! Para resolver algo, tenemos que actuar de inmediato. Si demoramos, cuando nazca el niño ya no podremos decir que es prematuro.

—Para hallar al hombre al que me refiero no necesitamos tiempo, papá.

El significado de la afirmación de Cathy se abatió sobre sir Thomas como un francotirador sobre un soldado enemigo confiado y entornó los ojos.

—Supongo que te refieres al pirata.

—Se llama Jon, papá. Sí, me refiero a él.

—Pero hija, ya te expliqué que lo que ese hombre siente por ti no tiene nada que ver con el amor. Y pronto comprenderás que tú tampoco lo amas. No hay ningún motivo para que enmiendes tu error casándote con ese sujeto.

—Hay un motivo excelente, papá: llevo dentro a su hijo —Cathy enfrentó con calma la mirada azul del padre.

Sir Thomas suspiró y cuando habló su tono fue más duro:

—Cathy, tienes que entender que no permitiré por nada del mundo que te cases con ese hombre. ¡Es un asesino, un criminal! ¡Te avergonzarás de él en cuanto recuperes la sensatez y me reprocharás haber permitido que te sucediera algo semejante! ¡Por Dios!, ¿qué harás con él después de la ceremonia? ¿Llevarlo a Londres y presentarlo en la Corte? ¡Seremos el hazmerreír de Inglaterra!

El mentón de Cathy esbozó entonces la línea de terquedad que sir Thomas tan bien conocía y tanto temía. ¡Maldita fuese su tozudez!

—Papá, si no me caso con Jon no me casaré con nadie.

La frialdad de la voz de Cathy era terriblemente convincente, pero de todos modos sir Thomas lo intentó. La miró ceñudo, y su rostro adquirió el color que empleaba para asustarla y que le obedeciera.

—¡Maldición, muchacha, no puedes desafiarme! Soy tu padre y tengo la responsabilidad de arreglar tu futuro. ¡Te casarás con quien yo designe!

—¡Lamento mucho desobedecerte, papá, pero me casaré con Jon o no me casaré con nadie!

Dos pares de ojos de un azul casi idéntico lucharon entre sí y ninguno de los dos cedió.

—Y si yo fuera lo bastante tonto para permitirlo, ¿qué sucederá después de la ceremonia? Sabes que tu pirata aún está bajo sentencia de muerte, ¿no es cierto? No es probable que escape para siempre a la horca, pues los de su clase rara vez lo consiguen.

—Papá, sé que tienes gran influencia en la Corte. Si lo deseas, te resultará fácil conseguir arreglar el perdón.

Mientras Cathy hablaba, la mente de sir Thomas corría. Pensándolo bien, quizás hubiese algo aprovechable en ese plan. Nunca le había gustado la idea de obligar a la hija a entregarse a cualquier jovencito que no tuviese ni dinero ni influencias en su favor. Si encontrara la forma de restaurar el buen nombre de la hija sin imponerle un esposo, todavía se podría salvar algo de las ruinas. Por ejemplo, si se convirtiese en viuda... Sir Thomas sonrió para sus adentros: había dado con la verdadera solución. Daría permiso a Cathy para que se casara con el pirata y luego adoptaría medidas para sacarlo de en medio, con toda seguridad. «No es que vaya a rebajarme al asesinato —pensó, con astucia—. No será necesario.» Si se entregaba al pirata a la justicia de la reina, su final sería rápido y seguro... y también perfectamente legal. Y Cathy quedaría libre para elegir otro marido, más acorde con su propio rango social. Sir Thomas preveía dos problemas: el mundo elegante no debía enterarse de que el futuro difunto esposo de Cathy había sido pirata, y ella misma tampoco no tenía que saber cuál había sido el destino del sujeto hasta que el enamoramiento terminara por sí mismo. Aunque existían maneras de asegurarse de esas cosas...

—¿Qué has dicho, hija? —Sir Thomas dirigió a la hija una sonrisa brillante.

Los constantes cambios en la actitud del padre desanimaron a Cathy, pero repitió lo que estaba diciendo.

—Podrías lograr el perdón para Jon, papá.

Sir Thomas asintió con lentitud y apretó los labios como si estuviese pensando en el asunto.

—Sí, supongo que sí.

—No me casaré con ningún otro, papá.

Los ojos de Cathy lo desafiaron y sir Thomas suspiró.

—¿Y ésa es tu última palabra, querida?

—Sí, papá, es mi última palabra.

—Veo que no me dejas alternativa —admitió sir Thomas, como a desgana—. ¡Después no me lo reproches! ¡Es idea tuya y yo me niego a aceptar ninguna responsabilidad por ella!

Cathy se levantó de un salto, echó los brazos al cuello del padre y lo estrechó con fuerza.

—¡Oh, gracias, papá, gracias!

Sir Thomas le dio unas palmadas en la espalda.

—Está bien, querida. Sabes que lo único que me importa es tu felicidad.

—Lo sé, papá, y te quiero por eso.

Esa suave afirmación, echa contra la chaqueta de satén del padre, aguijoneó la conciencia del hombre. Se sobrepuso y siguió acariciando el cabello revuelto de la hija hasta que ella se apartó con risa trémula.

—Debo de estar hecha un desastre.

—Así es, querida. ¿No tienes otra ropa?

Sir Thomas contempló con cierta severidad el arrugado vestido blanco y el cabello desgreñado.

—Tenía, pero estaba en casa de Jon, que se incendió por un cañonazo. Creo que no quedó nada.

—¡Por Dios! —exclamó el padre, abrumado—. Si hubiese estado seguro de que estabas en la isla, jamás habría permitido que abrieran fuego. Pero el coronel Hugh, que está al mando de los soldados que vinieron con nosotros, me aseguró que los piratas debían de haberte matado hace tiempo, pues no pidieron rescate. Pensé que estabas muerta, Cathy.

—Oh, papá —exclamó Cathy con los ojos llenos de lágrimas al imaginar el dolor del padre—. Jon no pidió rescate porque quiso quedarse conmigo. Nunca estuve en peligro, realmente —en ese punto, se permitió una sonrisa—, al menos hasta esta mañana.

—Sí, claro —sir Thomas se volvió, y se aclaró la voz—. Creo que Martha agregó algo de ropa tuya con mis cosas, por si la necesitabas. Haré que alguien te la traiga. Creo que será mejor que haga los arreglos para que la boda se celebre hoy, si te parece bien. En estas circunstancias, cuanto antes, mejor.

—Como tú digas, papá.

Cathy le sonrió con cariño y obedeciendo a un impulso corrió a estamparle un beso en la mejilla enrojecida. El padre le dio un abrazo y la dejó ir. Cuando se volvió para salir, a Cathy le pareció ver que tenía los ojos húmedos.

Cuando quedó sola, Cathy vagó al azar por el cuarto, demasiado excitada para sentarse. Pasó la mano sobre el respaldo curvo de las sillas elegantes y admiró distraída su delicada belleza. «A fin de cuentas, no hay nada de malo en tener las mejores cosas, si uno puede permitírselo», pensó, a la defensiva, al imaginar el resoplido desdeñoso que esas ideas provocarían en Jon. Con gesto casi desafiante, alzó un delicado florero de Sèvres. Jon tendría que habituarse a otro nivel de vida. En realidad, si los planes de Cathy resultaban como ella esperaba, Jon no tendría muchas opciones. Sería divertido enseñarle los modales y las costumbres de la sociedad. Sonrió, al imaginar al feroz capitán pirata vestido como un caballero de la alta sociedad. ¡Cómo se enfurruñaría, al principio! Pero se adaptaría, por el bien de Cathy y del hijo de ambos. Sabía que, si le daba tiempo, lo haría.

Cobró conciencia de un molesto aguijón de culpa ante la perspectiva de obligarlo a lo que, estaba segura, sería un matrimonio no deseado. Era evidente que no le había complacido la noticia del hijo y no era probable que estuviese más contento con convertirse en esposo, además de padre. Pero era mejor casado que muerto y la joven pensaba hacérselo entender en la primera ocasión. Si no fuese por ella y por el niño, Jon sería ahorcado.

El padre estaba seguro de que Jon no la quería, que era imposible que la quisiera. Tal vez no fuese así. Tal vez ella misma no lo amara. Sin embargo, entre los dos habían concebido a un hijo y ahora los sentimientos de ambos eran secundarios. Lo importante en ese momento era el niño que vendría.

En la puerta del camarote sonó un golpe suave y Cathy, sin darse cuenta, se pasó una mano por el pelo revuelto antes de hacer pasar a la persona que llamaba, fuera quien fuese.

—¡Mason! —exclamó, gozosa, al ver al caballero entre caballeros, que estaba con su padre desde hacía años.

—¡Milady! —el hombre la miró, rebosante de alegría—. Me alegra volver a verla, milady, si me permite decirlo. Desde que sir Thomas se enteró de que había sido capturada por los piratas, parecía un hombre poseído. Creyó que estaba muerta, milady, y eso lo acongojó... nos acongojó a todos.

—Lo sé, Mason.

Cathy sonrió al hombrecillo vestido con austeridad. Mason formaba parte tan fundamental de su infancia como su padre o Martha. Siempre había sido reservado, como correspondía al sirviente personal de un gran hombre, pero a Cathy le resultaba tan familiar como el salón de la casa de Lisboa.

—Un marinero está trayendo el baúl de sir Thomas, milady. Si necesita ayuda para arreglarse el cabello o la ropa, por favor, no dude en requerir mis servicios. Sir Thomas me ha informado que contraerá matrimonio esta tarde. Permítame ofrecerle mis mejores deseos de felicidad, milady.

—Gracias, Mason.

Ese discurso tan formal conmovió a Cathy: tratándose de Mason, ofrecerle sus servicios como doncella personal era el equivalente de que ella se ofreciera para fregar los suelos.

—Tal vez le pida que me ayude a arreglarme el cabello. Todavía no soy muy hábil para hacerlo por mí misma.

—Pienso que no, milady —resopló Mason, evidentemente escandalizado ante la idea.

Respondió a otro llamado en la puerta y liberó al hombre que llevaba el baúl de sir Thomas, sin permitir que echara un vistazo a la joven. Cathy sonrió: le resultaba extraño volver a sentirse tan protegida. Comprendió que le exigiría cierto esfuerzo volver a adaptarse a su auténtico papel de dama de linaje, pues se había acostumbrado a la libertad en el barco pirata.

Cathy despidió a Mason con una sonrisa y un agradecimiento, y rebuscó ella misma en el baúl del padre. Martha había puesto cuatro vestidos, ropa interior, hebillas para el cabello y toda la parafernalia sin la cual ninguna dama podía afirmar que estuviese bien vestida. Los atavíos de la joven ocupaban buena parte del baúl de sir Thomas. «A Mason no debió de gustarle», pensó Cathy, riendo. Mason siempre insistió en que el padre de Cathy se vistiera según los cánones más elevados de la moda, y si consintió en ceder parte del espacio del precioso equipaje del amo para las necesidades de Cathy, debía de ser porque todos estaban mucho más afligidos por ella de lo que suponía. Aunque era una pequeña señal de devoción, la conmovió más que ninguna otra.

Mientras sacaba los vestidos y los sacudía, pensó que uno de ellos sería su traje de bodas. Todos eran encantadores: toda su ropa, en realidad, como había señalado Jon una vez, pero Cathy siempre imaginó que se casaría de satén blanco, con un velo de encaje y un ramo de azahares. Se concedió a sí misma un momento de pesar y luego se decidió por un vestido de seda de color melocotón, bordeado con metros de encaje vienés de color crema.

Siempre práctica, Martha había puesto las sandalias a juego y un bello conjunto de collar y pendientes de perlas. «Con un peinado elegante estaré bien», se dijo y llamó a Mason para pedirle que le planchara el vestido. Cuando el criado se fue, se lavó la cara y las manos en una palangana de agua tibia y recordó con una fugaz punzada de pena los aromas que, sin duda, se habrían reducido a cenizas entre las ruinas de la casa de Jon. Era significativo que Martha no hubiese incluido sus perfumes.

Con esfuerzo, Cathy se puso las tres enaguas que eran de *rigueur* y ató el corsé lo mejor que pudo. «Por fortuna, soy delgada», pensó con cierta amargura. No podía imaginarse a Mason atándole los cordones.

Cuando éste volvió con el vestido, lo hizo esperar fuera mientras se lo ponía; una vez decentemente cubierta, lo hizo entrar para que la peinase. Para sorpresa de Cathy, Mason era muy hábil con el cepillo y las hebillas, y ella le hizo bromas al respecto. El hombre mantuvo un silencio digno, mientras alzaba el cabello para formar un elegante moño griego. Por último, le pasó un espejo pequeño y Cathy se examinó con actitud crítica. Sin engreimiento alguno, admitió que estaba encantadora como nunca. Bajo el suave sol tropical, las mejillas tenían el mismo color radiante del vestido; el resto de la piel, hasta la curva de los pechos que asomaban apenas por encima del escote con volantes, tenía el tono de la crema fresca. Las perlas perfectas daban dos vueltas alrededor de su cuello y descansaban con pesada frescura en el hueco entre los pechos, mientras otras destacaban su brillo delicado, blanco y rosado, contra los lóbulos de las orejas. Los meses transcurridos con los piratas habían conferido al rostro de Cathy una pureza de líneas que antes no se percibía en la estructura ósea. Actualmente ya no parecía una muchacha sino una mujer, y al pensar en el inminente matrimonio con el hombre que había impulsado esa transformación, un rubor en las mejillas la tornó más adorable aún.

Mason fue a informar a sir Thomas de que la joven estaba lista. Cathy se obligó a permanecer sentada y a esperar el regreso del padre. De súbito, la asaltó el deseo de tener unos momentos a solas con Jon antes de la boda. Si a Jon le desagradaba la idea... «¿Qué podré yo hacer?», se preguntó. Jon ya estaba comprometido y ella también. Si le disgustaba tendría que soportarlo, pues a esas alturas Cathy no estaba dispuesta a retroceder. Para ser sincera, debía admitir que tampoco quería hacerlo.

Llegó sir Thomas y le aseguró que todo estaba arreglado. Winslow, el capitán del *Lady Chester*, celebraría la ceremonia, y Mason y el mismo sir Thomas serían los únicos testigos. Además del capitán Winslow, fuera de la familia nadie conocería los detalles de esa boda precipitada. «Y así tendrá que ser», le advirtió el padre. Si se difundía que el flamante marido había sido pirata, la respetabilidad que le daría ese matrimonio quedaría destruida para siempre.

Cuando se oyó un golpe perentorio en la puerta y ésta se abrió, Cathy se sorprendió. Esta ruptura de la etiqueta por parte de los dos marineros que custodiaban al prisionero hizo fruncir el ceño a sir Thomas, pero Cathy sólo tuvo ojos para el hombre que iba entre ambos. Tenía el rostro magullado y manchado con una mezcla de pólvora, suciedad y sudor. La ropa estaba desgarrada y mugrienta, y los ojos despidieron un extraño resplandor al dejar resbalar la mirada despectiva sobre la elegante silueta de Cathy. Nerviosa, la joven se pasó la lengua por los labios y la expresión de Jon se tornó de salvaje desdén. Sólo en el momento en que los dos guardias lo empujaron con brutalidad hacia delante, Cathy vio las pesadas cadenas que le sujetaban las muñecas y los tobillos.

Por segunda vez en ese día, no pudo moverse ni hablar. Lo único que pudo hacer fue observar con horrorizada compasión al hombre que se tambaleaba con la cadena extendida entre los tobillos. Hizo un esfuerzo, logró erguirse y permaneció ahí, mirándola, mientras el padre despedía a los guardias.

—Bien, bien —dijo Jon, marcando las palabras al ver que ni Cathy ni el padre hablaban—. Pensar que estaba preocupado por ti. Tendría que haber recordado que los gatos siempre caen de pie.

—¡Caramba, usted...! —refunfuñó sir Thomas, dando un rápido paso hacia delante.

Jon giró con brusquedad para enfrentarlo, haciendo tintinear las cadenas y mostrando los dientes como un animal salvaje. Cathy corrió junto al padre y se le colgó del brazo.

—¡No, papá! —lo urgió, los ojos inmensos, al colocarse entre los dos. Agregó, casi en un susurro—: Quiero hablar con él a solas un momento, papá. Por favor.

—¡Imposible! —gruñó sir Thomas y entornó los ojos con expresión de odio al posarlos en la figura alta y musculosa del animal que había abusado de la hija.

El ansia de sangre le resecó la boca. Si no hubiera sido por la presencia de Cathy, habría tenido el placer de golpear a ese miserable hasta enviarlo al infierno.

—¡Papá, por favor! —repitió Cathy, con una expresión suplicante.

Sir Thomas contempló el rostro pálido de la hija y su propio semblante se suavizó.

—Querida mía, es imposible —dijo, paciente—. Una vez te secuestró y parece muy capaz de usarte otra vez de rehén, para forzar su propia libertad. Lo siento, hija, pero así es.

—Tu padre tiene razón, Cathy —dijo Jon, lentamente, en los ojos una expresión que a la joven le resultó difícil de definir—. Si te me acercas demasiado, podría enlazarte con estas cadenas y romper ese dulce cuello de un simple tirón. Es preferible que no nos arriesguemos.

—¡Calle! —le espetó sir Thomas y apuntó la pistola con mano firme al corazón del pirata—. ¡Agradezca a mi hija que aún está vivo! Si no me hubiese dicho que la dejó embarazada por la fuerza, yo habría tenido sumo placer en permitir que lo ahorcasen. ¡Tal como están las cosas, hará lo posible para devolverle su buen nombre!

—¡Papá! —gritó Cathy, desesperada, al ver que el rostro de Jon se ensombrecía, ominoso.

¡Así no era como pensaba hablarle! Si pudiesen hablar a solas, podría convencerlo de que casarse con ella no sería el purgatorio que, al parecer, él esperaba.

—¿Que yo la dejé encinta a la fuerza? —repitió Jon con tono de burla feroz—. Si eso fue lo que le dijo, mintió.

La sangre se precipitó al rostro de sir Thomas y se contuvo con esfuerzo de apretar el gatillo, al punto de que le dolía el dedo. La acritud de las palabras de Jon hizo sonrojar a Cathy, pero no soltó el brazo del padre.

—Tengo entendido que usted desea que me case con ella —dijo Jon, en un tono tan cruel y frío que desgarró el corazón de la joven.

—¿Y por qué no? —exclamó ella, picada—. ¡Sabes que es tu hijo y compartes conmigo la responsabilidad! ¡Lo menos que puedes hacer es procurar que no crezca como un bastardo!

—¡Eres una perra oportunista! —refunfuñó Jon y su mirada quemante hizo palidecer a Cathy.

—Si vuelve a hablarle a mi hija de ese modo, lo mataré aquí mismo. —Sir Thomas había recuperado la compostura y habló con tono helado.

Ni Jon ni Cathy replicaron. Se miraron de soslayo; en los ojos de ambos se reflejaban la ira y el dolor, pero ninguno reconocía la pena del otro. Al observarlos, sir Thomas se aflojó un tanto: lo satisfacía el modo en que se desarrollaba el encuentro. Antes de que terminara la ceremonia, Cathy odiaría a aquel hombre.

—¿Y si me niego? —preguntó Jon, tras una larga pausa.

—Lo ahorcarán —respondió sir Thomas, sin vacilar.

Cathy se mordió los labios y los ojos de Jon se volvieron hacia ella.

—¿Tú estás de acuerdo con esto? —preguntó, cortante.

Cathy lo miró, con aire desdichado.

—Jon, sé que no quieres casarte conmigo, pero tengo que pensar en el niño. Lo lamento.

—Estás de acuerdo.

Se dio la vuelta, quedó de espaldas a ellos y juró por lo bajo. Cathy anhelaba ir hacia él, rodearle la cintura con los brazos, pero la retenían la actitud del propio Jon y la presencia del padre. «Habrá tiempo de sobra de hacer las paces con él después de la ceremonia», pensó.

—Parece que no tengo alternativa —dijo Jon, por fin, con frialdad, echando a Cathy una mirada que la hizo sonrojar—. Espero que no pretendas una declaración formal.

La cruel ironía crispó a Cathy. «En verdad, es un miserable —pensó, furiosa—. Mi padre tenía razón. ¡Es evidente que Jon no me quiere.»

Una vez resuelta la cuestión insignificante de la negativa del pirata, sir Thomas se ocupó de las demás formalidades con su habitual eficacia. No habían pasado veinte minutos cuando Cathy estaba de pie junto a Jon, ante el capitán Winslow, mientras el atribulado caballero leía las palabras que los unirían en sagrado matrimonio. La sorprendió la frialdad de su propia voz al emitir las respuestas correctas, pues dentro de ella latía una masa trémula de dolor. Jon también parecía muy compuesto y Cathy descubrió que lo odiaba. ¡Era despreciable la insensibilidad y el desinterés hacia las necesidades de Cathy y del hijo!

Cuando llegó el momento de la sortija, sir Thomas se apresuró a quitarse el anillo del sello que llevaba en su propio dedo. En la prisa, había olvidado conseguir una sortija de bodas, pero ya se ocuparía de eso cuando estuviesen seguros, en Inglaterra. Jon aceptó la sortija sin decir palabra y la deslizó en el dedo de la desposada, tratando de tocarla lo menos posible. Cathy sintió ganas de llorar al sentir la mano cálida que sostenía la suya con tanto disgusto. ¡Cuando imaginaba que se casaría con Jon, ni un solo instante pensó en nada similar a esto! El frío desagrado casi la enfermaba.

Aturdida, firmó el papel que le tendía el capitán Winslow; Jon estampó su propio apellido con un firme garabato negro. Luego, el capitán los declaró marido y mujer; Cathy, esperanzada, levantó el rostro hacia Jon. Él la miró un instante y torció los labios en una sonrisa desdeñosa.

—Supongo que no esperarás que te dé un casto beso de novios después de semejante farsa —dijo, subrayando las últimas palabras.

Sin darse tiempo para pensarlo, Cathy le cruzó la cara de una bofetada. La marca de la mano pequeña se destacó con claridad sobre la mejilla morena. Jon refunfuñó, la atrapó y, al hacerlo, movilizó a los otros tres hombres que contemplaban la escena, atónitos.

La pistola de sir Thomas crujió sobre la cabeza de Jon y el capitán Winslow lo sujetó de la nuca. Jon se apagó como una luz. Mason corrió hacia la puerta y gritó a los guardias que estaban apostados. Arrastraron a Jon fuera de allí, mientras Cathy se mordía el puño apretado para no llorar. Sabía que había provocado la violencia de Jon y lo lamentaba amargamente, pues no quería herirlo.

—Papá, ¿puedes comprobar que esté bien? —preguntó en voz baja, un momento más tarde.

El padre la miró con agudeza, asintió y condujo a los dos hombres con él, fucra dcl camarote. Cuando volvió, Cathy estaba de pie junto a la ventana y las lágrimas rodaban por sus mejillas. Al verla, sir Thomas sintió que su odio por el pirata se renovaba.

—No estaba herido, ¿verdad, papá? —dijo, jadeante.

Sir Thomas atravesó el cuarto, le rodeó la cintura con el brazo y la hija, desdichada, se abrazó a él.

—Para nada, querida mía —respondió con pena el padre.

Algo en su tono hizo que Cathy elevara la vista hacia él.

—Papá...

—Hijita, espero que no te lastime lo que te diré. Es evidente que no amas a ese pirata más que él a ti. Por lo tanto, debes considerar esto como una bendición.

—¡Papá...!

—Se escapó, Cathy. Os abandonó a ti y a tu hijo, y a mi promesa de obtener el perdón. Hija mía, ¿tenía yo razón o no?

# 12

Londres no se parecía en absoluto a lo que Cathy había imaginado. En lugar de mansiones majestuosas rodeadas de parques inmensos, había casas particulares estrechas, separadas de la calle por patios minúsculos y verjas de hierro. Los coches traqueteaban por las calles empedradas a todas horas y los vendedores callejeros voceaban sus mercancías desde el amanecer hasta el crepúsculo. La basura llenaba las zanjas y a nadie parecía importarle el hedor. No era insólito que alguien vaciara el contenido de la taza de noche desde la ventana de un segundo piso sobre la cabeza de un peatón desprevenido. El Londres de los ensueños de Cathy era elegante, alegre y moderno. El de la realidad, simplemente sucio.

Encerrada en medio de la opulencia de la casa de su tía Elizabeth en Grosvenour Square, al principio estaba inquieta, después aburrida y por último desolada. Aunque ya había adquirido la dignidad de matrona, se consideraba impropio que saliera de la casa sin una acompañante femenina. El embarazo, cada vez más evidente, le impedía participar de fiestas, bailes y veladas musicales de la temporada londinense. Sus únicos pasatiempos eran tranquilas caminatas o paseos en coche por el parque, en compañía de Martha, o ir de tiendas por el barrio.

Pronto estas diversiones se volvieron aburridas para Cathy. El frío del invierno que se aproximaba tornaba desagradables los paseos por el parque para una persona acostumbrada a climas más templados; la cintura, cada vez más gruesa, le impedía interesarse por la moda. Durante varias semanas se entretuvo eligiendo el ajuar del niño, pero cuando quedó completo, desde el diminuto gorrito hasta la manta de satén, no le quedaba nada por hacer. Merodeaba por la casa y respondía con vagas sonrisas a los intentos de sir Thomas y de Martha para animarla. Se negaba a atribuir su inexplicable desánimo a la defección de Jon. «En lo que a mí respecta —se dijo, resuelta— Jon es un capítulo cerrado de mi vida.»

Elizabeth Augusta Anne Aldley Case, lady Stanhope por matrimonio, hermana de sir Thomas, no tenía paciencia con la melancolía de la sobrina. Según la reputada opinión de la dama, la muchacha era muy afortunada por haber escapado de semejante situación con un castigo tan leve. Si ella no hubiese estado dispuesta a albergar a Cathy bajo el manto de su intachable reputación, ésta se habría convertido en una descastada social... pese al velo que sir Thomas intentó echar sobre tan desagradable asunto. Pues aunque la duquesa de Kent se abstuvo de comentar lo acontecido a lady Aldley en manos de los piratas, los Grady no tuvieron tantos escrúpulos. Inventaron lo que no sabían y lo que contaban era lo bastante escandaloso para estropear la reputación de la dama más virtuosa.

Lady Stanhope, lanzándose al fragor de la batalla como un navío de guerra de busto prominente, desechó los rumores calificándolos de mentiras. La sobrina, decía la dama con expresión desafiante, antes de partir para Londres se había casado en secreto, en Lisboa, con un norteamericano. Cuando el infortunado novio enfermó de fiebres y murió, pocos días después de la boda, el padre de la desdichada Cathy la mandó a pasar el verano con la tía, con la idea de que un cambio de paisaje ayudara a la joven viuda a superar la pena. Cuando los piratas abordaron el *Anna Greer*, Cathy ya estaba encinta y el capitán, al enterarse de su estado, le ofreció caballerosamente su propio camarote y se comportó desde entonces con la mayor corrección. Sir Thomas recuperó a la hija en Cádiz, después de que la duquesa y esos sujetos fueron rescatados. Eso fue lo sucedido, afirmaba su señoría. Si bien la sociedad elegante se reía de Lady Stanhope con disimulo, nadie se atrevía a discutir en su presencia.

Si bien Cathy no era desagradecida, los esfuerzos de la tía en su beneficio la dejaban indiferente. No imaginaba que sentiría un anhelo urgente de brillar en sociedad, ni siquiera de participar de ella, incluso después del nacimiento del hijo. Dijo al padre que se sentiría mucho mejor si se retiraba al campo con su hijo y sir Thomas quedó abrumado. Imaginó todas sus cuidadosas maquinaciones convertidas en aire por el capricho incomprensible de una mujer. Apeló a Martha para que enumerase a Cathy las ventajas de lograr un lugar en la sociedad elegante. Y cuando su hija señaló, con lógica indiscutible, que no podía pensarse en un segundo matrimonio pues en realidad viuda no era, sir Thomas se removió, inquieto, y le pidió que no perturbara con ese tema su linda cabecita. Agregó que, cuando llegara el momento, eso se podría arreglar.

Además de lady Stanhope, Cathy, sir Thomas y los criados, el actual lord Stanhope también vivía en la casa de Grosvenour Square. Regordete, pomposo, de rostro pálido, era el único hijo de la viuda de Stanhope, y la luz de sus ojos. Según lady Stanhope, Harold no era capaz de hacer nada malo, y cuando él miró con altivez a la prima y la proclamó salvaje, ella no pudo menos que estar de acuerdo. La tía repetía con frecuencia a la joven que sus tendencias degeneradas habían provocado su propia caída. La muchacha se mordía la lengua y se sometía con toda la gracia que podía a las peroratas de la tía, temerosa de estropear la carrera de su padre y recordando la carga que ya había puesto con su aventura sobre los hombros de sir Thomas. Pero con Harold no tenía semejantes escrúpulos: lo despreciaba y le daba igual quién lo supiera.

El 1 de diciembre Cathy entró en el sexto mes de embarazo. Se sentía tan grande y desganada como una marrana preñada, y el disgusto con su propio aspecto y el malestar general la volvieron respondona y malhumorada con cualquiera que se le acercase. Las tensiones en la casa llegaron a tal intensidad que optó por pasar mucho tiempo en su propio dormitorio, una habitación grande, de elegante mobiliario, con una cama de cuatro postes con colgaduras de satén, sillas delicadas, un tocador con espejo y una alfombra oriental de terciopelo dorado. Pero la falta de aire fresco y de ejercicio la volvieron pálida y lánguida. Pasaba los días acurrucada, apática, frente al fuego rugiente del hogar, con un libro olvidado sobre el regazo, mientras daba curso a melancólicos ensueños. Por lo general, el tema era «Si Jon me hubiese amado...», y estaba demasiado acongojada para disipar esos ensueños. No obstante, al fin logró convencerse de que su amor por Jon, si alguna vez existió, había muerto y ocupaba su lugar un antagonismo implacable.

Cada día que pasaba, el niño por nacer se tornaba más real. Lo sentía moverse en su interior, y las pequeñas patadas y los giros le hacían cosquillas como si tuviese una mariposa atrapada. La fascinaba la perspectiva de tener, en menos de tres meses, al hijo en los brazos. A pesar de la traición de Jon, amaría al hijo de ambos con cada partícula de su ser. El niño sería su vida entera.

La melancolía de Cathy comenzaba a preocupar seriamente a Martha y las consultas con sir Thomas sobre el tema eran interminables. También el padre empezaba a alarmarse. Fuera del vientre abultado, la muchacha perdía peso y estaba desusadamente callada. Sir Thomas comenzó a preguntarse si habría hecho lo correcto. Sabía que tenía el remedio en sus propias manos, pero cualquier plan que trazara tendría que ejecutarse con rapidez, pues a partir del 3 de enero sería demasiado tarde: Cathy quedaría realmente viuda.

En la primera de sus numerosas visitas, sir Thomas comprobó que la prisión de Newgate era un sitio horrible y para un prisionero sin amigos, sin dinero y con condena a muerte, era el infierno mismo. Los guardias no tenían escrúpulos en arrastrar al condenado al patio, amarrarlo a un poste de castigos y darle latigazos hasta hacerlo sangrar. Sir Thomas supo que una moneda de plata arrojada como al descuido garantizaba semejante tratamiento todas las semanas. No necesitaba sobornar a los guardias para que le escatimaran el alimento y el agua, pues la ración de la prisión era un trozo de pan mohoso dos veces por día, acompañado por una jarra de agua turbia.

El anhelo de venganza de sir Thomas quedó casi satisfecho al observar las palizas semanales y al contemplar al hombre que antes lucía un aspecto poderoso convertido en un esqueleto de ojos salvajes. «Si Cathy lo viese ahora —pensaba, volviendo la nariz al percibir el olor del cuerpo sin lavar, cuidándose para no quedar al alcance de esas manos que anhelaban matarlo—, se sentiría asqueada.» En el presente, el pirata no tenía nada que pudiese conmover el corazón de una doncella, lo que complacía sobremanera a sir Thomas. No obstante, todavía lo preocupaba la posible reacción de Cathy si por alguna remota mala suerte descubría que el capitán pirata no había escapado, sino que en realidad estaba confinado en Tyburn. ¿Cabía la posibilidad que, pese al paso del tiempo, de todos modos se enfadara?

Pero nada igualaba al odio que Jon Hale sentía por sir Thomas. Los enloquecidos ojos grises del pirata despedían un brillo homicida cada vez que se posaban en su verdugo y los labios resecos se curvaban en una mueca feroz. Y aunque el hombre estaba encadenado de pies y manos, y bajo constante vigilancia, sir Thomas sentía de vez en cuando un estremecimiento de temor. Sólo en una ocasión el pirata cometió el error de abalanzarse sobre él, cuando sir Thomas habló delante de él de los planes que tenía para el futuro de la hija. El pirata lanzó lo que podría describirse como un aullido y saltó al cuello del otro como una bestia salvaje, pero sir Thomas logró retroceder a tiempo mientras los guardias desmayaban al prisionero a garrotazos. Luego, lo arrastraron hasta el poste de castigo, lo ataron y lo golpearon en cuanto lo revivieron. Desde entonces, cada vez que sir Thomas comentaba lo mucho que Cathy lamentaba el trato que él recibía, el pirata se fingía sordo. Pensando que de ese modo facilitaba la venganza de Cathy, comenzó a decirle a Jon que los latigazos que recibía eran ordenados por ella y no por él mismo. Y el brillo malévolo de los ojos del pirata o la contracción de un músculo en su mejilla demostraban a sir Thomas que el prisionero sabía de qué le hablaba.

Pese a que sir Thomas odiaba a Jon Hale por haber causado la desgracia de su hija, empezaba a sentir un ramalazo de respeto por la resistencia de hierro del pirata. Nunca exhalaba un sonido, aunque sufriera un dolor espantoso, y las únicas veces que mostraba alguna reacción era ante la mención de Cathy. Aunque la emoción que reflejaban esos ojos grises era tan fugaz que sir Thomas no lograba identificarla.

El ahorcamiento de Jon estaba programado para las siete de la mañana del 3 de enero. Cuando llegó y pasó la Navidad, sir Thomas comenzó a tener serias dudas acerca de la prudencia de lo que estaba haciendo. ¿Realmente cuidaba los intereses de su hija al hacer que colgaran al pirata? ¿Cathy no estaría mejor con él como marido? Pues en lugar de haber superado el enamoramiento como sir Thomas esperaba, Cathy no parecía más feliz que semanas atrás. Más bien se hundía cada vez más en la depresión. Si el amor de Cathy por el pirata era auténtico, aunque de mala gana sir Thomas pondría los sentimientos de la hija por encima de su propia carrera. Sin embargo, aún estaba convencido de que lo que Cathy sentía era un enamoramiento infantil que pasaría con el tiempo. Pero curarlo llevaba más tiempo de lo que él había supuesto al principio. De todos modos, ya era demasiado tarde para devolverle al pirata, pues era muy probable que si éste le ponía las manos encima a Cathy le causaría daños graves, teniendo en cuenta lo que creía que ella estaba haciéndole. Por lo tanto, sir Thomas decidió que lo mejor para todos sería dejar que la ejecución se cumpliera. Hasta el mismo pirata recibiría con gusto la muerte para acabar con sus actuales sufrimientos.

El día de Año Nuevo del año 1843 amaneció claro y frío. En el alféizar de la ventana del dormitorio de Cathy había una gruesa capa de nieve. Los retozos del niño en sus entrañas la habían despertado más temprano de lo acostumbrado los últimos tiempos. Permaneció largo tiempo acostada con la mano sobre el vientre, contemplando el cielo que pasaba del azul de la noche a un gris plomizo. Por el aspecto del cielo, seguiría nevando y la capa que ya cubría el suelo aumentaría en unos treinta centímetros. Cathy hizo una mueca, reconociendo que lo lúgubre del día igualaba su propio estado de ánimo.

El fuego de la chimenea se había reducido a unas pocas ascuas y el cuarto estaba helado. Cathy se hundió bajo la gruesa manta de satén y se arropó de modo que sólo la punta de la nariz y los ojos quedaran expuestos al aire helado. Se le ocurrió levantarse de la cama para atizar el fuego, pero luego desistió: requería demasiado esfuerzo. En unos minutos Martha le llevaría el chocolate matinal y lo avivaría.

Sonó un golpe muy formal en la puerta y Cathy sonrió con picardía. Por lo general, Martha se comportaba más como una madre que como su criada, y cuando se mostraba tan formal era porque estaba muy ofendida. Cathy suspiró, pues cuando se sentía ofendida era más difícil de aplacar que un toro enfurecido. Al parecer, todavía estaba molesta por las palabras que Cathy le había espetado la noche anterior. Dios era testigo de que no había querido lastimar a Martha; en los últimos tiempos estaba tan malhumorada, había cambiado de tal modo su personalidad, que casi no se reconocía a sí misma.

—Pasa —dijo, resignada a pasar la mayor parte de la mañana disipando la indignación de su antigua niñera.

Martha entró con un aire digno de la mismísima reina Victoria.

—He traído el chocolate, milady.

La forma pomposa de dirigirse a ella indicó a Cathy con más claridad que cualquier regaño que Martha se sentía maltratada. Cathy suspiró otra vez, pues esa mañana no estaba en condiciones de aplacar a nadie. El solo hecho de incorporarse para sentarse contra las almohadas le costó un gran esfuerzo.

—Por favor, no te enfades conmigo —le rogó, mientras Martha acomodaba la bandeja con chocolate caliente y pastas sobre su regazo—. Tú y mi padre sois los únicos amigos que me quedan. Si vosotros me abandonáis, me quedaré sola.

—Nadie habló de abandonarte, señorita Cathy.

La mujer reaccionó a la tristeza en la voz de Cathy tal como ella había previsto.

—Es natural que, de tanto en tanto, estés un poco quisquillosa por el niño y porque no estás bien de salud. Cuando te veo tan cambiada, mataría a ese pirata con mis propias manos. ¡Lo que te ha hecho es un crimen!

—¡Martha, por favor! —exclamó Cathy, mordiéndose el labio.

Cada vez que mencionaban a Jon le resultaba tan doloroso que, por lo general, Martha y sir Thomas cuidaban de no aludir a él de ninguna manera. Pese a que Cathy había hecho todo lo posible para disipar de su memoria esa figura esbelta, le resultaba imposible, pues el hijo de ambos se movía con todo vigor dentro de ella. Ese hombre la perseguía de noche y de día como un fantasma.

Si cerraba los ojos, lo veía con los pies separados, en la cubierta del *Margarita*, mientras un viento tibio agitaba sus espesos cabellos negros. Tal vez en ese momento estuviera navegando por alguno de los mares del mundo, apresando navíos más débiles y haciendo el amor a una procesión de mujeres deseosas. Cathy sintió que una rabia mucho tiempo contenida bullía en su interior al imaginar la boca de Jon arrasando los labios ansiosos de alguna beldad polinesia de ojos oscuros. «¡Canalla!», pensó, anhelando venganza, cuando recordó cómo la había abandonado al enterarse de que esperaba un hijo. No merecía que derramase una sola lágrima por él... y no tenía la menor intención de llorar por él. Ya era terrible que pudiese abandonar a Cathy, su esposa, aunque no hubiese tenido intenciones de casarse con ella. Pero el hecho de que pudiera dejar con tanta frialdad al hijo por venir, lo hacía acreedor de todas las palabras duras que el padre de Cathy hubiese pronunciado alguna vez contra él. Jon Hale era un bandido sin corazón, despiadado, que se había aprovechado de su inexperiencia y le había hecho creer que la amaba. En la mente de Cathy, sus propias acciones lo condenaban.

—Lo siento, señorita Cathy.

El tono sumiso de Martha devolvió a Cathy al presente. Por la expresión de la criada, dedujo que tenía deseos de morderse la lengua por haberle recordado al causante de todos sus problemas. Cathy sonrió a la niñera con súbito y cálido afecto, pues la apenaba verla tan desdichada.

—¿Qué vestido me pondré hoy?

La pregunta tenía la intención de atraer la atención de Martha hacia temas más mundanos y tuvo un éxito admirable. Fue evidente que la mujer se sintió encantada al ver que su pupila volvía a interesarse por su propia apariencia. Desde el momento mismo en que fue rescatada de manos del bárbaro pirata, Cathy se había mostrado apagada, apática, muy diferente de la que había sido siempre. En general, dejaba que Martha escogiera lo que se pondría y una vez vestida ni siquiera echaba un vistazo al espejo de cuerpo entero del rincón de la habitación. De cualquier manera, no había mucho para elegir en el guardarropas de Cathy, admitió Martha. La absurda historia de la viudez la sentenciaba a vestir de negro, sin el alivio de una cinta o un adorno. A decir verdad, la única joya que se consideraba correcta era la sencilla sortija de oro que sir Thomas había comprado en Londres. Al examinar el lamentable surtido del guardarropas, a Martha no le extrañó el desánimo de su pupila. Vestidos tan tristes como aquellos no levantarían el ánimo de ninguna joven.

—El de seda es muy bonito —dijo Martha, sin revelar su verdadera opinión ni con un parpadeo.

Cathy no se dejó engañar.

—Para un cuervo —protestó y sacó las piernas de la cama para que Martha la ayudase con su arreglo.

Ese día tendría que tener un cuidado especial en dar la impresión de apenada rectitud, pues en Año Nuevo era costumbre que los amigos y parientes intercambiasen visitas. Como era evidente que el estado actual de Cathy le impedía salir, lady Stanhope decretó que debía permanecer en el salón y recibir a las visitas. Por otra parte, Cathy podría beneficiarse mucho con un aspecto de dulce inocencia y coraje ante el prematuro deceso del esposo. Ocultar a la joven a las visitas no haría otra cosa que dar lugar a más habladurías, según informó lady Stanhope al padre y a la hija.

Teniendo presentes las instrucciones de lady Stanhope, Martha dispuso con cuidado el largo cabello dorado de Cathy en un recatado moño en lo alto de la cabeza. La palidez y las facciones señoriales de la propia joven eran convincentes. Si alguien no se convencía y tenía la audacia de interrogar directamente a lady Catherine, Martha estaba dispuesta a derramar de manera accidental, por supuesto, una tetera de té caliente sobre el regazo del impertinente. Estaba decidida a permanecer junto a su señorita todo el día, ¡y nadie, ni siquiera la misma lady Stanhope la haría desistir!

—¡Martha, tengo un aspecto horrible!

La voz de Cathy era una extraña mezcla de desazón y maravilla al contemplar su propia imagen en el espejo grande. El peinado distinto del habitual le daba una apariencia inesperadamente mansa y la palidez del rostro y de las manos indicaba desgaste. El severo vestido negro de cuello alto y mangas largas disimulaba cualquier rasgo de su figura, salvo el vientre abultado. A Cathy le costaba creer que la muchacha que le devolvía la mirada de ojos azules, empañados por la inactividad, fuese en realidad ella misma. «Parezco enferma», pensó con cierto grado de alarma y se apartó con rapidez del espejo.

—Pareces una verdadera viuda —le reprobó Martha con vivacidad y tomó un chal liviano, dispuesta a seguir a la señorita abajo. No convenía que tomara frío. Con lo flaca y huesuda que se había puesto, hasta una enfermedad tan leve como un enfriamiento podía llevársela.

El día transcurrió con abrumadora lentitud. Sentada en un incómodo sofá de pelo de caballo, Cathy intentó obligar a sus miembros inquietos a permanecer inmóviles, al tiempo que respondía con habilidad a las preguntas de los visitantes. Martha se cernía sobre ella como un buitre de uniforme negro, sin salir del salón en ningún momento. Estaba más torpe de lo habitual y Cathy comenzó a preguntarse si no estaría mareada por algo: no una sino cuatro veces derramó el contenido de la tetera sobre el regazo de algún visitante.

Las últimas visitas se marcharon exactamente a las cuatro y cuarto. Cathy se puso de pie con un suspiro de alivio y se rascó con vigor las piernas entumecidas. Todavía le ardía la cara por algunas de las preguntas indiscretas que le habían hecho.

«¿Cuál era el nombre de su querido esposo?», preguntó una vieja murciélago de ojos agudos. Como Cathy respondió con la más absoluta verdad, pues no veía motivos para ocultar información tan fundamental, la mujer exclamó: «¡Aaah!» como si hubiese sorprendido a la joven anfitriona en una mentira monumental.

Los ojillos como cuentas brillaron y estaba por abrir la boca para hacer otra pregunta indiscreta cuando Martha volcó una vez más la tetera. La condesa de Firth se marchó de inmediato, indignada, como si hubiese sido un acto deliberado. Cathy sacudió la cabeza y apenas sonrió: conociendo a Martha, era posible.

Cathy informó que prefería que le llevaran la bandeja con la cena al dormitorio, pues según dijo estaba cansada después de semejante prueba. Verdaderamente, se sentía mejor que en los últimos tiempos, aunque no soportaba la idea de cenar con la tía y el primo fastidiándola con comentarios acerca de las visitas, qué habían preguntado y qué había respondido ella. Estaba segura de que, por más discretas que hubiesen sido sus respuestas, cualquiera de los dos habría descubierto equivocaciones. Si no hubiese tenido que pensar más que en ella, hacía tiempo que los habría mandado al demonio, pero el padre estaba patéticamente ansioso por lograr un lugar respetable en la sociedad para la hija. Por eso, Cathy aceptaba la ayuda de la tía. Por odiosa que fuese lady Stanhope, tenía una reputación irreprochable.

Por desgracia, no calculó bien el momento de retirarse a su habitación. En la entrada estaba Harold, al que el obsequioso Sims ayudaba a quitarse el abrigo. Era bastante improbable lord Stanhope pudiese sacar sus brazos regordetes de las mangas sin la ayuda del mayordomo. Parecía una salchicha a la que estuviesen despellejando y, aunque Cathy se esforzó para contener la risa, no lo logró. Harold oyó el sonido ahogado y se volvió hacia ella. Cuando vio quién se atrevía a reírse de él, los ojos pequeños se achicaron más todavía, hasta desaparecer casi en el promontorio hinchado de carne pálida que constituía su rostro.

—Buenas tardes, prima —dijo con temible afabilidad, al tiempo que daba unos pasos hacia ella.

Cathy inclinó la cabeza devolviendo con altanería el saludo, se dio la vuelta y se encaminó con dignidad hacia la escalera curva.

—No te escapes, prima —dijo Harold, subrayando las palabras. El tono afectado hizo rechinar los dientes de Cathy—. Últimamente te has vuelto callada y sigilosa como un ratón. Me cuesta creer que seas la misma mujer que ejecutó actos de tan indecible depravación. Pero, claro, tu... eh... estado explica tu mansedumbre. Sin embargo, estoy seguro de que una vez que hayas dado a luz a tu bastardo, ese defecto de tu carácter volverá a resurgir.

Cathy giró hacia él apretando los puños. Echaba chispas por los ojos y se la veía más llena de vida que en todas las semanas que llevaba en Londres. Harold la observó con creciente interés: sería interesante tenerla en la casa luego de haberse librado de las garras del pirata. Comenzó a jugar con la idea de hacerla su amante. Por cierto, con la reputación que había adquirido, ningún caballero se ofrecería a tomarla por esposa. Calculó que, tarde o temprano, le cosquillearía la carne por necesidad de un hombre y, cuando llegara el momento, él estaría disponible.

—¡Mi hijo no es un bastardo! —escupió, furiosa, y pareció que cada uno de sus cabellos se erizaba de indignación.

Harold esbozó una leve sonrisa: empezaba a comprender cómo había atraído la atención del pirata. Cuando dejaba aflorar su temperamento, era digna de verse.

—Disculpa si he dicho algo ofensivo —dijo el primo, como si estuviera confundido.

Cathy sabía que era fingido y sintió que hervía por dentro, anhelando insultarlo, aunque prefirió contenerse. Si Harold descubría que podía herirla con sus ironías, se deleitaría haciéndolo.

Sin añadir otra palabra, Cathy le dio la espalda y subió con gracia la escalera. La siguió la risa aguda de Harold, que le hizo rechinar los dientes. «Tenga o no lugar en la sociedad, me iré de aquí», se prometió, sombría. «Ni por mi querido papá soportaré a Harold.»

Cuando Martha subió con la bandeja de la cena, Cathy todavía estaba furiosa. La anciana se alegró al ver el brillo desusado de sus ojos. Desde la captura del *Anna Greer* no había visto semejante despliegue de animación en ella y ésa era una señal saludable.

Martha preparó el baño de Cathy y las cosas para la noche mientras la muchacha cenaba. Para variar, estaba hambrienta y no le resultó difícil terminar toda su ración de cordero tierno.

Cuando dejó el tenedor a un lado, el niño le dio una patadita y Cathy sonrió, tocando la curva del vientre.

Martha la ayudó a desvestirse y le ató el cabello con cintas. Cathy se metió en el baño y se sumergió en el agua perfumada algo sorprendida. Ella no había agregado ninguna esencia y miró a Martha con aire interrogante.

—El perfume de rosas es un aroma realmente bueno y decente —dijo Martha, a la defensiva, en respuesta a la pregunta tácita de Cathy.

La muchacha le sonrió con cariño.

—Volcaste el té adrede, ¿no es cierto, Martha? —preguntó con voz suave y mirada maliciosa.

—Por cierto que no, señorita Cathy —replicó la mujer, con modestia, interrumpiendo la tarea de apartar las mantas de la cama—. Debo de haber sufrido un ataque de artritis. Las manos se me están poniendo rígidas.

—Martha, mentir es pecado —se burló la joven, pero Martha estaba demasiado contenta con su vivacidad para ofenderse.

Cathy salió de la bañera y se envolvió en una toalla tibia. Martha la secó con esmero y le puso un hermoso camisón rosado: de noche, en la intimidad de la recámara, Cathy gozaba de la única oportunidad de usar ropa de colores y la aprovechaba sin la menor vergüenza. El camisón estaba adornado con metros de encaje y cinta: era una prenda frívola y femenina. Una vez cepillado el cabello y peinado en dos largas trenzas, Cathy se sintió casi atractiva nuevamente.

Martha la hizo acostar en la enorme cama con baldaquín y la arropó con las mantas hasta la barbilla. Cathy se sometió, paciente, a los cuidados de la mujer, pues pese a todo lo que le había sucedido Martha insistía en tratarla como a una niña. La devoción de la mujer era absoluta y a Cathy ese cariño le resultaba consolador.

Cuando Martha se fue, después de apagar la vela que ardía junto a la cama, la habitación quedó iluminada sólo por el débil resplandor del fuego, que lanzaba extrañas sombras por el cuarto. Cathy se quedó dormida mientras las contemplaba, fascinada.

No supo qué fue lo que la despertó. Quizás el estallido de una brasa o el ladrido fúnebre de algún perro. Ante sus ojos adormilados, el cuarto parecía extraño y no del todo real. Las sombras producidas por el fuego parecían más largas y tenían un aspecto vagamente siniestro. Los ojos de Cathy se agrandaron cada vez más al fijarse en una sombra en particular, que parecía moverse en línea recta hacia ella. Por fin, comprendió que en realidad no era una sombra... ¡era un hombre! La alta figura que se aproximaba a la cama se recortó contra la luz del fuego que se extinguía. Aterrada, Cathy abrió la boca para gritar pero sólo le salió un débil chillido. Al instante, el hombre estaba sobre ella y una manaza le tapaba la boca para acallar otros posibles gritos.

Instintivamente, Cathy se debatió, retorciéndose y pateando, en un vano intento por liberarse y mordió con fuerza la mano que le cubría la boca. El hombre maldijo y apartó la mano, pero antes de que ella pudiese tomar aliento para gritar, le introdujo un trapo entre los labios resecos.

¡Oh, Dios!, ¿qué pensaba hacer con ella? Primero le ató las manos con un trozo de tela que desgarró rápidamente de la sábana. Luego retrocedió un poco, le envolvió los pies con las mantas y la levantó. Cathy permaneció tambaleándose junto a él, temblando de miedo. El sujeto encendió una cerilla y cuando giró el rostro hacia ella, los ojos de Cathy se agrandaron de sorpresa: ¡era Jon! Su corazón elevó una plegaria de agradecimiento. ¡Después de tanto tiempo, al fin había ido a buscarla! Luego frunció el entrecejo, confundida. ¿Por qué la amarraba? ¡Tenía que saber que se alegraba de verlo! ¡A fin de cuentas, era su marido!

Cathy lo miró con más atención y contuvo el aliento, sorprendida. Las bellas facciones estaban cubiertas casi por completo por una barba negra. La piel estaba amarillenta, como si estuviese enfermo, y su delgadez parecía imposible. Cathy percibió una vaharada del cuerpo sin lavar y frunció la nariz, disgustada. Al ver su reacción, Jon esbozó una lenta sonrisa, que no fue agradable de ver.

Parecía odiarla... ¡hasta el punto de querer matarla! Quizás hubiese contraído una fiebre en algún lado y estaba delirando. Eso también explicaría su desagradable apariencia.

Jon estaba haciendo su propia inspección. Recorrió lentamente con la mirada el rostro de Cathy y en sus ojos empezó a arder cierto resplandor. La mirada bajó por el cuello y los pechos, y se paralizó en el vientre. Contempló el bulto prominente con el mismo horror con que miraría una abominación y apretó salvajemente las manos sobre las muñecas de Cathy casi hasta quebrarlas.

—¡Dios mío! —exclamó.

En la mandíbula del hombre, un músculo se contrajo espasmódicamente y parecía esforzarse por controlar una emoción tremenda. Cathy tembló al sentir su fuerza. Jon lo percibió y esa sonrisa aterradora volvió a sus labios.

—Tienes motivos para temerme, esposa.

Por el modo en que pronunció, la palabra resultó ominosa a oídos de Cathy. ¿Sería posible que buscara algún tipo de venganza por haberlo obligado a casarse contra su voluntad? En ese caso, ¿qué sentido tenía que la buscara? En el *Margarita* podría haber sido libre como el viento, sin obligación alguna de reconocer el vínculo que los unía.

—He imaginado este encuentro durante meses, esposa. De hecho, casi desde el último que tuvimos —dijo con suavidad, apresando la mirada de Cathy con la propia, al tiempo que se cernía sobre ella. Instintivamente Cathy retrocedió y Jon soltó una risotada le heló la sangre—. Crees que me has derrotado, ¿verdad? Bueno, en parte, tienes razón. Ni siquiera esto en lo que me he convertido se rebajaría a hacerle daño a mi propio hijo. Por lo tanto, he decidido llevarte conmigo y te quedarás hasta el nacimiento del niño. Luego, esposa, igualaremos los tantos. Sufrirás...

Las palabras fueron perdiéndose, amenazadoras, y la mirada de Cathy se tornó francamente aterrorizada. Estaba convencida de que Jon se había vuelto loco y que deliraba como los pobres lunáticos del manicomio de Bedlam.

—¿Dónde está tu capa? —musitó, mientras se volvía para buscar por el cuarto.

Miró en el guardarropas y la arrastró con él hacia donde iba. Cathy se tambaleó tras él, temerosa de resistirse, de irritar más aún la furia maníaca del hombre.

Jon abrió de par en par la puerta del guardarropas y se paralizó al ver la colección de vestidos de duelo. Lo oyó contener el aliento, como si hubiese recibido un golpe mortal.

—Esto disipa mi última duda —murmuró, enigmático, al tiempo que le tiraba de las muñecas con tanta violencia que la habría derribado y arrastrado por el suelo de no haber estado sujetándola.

Los ojos de Jon escudriñaron los de Cathy con odio y luego hundió las manos en el armario, desgarrando los vestidos mientras buscaba la capa. Por fin la encontró, envolvió a la muchacha sin demasiada delicadeza y la alzó. Cathy sintió los huesos del pecho y de los hombros de Jon, que la sujetaba con tal ferocidad como si disfrutara haciéndole daño.

—Por desgracia para ti, esposa, tu viudez fue un tanto prematura. Estoy seguro de que lo lamentas amargamente.

Cathy se retorció entre los brazos del hombre, mortalmente asustada por tener que irse con este hombre extraño, siniestro y aterrador. ¡Dios querido, éste no era el hombre al que había conocido y amado tanto! ¡Este sujeto la odiaba y parecía el mismo diablo con esos fuegos del infierno ardiendo en los ojos! Ésta debía de ser una extraña y retorcida pesadilla... Cathy rogó que así fuese y se retorció desesperada, en un intento por despertarse.

—¡Quédate quieta! ¡Quédate quieta de una vez, perra, o por Dios que te...!

La estrujó contra sí, dejando inconclusa la amenaza. Cathy se quedó inerte cuando la violencia del tono la convenció de que no era una aparición. El corazón le latía como en explosiones de terror y de pronto supo cómo debía de sentirse un conejo en una trampa cuando el cazador se acerca. ¿La mataría...?

La puerta de la habitación se abrió apenas y en el suelo se derramó un círculo trémulo de luz. Cathy sintió que Jon se paralizaba. Ella también se congeló, aterrada por la persona que estaba entrando en la habitación. Ese hombre estaba loco y era violento. Era capaz de matar...

—¿Señorita Cathy? —dijo Martha, dando un par de pasos dentro de la habitación y sosteniendo en alto la vela mientras miraba hacia la cama.

Al ver que ya había una vela encendida junto a la cama, titubeó y miró alrededor.

—¿Señorita Cathy?

La voz era un susurro trémulo. Cathy sentía que el corazón de Jon golpeaba con fuerza contra su oído. Él echó mano a la cintura con dedos torpes y Cathy, indefensa, comprendió que llevaba una pistola. Trató de gritar para advertir a Martha pero solamente logró emitir un débil gemido ahogado por la mordaza. Fue suficiente: Martha giró hacia ellos y abrió los ojos espantada, dejando caer la vela con estrépito y abriendo la boca para gritar.

—Si hace un solo ruido, la mato.

Al amenazar a Martha, la voz de Jon sonó ronca y amenazadora. La mujer se inmovilizó y el grito de alarma murió en su garganta al ver la pistola apretada contra la sien de Cathy.

—Acérquese.

Martha le clavó una mirada de creciente horror.

—¡Usted es... el pirata! —exclamó, con voz entrecortada.

Se puso blanca como el papel, como si estuviera a punto de desmayarse.

—¡He dicho que venga aquí!

La voz de Jon, aunque baja, restalló como un látigo. Martha se apresuró a obedecer, como una marioneta manejada por hilos. Cathy encontró la mirada asustada de la niñera y le rogó en silencio: «Quédate callada. Obedécele. Está loco.»

Cuando Martha estuvo al alcance de su brazo, Jon dejó a Cathy en el suelo y le rodeó la cintura con un brazo para que no pudiese huir. Ahora, apuntó la pistola hacia Martha y no vaciló mientras tiraba para desatar el cinturón de la bata de la mujer. Con destreza, formó un lazo con una mano y lo deslizó sobre la cabeza de Martha, hasta que quedó alrededor de su cuello. La hizo girar de modo que quedara de espaldas a ellos y, sujetando el extremo de la tira, la amarró a su propio cinturón. Lo único que pudo hacer Cathy fue permanecer ahí, esperando a ver qué haría a continuación. Quizá, si se mostraban dóciles, Jon bajaría la guardia lo suficiente como para permitirles escapar. Desde que él la hiciera girar, Martha no había dicho una palabra.

—Cuando yo lo indique, saldremos muy sigilosamente de la casa. Si alguna de las dos hace un movimiento o un sonido en falso, las mataré a ambas. ¿Entendido?

Cathy asintió, esperando que percibiera el movimiento de la cabeza contra su pecho. Le creyó: estaba lo bastante enloquecido para hacer lo que decía. La cabeza de Martha también hizo el mismo gesto afirmativo. Cathy miró alrededor, desesperada, buscando algo que sirviera para demorarlos o para dificultar el avance de Jon hasta que pudiesen ser rescatadas, pero no había nada.

—¡Avanzad!

La orden fue como una bala en el oído de Cathy. Martha dio un tímido paso adelante y Jon empujó a Cathy tras de ella. Tropezó con uno de los vestidos que Jon había tirado del armario y arrojado al suelo. El hombre lanzó un furioso juramento y lo apartó de un puntapié, pero el recuerdo de los otros vestidos, tendidos ahí como testigos silenciosos, reconfortó un tanto a Cathy. El padre comprendería que había sido secuestrada al ver esas señales. Era evidente que Jon no estaba cuerdo, y que ella y Martha estaban indefensas, en sus manos. Podría hacer con ellas lo que quisiera.

# 13

El camarote de Jon a bordo del *Margarita* no había cambiado. A Martha y a Cathy las empujaron sin ceremonias dentro y cerraron la puerta. Se oyó el ruido de una llave que giraba en la cerradura. El camarote estaba oscuro como boca de lobo y helado; por lo menos Cathy estaba familiarizada con él. Aterida, pero aliviada de la presencia demoníaca de Jon, cruzó hacia la mesa y encendió la vela. A la luz de la vela vio que Martha temblaba y se rodeaba el cuerpo regordete con los brazos. Tenía violáceos los pies descalzos por haber andado sobre la nieve hasta el coche cerrado que los aguardaba a cierta distancia, en la calle. Cathy supuso que el hecho de que Jon se la llevara podía atribuirse al niño que crecía en su seno. Los brazos masculinos que la rodeaban le resultaron dolorosamente familiares... con una inmensa diferencia: la abrazaba como si la odiara. Cathy estaba más convencida que nunca de que se había vuelto loco.

Se oía el entrechocar de los dientes de Martha, y exhalando un gritito, Cathy corrió a abrazar a su nana. La anciana la rodeó con los brazos y la estrechó con fuerza.

—Oh, señorita Cathy —murmuró, con voz quebrada—. ¿Crees que tiene intenciones de hacernos daño?

—No lo creo, Martha —le respondió Cathy, aunque no estaba demasiado segura. Mientras hablaba, se dio la vuelta, quitó las mantas de la cama, envolvió a Martha en una de ellas y se abrigó con la otra—. Si quisiera lastimarnos, sin duda ya lo habría hecho —repuso Cathy, tanto para convencerse a sí misma como a Martha.

Se arrodilló ante la estufa de carbón, metió un puñado de astillas de leña, encendió una cerilla y prendió fuego. Poco después las brazas comenzaron a arder y Cathy se apoyó sobre los talones, muy contenta consigo misma.

Cuando se dio la vuelta, Martha tenía los ojos cerrados y la cabeza caída hacia atrás. El rostro de la anciana estaba pálido. Cathy temió que la experiencia que acababa de soportar hubiese sido más aterradora para la anciana que para ella misma, pues Martha no conocía a Jon. Quizás había sufrido un ataque.

Con esfuerzo, se puso de pie, pesada por el embarazo de siete meses y se acercó a ella.

—Martha, ¿por qué no te acuestas? —preguntó con dulzura—. La cama es bastante cómoda, te lo aseguro.

Cathy sonrió al hablar, con la esperanza de disipar el miedo que parecía colmar el aire. Martha abrió los ojos y contempló la cama como si hubiese sido una víbora ponzoñosa.

—¿Es ahí donde... te trajo después de que...? ¡Pobrecita, querida mía, debes de haber estado mortalmente asustada! Nunca comprendí...

Las palabras de Martha se perdieron y contempló a Cathy con amorosa compasión. Cathy le sonrió.

—Sí, es ahí donde... —repitió, bromeando, con la esperanza de reanimar a Martha al recurrir a un tono ligero—. Pero admito que, en aquel entonces, sentí más curiosidad que miedo. Me preguntaba cómo sería, ¿sabes? Además, entonces Jon era... diferente.

Mientras hablaba, se mordió el labio inferior y se le nublaron los ojos. Martha le aferró la mano.

—Señorita Cathy, ¿se habrá vuelto loco? —musitó la mujer.

Cathy cerró los ojos. Eso era lo que temía, aunque admitirlo ante Martha sólo serviría para asustarla más aún. Retribuyó el apretón de la mano y tiró de ella, juguetona.

—Vamos —dijo, evitando una respuesta directa—. Vayamos las dos a la cama. Por mi parte, estoy congelada y no ganaremos nada quedándonos sentadas y afligiéndonos.

Obediente, Martha se levantó y siguió a Cathy hasta el camastro. La muchacha le indicó que se metiera entre las sábanas y ella hizo lo mismo. Se acurrucaron una con otra y, poco a poco, el calor de sus cuerpos fue templándolas hasta que, al fin, Martha se durmió. Al oír los suaves ronquidos de la anciana, Cathy esbozó una sonrisa: Martha siempre había sido capaz de dormir en cualquier situación. Supuso que se podría atribuir a los robustos ancestros escoceses, aunque Martha, sin duda, lo atribuiría a su conciencia limpia.

Por más que lo intentó, Cathy no pudo dejar de pensar en Jon. Después de la orden de «Avanzad», no le había dirigido la palabra... ni cuando le quitó con rudeza las ligaduras durante el largo viaje hacia la costa. Era evidente que había ido a reparar el supuesto daño que le había hecho Cathy, pues toda su actitud así lo indicaba. Pero ¿qué podría ser? ¡Por cierto, no estaría furioso por el modo en que se desarrolló el matrimonio! No, estaba demasiado colérico para mantener una ofensa por algo tan poco importante para él. ¿Qué le habría hecho? Hizo esfuerzos desesperados para recordar cualquier ofensa que pudiese haberle infligido; no se le ocurrió ninguna. Sencillamente, había enloquecido. Era la única explicación.

Cathy se estremeció y se envolvió más en las mantas. La perspectiva de estar indefensa, en manos de un loco, era muy enervante. ¿Qué le habría sucedido para dejar su cerebro en ese estado? ¿Recuperaría la cordura? Quizás el padre se las ingeniaría para rescatarlas antes de que les sucediera algo irreparable. Así lo esperaba. Rogó para que así fuese. El recuerdo de los ojos de Jon, brillan tes como los fuegos del infierno, la hizo sudar de miedo.

Cathy comprendió que, a cada segundo, la posibilidad de que las rescataran se hacía más remota. Por encima de su cabeza oía el aletear de las velas del *Margarita*, que eran izadas en sus mástiles. El súbito balanceo del barco hacia abajo le indicó quc avanzaba hacia alta mar. Cuando se hubieran alejado de la costa, podrían dirigirse a cualquier lado. Podrían pasar semanas, incluso meses, hasta que una partida de rescate los alcanzara. ¡Dios querido! Los ojos de Cathy se dilataron de horror: ¡esta vez no habría rescate! El hombre que la había raptado era su marido a los ojos de la ley y estaba por completo sujeta a los deseos de ese hombre. Le pertenecía como una esclava y quien se interpusiese entre ellos estaría en infracción. La idea dejó a Cathy tan perpleja que sólo atinó a dejar la vista perdida en el espacio. Le palpitó con fuerza el corazón al comprender que Jon la tenía atrapada. ¡Y lo más irónico era que ella misma había tejido la telaraña!

A pesar del miedo, Cathy se durmió; la despertó bruscamente el ruido de la llave en la cerradura. Cuando la puerta se abrió y Jon irrumpió en el cuarto, los ojos de la joven se dilataron de miedo. Por instinto, subió las mantas hasta el cuello. Los ojos de Jon se posaron en ella y, al percibir su actitud, adoptó una expresión burlona y regresó junto a la persona que lo había acompañado hasta el camarote.

—Quiero bañarme —dijo con brusquedad al que estaba junto a la puerta.

La respuesta fue ininteligible, pero indudablemente afirmativa. Jon giró para enfrentar a Cathy.

—Que ella salga de aquí —gruñó, señalando a Martha, que se despertaba aturdida—. ¡Ya!

—¿P-por qué? —tartamudeó Cathy, aferrándose a la anciana de manera instintiva.

Martha se sentó, con el cabello gris erizado alrededor de la cabeza y rodeó a su pupila con un brazo protector.

—No te aflijas, mi amor. ¡Nadie me apartará de ti!

No cabía duda de que era un desafío. Martha, dispuesta a pelear como una leona para defender a su único cachorro, lanzó a Jon una mirada feroz. Él le devolvió la mirada y sus cejas negras se unieron sobre la nariz en gesto amenazador. El resto de la expresión estaba oculto tras una barba de aspecto siniestro. Cathy se estremeció y el brazo de Martha se apretó más alrededor de sus hombros.

—He dicho que saliera —repitió Jon con voz neutra, aunque con un matiz de amenaza subyacente—. Salvo que quiera ver cómo me baño. Usted decide.

Indiferente, se encogió de hombros y se volvió para abrir la puerta a Petersham que luchaba para entrar la bañera de porcelana que Cathy había usado en épocas más dichosas. Al ver al viejo amigo, Cathy se sintió reanimada: ¡al parecer, no estaba por completo a merced de Jon!

—¡Oh, Petersham! —exclamó—. ¿Cómo está usted?

Al percibir la alegría en la voz de Cathy, Jon entornó los ojos y Petersham, a su vez, la miró con expresión pétrea.

—Muy bien, señora —respondió con voz gélida.

Cathy se dejó caer otra vez sobre las almohadas. ¡Buen Dios, Petersham también la odiaba! ¿Qué era lo que había hecho? ¿Nadie se lo pensaba decir? ¿O quizá suponían que ella ya lo sabía?

Los labios de Jon esbozaron una pálida sonrisa satisfecha. Cathy lo miró fijamente. La luz asesina ya no se veía en su mirada y, salvo por esa barba desagradable y las ropas mugrientas, tenía una apariencia normal. ¿Estaba loco? ¿O estaba sucediendo algo que ella no entendía?

Mientras Petersham llenaba la bañera, Jon empezó a desabotonarse la camisa sin apartar la vista de Martha.

Cuando la anciana comprendió que no tendría la menor inhibición en hacer tal como había dicho, sus mejillas se sonrojaron. Cathy vio la consternación de la niñera y la empujó suavemente hacia los pies del camastro.

—Está bien, Martha —dijo con voz suave—. Puedes retirarte. No me hará ningún daño.

Jon no la contradijo y siguió desnudándose con gestos perezosos. Martha se precipitó fuera del camastro al ver que el pirata sacaba la camisa de la cinturilla de los pantalones y luego se volvió hacia Cathy.

—Cierra los ojos, mi amor —dijo la mujer, con tono vehemente—. No es correcto que lo veas así.

Jon esbozó una sonrisa carente de humor. Se quitó la camisa y la tiró al suelo.

—Es mi esposo, Martha —le dijo Cathy, con calma.

Martha moduló un «¡Oh!» silencioso y se llevó la mano a la boca al ver que Jon se desabotonaba los pantalones. Según todas las señales, estaba preparado para desnudarse del todo, sin importarle quién lo mirase.

—Está bien, Martha —repitió Cathy, ya algo fastidiada.

Martha, lanzando una última mirada horrorizada a Jon, se escabulló del camarote. Petersham terminó su tarea y salió detrás de Martha sin mirar a Cathy; ella lo siguió con la mirada, perpleja, y luego desvió la vista hacia Jon, que estaba sacándose los pantalones.

Ahora, el vello oscuro que le cubría el cuerpo estaba opaco y apelmazado; Cathy contuvo el aliento al ver los huesos bajo la carne morena. Antes había sido un animal bien esculpido, de músculos poderosos, y ahora parecía el sobreviviente de una hambruna. Lo único que quedaba intacto era su masculinidad, que se erguía victoriosa desde la mata negra. Su flagrante plenitud parecía obscena en medio de esa carne devastada y Cathy se apresuró a desviar la mirada.

—Es un poco tarde para ese recato propio de una doncella, ¿no crees, esposa? —comentó Jon, sardónico.

La entonación de la última palabra la convirtió en un insulto. Cathy se crispó ante el odio que aún ardía como llamas en la voz del marido.

—¡No me llames así! —protestó, sin pensarlo.

Jon saltó hacia ella, mostrando los dientes, y Cathy se encogió contra las almohadas. Las manos del hombre apretaron con crueldad los huesos frágiles de sus hombros y Cathy jadeó de dolor y de miedo.

Los labios de Jon se abrieron en una sonrisa salvaje y la alzó hasta que las caras de ambos quedaron al mismo nivel.

—¿Sabes que esta noche has estado muy cerca de ser estrangulada? —le preguntó con tono coloquial y el rostro a unos siete centímetros del de ella. El resplandor de locura estaba otra vez en esos ojos y Cathy negó con la cabeza, asustada. Haría cualquier cosa con tal de calmarlo—. Muy cerca. De hecho, hoy no estarías viva si no fuese por mi hijo. De modo que no intentes decirme qué debo hacer y qué no. Podría llegar a la conclusión de que ni siquiera por el niño vale la pena que soporte tus actitudes de perra.

Apartó las manos como si de pronto el contacto le resultara desagradable. Cathy se dejó caer sobre la cama y siguió con la vista cada uno de los movimientos, con la respiración superficial y agitada. Cuando él le dio la espalda y se encaminó con aire rígido hasta el baño caliente, Cathy lanzó un grito de horror.

—¡Tu espalda! —exclamó—. ¿Qué te ha ocurrido?

Jon giró con brusquedad y el brillo de sus ojos era tan intenso que pareció quemar a Cathy.

—No finjas conmigo, ramera —refunfuñó—. He descubierto que, en lo que a ti se refiere, tengo muy poca paciencia. No haría falta mucho para convencerme de que te demuestre cuán doloroso puede ser un latigazo.

Cathy lo contempló atónita, pues aunque parecía loco hablaba con la convicción de quien sabe que su actitud está justificada. Y Petersham también la había tratado con desdén. La conjetura se confirmó en la mente de la joven: los dos la culpaban por algo que ella ignoraba.

—Jon, veo que estás furioso conmigo —dijo con voz suave, sin apartar la mirada de los ardientes ojos grises, y pensaba agregar: «¿Me dirías el porqué?», cuando la interrumpió un bramido colérico.

—¿Furioso? ¡Furioso! ¡Perra, sería capaz de cortarte en pedacitos con un cuchillo sin filo, y tal vez lo haga si no cierras esa maldita boca!

Tenía los puños apretados, como si le costara gran trabajo contenerse de pegarle. La tensa amenaza que reflejaba su rostro hizo que Cathy se encogiera y guardara silencio. Jon se relajó poco a poco, hasta que por fin se dio la vuelta y se encaminó a la bañera. Se metió dentro y se deslizó con agilidad en el agua humeante. Cuando el líquido caliente le tocó la espalda en carne viva, hizo una mueca de dolor. Desde la cama, Cathy veía las llagas que supuraban: al parecer, le habían dado latigazos no una vez sino muchas. Se preguntó, febril, dónde habría estado. ¿Qué le habría sucedido?

—Jon, ¿no me dirás qué te ha sucedido? —se aventuró, luego de unos minutos.

Jon giró la cabeza con brusquedad y fijó en la esposa la mirada de sus ojos quemantes. La barba negra erizada le daba la apariencia de un temible desconocido.

—Tienes una voz muy suave —respondió él, marcando cada palabra—. Suave y atrapante. Estaba en un tris de convencerme de que tú también eras así. Pero me has demostrado otra cosa, ¿no es cierto, esposa? Me has demostrado que, bajo ese exterior que distrae, laten un corazón de pedernal y una mente egoísta y mezquina. ¿Acaso crees que puedes hacerme caer dos veces en la misma trampa? Te aconsejo que no lo intentes siquiera. Nada me daría mayor placer que matarte y, si me tientas, tal vez no sea capaz de contenerme ni siquiera hasta que nazca el niño.

Cathy lo miró con la boca abierta, mareada por la impresión. El veneno en el tono del hombre era inconfundible y desde sus ojos la contemplaba el odio más puro. Pensó en protestar, indignada, pero se contuvo pues no cabía duda de que ese hombre estaba resuelto a despreciarla. Por otra parte, no tenía modo de defenderse si no sabía de qué se la acusaba. Pero si no podía proclamar su inocencia con palabras, sí podía hacerlo con hechos. Sacó las piernas de la cama y, con esfuerzo, se puso de pie. El vientre hinchado se destacó bajo el camisón rosado y las trenzas se balanceaban rítmicamente contra su pecho mientras avanzaba hacia él. Jon la observó, cauteloso, con los ojos entornados. Su mirada se dirigió primero a las facciones delicadas y luego se sintió atraída por el vientre abultado como por un imán.

—¡Dios! —musitó Jon, cerrando los ojos como si no soportara mirarlo.

Aunque Cathy se ruborizó, convencida de que la maternidad inminente la hacía repulsiva a los ojos del esposo, no se dejó amilanar. Siguió adelante sin vacilar, hasta que sus muslos rozaron el borde fresco de porcelana de la bañera. La boca de Jon se apretó en una mueca sombría, pero no abrió los ojos. Cathy contempló el cabello negro, bastante crecido, con expresión sumisa.

Por fin, Jon abrió los ojos y le lanzó una mirada amenazadora.

—¿Qué estás haciendo, perra? —rechinó.

Al oír el insulto, los ojos de Cathy echaron chispas, pero se mordió la lengua y no dijo nada, mientras se inclinaba para recoger el jabón y el paño de lavar. Sus dedos acababan de rozar el pecho de Jon cuando las manos de él atraparon las suyas y las apretaron con crueldad por las muñecas.

—Te he preguntado qué estabas haciendo —gruñó, asaeteándola con los ojos como una bestia salvaje.

—Necesitas lavarte el cabello —respondió Cathy con frialdad, disimulando el temor bajo una superficie serena.

Apostaba todo a la idea de que él no le haría daño mientras llevara al hijo de ambos en sus entrañas. Si se equivocaba, las consecuencias serían desastrosas. Si acertaba... bueno, el contacto había sido la clave para liberar de una vez las emociones más tiernas del esposo y quizá lo fuera nuevamente.

—¿Acaso te propones lavármelo? —preguntó él en voz muy suave, pero con acento de mofa—. ¿De verdad crees que puedes tocarme con esas pequeñas manos blancas y borrar todo lo que me has hecho? Pues bien, esposa mía, la treta no dará resultado, de modo que más valdrá que no te molestes. He descubierto la verdad acerca de ti por medio de la violencia y no creo que pueda olvidarla.

—No quiero que olvides, Jon —repuso la joven con tono sereno, al tiempo que se soltaba las manos.

Humedeció el trapo y lo exprimió sobre la cabeza oscura. El agua se derramó sobre la cabeza de Jon y él no se movió. Cathy repitió la maniobra; después se inclinó, recogió más agua en el hueco de las manos y le empapó toda la cabeza. Al ver que no protestaba, enjabonó los gruesos cabellos y hundió los dedos entre los mechones hasta el fondo. El pelo y el cuero cabelludo estaban tiesos de mugre y Cathy tendría que haber sentido asco, pero no fue así. Masajeó con los dedos el cuero cabelludo y con delicadeza fue aflojando la suciedad. Al principio Jon se puso tenso; después comenzó a relajarse.

—Diablos, ¿por qué no? —lo oyó musitar Cathy, más para sí mismo que para ella—. Ya te conozco, perra y no te resultará tan fácil derrotarme por segunda vez.

Prudente, Cathy continuó como si él no hubiese hablado. Poco después levantó el cubo de agua caliente que Petersham había dejado y lo volcó en un chorro firme sobre la cabeza de Jon. La espuma sucia se aclaró y Jon giró para mirarla. Cualesquiera fuesen las palabras que pensaba decir se congelaron en sus labios y entornó los ojos con gesto feroz, mirando el gran cubo de madera que todavía contenía agua y que Cathy sostenía en las manos.

—¡Deja eso! —rugió, apretando los dientes.

Cathy se asustó y soltó el cubo, que cayó al suelo con fuerte estrépito, derramando agua sobre su camisón. Estaba mojada hasta la cintura. Perpleja, lo miraba con ojos dilatados, sin comprender, y se apretaba la garganta con una mano. Jon se levantó maldiciendo, salió de la bañera y tomó la toalla para secarse. No dejó de insultar a Cathy, que retrocedió, asustada. ¿Qué había hecho esta vez para enfurecerlo así? No podía entenderlo y sus ojos azules le suplicaban que se lo explicara. Jon enfrentó esos ojos con su propia mirada salvaje.

—¿De modo que quieres seducirme otra vez, perra? —dijo, entre dientes—. Piensas ablandarme con tu estado, ¿no es cierto? ¿Quizás esperas librarte del castigo que te espera después de que nazca el niño? ¡Antes prefiero verte en el infierno! Pensarlo, planearlo, fue lo único que me mantuvo vivo y no te me escaparás. ¡Conmigo desperdicias tus pequeñas tretas!

Mientras Cathy intentaba encontrarle algún sentido a la diatriba, Jon se puso ropa limpia y salió del camarote como un torbellino. Cerró la puerta de un golpe y dejó a la esposa mirando fijamente la pared. Por violento que fuese el rechazo hacia ella, por intenso que fuese el odio, el amor de Cathy hacia él permanecía intacto.

Jon no regresó al camarote en todo el día. Entró Martha y la obligó a acostarse; Petersham, con aire rígido, les llevó la comida del mediodía. Jon no apareció. Impaciente, Cathy apartó a Martha y sus insistentes cuidados, y sintió deseos de gritar cuando Petersham hizo oídos sordos a sus preguntas. Para entender qué motivaba el salvaje resentimiento de Jon, tenía que saber qué le había sucedido y por qué la culpaba. Además del mismo Jon, que sin duda reaccionaría a sus preguntas con insultos, Petersham era el único al que podía recurrir.

Oscureció y el buque se aquietó poco a poco. Cathy aguardó con nerviosa expectativa que Jon fuera a acostarse y ya era casi medianoche cuando por fin enfrentó la verdad: no iría. «Debe de despreciarme realmente si ni siquiera soporta compartir conmigo el camarote», pensó, afligida. Las lágrimas le resbalaron por las mejillas mientras apagaba la vela y se metía en el camastro. Se sintió sola y perdida bajo las mantas. Los sollozos le desgarraban la garganta y, para no perturbar los suaves ronquidos de Martha, ahogó el llanto contra la almohada. «Mañana encontraré algunas respuestas a mis preguntas —se consoló—. Si no es de Jon o de Petersham, será de la tripulación. Estoy segura de que alguien me lo dirá.»

El clima la derrotó. A la mañana siguiente, cuando despertó, vio que nevaba copiosamente. Desde la ventana notó que se formaban carámbanos de hielo en el saledizo de madera. El mar estaba gris y agitado, y aunque no veía el cielo, estaba segura de que tenía el mismo aspecto plomizo. El sentido común y la falta de ropa de abrigo adecuada la confinó con Martha a la pequeña zona que rodeaba la estufa de carbón. Tendría que reservar las preguntas que quería formular para el primero que entrase en el camarote.

Petersham llegó un rato después, con la comida del mediodía. Cathy respondió a la breve llamada en la puerta y en lugar de recibir la bandeja de manos del asistente, le aferró el brazo y lo hizo entrar. Luego cerró la puerta y se apoyó en ella de modo que el hombre tuviera que empujarla si quería salir. Como conocía a Petersham, sabía que el respeto innato hacia una mujer en su delicado estado le impediría usar la fuerza física. A menos que, como Jon, hubiese sufrido un cambio profundo.

Petersham dejó la bandeja sobre la mesa y, con gran dignidad, se acercó a la puerta. Cathy cruzó los brazos sobre el pecho y le sonrió, con expresión decidida. Envuelta en la gruesa manta y con las trenzas colgando a la espalda, parecía un jefe indio. Petersham se detuvo a menos de un metro y titubeó, sin saber qué hacer.

—Si me disculpa, señora —dijo con aire rígido, sin mirarla a los ojos. El rostro tenso expresaba desaprobación.

—Petersham, quiero saber qué le ha ocurrido a Jon —dijo Cathy con suavidad—. Y no me moveré hasta que me lo diga.

—Eso tendrá que preguntárselo al capitán, señora. —Aunque el tono de Petersham sonó muy formal, la expresión de sus ojos era dura y despectiva—. No me corresponde mencionar los asuntos personales del señor.

Cathy probó una táctica diferente.

—Petersham, soy la esposa del capitán. Tengo derecho a saber qué le pasa.

—Según tengo entendido, al capitán no le pasa nada, señora Hale.

El acento puesto en el tratamiento de señora resultaba bastante irónico y el temperamento de Cathy, azuzado primero por la hostilidad irracional de Jon y ahora por Petersham, se encendió. Los ojos azules chispearon y la boca se crispó. Se apartó de la puerta y avanzó hacia Petersham. Él retrocedió, sin saber qué hacer. Martha se levantó de un salto y corrió junto a Cathy, aferrándose de su brazo.

—¡Señorita Cathy, no se olvide del niño! —le advirtió la mujer, con voz aguda por la alarma.

Cathy vio un llamita en los ojos de Petersham cuando se dirigieron hacia su vientre y de pronto supo cómo haría para lograr que le dijera lo que quería saber.

—¡Oh, Martha! —jadeó, aferrándose el vientre y doblándose casi por la cintura.

Martha se puso pálida y la preocupación de Petersham fue casi idéntica. Cathy gimió y la nodriza, furiosa, le espetó al asistente:

—¡Mire lo que ha hecho, tizón del infierno! —lo reconvino—. ¡Alteró a la señorita Cathy, con lo poco que falta para que nazca el pequeño! ¡Con esas actitudes crueles hará que el niño nazca antes de tiempo y le estaría bien merecido al bribón del capitán!

—Yo no he querido... —titubeó Petersham, inclinándose sobre Cathy.

Ella levantó la vista y lo miró, sin dejar de gemir.

—Petersham, quiero saber qué le ha ocurrido a Jon —dijo con voz ronca, fingiendo dolor.

El rostro de Petersham se puso tenso, pero cuando Cathy exhaló otro quejido lastimero, se dio por vencido.

—Usted conoce la respuesta, señorita Cathy —dijo con seguridad. Al oír que se le escapaba el tratamiento familiar, la joven disimuló una sonrisa de triunfo—. Pero si le divierte oírme contar lo que ya sabe, lo haré. El amo Jon fue hecho prisionero, bajo condena a la horca. La ejecución se habría cumplido esta mañana si el señor Harry no se hubiese enterado de lo que sucedía. Lo rescatamos, cosa que sin duda usted debe de lamentar.

Cualquier mujer que ordenara dar latigazos y hacer pasar hambre a su esposo merece que le suceda lo peor, algo en lo que todos estamos de acuerdo. De nosotros no obtendrá ninguna ayuda, señora Hale.

Otra vez el tono de Petersham expresaba disgusto. Cathy se enderezó, olvidado ya el supuesto dolor, ante la impresión provocada por las revelaciones del asistente.

—¿Que yo... hice dar latigazos y matar de hambre a Jon? —repitió, incrédula, mirando fijo a Petersham como si creyese que él también había enloquecido—. ¿En prisión? ¡Ni siquiera sabía que estaba en prisión! ¡Escapó el día que los soldados tomaron Las Palmas! ¿Cómo podía saber que lo capturaron otra vez? Le aseguro que no lo sabía, Petersham. ¡No lo sabía! ¡Tiene que creerme!

—No es a mí a quien tiene que convencer, señora Hale —otra vez resonó el acento de odio en esas palabras—, sino al amo Jon. Si me permite un consejo, no intente esa mentira con él. Es demasiado astuto para creerla.

—¡No es una mentira! —gimió Cathy, yendo tras el asistente que con gran dignidad se dirigía a la puerta.

Martha la detuvo, sin advertir que el malestar de la muchacha sólo era fingido. Cuando Cathy logró soltarse de sus manos, Petersham ya se había ido.

—¿Qué haré, Martha? —lloró Cathy, volviendo la mirada herida hacia la nodriza, que emitió sonidos comprensivos hacia su pupila.

Los brazos rollizos de la mujer rodearon los hombros de Cathy, que se dejó llevar a la cama y arropar bajo las mantas. Mientras Martha le acercaba la bandeja con la comida y la acomodaba sobre su regazo, Cathy pensaba sin parar. Tenía que encontrar el modo de convencer a Jon de que era por completo inocente. Pero ¿cómo lo lograría si el capitán ni siquiera se le acercaba? La respuesta era obvia y dolorosa: ella tendría que acercarse a él.

El *Margarita* quedó atrapado en una tormenta que aulló durante todo el día. El barco era arrojado de un lado a otro como un juguete en manos de un gigante caprichoso y Martha sufrió un violento mal de mar. Cathy, que tenía el estómago acostumbrado a los caprichos del mar desde el viaje anterior, hizo todo lo posible para que la niñera estuviese cómoda, pero el único tratamiento para ese mal era el clima y la cooperación del mar. Por fin, persuadió a Martha de que se acostara en el camastro, donde la anciana se acurrucó en posición fetal hasta que cesó de gemir y se durmió.

Cathy, ovillada en una silla delante de la estufa, guardó silencio mientras los ronquidos suaves de Martha llegaban a sus oídos. Ésa era la oportunidad que estaba esperando. En tanto Martha estuviese despierta, no tenía modo de salir del camarote, pues la nodriza era capaz de atarla a la cama antes que permitirle aventurarse con semejante tormenta. Sin embargo, en lo que a Cathy concernía, hablar con Jon era perentorio y desechó la gravedad de la tormenta con un encogimiento de hombros.

Una vez adoptada la decisión, Cathy se puso de pie y se escurrió sin vacilar hacia la puerta, echando una mirada inquieta por encima del hombro hacia Martha, que dormía olvidada de todo.

Se puso una manta sobre la cabeza para protegerse un poco del viento e intentó salir. La fuerza del viento casi le arrancó la puerta de la mano, pero se aferró a ella con desesperación, pues un portazo despertaría a Martha. Le dolieron los músculos del brazo mientras luchaba para cerrarla sin ruido. Por fin lo logró y apoyó la espalda en la puerta, suspirando para recuperar el aliento.

Bajo sus pies, las tablas de cubierta estaban heladas. Cathy curvó los dedos de los pies para protegerse del frío y sus ojos se dilataron al mirar alrededor: todo lo que alcanzaba la vista era gris y blanco. El cielo y el mar tenían el color del plomo y el firmamento estaba tan bajo que parecía aplastar al navío; las aguas se elevaban como desafiando a los cielos, con olas amenazadoras coronadas de blanco. Finos gránulos de nieve y hielo mezclados con el rocío salado le punzaban la cara y las manos como miles de aguijones de abejas minúsculas. El viento aullaba como si le indignara que algo tan insignificante como el *Margarita* tuviese la audacia de desafiarlo. Por un instante, Cathy pensó en abandonar la misión y volver adentro, donde estaba cálido, seco y seguro, pero luego cuadró los hombros en gesto resuelto y subió en línea oblicua hacia el alcázar. Aunque estaba muy cerca, tuvo que sujetarse de la barandilla para subir cada peldaño. Si quería hablar con Jon, no tenía más remedio que enfrentar la tormenta.

Se sujetó la manta con una mano e inclinándose para contrarrestar la fuerza del viento subió con esfuerzo escaleras arriba. Los peldaños estaban resbaladizos por el hielo y sus pies ateridos hacían que le costara moverse. En dos ocasiones cayó de rodillas sobre el estrecho tramo de escalera y las dos veces se enderezó y siguió adelante, mientras el barco se alzaba contra ella como un espíritu malévolo. En el ascenso se le clavaban astillas en las manos, pero no advertía el dolor. Sólo un pensamiento ocupaba su mente: debía informar a Jon que no tenía nada que ver con el hecho de que hubiese estado prisionero ni con su posterior tormento. Sólo después de decirlo podría abrigar la esperanza de que la amara.

Por fin llegó al alcázar. Se aferró al delgado pasamanos de madera y miró alrededor, sin poder creerlo: no había nadie. El timón estaba amarrado con tiras de cuero crudo para mantener el curso del buque. Cathy giró para examinar el resto del barco: las cubiertas estaban desoladas. No había un solo hombre a la vista. Se le ocurrió un pensamiento terrible y su corazón empezó a palpitar, errático: ¿habrían sido todos barridos sobre la borda? ¿Acaso Martha y ella serían las únicas sobrevivientes del barco? ¡Dios querido!, ¿qué habría sucedido?

—¡Jon! —gritó, en un paroxismo de terror—. ¡Jon, Jon!

—¡Mierda! —La colérica respuesta la hizo girar hacia el viento. Cathy levantó la vista, todavía asustada, sin ver de dónde salía la voz, pero al mismo tiempo comprendió que un ser celestial no emplearía semejante lenguaje. Se le agrandaron los ojos y se le secó la boca al ver a los hombres colgados como sombras grises de la obencadura, recogiendo las cuerdas que sujetaban las lonas de las velas. Uno de los hombres interrumpió la tarea y bajó a cubierta a toda velocidad, a un ritmo feroz. El rostro y la silueta estaban oscurecidos por la nieve que revoloteaba en el aire, pero Cathy supo, con inexplicable certeza, que era Jon.

Un rugido sordo resonó en sus oídos cuando Jon llegó a la cubierta. Apenas logró detectar el miedo que bailoteaba en los ojos de él mientras corría hacia el alcázar. Sacudió la cabeza para librarse del ruido, se aferró con fuerza al pasamanos y sintió que sonreía trémula al ver cómo Jon se veía obligado a zigzaguear para atravesar la cubierta, al mismo ritmo que el balanceo del barco. Cuando llegó a la base de la escala, el rugido pareció acercarse y acrecentarse y Cathy miró, pensativa, por encima del hombro.

Lo que vio le paralizó el corazón: hacia ella se precipitaba, como un demonio rugiente, una ola gigantesca, oscura y aterradora como la muerte. Se llevó la mano libre a la cara, en un esfuerzo absurdo por protegerse, pero en aquel mismo instante tuvo la absoluta certeza de que jamás llegaría a tiempo a lugar seguro. De súbito se vio arrojada sobre la cubierta, y un cuerpo pesado cayó sobre ella. Unos brazos duros la rodearon y la sujetaron apretadamente contra el barandal.

—¡Contén la respiración! —le gritó una voz en el oído.

Sin pensar, Cathy obedeció. En cuanto cerró la boca, toneladas de agua helada se abalanzaron sobre ella, amenazando con aplastarla, con apartarla de los brazos fuertes que la sostenían como pegada a la cubierta. Percibió la fuerza del agua que la arrastraba, como si quisiera succionarla hacia las profundidades. Sola, no habría resistido esa fuerza; con Jon, en cambio, tenía una posibilidad.

En unos segundos, todo había terminado. El *Margarita* corcoveó un instante y luego se enderezó, lanzando un diluvio, como un perro empapado. Cathy sintió que la alzaban y que los brazos que la habían mantenido a salvo la sacudían tanto que creyó que se le caerían los dientes.

—¡Eres una maldita estúpida! —vociferó Jon, demasiado enfurecido para advertir que el viento arrastraba sus gritos o que Cathy casi no podía oírlo por el bramido de la tormenta—. ¡Has estado a punto de matarte!

—Tenía que hablar contigo... —trató de explicar Cathy, encogiéndose en el rudo abrazo.

Con una sensación de frustración, comprendió que ninguno de los dos podía oír al otro. Pero tenía que intentarlo.

—¡Tienes que escucharme! —chilló ella, sacudiéndole con fuerza el brazo.

Jon le lanzó una mortífera mirada de soslayo y sus manos pasaron de los hombros a la base del cuello de Cathy.

—¡Cállate, o te estrangulo en este mismo instante! —aulló, apretando las manos en torno del cuello esbelto.

Cathy se liberó de un tirón y los ojos se le dilataron al sentir un intenso dolor que le apuñalaba el vientre. Gritó y se dobló en dos.

—¡Qué diablos...!

Cathy cayó de rodillas sobre el alcázar, rodeándose el vientre con los brazos. Otro dolor la acuchilló. ¡Oh, Dios, perdería al niño! Jon se inclinó sobre ella y, al adivinar lo que pasaba, la alzó y la apretó contra sí mientras luchaba por llegar a la escalera. El viento arremolinado se llevó las maldiciones que salían de su boca como una catarata. Cathy contempló el rostro delgado y se le nublaron los ojos cuando el dolor le atravesó el vientre con intensidad cada vez mayor. Gimió, esforzándose por retener al niño en su interior, apretando con las dos manos el bulto. Al mirar a Jon a los ojos vio el pánico reflejado en ellos. «¡Él también está asustado!», pensó, con vaga sorpresa. Luego, el asalto del dolor barrió todo pensamiento. Gritó, hasta que una bienaventurada negrura descendió sobre ella como una cortina. Al sentirla inerte en los brazos, Jon maldijo con furia y bajó los peldaños de dos en dos, llevándola al refugio del camarote.

# 14

Sólo los diestros cuidados de Martha impidieron que Cathy perdiera al niño. El bramido frenético de Jon la hizo saltar de la cama y, olvidando su propio malestar, Martha envolvió las piernas de Cathy en paños fríos y también envolvió con ellos el vientre palpitante, con la esperanza de detener la hemorragia antes de que fuese demasiado tarde. Jon merodeaba, impotente, hasta que Martha se volvió hacia él como una gallina encrespada y lo hizo salir del camarote. «Hay cosas —dijo—, que no son para que las vea un caballero.» Las miradas que le echó expresaban que no estaba segura de que perteneciera a esa categoría, pero aun así insistió en que se marchara. Jon supo que no podía hacer nada para ayudar a Cathy y al hijo de ambos, excepto ocuparse de que la fuerza de la tormenta no hundiese el *Margarita* y lo reconoció con una humildad que le hizo subir varios puntos en la consideración de Martha. A modo de acuerdo de compromiso, envió a Petersham para que ayudase a la mujer en lo que necesitara. Cuando pasó el peligro inminente, Martha disfrutó empleando al asistente como mensajero. Como autoridad en la habitación de la enferma, la niñera estaba en su elemento.

Cathy no recuperó por completo el sentido hasta dos días después. La tormenta había pasado y el hijo seguía habitando su útero. No obstante, estaba debilitada por la hemorragia y Martha insistió en que guardara cama hasta que naciera el niño. Jon añadió su propia orden a la de Martha y Cathy estaba demasiado asustada por lo que había estado a punto de pasar como para desobedecerles. Lo que dijo Jon en tono gruñón la complació más de lo que hubiese creído posible, pues significaba que se preocupaba por ella. Si bien se mostraba cauteloso y desconfiado, a juicio de Cathy ya no la odiaba. Con cierta timidez se lo comentó a Martha, quien coincidió con ella.

—El capitán Hale estaba loco de preocupación por ti —le confirmó, alegre—. Es de los que sufren con el parto de la mujer. Ese tonto del asistente me contó que la madre del capitán murió al dar a luz y supongo que por eso no es de extrañar. ¿Sabes una cosa, señorita Cathy? Creo que te has confundido con este hombre. No es tan temible como yo había imaginado y, a fin de cuentas, podría ser un buen marido para ti.

En labios de Martha, eso representaba un elogio que hizo sonreír a Cathy. Con que el propio Jon pensara que podría ser un buen marido, estaría contenta. La consumía el amor por él y a duras penas podía contenerse de decírselo. No obstante, una cautela instintiva la impulsaba a guardar silencio, pues no quería que se alejara aún más de ella. Para Cathy, el tiempo era su aliado... y también el hijo que llevaba en el vientre. Sin duda, después del nacimiento Jon dejaría de estar en guardia ante la madre, pues comprendería que el niño lo ligaba a ella para siempre.

Jon seguía durmiendo fuera del camarote y, aunque con renuencia, Cathy admitió que tal vez eso fuese lo correcto. Pero la visitaba casi todas las tardes. Si bien su actitud era rígida y formal, su presencia la deleitaba y le sonreía con calidez cada vez que aparecía.

Un día, unas dos semanas más tarde, Martha tuvo el tacto de ausentarse durante la visita de Jon. Cathy aprovechó la oportunidad: lo tomó de la mano y lo hizo sentar en el borde del camastro, junto a ella. Jon se lo permitió, pero la observó con expresión desconfiada y ella percibió las líneas de tensión dibujadas a los costados de la boca.

Con tanta sencillez y convicción como pudo, le dijo que no había tenido intervención alguna en lo ocurrido en prisión.

—Ni siquiera sabía que habían vuelto a capturarte —le dijo con sinceridad, sin entender por qué el rostro de Jon empezaba a ponerse tieso. Sin dejarla terminar, él se puso de pie con brusquedad, soltó la mano y la miró, ceñudo—. ¡Jon! —exclamó Cathy, al ver que pensaba retirarse.

El dolor de que no le creyera la hirió como un cuchillo. Jon giró otra vez la vista hacia ella, vacilante, y la única señal de emoción fue un músculo que se contraía en su mejilla.

—No importa —le dijo, cortante, al ver la evidente agitación de la muchacha—. Ya es algo del pasado y lo olvidaremos. Eres mi esposa y no importa cómo llegamos a esto o lo que sucedió después. No volveremos a discutir este tema.

Tras este breve pronunciamiento, salió a zancadas de la habitación. Cathy lo llamó, frenética, resuelta a discutirlo hasta que quedara aclarado, pero Jon no respondió ni se volvió. La joven se dejó caer sobre las almohadas con un suspiro desanimado. Bajo una apariencia cortés, Jon desconfiaba de su esposa, como siempre, y quizá llevara años convencerlo de que no había sucedido lo que él pensaba. Las lágrimas comenzaron a rodar por las mejillas de Cathy y desbordaron, hasta que su rostro quedó empapado. Cuando Martha volvió al camarote, Cathy lloraba sin disimulo. Martha le arrojó los brazos al cuello y luego la instó a que se secara los ojos y bebiese una buena taza de reconfortante té. Después le indicó que debía dormir; para su propia sorpresa, Cathy obedeció. Desde ese momento, Martha procuró quedarse en el camarote cada vez que Jon estaba presente. Y, para gran rabia de Cathy, él parecía casi aliviado por la presencia de la nodriza. A su pesar, por falta de oportunidades, Cathy dejó el tema de lado por un tiempo. Pero cuando naciera el niño... Las palabras resonaban en la mente de la muchacha como un coro griego. «Cuando nazca el pequeño», se prometió, «no le resultará tan fácil eludir la discusión que quiero mantener. Lo fastidiaré sin cesar hasta que, por puro cansancio, terminará por creerme». Esos pensamientos provocaban una sonrisa secreta que le formaba hoyuelos en las mejillas. Como sabía por experiencia, había maneras de hacer que la escuchara y le creyese, y no tendría escrúpulos en usarlas... cuando naciera el niño.

Cathy se alegró al comprobar que Petersham no era tan obstinado. Poco a poco, con avances infinitesimales, la relación con el hombrecillo volvió al punto en que se encontraba antes de que los soldados irrumpieron en Las Palmas. La cuidaba casi con el mismo celo maternal que Martha: la regañaba cuando no comía o si se sentía triste. Le decía, con severidad, que el bienestar del hijo tendría que ser su principal preocupación y procuraba animarla.

Martha observaba con incertidumbre esa extraña camaradería. En su mundo, era más que incorrecto que un hombre entrara en el dormitorio de una mujer que no era su esposa y mucho peor sentarse a conversar con ella durante horas. Pero si el capitán no veía nada malo en ello, Martha no tenía argumentos para oponerse. Además, sabía muy bien que el hombre era inofensivo y que levantaba el ánimo a su pupila. Aunque a desgana, llegó a la conclusión de que tendría que tolerar el constante ir y venir del asistente, por el bien de Cathy, si bien eso no significaba que tuviese que gustarle ese hombre... y sin duda no le agradaba.

Cathy percibió los celos crecientes de Martha hacia Petersham, aunque los fragmentos de información que él le transmitía eran demasiado interesantes para desanimar su presencia casi constante. Por Petersham supo que se dirigían a Carolina del Sur, a raíz de un inexplicable y repentino capricho del capitán. Cuando el amo Jon aún estaba en prisión, supieron que el viejo señor Hale había muerto, dejando Woodham y todo el resto de sus posesiones a su hijo. Cuando Petersham se lo comunicó, el rostro del capitán fue digno de verse durante unos minutos; luego ordenó, cortante, que el *Margarita* enfilara hacia el este. Citando a Jon, Petersham dijo que era hora de regresar al hogar.

Harry fue a visitarla una sola vez, sin demasiado entusiasmo, y Cathy dedujo que temía la cólera de Jon. «No tiene motivos para temerla», pensó Cathy, desanimada. Lejos de mostrar celos cuando le informó de la visita de Harry, Jon sólo demostró una fría indiferencia.

Petersham encontró un paño de lana de buena calidad en la bodega y Martha la usó para hacerse un vestido decente. Cathy, en cambio, al estar en la cama, se conformaba con usar otra vez los camisones de Jon para ver si su cuerpo menudo envuelto en esas prendas blancas demasiado grandes traía algunos recuerdos, pero Jon no lo demostraba ni con un parpadeo. Cathy no tuvo otra alternativa que llegar a la conclusión de que el único interés que el capitán tenía en ella era como madre de su hijo. Aunque, si en una ocasión sus sentimientos por ella habían revivido, era posible que volvieran a aflorar.

El *Margarita* avistó Nova Scotia unas tres semanas después de hacerse a la vela. Desde ese momento, mientras Jon navegaba a lo largo de la costa de Norteamérica hacia su destino, en ningún momento se alejaron de tierra firme. En los meses de invierno, el océano era imprevisible, y por el bien de todos los que iban a bordo, el capitán prefirió un trayecto más prolongado pero también más seguro. A Cathy, confinada en la cama, no se le permitió levantarse ni para echar un vistazo a tierra. Aunque Jon se ofreció para llevarla en brazos a cubierta si quería, Martha lo prohibió con firmeza. Y pese a que Cathy se enfurruñó, la niñera se mantuvo en sus trece.

A medida que el *Margarita* navegaba rumbo sur, el tiempo era cada vez más templado. Según los cálculos de Cathy y de Martha, el niño nacería el 3 de marzo. Jon les dijo que en la tercera semana de febrero echarían el ancla en Charleston y, como de costumbre, su cálculo dio en el blanco.

Cuando el *Margarita* ingresó en la bahía de Charleston, Cathy insistió en subir a cubierta. Declaró que quería ver su nuevo hogar y que lo haría aunque fuera arrastrándose. Por una vez, Jon desoyó las objeciones de Martha, envolvió a Cathy en una manta y la alzó. A pesar del agregado del niño, la cargó sin dificultades y Cathy disfrutó para sus adentros de la sensación de los músculos fuertes contra su propia piel. «Pronto estaré en condiciones de utilizar mis encantos femeninos para convencerlo de que soy inocente —pensó—. Hasta ese momento, tendré que resignarme a que me alce a disgusto.»

Esbozó una leve sonrisa mientras Jon la llevaba al sol. Al ver la expresión de complacencia felina en el rostro de la joven, Jon entornó los ojos, suspicaz; Cathy, reanimada por sus planes para el futuro, recompensó la desconfianza del esposo con una ancha sonrisa de felicidad. El paso firme del hombre vaciló y la miró con la expresión aturdida de quien fijó demasiado tiempo la vista en el sol.

Cathy le devolvió la mirada con cándido interés. En las seis semanas en el mar, Jon había recuperado el peso perdido y se lo veía tan corpulento y fuerte como siempre. Los brazos que la sostenían estaban acordonados de músculos y Cathy disfrutó de esa fuerza segura. El rostro recobró el saludable bronceado y la barba afeitada revelaba la firmeza de la barbilla. Las facciones de áspero tallado seguían siendo muy atrayentes. Contemplando esa boca dura, Cathy sintió un agradable cosquilleo que comenzaba en la base de la espalda y ascendía. Ansiaba tocarla con la propia... El deseo debió de reflejarse en su rostro, pues sintió que la respiración de Jon se aceleraba. Con una mezcla de triunfo y anhelo, comprendió que el esposo también la deseaba. El fuego que chisporroteaba en los ojos del capitán no era de cólera ni desconfianza, sino de pasión desnuda.

—Discúlpeme, capitán, ¿es que ocurre algo malo? —preguntó Martha con tono afligido, devolviéndolos a la realidad con una sacudida.

Cathy vio que un débil sonrojo asomaba a los pómulos de Jon y sintió que lo mismo sucedía en su propio rostro. Jon la alzó como si sólo se hubiera detenido para sujetarla mejor y respondió a Martha con ácido humor, por encima del hombro:

—Su señorita aumentó mucho de peso desde la última vez que la llevé en brazos —refunfuñó—. Pero haré todo lo posible para no dejarla caer. Después de los problemas que nos ha causado, sería una pena perderla ahora.

Mientras hablaba, miró con expresión significativa las chispeantes aguas azules de la bahía. Cathy protestó en broma, segura de que sólo un huracán haría que la dejase caer; por su parte, Martha dirigió al capitán una mirada ceñuda por su tontería. En brazos de Jon hacia el alcázar, Cathy se sintió aturdida de felicidad, gozando de las ásperas bromas. Ese día se parecía al Jon de Las Palmas más que en cualquier otra ocasión desde que volviera a secuestrarla.

Como tenía la cabeza apoyada en el hombro de Jon, no percibió que la boca de él se tensaba de pronto, ni que los ojos se ensombrecían mientras ella se acurrucaba en sus brazos como una gatita confiada. No pronunció palabra, pero tampoco Cathy tenía ganas de hablar. Dejándose sostener, apoyada contra los músculos del pecho fuerte del marido, observó con interés la ciudad que sería su patria.

Charleston era un activo puerto de mar, una ciudad bulliciosa del sur que dependía de la proximidad del mar.

En el puerto estaban anclados buques de todo el mundo, que anclaban para negociar especias, ron o textiles a cambio de la exportación más provechosa de Charleston: el algodón.

Cathy inspiró una profunda bocanada de ese aire fresco y disfrutó de la sensación del sol, que brillaba cálido incluso a finales de febrero. Jon había nacido y pasado su infancia en esa ciudad. Pese a la amargura de los recuerdos, Charleston era su patria y Cathy estaba resuelta a adoptarla también como tal.

Cuando Jon se encaminó de regreso al camarote, la joven protestó: podría haberse quedado todo el día contemplando la actividad en el puerto. El esposo insistió y ella cedió de buena gana. Como había dicho Jon, Charleston permanecería allí mucho tiempo y no desaparecería mientras ella descansaba.

En tanto Cathy hacía una siesta, Jon bajó hasta la costa; cuando ella despertó, aún no había regresado. Para su gran sorpresa, se había hecho acompañar por Martha, dejándola a ella al cuidado de Petersham. Ya estaba oscuro cuando por fin volvieron al barco.

Primero entró Martha, con los brazos cargados de paquetes. Jon iba detrás, igualmente cargado. Cathy, sentada en el camastro, adoptó una expresión atónita y su mirada voló hacia el rostro de Jon. Las miradas de ambos se encontraron y él esbozó una lenta sonrisa.

—No podía hacer bajar a mi esposa del barco envuelta en una manta —explicó con sencillez, dejando caer los bultos sobre la cama. Muda de sorpresa, Cathy pasó la vista de los paquetes al marido y otra vez a los bultos. Jon continuó—: y pensar en mi hijo desnudo me desagrada aún más. Creo que aquí encontrarás todo lo que ambos necesitáis.

Señaló los paquetes con un gesto y Cathy se precipitó a abrirlos, ante la mirada resplandeciente de Martha. Había tres vestidos de tamaño adecuado para una mujer encinta, uno de un encantador amarillo, otro verde claro y el tercero color melocotón. En otra caja había enaguas y ropa interior especialmente diseñadas para mujeres embarazadas. Cathy levantó unos calzones que tenían la parte del vientre elastizada y se estiraban a medida que el embarazo crecía y miró a Jon con expresión interrogante.

—Tú no has elegido éste —lo acusó, divertida ante la idea de que fuese así.

Jon rió entre dientes.

—Debo reconocer que no —dijo—. Tampoco elegí semejante cantidad de cosas para recién nacidos que, me aseguraron, son imprescindibles para criar a un hijo de manera apropiada. Martha lo hizo. A ella tienes que agradecérselo.

—El capitán me dijo que debía comprar todo lo que me parecía que os haría falta a los dos —dijo Martha, a la defensiva—. Y pagó las cuentas. Eso es más de lo que harían algunos caballeros.

—Yo no estoy domesticado —murmuró Jon con tono satírico, en respuesta al elogio inesperado de Martha.

Cathy sonrió a los dos. Tironeó del brazo de Martha para poder estamparle un cariñoso beso en la mejilla; luego, sin pensarlo, tendió los brazos a Jon. El rubor se reveló bajo la piel atezada y, por un instante, pareció vacilar hasta que el rostro expectante de Martha lo forzó a inclinarse, algo rígido, hacia Cathy, que le rodeó tiernamente el cuello con los brazos y le depositó un beso suave en la boca. Al contacto con los labios de la esposa, los de Jon se abrieron y las manos hicieron gestos convulsivos, como si quisiera aplastarla contra él, a pesar de su vientre hinchado. Un discreto carraspeo de Martha le ayudó a recobrar el sentido. Jon se apartó con la respiración agitada y Cathy le dirigió una sonrisa trémula. Antes de retirarse, la mirada de Jon se demoró largo rato en el rostro de la muchacha.

—Perdón, señoras... —dijo con cierta precipitación y giró sobre sus talones.

Cathy le clavó la vista con expresión cálida, admirando los movimientos enérgicos del cuerpo alto mientras salía del camarote. Martha tuvo que hablarle dos veces antes de que pudiera apartar la mirada embelesada de la puerta. Y si bien los ojos de la nodriza reflejaban comprensión al observar cómo su pupila desplegaba los diminutos atuendos infantiles con amor, se abstuvo de comentar lo que había visto. Era claro como el agua que la señorita Cathy estaba loca por el capitán. Martha sonrió, contenta, mientras la ayudaba a empaquetar otra vez las cosas del pequeño.

Cuando Cathy estuvo ataviada con el vestido amarillo y el cabello peinado con recato, como correspondía a una joven matrona, y las nuevas prendas de ella y del pequeño guardadas en los baúles, ya era media mañana. Jon había estado paseándose impaciente por cubierta durante una hora y cada tanto asomaba la cabeza por la puerta para preguntar por qué diablos demoraban tanto. Cathy le sonrió, pero Martha fue menos tolerante. Lo echó sin ambages del camarote diciendo que el arreglo de una dama era un asunto complicado y que un verdadero caballero lo sabía y adaptaba a ello sus horarios. Jon apretó los dientes, pero comprendió que era preferible no discutir, y como era un guerrero curtido por mil batallas sabía reconocer la derrota. Se retiró de mala gana y dejó a Martha al mando del campo.

Por fin Cathy estuvo lista. Llamaron a Jon para que la llevara al bote que los esperaba y dos marineros se ocuparon del equipaje. Estos abrieron la boca al ver la montaña de baúles y paquetes, pero asintieron con valentía en respuesta a las indicaciones de Jon acerca de cómo tenían que llevarlos a la casa. Jon alzó a Cathy con un brazo en sus hombros y otro detrás de las rodillas. Ella se sujetó de su cuello, le sonrió y apoyó la cabeza en su hombro. El aroma a cabellos recién lavados de Cathy penetró la nariz del capitán, que cerró los ojos. Sólo los movimientos impacientes de Martha le impidieron detenerse para posar los labios en esa cabellera fragante.

Cuando Cathy vio cómo pretendían que pasara de la cubierta del *Margarita* al pequeño bote que se balanceaba allá abajo, en el agua, se resistió. De ningún modo pensaba sentarse en esa especie de cabestrillo que Jon había inventado para que la bajaran por el costado del buque. Si caía, iría a parar a la China. Si no había otro método, prefería arriesgarse a bajar por la escala y Martha la apoyó con vehemencia, pues a ella tampoco le inspiraba confianza el artefacto.

Jon halagó, instó y ordenó, pero Cathy se negó. Finalmente el capitán perdió la paciencia y la metió en el cabestrillo, aunque en consideración a su estado la trató con la mayor gentileza posible. Cathy, al ver que no tenía alternativa, dejó que la atara, cerró los ojos y se aferró con fuerza a las cuerdas mientras pendía sobre el costado del barco. Por medio de una polea la bajaron con todo cuidado y un marinero la sostuvo al llegar abajo; cuando la operación acabó, Cathy estaba pálida. Siempre había tenido un miedo irracional a las alturas.

En cuanto ella estuvo a salvo en el bote, la operación prosiguió con rapidez. Martha fue bajada del mismo modo y gritó mientras se hallaba suspendida encima de las aguas azules de la bahía. No la sostuvieron con tanto cuidado como a Cathy, y cuando llegó a estar cómodamente sentada tenía las faldas empapadas. Al tiempo que Jon bajaba la escala y saltaba a bordo con agilidad, la anciana murmuró sus quejas. Por fortuna, el agua estaba lisa como el satén y el trayecto hasta la orilla transcurrió sin dificultades.

Jon había alquilado un coche abierto, indicando al cochero que los esperara en el muelle. Pensaba llevar a Cathy a Woodham, mientras Martha los seguía en otro coche, con el equipaje. El viaje no llevaría más de una hora y pronto estarían en casa. Nadie tendría que volver a moverse si no lo deseaba.

En parte, esto dulcificó a Martha. Con aire de dignidad ofendida, aceptó esperar el equipaje y vigilar que lo transportaran con seguridad. Para sus adentros, Jon bendijo al padre por no haberle impuesto una nodriza, mientras se metía en el coche junto a Cathy e indicaba al cochero que arrancara.

Cathy apoyó la cabeza contra el respaldo tapizado y se dedicó a absorber con avidez lo que veía alrededor. Mientras avanzaban por las calles empedradas, pasaron por varias avenidas donde había pequeñas tiendas con carteles de madera colgados en el frente, donde se anunciaban desde sombrererías hasta sacamuelas. Cathy pensó que después de que naciera el niño pasaría muchas tardes agradables conociendo las tiendas del lugar. Jon le tomó la mano mientras viajaban hacia la zona residencial y Cathy se volvió para mirarlo, sorprendida. En los últimos tiempos no había hecho muchas demostraciones de afecto.

—Ayer te compré algo más —dijo sin soltarle la mano izquierda, mientras sacaba un pequeño estuche del bolsillo de la chaqueta.

Inmediatamente le quitó del dedo la sortija de bodas. La sostuvo un instante en el puño cerrado, abrió la mano y la dejó caer por el costado del coche. Al ver que el pequeño aro de oro quedaba atrás, en la calzada, Cathy contuvo una exclamación y se volvió hacia él, indignada. Jon le entregó el estuche.

—Ábrelo —le ordenó con brusquedad.

Cathy aceptó la cajita y Jon, al ver que vacilaba, la abrió con el pulgar. Ante el intenso brillo de las joyas que contenía, Cathy parpadeó, fascinada. Había dos preciosas sortijas: un diamante solitario flanqueado por dos zafiros pequeños y una alianza lisa, de bodas. Levantó la vista hacia el marido, con expresión interrogante.

—Mi esposa usará mis sortijas —explicó él con tono sardónico; como Cathy seguía mirándolo fijamente, frunció el ceño, impaciente—: Póntelos.

Como no daba señales de obedecer, Jon le tomó la mano izquierda y le puso las sortijas en los dedos laxos. El gesto sorprendió a Cathy y sintió que se le formaba un nudo de lágrimas en la garganta mientras los largos dedos bronceados se deslizaban sobre los suyos, delgados y blancos. Fue casi como si se casaran otra vez, sin los sentimientos retorcidos que habían convertido en una burla la ceremonia verdadera; los ojos que Cathy dirigió hacia Jon reflejaron lo que sentía.

—Jon, yo... —empezó a decir, pero algo en el rostro del esposo la hizo contener la confesión que estaba a punto de hacer. Prefirió emplear la ocasión para insistir en su total inocencia—: En realidad, yo ignoraba por completo que estuvieses preso. Por cierto, jamás habría hecho que te diesen latigazos o que te mataran de hambre. Por favor, créeme.

Jon entrecerró los ojos.

—Creo que ya te he dicho que ése es un tema concluido. No es necesario que hagas ridículos esfuerzos para apaciguarme. Para bien o para mal, he aceptado que estamos casados, y por lo tanto no tienes que temer que ejerza ninguna venganza sobre ti por tus actos. Estás a salvo.

El tono acre de las últimas palabras hirió a Cathy, quien respiró hondo para contener las lágrimas. «No tengo que llorar, no tengo que llorar», pensó, deseosa de contener las lágrimas que parecían fluir a la menor provocación en esas últimas semanas de preñez.

—¡Cristo! Intentarías cualquier cosa, ¿no? —musitó Jon con tono feroz, apartando la vista del brillo sospechoso de los ojos de Cathy.

—Por supuesto —replicó Cathy airada, sintiendo que el desprecio de Jon le hacía erguir la espalda a modo de desafío. Levantó la barbilla y agregó—: Estar casada es aburrido. ¡Tengo que hacer algo para divertirme!

—¡Perra! — maldijo Jon, por lo bajo.

Cathy esbozó una sonrisa satisfecha. «Podemos ser dos los malvados —pensó—. ¡Si Jon imagina que estoy dispuesta a servirle de felpudo, está muy equivocado!» Se decidió a devolverle golpe por golpe.

El resto del viaje pasó en silencio total. Sólo se oía el firme resonar de los cascos del caballo sobre la tierra del camino. Finalmente, Jon despertó del sombrío ensueño en que estaba sumido para indicarle al conductor un sendero.

—Ya hemos llegado —dijo a Cathy, lacónico.

Cathy se enderezó, dispuesta a pasar por alto lo ocurrido entre ellos y ansiosa por conocer el nuevo hogar. El prado se extendía entre dos filas de altas encinas. A cada lado había verdes campos ondulados. A la distancia, Cathy distinguió la vaga silueta de una casa de ladrillos de dos plantas. Era hermosa, una imponente mansión con columnas blancas custodiando la entrada. A lo largo de toda la casa se extendía una galería y en lo alto de la puerta de roble se abría un abanico de vidrios de colores. Unos escalones bajos conducían al porche. A ambos lados de la escalera se alzaban sendos árboles de magnolia con sus blancos capullos.

El coche frenó en un sendero circular, delante de la casa. Jon hizo amago de saltar del coche, pero se detuvo al ver que una mujer salía al borde del porche y se quedaba mirándolo. Jon le devolvió la mirada con expresión dura y se apeó del coche con calma forzada.

—Buenos días, Isobelle —dijo, en voz monocorde.

La mirada de Cathy fue de la espalda ancha del marido hasta la elegante mujer que estaba en el porche.

Era muy hermosa, de cabellos negros y ojos chispeantes; su figura voluptuosa se destacaba con el vestido de seda escotado. Pero unas líneas finas surcaban su cutis y la boca roja tenía una expresión petulante. Cathy vio que era mayor, bastante mayor que el mismo Jon. En su mente surgió el atisbo de una sospecha acerca de quién podía ser.

—Jon —saludó la mujer, en respuesta.

Los ojos atrevidos recorrieron el cuerpo alto de Jon de un modo que disgustó a Cathy y se dilataron apreciativos al detenerse en el rostro. Cathy se mordió el labio.

—Has cambiado, querido mío.

—Tú también has cambiado, Isobelle —le respondió Jon con voz tensa. Por fin recordó la presencia de Cathy y se volvió para ayudarla a bajar del coche, alzándola con cuidado. Cathy le lanzó una mirada venenosa y la ira que bullía en sus ojos hizo sonreír al hombre.

—¿A quién tenemos aquí? —Isobelle entrecerró los ojos mientras examinaba la silueta redonda de Cathy, quien le devolvió el escrutinio con expresión altiva. La irritaba mucho la actitud posesiva de la mujer con su marido.

—Ésta es mi esposa —dijo Jon con frialdad, cargando a Cathy sin esfuerzo. Cuando faltaban dos peldaños para llegar a lo alto, se detuvo—. Cathy, ésta es Isobelle, mi madrastra.

Las sospechas de Cathy se confirmaron. De modo que ésa era la mujer que Jon había adorado en la adolescencia, la que lo había desilusionado de un modo tan cruel al traicionar al padre... Contra su voluntad, Cathy murmuró una cortesía a la que la otra mujer no se dignó responder.

—¿Con que asaltando cunas, Jon? —preguntó Isobelle con tono provocativo—. ¿O fue una cuestión de obligaciones?

La perversidad de la mujer provocó que la boca de Jon se pusiera tensa y Cathy sintió que sus propias mejillas se ruborizaban. Le gustara o no, la última insinuación había estado demasiado cerca de la verdad, pero prefería dejarse hervir en aceite antes que permitir que la madrastra de Jon percibiera su incomodidad. Compuso una sonrisa cortés y la mantuvo con firmeza mientras Jon seguía subiendo los escalones del porche. Isobell entró tras ellos en el vestíbulo.

—Cuando un hombre encuentra algo tan encantador como Cathy, hace todo lo posible para hacerla suya de inmediato. ¿O acaso ha pasado tanto tiempo que ya lo olvidaste, Isobelle?

Aunque Jon respondió como al descuido, fue obvio que aguijoneó a la mujer, quien de pronto se sonrojó. Estaba a punto de replicar, pero al ver que Petersham se acercaba corriendo al vestíbulo desde el fondo de la casa, se mordió la lengua.

—Ah, Petersham —dijo Jon, imperturbable—. Creía que te habías perdido. Veo que mis... eh... mis instrucciones no han sido obedecidas.

—Lo siento, capitán, pero ella insistió en quedarse. Dijo que quería conocer a la novia.

Petersham miró a Cathy con un contrito aire de disculpa y ella le sonrió.

—Claro que quería conocer a tu esposa, Jon —intervino Isobelle con fingida alegría—. Al fin y al cabo, supongo que es mi nuera. Tengo que presentársela a mis amigos. Cuando esta mañana se presentó Petersham con esa ridícula historia de que querías la casa para tu familia, pensé que tenía que verlo con mis propios ojos. Es difícil imaginarte como padre de familia.

—Bien, ahora que ya has visto que de verdad soy un padre de familia, te ruego que me disculpes. Mi esposa no se siente muy bien y necesita descansar. Petersham, ¿está preparada la habitación?

—La suite del amo, capitán.

Jon se encaminó hacia las escaleras, pero Isobelle, lo sujetó del brazo. Cathy le lanzó una mirada helada; la mujer la ignoró y dedicó a Jon una sonrisa radiante; la muchacha sintió un súbito deseo de arañar ese rostro maquillado con esmero.

—Pondré casa en la ciudad, Jon. Tienes que ir a visitarme después de instalar a tu esposa. Podremos recordar... los viejos tiempos.

—Tal vez lo haga, Isobelle. Supongo que te habrás llevado a los esclavos de la propiedad.

—Eran míos. —Isobelle se encogió de hombros y su mano de uñas escarlatas acarició la manga de Jon. Cathy rechinó los dientes ante lo íntimo del gesto—. Tu padre me los regaló poco antes de morir. Tienes la suerte de quedarte con la casa, ya que al fin y al cabo nunca has vuelto al hogar.

—No, nunca, ¿verdad? —respondió Jon con tono frío y se volvió.

Cathy apretó los brazos alrededor del cuello del esposo que empezó a subir las escaleras. Petersham los seguía.

—Puedes usar el coche que está fuera para regresar a la ciudad —dijo Jon a Isobelle por encima del hombro.

—Eres muy amable, querido Jon —ronroneó la mujer—. No te olvides de ir a visitarme. Sé... cuán solitario... puede sentirse un hombre cuando su esposa está en estado interesante.

Ante aquella insinuación tan flagrante y directa, Cathy ahogó una exclamación. Mientras Isobelle se marchaba, Jon tensó la mandíbula y miró de soslayo a la muchacha indignada que llevaba en brazos.

—No irás a verla —le ordenó Cathy en voz baja, pues no quería que Petersham la oyese, aunque no pudo contenerse.

—Esposa, ¿acaso estás dándome órdenes? —De súbito la mirada de Jon se tornó glacial y Cathy asintió, echando chispas por los ojos azules ante la audacia de Isobelle—. No lo hagas —dijo Jon con suavidad, en un tono matizado de crueldad—. Recuerda que corres el riego de sufrir. No tienes derecho a cuestionar mis actos, ahora ni nunca.

Cathy lo miró fijamente, sintiendo que las palabras del esposo la herían como un cuchillo y levantó la barbilla en gesto desafiante.

—No me atrevería a cuestionar tus actos, esposo. —Cathy acentuó la última palabra, imitando el tono que Jon usaba para decir «esposa»—. Por otra parte, tú no debes poner los míos en tela de juicio. Recuerda que la salsa que es buena para el ganso es buena para la gansa.

—En tu lugar, yo no apostaría mi vida por cllo —rcspondió Jon, sombrío—. Podrías perder.

Petersham pasó junto a él para abrir la puerta de la suite principal, impidiendo así la discusión. Cathy echó al marido una mirada resentida, mientras él la depositaba con cuidado en el centro de la enorme cama con baldaquino y le dirigía una mirada pétrea e implacable mientras se enderezaba.

—Confío en que estés cómoda aquí —dijo con tono distante y Cathy comprendió que esas palabras estaban dirigidas más a Petersham que a ella misma.

—Sin duda —respondió la joven con la misma frialdad, decidida a no dejarse vencer en ese juego de indiferencia cortés.

Al oírla, en los ojos de Jon brilló una chispa y empezó a contraérsele el músculo de la mejilla. Sin darle tiempo a responder con una ira muy próxima al punto de ebullición, Petersham habló desde donde estaba, junto a la ventana.

—Capitán, ha llegado esa mujer, Martha, con el resto de las cosas. ¿Quiere que me ocupe de todo?

—Yo lo haré. De cualquier modo, tengo que volver a la ciudad y las traeré a mi regreso. Tú quédate con la señorita Cathy hasta que Martha suba y luego puedes ir a ver qué quedó de los establos. Si recuerdo bien lo que dijo mi padre, no es mucho.

—¿Nos quedaremos un tiempo, capitán? —preguntó Petersham, con calma.

—Un tiempo —contestó Jon, cortante, y salió a zancadas, sin echar otra mirada a la esposa.

Cathy se mordió con tanta fuerza el labio para no llamarlo que lo hizo sangrar. Jon había dicho que tenía que volver a la ciudad... ¡para ver a esa mujer, sin duda! Era un hombre lascivo y Cathy sabía a ciencia cierta que hacía meses que no estaba con una mujer. «Si se va con esa mujer, jamás se lo perdonaré», pensó, enfadada. Pero dentro de ella, una vocecilla burlona le dijo que quizá nunca lo sabría: ¿quién se lo diría?

Durante los diez días siguientes, las sospechas carcomieron a Cathy como un cáncer. Jon casi no estaba en la casa y, cuando estaba, se lo veía distante y preocupado. Cathy no podía estar segura de que estuviese viendo a Isobelle o a cualquier otra mujer, aunque era muy probable, como admitió para sus adentros. A fin de cuentas, ¿qué podía impedírselo? Si bien Cathy era la esposa, no lo ligaban a ella los lazos habituales del amor, ni siquiera de la culpa. «Hará exactamente lo que se le dé la gana —pensó, acongojada—, ¡y si a mí no me agrada no tendré más remedio que aguantarlo!»

Lo único que impedía que se convenciera por completo de la infidelidad de Jon era el constante ir y venir de esclavos en la propiedad. Era posible que en verdad estuviese ocupado, encargándose de las semillas, el fertilizante y los trabajadores necesarios para que Woodham volviera a ser una plantación de algodón rentable. Eso fue lo que Petersham le había contado acerca de los planes de Jon. El capitán pensaba plantar otra vez, cosa que al asistente le costaba comprender, pero cuando el amo Jon hacía algo lo hacía a fondo. «¡No me sorprendería si el verano que viene tuviésemos una cosecha récord!», aseguraba Petersham.

Por cierto, a Cathy no le interesaba para nada el algodón. Estaba malhumorada y cansada y, para ser sincera, admitía que echaba de menos a Jon. Anhelaba el nacimiento del hijo como un prisionero anhela la libertad. «Cuando mi cuerpo vuelva a ser el de antes —se prometió—, no tendré escrúpulos en usarlo para lograr lo que quiero: el amor de mi esposo.»

Por el momento, Martha fue designada ama de llaves y cada vez se sentía más hostigada. Como no estaba habituada a tratar con esclavos, les tenía una gran desconfianza y se negaba a permitir que alguno de ellos se acercara a la señorita Cathy. Estaba segura de que planeaban una rebelión y, si les daba la oportunidad, le cortarían el cuello a la chica. La constante inquietud que provocaba ese comportamiento no ayudaba mucho a mantener la serenidad de Cathy. Cuando estuviese otra vez en condiciones, si tenía que lidiar con la organización doméstica, ése sería otro problema a enfrentar.

Hasta el 1 de marzo, el tiempo se mantuvo cálido y soleado. Luego, una llovizna suave rompió la monotonía y el suave gorgoteo contra las ventanas cerradas adormecía a Cathy como una canción de cuna. Todo el día sintió un extraño letargo y el peso que llevaba le parecía mayor que de costumbre. Supuso que eso sería normal, pues a partir de ese día el niño nacería en cualquier momento.

Aquella mañana Jon fue a verla y le preguntó por su salud con cortesía helada. Estaba vestido para ir a la ciudad y Cathy observó su elegante silueta con ardiente resentimiento. «¡Él tiene la culpa de mi malestar y no sufre ni un poquitín!» Lo miró, ceñuda, sin dirigirle la palabra; Jon le lanzó una mirada indiferente y le dedicó un saludo burlón antes de seguir su camino.

Mientras cenaba, apoyada en una montaña de almohadas sobre la inmensa cama, Cathy contempló, melancólica, la sortija de piedras brillantes que reflejaba la luz de la vela cercana a la cama. «Jon es un bribón —pensó, con amargura—. Tal vez en este mismo momento esté con otra mujer, besándola, haciéndole el amor.» Todo su cuerpo ardió de celos. Si Jon hubiese estado allí, lo habría abofeteado con gran placer en el rostro bronceado.

Desgarró con vehemencia un trozo de pollo, imaginando que era Jon. Mientras lo masticaba con sombría satisfacción, abrió los ojos, sorprendida. Entre sus piernas brotaba un chorro de agua que mojaba las mantas y el colchón. ¿Qué diablos sería...? Contempló azorada la parte inferior de su cuerpo: ¡se había orinado! Después comprendió la verdad: ¡estaba llegando el niño!

Buscó con la vista la campanilla que tendría que haber estado junto a la cama: no la encontró. Entre Martha y las confundidas esclavas domésticas, nada estaba en su lugar. Necesitaba ayuda: trató de llamar, pero su voz sonó débil y supo que no la oirían más allá de los límites de la habitación. Apretando los dientes, apoyó los pies en el suelo y se levantó. Ya no tendría que preocuparse de hacer algo que apresurara la llegada del niño: ¡éste lo había decidido por su cuenta!

Como había estado semanas en cama le temblaban las piernas, pero se las arregló para arrastrarse hasta la puerta apoyándose en los muebles. La primera contracción la asaltó en cuanto dio el primer paso fuera del cuarto. Se dobló sobre sí misma, jadeante, pero el dolor pasó tan rápido como había llegado. «No es tan terrible», pensó, reanimada.

Entre su habitación y la escalera había tres puertas. Llegó a lo alto apoyándose en la baranda y miró hacia abajo. No se atrevía a intentarlo, pues una caída podría matarlos tanto a ella como al pequeño.

—¡Martha! —gritó. Su voz sonó lamentablemente débil. Probó otra vez—: ¡Martha!

Se abrió la puerta de uno de los dormitorios que daban al pasillo y Cathy vio el resplandor acogedor de una lámpara que iluminaba una biblioteca. Dedujo que sería el estudio y abrió la boca para llamar otra vez en el mismo instante en que Jon entraba en el vestíbulo con otro hombre.

—Muchas gracias por traerme, Bailey —dijo Jon, estrechando la mano del otro.

—Fue un placer, capitán Hale —respondió el hombre.

Cathy trató de retroceder hacia las sombras del pasillo, pues no quería atraer la atención hacia sus dificultades con un extraño en la casa, pero la atacó otra contracción y se le escapó un gemido.

Jon miró casi con indiferencia hacia arriba y se le congeló el semblante de incredulidad al ver a Cathy doblada en dos, allá arriba.

—¡Dios mío! —musitó, y empezó a subir los peldaños de dos en dos.

Cathy sintió que los brazos fuertes la rodeaban con delicadeza casi femenina y echó la cabeza atrás intentando sonreírle, pero otro dolor la contorsionó.

—Es... ¡Está naciendo el niño! —jadeó cuando el espasmo cedió.

Jon asintió, el rostro pálido bajo el bronceado.

—Te llevaré en brazos —dijo con voz muy calma—. Ni siquiera tienes que sujetarte de mi cuello. Tú relájate. Todo saldrá bien.

La alzó con infinito cuidado y la cargó rápidamente por el pasillo hasta el dormitorio. La apoyó con delicadeza sobre la cama y fue a zancadas hasta la puerta. El grito con que llamó a Martha sacudió la casa hasta los cimientos.

# 15

El parto de Cathy se alargó durante veinticuatro horas interminables. A medida que avanzaba la noche, Martha comprendió que el alumbramiento sería difícil e hizo saber a Jon que debía llamarse a un médico. (La costumbre era que interviniesen en el parto las mujeres de casa de la parturienta.) El mensaje fue innecesario. Jon, pálido y sacudido por los ruidos que llegaban del otro lado de la puerta cerrada del dormitorio, ya lo había llamado.

Los gemidos sordos eran malos, pero los ocasionales gritos agudos de Cathy resultaban casi insoportables. A Jon le brotó un sudor frío, y Petersham y uno de los nuevos criados tuvieron que impedirle que corriera arriba e irrumpiese en el cuarto donde la esposa sufría tanto.

El viejo doctor Sanderson llegó más de tres horas después de que fuesen a buscarlo; cuando Jon le preguntó con muy malos modos por qué se había demorado tanto, respondió sirviéndole un whisky puro, sin pizca de agua, y pidiéndole con brusquedad que no estorbara. Mientras subía la escalera hacia la planta alta, meneando de un lado a otro la cabeza blanca e hirsuta, lo oyeron murmurar que prefería atender a veinte parturientas que tratar con un futuro padre. Por lo común, las mujeres eran más estoicas.

Para ira de Jon y consternación de Petersham, el whisky sólo ayudó en parte; el padre inminente bebió grandes dosis, pero su mente estaba tan intensamente sintonizada con lo que sucedía arriba que le resultaba imposible olvidarlo. Cuando los gritos de Cathy alcanzaron tal nivel que se convenció de que ella debía de estar muriéndose, lo único que pudo hacer fue recorrer a grandes pasos el pasillo, maldiciendo y orando al mismo tiempo. Saber que Cathy sufría le desgarraba los órganos vitales como unas tenazas al rojo vivo y convirtió en una farsa el frío desprecio que suponía sentir por ella. «¡Pedazo de imbécil!», se dijo al sentir que pugnaban por renacer sentimientos que creía muertos hacía mucho. «¿Acaso la amarás ahora, después de lo que te ha hecho? ¡No! —respondía su mente—. Cualquier clase de amor que pueda haber sentido por ella fue aniquilado por su traición.»

Otro penoso gemido desde el dormitorio le hizo encogerse. Sin hablar, Petersham le alcanzó otro vaso de whisky y Jon lo bebió. Fue inútil. Un fogonazo repentino explotó en su mente, haciéndole ver que su propia lascivia era la única responsable del dolor de Cathy. Estremecido de odio contra sí mismo, recordó con cuánta insensibilidad había rechazado los ruegos de la muchacha aquella primera vez, en el *Margarita*, pues su propia pasión hambrienta lo llevó a poseerla por completo, sin miramientos. Y no se contentó con robarle la virginidad. ¡Oh, no! La poseyó una y otra vez, con el resultado de la agonía que ahora padecía. Al oír tantos gemidos de dolor, se prometió que no volvería a tocarla mientras Cathy viviese. Si vivía. Sentía el espantoso temor de que ya la había matado.

Durante todo el día siguiente, Jon permaneció cerca de la habitación y rechazó la comida con una sacudida impaciente de la cabeza. Petersham hizo un gesto de contrariedad, pensando que el amo Jon había bebido alcohol suficiente para derribar a un caballo y casi no se notaba. Hizo todo lo posible para convencerlo de que se tendiera en el sofá del estudio a descansar un poco o que saliese a respirar aire fresco; Jon rechazó todas las sugerencias. Seguía recorriendo el pasillo, cerca de la puerta del dormitorio, tragando whisky como si fuera agua y sirviéndose más. Cada vez que Cathy emitía el mínimo sonido, se crispaba; si ella gritaba, se ponía pálido como la muerte. Cada tanto, Martha salía del dormitorio a buscar agua caliente o toallas para el doctor Sanderson y la impresionaba tanto el estado del amo que hacía todo lo posible por alegrarlo. ¡Realmente, el pobre hombre parecía sufrir casi tanto como Cathy!

Hacia el crepúsculo, los gritos de Cathy llegaron a un crescendo estremecedor. Jon se paralizó en el pasillo, con los ojos clavados en la puerta cerrada. Por último no aguantó más y, en un impulso frenético, irrumpió por la puerta del dormitorio y se quedó inmóvil, con la mano todavía en el pomo de la puerta. El doctor Sanderson sostenía por los talones a una criatura diminuta, cubierta de sangre; ante los ojos de Jon dio unas palmadas en el minúsculo trasero. Jon se quedó boquiabierto cuando su hijo soltó un gemido antes de empezar a llorar, y el doctor Sanderson, risueño, se lo pasó a Martha, quien sonreía mientras unas lágrimas brillantes rodaban por sus mejillas regordetas. Jon cayó de rodillas, aliviado. ¡Por fin la terrible prueba había terminado!

—¿Cathy? —preguntó con voz ronca.

Martha y el doctor Sanderson giraron hacia él sus rostros alarmados, pues no lo habían oído entrar. Por un momento dos semblantes severos lo observaron y luego el rostro arrugado del médico se iluminó con una sonrisa.

—Relájese, capitán —dijo con tono seco el doctor Sanderson—. A juzgar por su aspecto, creo que la señora Hale está mucho mejor que usted.

Jon lo miró, abstraído, y sólo registró una carita roja, arrugada, y un mechón de pelo negro. «Parece un piel roja», pensó, al tiempo que su mirada paseaba del bulto adormilado a la joven que estaba en la cama.

—Amo Jon, espere a que la higienicemos —le indicó Martha, con suavidad, al ver hacia dónde se dirigía la mirada del hombre.

—Quiero verla ahora mismo —insistió él, obstinado.

El médico hizo un resignado gesto afirmativo y Martha, en beneficio de la discreción, retrocedió unos pasos.

—¿Cathy? —La voz de Jon sonó ronca. Se acercó a la cama y contempló con mirada dolorida la cara pequeña y pálida de la esposa. El cabello brillante estaba húmedo de sudor y en completo desorden, esparcido en grandes mechones enredados sobre las almohadas mullidas. Los labios y las mejillas parecían vacíos de sangre. Por un instante, Jon temió que muriese mientras todos se ocupaban del recién nacido.

Luego los párpados aletearon; Cathy abrió los ojos y sonrió sin fuerza al ver quién la miraba.

—Jon —murmuró, los ojos convertidos en dos enormes lagos de fatiga—. Lo logré, Jon.

El modo de decirlo provocó una leve sonrisa en los labios de Jon. El doctor Sanderson tenía razón: Cathy estaba mucho mejor que él al menos mentalmente. Aturdido de alivio, le tomó la mano, la llevó a sus labios y los oprimió apasionadamente sobre la piel suave.

—Gracias por el hijo, mi amor —murmuró con tono ronco, sin advertir que se le había escapado la frase cariñosa.

Cathy le sonrió con ternura, los ojos de color zafiro resplandecientes. Era la primera vez que le decía así desde que los soldados invadieran Las Palmas y anhelaba volver a oírlo. Jon tenía un aspecto espantoso, con los ojos inyectados en sangre, sin afeitar, el cabello erizado como si hubiese estado mesándoselo. Cathy comprobó con satisfacción que se había angustiado por ella. A juzgar por su aspecto, estaba desesperado. Cathy aspiró una gran bocanada de aire, pues quería responderle, animarlo a que dijese más palabras afectuosas, pero le llegó a la nariz el olor inconfundible del whisky.

—Apestas —musitó, sorprendida. Agitó los párpados y se quedó dormida.

La boca de Jon esbozó una sonrisa estúpida y depositó otro beso ardiente en la mano de la esposa antes de introducirla, con aire reverente, bajo las mantas. Se alejó de la cama, todavía sonriente, y se encaminó con piernas inseguras hacia el pasillo. En cuanto llegó se le aflojaron las rodillas y cayó con estrépito. Cuando el doctor Sanderson llegó hasta él, roncaba muy fuerte. El médico meneó la cabeza y llamó a Petersham para que le ayudase a llevarlo a su propio dormitorio. El whisky había hecho efecto con retraso.

Jon durmió como un tronco todo el resto de esa noche y gran parte del día siguiente. Por fin emergió cuando el llanto agudo de un niño penetró en la espesa niebla que le cubría el cerebro. Frunció el entrecejo, sacudió la cabeza para despejarse y se sirvió una buena cantidad de agua de la jarra para quitarse el mal sabor de la boca.

¿Qué hacía un recién nacido en Woodham? Entonces recordó. ¡El que lloraba debía de ser su propio hijo! ¿Por qué nadie lo atendía? Se puso de pie con dificultad, quejoso, se pasó la mano por el cabello enmarañado y caminó con gran cuidado para salir al pasillo. Aparentemente el llanto surgía del cuarto de Cathy, al que se acercó con sombría determinación. Estaba por llegar a la puerta cuando ésta se abrió y asomó el rostro asustado de Martha, que parpadeó al verlo y pasó a su lado. Rió al verlo tan desaliñado y después adoptó una expresión seria, cuando Jon la miró, ceñudo.

—Buenos días, mejor dicho buenas tardes, capitán —dijo la mujer con recato, rodeándolo porque obstruía la puerta con su cuerpo robusto—. Si me disculpa, capitán... —Las palabras de Martha fueron perdiéndose en el pasillo.

Apoyado contra el marco de la puerta para recuperar las energías, Jon comprendió que el llanto del pequeño había cesado. Paseó la mirada por la habitación hasta que su vista, un tanto desenfocada, se posó al fin sobre la figura pequeña que lo miraba un tanto divertida desde las profundidades de la enorme cama con baldaquín. ¡Cathy! Los ojos de Jon la recorrieron con deleite, pues resultaba una imagen encantadora. El cabello dorado estaba cepillado y sujeto en un moño en la coronilla, de donde escapaban finos rizos tentadores. Tenía los ojos claros y azules como un estanque en un día de verano, las mejillas sonrosadas y los labios dibujados por la más tenue y tímida de las sonrisas. Cuando la mirada de Jon descendió un poco más, comprendió la causa de la timidez: acurrucada contra el pecho desnudo se recortaba la silueta diminuta del hijo, la cabecita vuelta hacia el pecho que succionaba con avidez. El sonrojo de Cathy se intensificó más aún al percibir dónde se posaba la mirada de Jon, pero le dirigió una mirada de bienvenida colmada de calidez.

—¿Cómo te sientes? —le preguntó, solícita, tras un momento de silencio. La sonrisa de Cathy se hizo más ancha al observar el rostro sin afeitar, tremendamente serio y pálido bajo el bronceado. Daba la impresión de que había sido Jon y no ella quien acababa de pasar por semejante prueba extenuante.

La pregunta tardó un poco en atravesar la niebla alcohólica adherida al cerebro de Jon y, cuando lo hizo, él emitió un breve gemido.

—Como si alguien hubiese intentado despedazarme el cráneo con un hacha —admitió, y la cicatriz de la mejilla pareció hacerse más profunda—. Pero sería más acertado preguntar cómo te sientes tú.

—Oh, estoy bien —aseguró ella, esbozando una sonrisa tierna y mirando al pequeño prendido de su pecho—. ¿No quieres acercarte y conocer a tu hijo?

Jon pasó la vista de Cathy al niño y otra vez a ella. Su esposa. Su hijo. El ramalazo de posesividad feroz que acompañó este pensamiento hizo que se tambaleara.

—Yo... tengo que lavarme —titubeó, cuando en realidad pensaba desesperado que lo que necesitaba era espacio para respirar—. Debo de apestar a whisky.

—En efecto —respondió Cathy sin ambages, aunque mantuvo la expresión cálida cuando le guiñó el ojo—. Pero no importa: ni a Cray ni a mí nos molesta en lo más mínimo.

—¿Cray? —preguntó Jon, distraído, acercándose a la cama casi contra su propia voluntad.

La ternura que reflejaban esos ojos inmensos lo atraía como un imán. Durante esas horribles semanas en prisión, aun bajo los latigazos que ella había ordenado, soñaba con que Cathy lo mirara de este modo... Y despreciándose, tildándose de débil y tonto, de todos modos se acercó a la cama. Cathy, sonriente, parecía muy pequeña e indefensa, casi tanto como el bebé que tenía en los brazos. Jon quiso plantarse entre ella y el mundo y se maldijo a sí mismo por permitir que los efectos del whisky le nublaran el juicio.

—Pensé en ponerle el nombre de Jonathan Creighton Hale hijo... Cray, para que no haya confusiones cuando crezca. ¿Te parece bien?

Sintió que la mirada de Cathy que recorría su rostro delgado lo acariciaba, que se veía arrastrado, indefenso, hacia dos engañosos y límpidos torbellinos. Y en ese momento no tenía fuerzas para resistirse a las zalamerías de la esposa. Cuando Cathy estiró la mano pequeña, tomó la de él y tiró con suavidad, Jon se sentó, obediente, en el borde de la cama. Cathy y el pequeño estaban tan cerca que Jon sentía el calor de sus cuerpos y oía los ruiditos de succión que hacía Cray al mamar. Las miradas de ambos se encontraron y le sonrió, aun contra su voluntad. Cathy le devolvió la sonrisa con ternura; luego la mirada de Jon se posó en el hijo. «Mi hijo», pensó, maravillado, y estiró un dedo para tocar con curiosidad la manita minúscula y perfecta que tocaba el pecho de Cathy. La mano se cerró sobre su dedo con fuerza sorprendente. Jon contempló unos instantes al hijo; después levantó la vista y la posó en la mujer. Cathy rió con cierto temblor en la voz ante la expresión atónita del esposo.

—¿Te parece bien Cray? —repitió, paciente, contemplando con ternura el rostro apuesto.

Jon, aturdido por lo que veía en la mirada de Cathy, que parecía ser un afecto genuino, tuvo que hacer un gran esfuerzo de voluntad para concentrarse en lo que ella le decía.

—Sí, claro —musitó, apartando la vista, temeroso de hundirse en esos ojos. Quería ponerse de pie, pero Cray aún le aferraba el dedo índice. Contempló al hijo con expresión casi indefensa, sin saber cómo soltarse para no hacerle daño—. Es fuerte —comentó al fin, sin saber qué decir. Tenía la incómoda sensación del pecho suave que se hinchaba, tibio, bajo la mano que sostenía el pequeño.

—Como el padre.

«Quiere seducirme con esa voz suave —pensó, desesperado—. Quiere que deje de desconfiar y caiga otra vez víctima de su embrujo.» El pecho de Cathy parecía arder bajo su mano. Se le aceleró la respiración y tuvo que apretar los dientes para contenerse.

—Jon... —empezó a decir Cathy.

La profundidad azul de esos ojos con los que se topó al alzar la vista fue su perdición. Sin apartar la vista de esos ojos, se inclinó hacia delante hasta que su boca estuvo a unas fracciones de milímetro de los labios suaves de ella. Un resto de instinto de autoconservación le hizo vacilar, pero la mujer lo derrotó. Los adorables labios sonrosados se apoyaron contra los de Jon, tibios e insoportablemente dulces, arrancándole un gemido desgarrado. La boca de Jon se abatió sobre la de Cathy con pasión hambrienta, la mano libre la sujetó de la nuca para que no se moviera. La besó con avidez, con ansias, explorando con la lengua el hueco dócil de su boca. Las llamas largo tiempo contenidas estallaron con calor abrasador en su entrepierna. La deseó con una pasión ávida que amenazaba consumirlo. Ninguna otra mujer le provocaba esos sentimientos, admitió con un espasmo en la boca del estómago.

La mano de Cathy se apoyó en la nuca de Jon y respondió a los besos con un ardor similar al suyo. Acarició con sensualidad los músculos tensos del cuello del marido y enredó los dedos en la mata de rizos negros de la nuca. Al mismo tiempo que sentía que todo el cuerpo se le ponía tenso, Jon advirtió que Cathy lo deseaba tanto como él a ella, pues todo su cuerpo menudo temblaba de anhelo.

Exhalando una profunda bocanada de aire, comenzó a empujarla para tenderla sobre la cama, con un deseo tan intenso que olvidó todo, salvo la necesidad de satisfacer ese deseo. Un chillido indignado lo frenó en medio de una rendición incondicional. Sacudió la cabeza para despejarla y echó una mirada al hijo que lo observaba con malevolencia. Al parecer, al pequeño no le agradó que interrumpieran su comida. Jon agradeció fervorosamente a Dios que Cray le hubiese hecho recordar y se apartó, resuelto. Sin la intervención del hijo, Jon sabía que la bruja lo tendría otra vez, indefenso, en sus redes.

Cathy sólo vio que la boca de Jon se endurecía y los ojos grises adoptaban una expresión helada. Lo amaba intensamente y había llegado a creer que él empezaba a ablandarse con ella. Pero los ojos que ahora miraban los suyos estaban pétreos, colmados de odio, la boca en un rictus cruel. Los ojos de Cathy, desbordantes de lágrimas de dolor, vieron cómo Jon se levantaba bruscamente y se soltaba de la manecita de Cray.

—Realmente, debes de creerme un tonto —dijo Jon en voz baja, dirigiéndole una mirada maliciosa—. Tal vez me haya equivocado una vez, pero que me condenen si vuelvo a equivocarme. Detrás de ese rostro dulce, tienes un corazón tan duro como el pedernal y eres tan calculadora como la peor de las rameras del puerto. ¡Preferiría acostarme con una víbora antes que contigo!

Cathy lo miró boquiabierta, mientras las lágrimas caían de sus ojos y rodaban, indefensas, por las mejillas. Con una maldición brutal, Jon giró sobre los talones y se fue a zancadas furiosas hacia la puerta. Cathy estalló en sollozos acongojados cuando la puerta se cerró de golpe. El llanto asustado de Cray se sumó al de la madre.

En los días que siguieron al nacimiento de Cray, Cathy casi no vio a Jon, que trabajaba más arduamente que nunca para transformar Woodham en una propiedad rentable. En tiempos de su madre, se contrataba a trabajadores libres para cultivar los campos, pero cuando el padre se casó con Isobelle, ésta insistió en que tenían que comprar esclavos para ahorrar dinero. Marcus Hale, como siempre, hizo caso de las exigencias de la mujer. Jon mismo había despreciado siempre la institución de la esclavitud, pero ahora la economía del sur giraba a su alrededor. La plantación ya había consumido un gran porcentaje de su dinero y, si no se traducía en beneficios con la cosecha de algodón de ese año, le resultaría difícil incluso mantener a su propia familia. Claro que siempre contaba con el recurso de volver al mar, pero sólo consideraría esta posibilidad como último recurso. Por el bien de Cray y, para ser sincero también por el de Cathy, quería procurarles un hogar seguro y estable.

En un duro compromiso con su propia conciencia, se había negado a contratar a un capataz y dirigía personalmente a los braceros. Trabajaba desde el amanecer hasta el crepúsculo y exigía de sí mismo tanto esfuerzo como el que demandaba de sus hombres. Cuando terminaba la jornada, por lo general estaba demasiado fatigado para hacer algo más que cenar en silencio y caer en el lecho solitario. En ocasiones se dormía de inmediato pero otras veces lo perseguían imágenes de Cathy. El recuerdo de la textura sedosa del cabello brillante, la suavidad de la piel, la sensación del cuerpo tibio temblando de pasión entre sus brazos, lo atormentaban todas las horas desde el atardecer hasta el alba. En muchas ocasiones sentía la tentación de ir a la habitación de la esposa para descargar su lujuria y ejercer lo que, a fin de cuentas, era su derecho. Sin embargo, temía que Cathy lo engatusara para que se rindiera más allá de lo físico. «No estará contenta hasta que me tenga a sus pies —pensaba—. ¡Y que me condenen si le doy semejante satisfacción!»

Había otras mujeres disponibles, pero Jon reconocía apesadumbrado que no le atraían. En los ocasionales viajes a la ciudad, ciertas damas encantadoras le hacían inconfundibles insinuaciones, aunque no lograban despertar en él más que un tibio interés hacia sus respectivos encantos. ¡Qué ironía!: la única mujer capaz de excitarlo hasta el frenesí era su esposa legal, la madre de su hijo, y sin embargo, tenía miedo de poseerla. ¡Si lo que Cathy quería era vengarse, estaba lográndolo más allá de lo que imaginaba! Y Jon se prometía con ferocidad que dejaría las cosas como estaban.

Una mezcla de fatiga, preocupación y frustración sexual convirtió su temperamento en un arma de gatillo rápido. Todos, desde Petersham hasta el último trabajador de los campos sintieron en una u otra ocasión el aguijonazo de la lengua del amo. Por lo general, Cathy evitaba esos ataques verbales; pero el brillo que emitían los ojos de Jon cuando la miraba le indicaba que el verdadero blanco era ella misma. Cathy le devolvía las miradas airadas con la suya, límpida, y redoblaba esfuerzos para atraerlo. La joven creía estar haciendo progresos lentos pero firmes, como el agua que con infinita paciencia termina por horadar la piedra. Pronto, una noche cualquiera, Jon dejaría de lado la lucha y se acercaría a ella, que estaría preparada, esperándolo. Y de la cama de Jon a su corazón había un paso muy corto.

Al principio, Jon observaba con divertido cinismo los obvios intentos de seducción, pero más tarde empezó a enfurecerse. Poco después del nacimiento de Cray, encargó a una excelente modista de Charleston que renovara el casi inexistente guardarropas de su esposa y luego comprendió que había cometido un enorme error táctico, ya que ataviada con los tenues y escotados vestidos que se adecuaban mejor al caluroso clima de Carolina del sur, Cathy era tentadora como debió de serlo Eva para Adán. Con sólo ver la silueta esbelta y curvilínea de Cathy revoloteando por la casa o los jardines, ardía de deseo. Las sonrisas suaves y las miradas provocativas que derramaba sobre él eran una auténtica tortura. La deseaba con tal intensidad que no le quedaba tiempo para pensar en otra cosa. Todas las noches se veía obligado a bañarse a la luz de la luna cerca de Miller's Creek, intentando mitigar su ardor, a pesar de que resultaba casi inútil.

A medida que pasaban las semanas y Jon se enteró de que Cathy estaba recuperada por completo del nacimiento de Cray, su propio control llegó al punto de la explosión. No existía ninguna razón física para que Cathy no pudiese asumir el deber íntimo de una esposa. Jon se aferraba, sombrío, a su propia cordura. Esa perra le había robado una vez el corazón y luego lo había destrozado, insensible. ¡Prefería verla en el infierno antes que darle oportunidad de que lo hiciera otra vez!

Entre la comunidad de plantadores de Charleston se difundió la noticia de que una nueva generación Hale se había instalado en Woodham. Casi no pasaba una tarde sin que un coche rodara hasta el sendero del frente para dejar a dos o tres damas elegantes que se presentaban para trabar relación con los nuevos vecinos. Cathy, bien vestida y recatada, servía té y almendrados, respondiendo con diplomacia a las preguntas. Cuando las señoras descubrieron que era cierto que Cathy tenía un título de nobleza, se afanaron por hacer que los recién llegados se sintieran bienvenidos. (Cathy sospechaba que la responsable de haber divulgado esa información era Martha.) La señora Gordon, la matriarca de la vecindad, puso el sello final de aprobación cuando reveló que había sido amiga íntima de Virginia, la madre de Jon. Después las señoras arrullaban a Cray, decían que Cathy era «una dulzura» y, extasiadas, describían a Jon como un sujeto demasiado romántico para hablar. Y si bien él tomaba con cinismo esa aprobación, autorizó a Cathy a aceptar algunas de las invitaciones que llovían sobre ellos. Si querían transformar Woodham en su hogar, no tenía sentido que viviesen como reclusos.

Cathy eligió un baile que daba una joven pareja de apellido Ingram para el debut social de ambos. Sin demasiado entusiasmo, Jon consintió en acompañarla. Para sus adentros, sintió que tal vez le hiciera bien estar en compañía de otras mujeres bellas, además de la esposa. Era increíble que él, Jon Hale, que se había acostado con decenas de mujeres a lo largo de años, estuviera reducido a una sola. Quizá necesitara examinar más de cerca a las que estaban disponibles.

Por su parte, Cathy esperaba el baile con tanta ansiedad como un gato espera su tazón de leche de los domingos. Se vestiría espectacularmente y coquetearía discretamente con todos los hombres apuestos que asistieran. Allí donde otras tretas habían fracasado, los celos harían que Jon volviese a ella, pensaba con astucia. Sabía que su esposo la deseaba, lo veía con claridad en sus ojos, pero él era demasiado estúpido y obstinado como para reconocerlo. Una sonrisa suave asomó a los labios de la joven. Cuando Jon le rogara lo suficiente, ella se sometería con toda dulzura; esperaba, gracias a las llamas de la pasión, llegarle al corazón.

Al recordar a Jon haciéndole el amor, a Cathy se le secó la boca. Hacía tanto desde la última vez... casi nueve meses y, para ser sincera, tenía que admitir que ella también lo deseaba. Las miradas lujuriosas que se posaban en su pecho medio desnudo cuando creía que no lo miraba, el temblor mal disimulado de sus miembros cuando, por puro accidente, Cathy le rozaba el cuerpo, la excitaban más allá de lo que hubiese imaginado. Siempre había creído que solamente los hombres vivían encadenados a estas necesidades físicas; estaba aprendiendo, a su propia costa, que se equivocaba. Le habría resultado muy fácil ir una noche al cuarto de Jon y ofrecérsele, pero Cathy quería algo más que una gratificación sexual. Quería el amor del esposo y, si tenía que impulsarlo al borde de la locura para que él lo reconociera, eso haría.

La noche del baile, Cathy se esmeró en su atavío. El vestido era el más hermoso que hubiera tenido nunca, encargado especialmente para la ocasión. La tela era dorada y susurraba como en un cuento de hadas bajo la luz de las velas. El fino corpiño estaba sujeto por dos frágiles tiras que acariciaban los hombros antes de ensancharse sobre los pechos en dos fajas de tela que se cruzaban otra vez en la espalda, para acariciar la cintura estrecha y luego caer hacia la inmensa campana de la falda. El cuello, los hombros, los brazos y las resplandecientes cuestas de la parte superior de los pechos quedaban al descubierto. Aunque sencillo, el diseño era audaz y, para causar efecto, el vestido dependía de la belleza natural de quien lo usaba. A Cathy le quedaba soberbio.

Martha la peinó con mucha sencillez, sujetando el cabello dorado con una hebilla de zafiro sobre la coronilla y dejándolo caer en una cascada de bucles por la espalda. Pendientes de oro y zafiros se balanceaban, coquetos, de las orejas de Cathy, y un delicado collar a juego, que había pertenecido a la madre de Jon, le acariciaba el cuello. Completaban el atuendo diminutas sandalias doradas de tacón alto y guantes largos, dorados. Con sus enormes ojos de color zafiro y sus facciones perfectas, Cathy parecía una princesa de cuento de hadas.

—Tesoro, pareces un cuadro —dijo Martha, satisfecha, cuando terminó de arreglarse—. Al amo Jon se le saltarán los ojos de las órbitas.

Cathy le dirigió una sonrisa melancólica: casi nada escapaba a la mirada aguda de Martha. Estaba demasiado excitada y ansiosa para regañar a la nodriza, como se suponía que debía hacerlo. En cambio, depositó un beso impulsivo sobre la mejilla regordeta, mientras recogía la estola de lentejuelas.

—Ésa es la idea, Martha —dijo, guiñándole el ojo con aire malicioso y desapareció al otro lado de la puerta con un siseo de faldas.

Jon se paseaba irritado por el pasillo de abajo mientras Cathy descendía hacia él, de modo que tuvo oportunidad de observarlo sin ser vista. De terciopelo gris oscuro, con un chaleco plateado, estaba increíblemente apuesto. La mirada de la joven recorrió la figura esbelta, de músculos poderosos, con posesivo orgullo. De cada centímetro de su persona emanaba una actitud de macho arrogante y el solo hecho de contemplarlo le aceleró el corazón. Por una vez, tenía el cabello pulcramente cepillado y brillante, negroazulado, bajo la luz de las velas. El rostro atezado estaba bien afeitado, lo que resaltaba sus facciones aguileñas. Las cejas negras, sedosas, se unían en el entrecejo, en un ceño impaciente. Cathy sonrió. No parecía estar de muy buen humor y estaría mucho peor antes de finalizar la noche si su plan daba resultado.

Jon echó un vistazo al reloj de bolsillo y levantó la vista hacia las escaleras, quedándose paralizado al ver a Cathy, que parecía flotar hacia él. La mirada de Jon revoloteó sobre ella, su cabello resplandeciente, el rostro, las prominencias casi desnudas de los pechos, la cintura minúscula. Apretó los labios, furioso, y se apartó, aunque no antes de que Cathy sorprendiera el hambre voraz que había ardido en sus ojos en un instante de descuido.

—¿Nos vamos? —preguntó Jon con encomiable frialdad cuando Cathy llegó a su lado.

La cabeza de la muchacha casi no le llegaba al hombro. Ella apoyó la mano con delicadeza en el brazo que se le ofrecía y al levantar la mirada sorprendió los ojos de Jon regalándose hambrientos en la carne que el vestido desnudaba. Un oscuro rubor se extendió por los pómulos de él al verse sorprendido, aunque no dijo nada. Y Cathy también guardó silencio mientras la escoltaba fuera de la casa y la ayudaba a subir al coche que los aguardaba.

El baile fue un éxito tremendo desde todo punto de vista, salvo el de Cathy. Docenas de velas iluminaban el largo salón, mientras sobre una plataforma elevada, en un extremo de la habitación, una orquesta tocaba bellas melodías. Damas de vestidos vaporosos que iban de los recatados tonos pastel que eran de rigor para las debutantes, hasta los más audaces escarlatas y esmeraldas preferidos por las matronas jóvenes, giraban sobre el suelo reluciente, en brazos de caballeros de sobrios atavíos. Después de saludar cortésmente a los anfitriones, Jon condujo a Cathy en medio de la risueña multitud para ejecutar con ella una danza rígida y silenciosa. La sostenía a la distancia correcta y no le dirigió una sola palabra. Exasperada, Cathy, a duras penas esperó a que terminara la música para apartarse de él y sonreír a un joven que estaba cerca. El muchacho, hechizado por su belleza, y sin amilanarse por el entrecejo severo de Jon, de inmediato la invitó a bailar. Cathy aceptó con una pequeña reverencia y salió girando, sin echar una sola mirada atrás.

Después, la sitiaron invitaciones a bailar de parte de casi todos los caballeros presentes. Los jóvenes solteros eran los más vocingleros y Cathy los animaba con chispeante alegría, a la que contribuían las copas de ponche de champán que siempre se renovaban en sus manos. Con el rabillo del ojo, cada tanto atisbaba a Jon bailando con esta o aquella dama encantadora. Al parecer, no le interesaban las damiselas ruborosas y prefería a las mujeres más maduras y experimentadas. Cathy sintió un dolor físico real al verle sonreír con encanto devastador a una dama que, con toda evidencia, sabía qué era el juego entre un hombre y una mujer. «Miserable», pensó Cathy, furiosa, y se alejó para redoblar sus coqueteos.

Cuando se anunció la cena, Cathy dejó que la escoltase el acompañante de ese momento, un apuesto joven de veinticinco años, llamado Paul Harrison. Según la costumbre, las damas casadas cenaban en compañía de los esposos, pero cuando echó el último vistazo a Jon, divisó su cabeza oscura inclinada en gesto íntimo sobre la castaña rojiza de esa hembra sucia. Al verlo, Cathy decidió no esperarlo y coqueteó con Paul como si no tuviese otra preocupación en la vida. Por el despliegue de alegría que mostraba, nadie adivinaría que le dolía la cabeza o que disfrutaba de la cena tanto como si fuese serrín. Por último, detectó a Jon al otro lado del salón... y a su compañera. Era la misma mujer y contemplaba a su marido con una avidez que la asqueó. Furiosa, tragó otra copa de ponche de champán y lanzó otra sonrisa hechicera al fascinado Paul, pidiéndole con dulzura que la llevara otra vez al salón de baile.

Paul bailó con ella dos piezas más; en cada una se volvió más audaz. Acarició con discreción la cintura de la joven y ella, en lugar de apartarlo, le sonrió con deliberada provocación. Si bien esa noche las cosas no resultaban como las había planeado, no estaba dispuesta a permitir que nadie adivinara cuán descorazonada se sentía. Si a Jon no le importaba nada de ella... ¡bueno, a ella tampoco le importaría un ardite de él! Cuando Paul la impulsó en dirección a la galería, no hizo remilgos de ninguna clase.

La frescura de la noche la hizo recuperar la sensatez; mientras Paul la arrastraba hacia la galería, Cathy retrocedía apartándose de él, y estaba por abrir la boca para pedirle que la llevara otra vez dentro cuando vio que una sombra larga y negra se cernía sobre su hombro. Jon apoyó la mano en el hombro de Paul con más fuerza de la necesaria y su voz resonó con un matiz de acero.

—Disculpa, Harrison, pero me gustaría terminar este baile con mi esposa. —Aunque el tono era por completo sereno, Paul soltó a Cathy como si hubiese sido una brasa ardiendo. Hay que decir en su favor que hasta ese momento no había recordado que su compañera era casada. En ese instante, enfrentado a la fuerza formidable de Jon, esbozó una breve reverencia y se retiró con más prisa que dignidad.

Cathy enfrentó a Jon con audacia, levantando la barbilla como si lo desafiara a interpretar lo que ella había hecho. Por dentro no se sentía tan segura. Aquella vez, con Harry, Jon se había puesto lo bastante furioso para matarla... y en esta ocasión Cathy provocó a sabiendas las atenciones de otro hombre. Además, ahora era su esposa. Sin embargo, en ese momento no le importaba mucho lo que él hiciera. ¡Si era capaz de complacerse persiguiendo a esa mujer, ella tenía derecho a un poco de diversión inocente!

Para su asombro, la voz de Jon no reflejaba la furia que ella esperaba y más bien sonaba fría y controlada.

—Sugiero que entremos y terminemos esta danza, pues tu conducta de esta noche ya ha provocado demasiadas habladurías. Prefiero no alimentar más los rumores con una rencilla, para aumentar la diversión de los chismosos. —Se acercó y le aferró el brazo clavando esos dedos largos en su carne. Cathy lo escudriñó en la oscuridad, intentando adivinar la expresión, lo que le resultó imposible. Las sombras eran demasiado densas para dejarle algo más que una silueta oscura.

—¿Y qué me dices de tu comportamiento? —siseó Cathy, tratando de soltarse. ¡Que la condenaran si permitía que la intimidara! ¡Si sus propias acciones habían sido reprobables, las de Jon fueron peores!

—¿Celosa, esposa mía? —Cathy vio el brillo fugaz de los dientes que indicaban una sonrisa carente de alegría—. No tienes motivos para estarlo. Rechacé a la encantadora Annabella... por ti. Ya ves, esta noche he decidido darte lo que tanto deseas.

A medida que hablaba, la arrastraba inexorable hacia el salón de baile. Cuando la luz cayó sobre el rostro del esposo, Cathy contuvo el aliento. Si en la superficie se veía la máscara del caballero, alguien que lo conocía tan bien como ella podía detectar el salvajismo.

—Sonríe, esposa mía —dijo en tono casi agradable, haciéndola entrar por las anchas puertas y sumarse al movimiento de la danza—. Que la buena gente no sepa que estamos peleando, ¿eh?

Cathy miró alrededor, vio las miradas interesadas y sonrió. Por dentro, era un manojo trémulo de nervios. Nunca lo había visto en semejante estado de furia serena. «Sin embargo —pensó, sacudiendo la cabeza y mostrando una sonrisa que le marcaba hoyuelos, en una exhibición para los curiosos—, ¿qué puede hacerme? No es de los que golpean a las mujeres. Si lo que se propone es que compartamos la cama, me parece bien. Entonces, ¿por qué estoy tan asustada?»

Cuando acabó la música, Jon la condujo a través de la muchedumbre, rodeándole la cintura con el brazo en gesto cariñoso pero indiferente. Sólo Cathy percibió los músculos de hierro que la mantenían clavada a su lado. Sonrió mecánicamente y dio respuestas alegres a los hombres que seguían pidiéndole una pieza de baile. A las miradas de desaprobación que le lanzaban las chaperonas, respondió del mismo modo, aunque por dentro se rebeló. «¡Malditas gatas viejas!», pensó, sonriendo al mismo tiempo.

Cuando Jon fue a buscarle el abrigo, Cathy sintió el impulso de correr a esconderse. La idea de quedar a solas con el esposo en un coche cerrado, durante la media hora que tardarían en volver a Woodham, le erizaba los nervios. Tenía la sensación de que le reservaba alguna clase de castigo... pero ¿cuál? Mientras repasaba las posibilidades, Jon volvió con su abrigo y la oportunidad de huir se esfumó.

Jon le sostuvo el brazo con aire cariñoso mientras se despedía, sonriente, de los Ingram. Cathy, asustada, percibía la fuerza de la mano que la sujetaba. En cuanto salieron de la casa, la sonrisa cortés desapareció como si hubiese sido una máscara. Cathy tenía razón: le reservaba algún castigo, como indicaba el resplandor colérico de los ojos. La joven sintió que se le oprimía el corazón cuando él la ayudó a subir al coche sin hablar, plegó los escalones y ordenó partir al cochero. El interior del carruaje sólo estaba iluminado por un farolillo de papel y bajo su luz Cathy observó el rostro sombrío de Jon cuando se sentó en el asiento de enfrente. Los ojos de ambos se encontraron y él esbozó una lenta sonrisa. La mueca carente de alegría le confirió la expresión de un sátiro malvado.

—Ven aquí, esposa —dijo en voz muy baja. Como Cathy se limitó a mirarlo con los ojos muy grandes y angustiados, la sonrisa se esfumó y fue sustituida por una mueca feroz—. ¡He dicho que vengas aquí!

La orden restalló como un latigazo. Nerviosa, Cathy se humedeció los labios con la punta de la lengua y la mirada de Jon se concentró en su boca, con expresión salvaje.

—¿P-por qué? —tartamudeó, encogiéndose hacia atrás, contra el tapizado de terciopelo.

—Te daré lo que estás buscando desde hace semanas. No lo negarás, ¿verdad?

—Yo... yo... si lo que quieres es hacerme el amor, no tengo reparos. A fin de cuentas, eres mi esposo y comprendo que tienes ciertos derechos.

La intención era dar a las palabras un matiz frío y lógico, pero sonaron lamentables. Por inexplicable que pareciera, le tenía miedo y Jon lo sabía. Vio en sus ojos el resplandor fugaz de la satisfacción.

—Sí, así es. Y pienso ejercerlos ahora mismo.

Su mano cruzó en gesto casi indiferente el espacio que los separaba y se cerró sobre la de Cathy, tirando hacia él y haciéndola caer a medias sobre su propio regazo. La alzó hasta dejarla sentada sobre sus rodillas y le puso las manos en el cuello. Contempló el rostro pálido de la esposa y crispó el suyo, colérico.

—Jon, por favor... —murmuró Cathy, humilde, cuando el rostro del esposo se cernió sobre ella—. Espera...

—¿Acaso niegas que has intentado arrastrarme a la cama durante todo el último mes? —Las palabras fueron un gruñido en el oído de Cathy—. ¿O que tu actuación de esta noche con ese infortunado joven estaba destinada a darme celos? ¡Contesta!

—No es así —protestó Cathy, sin fuerza.

A pesar del miedo, reaccionaba a la dureza que sentía formarse bajo sus nalgas suaves.

—¿No es así?

La miró, algo ceñudo; después, su boca silenció cualquier conversación.

# 16

Jon estaba perdido. Lo supo desde el momento en que vio a Cathy desaparecer hacia la galería con ese cachorro fanfarrón. Unos celos feroces y primitivos le desgarraron las entrañas. Sintió deseos de matar, aunque sabía bien que toda esa actuación no tenía otro propósito. Bien, Cathy había tenido éxito: aun contra su propia voluntad, Jon fue tras ella y a duras penas se contuvo de hacerle una escena. Lo que lo frenó fue imaginar la luz de triunfo que brillaría en los ojos de ella. Durante meses, Cathy había intentado arrancarle el corazón y esa noche, reconoció con furiosa cólera, eso fue precisamente lo que logró. ¡Que Dios lo ayudara, pues todavía amaba a esa perra! Y que Dios lo ayudase si ella lo descubría alguna vez.

La boca de Jon, retorcida sobre la de Cathy, fue deliberadamente brutal; la lengua violó esa boca sin detenerse un instante a pensar en el placer o siquiera en la comodidad de la mujer. La sensación de la suave boca que se abría bajo la suya, de los brazos que le rodeaban el cuello, de la lengua pequeña que le acariciaba los labios y los dientes fue la chispa que encendió al mismo tiempo la pasión ávida y la rabia creciente de Jon. ¡A decir verdad, Cathy respondía al beso que sólo tenía la intención de ofenderla! «Cree que por fin ganó la batalla», pensó, enfurecido. La velada terminaba tal como ella había planeado: con él haciéndole el amor. La poseería porque ya no podía evitarlo. Sin embargo, la señora no lograría todo de acuerdo con sus deseos. Jon sonrió con expresión salvaje, su mano se cerró sobre el escote del extravagante vestido de baile y tiró con todas sus fuerzas hacia abajo.

La tela tenue se desgarró con un sonido satisfactorio. Cathy exhaló un gemido contra la boca de Jon y le puso las manos sobre el pecho, en un intento de apartarlo. Él permitió que lo alejara un poco, pues quería que le viese la cara... sabía muy bien que debía ser una mezcla temible de odio, pasión y cólera. La lánguida satisfacción se borró de los ojos de Cathy cuando lo contemplaron. Jon sabía que debía de tener la expresión de locura que reflejaba lo que sentía. Al fin y al cabo, Cathy había logrado volverlo loco.

Le sostuvo la mirada mientras hundía la mano con fuerza brutal en la parte delantera de la enagua. Los dedos se cerraron sobre el pecho, pellizcando el suave pico con crueldad. Cathy gritó y trató de soltarse, pero el brazo de Jon la apretó y la mantuvo clavada sobre sus rodillas.

—¿Qué pasa, esposa mía? —se burló, cruel, al mismo tiempo que tiraba de la enagua y los pechos redondos se liberaban de su encierro.

El escote de la enagua le sujetó los brazos a la cintura y Cathy ya no tuvo forma de apartarlo cuando inclinó la cabeza para succionarle el pecho. La boca se hincó feroz sobre el tierno pezón, arrasándola, lastimándola.

—No, Jon —gimió ella, indefensa.

La violencia de la actitud de Jon borró toda idea erótica de la cabeza de la muchacha.

—¿No es esto lo que querías?

Estaba enfadado... furiosa y salvajemente enfadado. Cathy se estremeció de pánico. Era evidente que pensaba castigarla por el modo en que se había comportado esa noche. Ya la boca de Jon succionando con crueldad la fuente de alimentación del pequeño Cray era un verdadero castigo. Sintió que la leche comenzaba a fluir y se sonrojó, dolorida. Lo que él le estaba haciendo era humillante.

Jon saboreó el líquido dulce y tibio que irrumpía en su boca y su rostro adoptó una mueca canallesca. Su airado deseo se encendió como un fuego infernal, y aunque sabía que tenía que poseerla en ese mismo instante, una extraña vergüenza lo acometió al comprender que estaba abusando de la madre de su propio hijo. Esa perra lo merecía, lo había buscado y nada le impediría dárselo. Hundió los dedos en la cintura y la sentó en el asiento acolchado. Los ojos que lo miraban con fijeza estaban desorbitados y asustados.

—Jon, por favor —le rogó con voz débil.

Todavía tenía las manos apretadas por la enagua y el peso sobre su cuerpo le impedía todo movimiento. Además, era el esposo. Tenía derecho a poseerla cuando y donde quisiera.

—¿Por favor qué? ¿No era esto lo que querías? —inquirió, cruel, con el rostro a escasos centímetros del de la mujer.

A la luz vacilante del farolillo parecía inhumano, diabólico. Cathy tembló bajo su cuerpo y él, al percibir que le temía, torció la boca en una mueca.

—¡No... así no...! —gritó Cathy, cerrando los ojos para no ver esa máscara sádica en que se había convertido el rostro del esposo.

—Entonces, ¿cómo?

—¡Yo... yo quería que me amaras! —murmuró Cathy, con acento desesperado.

Las suaves palabras provocaron un brillo demoníaco en los ojos de Jon.

—Lejos de mí desilusionar a una dama —se burló, arrodillándose entre las piernas abiertas de Cathy. Cayó de rodillas sobre la falda dorada del vestido de baile y contemplaba lascivo los montes trémulos de puntas rosadas de los pechos desnudos. Su peso sobre la tela del vestido inmovilizaba las piernas de Cathy, a quien también le dolían los brazos en la parte en que la enagua se ceñía sobre ellos.

Jon llevó la mano a los botones de los pantalones y empezó a desabrocharlos de uno en uno, con movimientos casi perezosos. Los ojos de Cathy se dilataron de horror. ¡Era imposible que pensara poseerla en el coche! Pero al parecer, así era. El miembro erguido saltó obsceno hacia ella, de entre las finas ropas de noche. Cathy no podía apartar la mirada. Jon lanzó una horrenda carcajada y con brusquedad le levantó la falda hasta la cintura. Los calzones bordeados de encaje aún se interponían entre Jon y su objetivo, y los desgarró hasta dejarlos colgando en tiras de la cintura de la mujer. Por más que fuese el esposo, Cathy comenzó a debatirse, a patearlo frenética y a tratar de escabullirse sobre el asiento. Él la dominó con facilidad y aparentemente disfrutó de la lucha inútil. Mientras la arrastraba otra vez a su lugar, los dientes lanzaron un resplandor feroz. Oprimió las nalgas de Cathy con tanta fuerza que le hizo daño.

La sujetó así, con el trasero alzado hacia él, arrodillado entre las piernas agitadas, contemplando victorioso la pudorosa desnudez que se debatía. Bajo la deliberada crudeza de esa mirada, a Cathy se le cortó el aliento; sacudió la cabeza de un lado a otro, indefensa, apoyada contra el respaldo aterciopelado del asiento.

—¡Jon, por favor, no! —rogó, desesperada.

Sabía que si la poseía de ese modo, con rabia y odio, algo entre ellos se rompería para siempre. Cuando imaginaba a Jon haciéndole el amor, pensaba en el Jon risueño y tierno de Las Palmas, no en este desconocido brutal, duro, que parecía dispuesto a hacerle daño y humillarla.

—¿Por qué diablos no? —La voz era cruel, las manos le apretaban espantosamente las nalgas—. Eres mi esposa, gracias a tu propia acción reprobable. Me perteneces. Y si bien admito que es más caro mantener a una esposa que pagar a una ramera de vez en cuando, tengo intenciones de hacer valer mi dinero. Ahora mismo.

Tras semejante discurso, la atrajo hacia sí, atravesándola con su pasión en actitud brutal. El grito de dolor de Cathy le provocó un placer casi canallesco. Quería hacerle daño, procuraba herirla. La poseyó como un animal, de rodillas ante ella, penetrándola con salvajismo una y otra vez. Los quejidos de dolor de Cathy lo azuzaban como latigazos. Los ojos se le velaron de pasión, el aliento se hizo trabajoso. Cathy tenía los ojos cerrados con fuerza y las lágrimas brotaban bajo sus párpados. Ya lo había acusado antes de violación. ¡Por Dios! ¡Ahora sabría qué significaba esa palabra!

Cuando su semen brotó desde lo más profundo y se derramó caliente, Jon exhaló un gemido ronco. Durante unos minutos permaneció incrustado en la suave tibieza, luego abrió los ojos y contempló sin expresión el rostro empapado en lágrimas. Con aire despectivo, observó de arriba abajo el cuerpo semidesnudo; después se liberó, se levantó y le dio la espalda mientras se acomodaba la ropa. Cathy quedó tendida donde la había dejado, sin intentar cubrirse. Entre el susto y la desesperación, se sumió en un estado de apatía total ante cualquier otra cosa que él quisiera hacerle. Jon se dio la vuelta e hizo una mueca enfadada al ver que Cathy no se había movido.

—¿Esperas más? —se burló con acento desagradable. El coche se balanceó al pasar por un bache y tuvo que sujetarse con una mano—. Tendría mucho gusto en complacerte, pero casi hemos llegado a casa. A menos que quieras que el cochero me sustituya, te sugiero que te cubras.

Cathy no se movió. Con una furiosa maldición, Jon se agachó, la aferró por el brazo y tiró de ella hasta sentarla. Cathy se apartó, con los ojos azules desbordantes de lágrimas. La cara de Jon se contrajo en una expresión amenazadora.

—¡He dicho que te cubrieras! —masculló entre dientes.

Cathy hizo débiles intentos por obedecerle, pero le temblaban tanto las manos que no podía arreglarse la ropa. Jon la observaba con los labios apretados en una línea recta, mientras ella procuraba acomodar sobre los hombros los tirantes de la enagua desgarrada, ocultando los pechos plenos de la vista de Jon. Estiró la falda sobre las piernas, pero nada podía hacer con el corpiño roto, que se abría exhibiendo sus carnes a través de la seda de la enagua.

Jon maldijo en voz baja cuando el coche se detuvo. Cathy aferró la parte delantera del vestido con ambas manos y se dio la vuelta de modo de quedar de espaldas a la portezuela. Jon se apresuró a quitarse la chaqueta y la puso sobre los hombros de la mujer, para luego inclinarse y apagar el farolillo. En el mismo instante en que el interior del coche quedó a oscuras, se abrió la puerta y apareció el rostro impasible del cochero, esperando que se apearan.

Jon saltó al suelo con agilidad y se volvió para tender los brazos a Cathy, quien se sometió, rígida, a que la ayudara a bajar; pero cuando las manos de Jon soltaron su cintura, se sintió repentinamente mareada y se tambaleó. Las rodillas ya no la sostenían. Jon ahogó una maldición al percibir la debilidad de la mujer y le apretó la cintura con las manos. Sin poder evitarlo, Cathy cerró los ojos y se apoyó pesadamente contra él. Estaba segura de que iba a desmayarse.

Con una inspiración, Jon deslizó una mano alrededor de los hombros de Cathy, otra debajo de las rodillas y la alzó como si fuese una niña pequeña. La cabeza de ella se balanceaba de debilidad sobre su hombro y tenía un aspecto fantasmal bajo la luz de la luna. El cochero los miraba con la boca abierta y Jon le dirigió una mirada ceñuda.

—Guarda el coche y atiende los caballos —ordenó; se encaminó a zancadas furiosas hacia los peldaños de entrada y entró en la casa.

El vestíbulo estaba desierto, pues los criados se habían acostado más temprano, dejando un par de velas encendidas en una mesa, al pie de la escalera, para que el amo y la señora de la casa tuvieran luz cuando volviesen a la madrugada. Como tenía las manos ocupadas, Jon no pudo aprovechar la luz para iluminar el camino por las escaleras. Maldiciendo en voz baja, se inclinó para apagar las velas y subió la escalera en la más densa oscuridad, que sólo aliviaba en parte la luz plateada de la luna que se filtraba por la vidriera en forma de abanico de la parte de arriba de la puerta. Ágil y de vista aguzada por los años transcurridos en el mar, se las arregló para pasar las curvas de la escalera sin demasiada dificultad. Cathy yacía floja entre sus brazos mientras cruzaban el pasillo del piso alto, sin sujetarse siquiera con los brazos del cuello del esposo. Se sentía enferma, sucia, execrable.

Jon se detuvo ante la puerta del dormitorio de Cathy y aflojó un poco el brazo que la sostenía para girar el picaporte. Ella sintió que se caía e instintivamente se sujetó de sus hombros en el mismo instante en que la puerta se abría.

El brillo cálido de un candelabro de muchos brazos iluminaba la habitación destinada a ser compartida por el dueño de Woodham y su esposa. La enorme cama de cuatro postes con dosel, con las mantas apartadas que invitaban a acostarse, se erguía en el centro. En la chimenea ardía un pequeño fuego frente al cual, acurrucada en una silla, dormitaba Martha apaciblemente.

—Ya puedes bajarme —murmuró Cathy, tensa, sin mirarlo, alerta ante la silueta de la niñera dormida—. Me siento mucho mejor.

—Se nota —replicó el hombre en tono un tanto punzante, con los ojos grises ardientes de rabia y algo más que brotó en ellos mientras contemplaba el rostro pálido de la esposa—. Estás pálida como la muerte. ¿Qué diablos te sucede? ¿Te he hecho daño?

La última pregunta fue pronunciada con esfuerzo. La expresión ansiosa de sus ojos indicó a Cathy que él temía haberle dañado los tejidos no recuperados del todo tras el nacimiento de Cray.

—¡Sí, me has hecho daño! —No por hablar en susurros la respuesta fue menos feroz—. ¡Sospecho que ésa era, precisamente, tu intención!

—Señorita Cathy, ¿es usted? —Martha se sentó, parpadeando adormilada y mirando en torno de la habitación.

—Sí, Martha, soy yo.

Cathy se alegró por la presencia de Martha. Cuanto antes se marchara Jon, más contenta estaría. Le susurró con fiereza:

—Bájame.

—Ya te he dicho antes que no acepto de ti órdenes de ningún tipo —le refunfuñó Jon al oído, pero el brazo que pasaba bajo las rodillas se aflojó y Cathy posó los pies en el suelo. El otro brazo rodeó con firmeza su cintura y Cathy para sus adentros se alegró de ese apoyo. La cabeza le daba vueltas y temía caerse si él la soltaba.

—Es muy tarde, tesoro y yo estaba... —empezó Martha con tono de reproche, distinguiendo apenas la silueta de Cathy en la sombra, más allá de la luz del fuego. La mujer se interrumpió y se le dilataron los ojos al ver a Jon de pie detrás de su pupila, rodeando con un brazo su cintura en gesto posesivo. Los ojos perspicaces de la nodriza pasaron del brazo de Jon al cabello revuelto de Cathy y a sus ojos enormes, algo desenfocados, a la boca inflamada. ¡Era evidente que la señorita Cathy no necesitaría de sus servicios esa noche! Por la apariencia de esos dos, lo que querían era estar solos—. Bien, es evidente que esta noche no me necesitarás, tesoro, por lo tanto me voy a mi cama. No te preocupes por el señorito Cray: si se despierta, yo lo atenderé. ¡A ese caballerito le hará bien, por una vez, un chupete con azúcar!

Les dirigió una sonrisa beatífica; las pulcras trenzas grises se balancearon al compás de su paso mientras se encaminaba a la puerta.

—Martha... —llamó Cathy, jadeante, otra vez asustada ante la perspectiva de quedarse a solas con el esposo. El brazo de Jon se apretó como un grillete alrededor de su cintura y los dedos se hundieron en su carne provocándole dolor, mientras Martha la miraba interrogante, por encima del hombro.

—¿Sí, señorita Cathy?

—Déjala ir. ¿Acaso quieres que te vea así? —siseó Jon al oído de Cathy al tiempo que Martha hablaba.

Cathy recordó el vestido desgarrado, las señales inconfundibles de la posesión de Jon que aún manchaban su propio cuerpo y tragó saliva.

—Buenas noches, Martha —pronunciaron con dificultad sus labios resecos.

Martha le sonrió.

—También para ti, tesoro. —Guiñó el ojo y, al salir de la habitación, cerró la puerta con mucha suavidad.

Jon no la soltó de inmediato. Cada uno de los nervios de Cathy percibía el cuerpo fuerte a sus espaldas, el corazón que latía rítmicamente contra su oído, el aliento que le agitaba el pelo. Se puso tensa y trató de apartarse, pero Jon no aflojó los brazos.

—Ahora puedes soltarme. Estamos solos. No es necesario que continúes con tu enternecedor despliegue de preocupación.

Las palabras desbordaban sarcasmo.

—¿Puedes tenerte en pie? —Jon habló con voz áspera, sin hacer caso de la provocación.

—Por supuesto —respondió Cathy, con helada dignidad. El brazo duro contra su cintura se retiró lentamente. Sin ese apoyo férreo, las rodillas se le aflojaron, pero se esforzó por mantenerse erguida. Lo único que quería en ese momento era librarse del hombre lo antes posible—. Buenas noches —agregó, subrayando las palabras. Dio unos pasos hacia la cama y se dio la vuelta para enfrentarlo. Con aire indiferente, se apoyó contra uno de los postes de la cama, sintiendo sobre ella los ojos de Jon. Él no hizo ademán de marcharse—. Ahora quiero que te vayas, si no te molesta. Estoy cansada.

A pesar de sí misma, un leve temblor le agitó la voz y lanzó a Jon una mirada de soslayo, con la esperanza de que él no lo hubiese percibido.

—Desnúdate —dijo Jon casi con indiferencia y dio un paso hacia la luz. Hundió las manos en los bolsillos del pantalón gris y se balanceó sobre los talones atrás y adelante, observándola con los ojos entornados. Cathy lo miró con la boca abierta, incrédula, y luego la cerró con resolución.

—Ya has tenido tu diversión de esta noche —pronunció, remarcando las palabras, con los nudillos blancos en la mano que todavía aferraba la chaqueta de Jon. Trató de apartarse de la cama, pero tuvo que volver a apoyarse, pues sin él sin duda se habría caído.

—No busco diversión, como tú dices —respondió él con tono inexpresivo, sin apartar la vista del rostro atormentado—. Quiero cerciorarme de que estás bien. ¿Puedes desvestirte sola o quieres que te ayude?

Cathy le lanzó una mirada furiosa. De pie, erguido, parecía invencible, tan frío y sereno como si los sucesos de la noche no lo hubiesen afectado. Tal vez así era. «Yo soy la herida y humillada —recordó—. ¡Quizá Jon sólo sienta alivio!»

—Es un poco tarde ya para que te preocupes por mí, ¿no crees? —le espetó con tono venenoso—. ¡A fin de cuentas, si no estoy bien es por tu culpa!

—Cathy, desnúdate —repitió él con brusquedad. Se dirigió hacia el fuego y se sentó en la silla que Martha había desocupado. Cathy le echó una mirada de soslayo, luego se quitó de un tirón la chaqucta dc los hombros en un súbito impulso de rabia y se la arrojó.

El marido la atrapó sin dificultad. Cathy apretó los puños, impotente, y se apoyó pesadamente contra el dosel de la enorme cama.

Aquel módico despliegue de cólera la había dejado totalmente agotada. Sentía mareos, ¡pero, después de la forma en que la había tratado, prefería morir antes que permitir que la desnudara!

¡Gracias al cielo, ya no la observaba! Había sacado un fino cigarro del bolsillo de la chaqueta y se inclinaba hacia el fuego para encenderlo con una brasa. Había adquirido el hábito de fumar desde el regreso a Woodham y a ella no le agradaba demasiado, pues reforzaba la sensación de que era un desconocido. Cathy inhaló una gran bocanada de aire y trató de desabrocharse los ganchos que sujetaban el vestido en la espalda. Jon estaba despatarrado en la silla, las piernas largas extendidas delante, mientras contemplaba abstraído la danza de las llamas y fumaba. El humo se elevaba por encima de su cabeza, con un olor muy intenso. Al flotar hacia Cathy la rodeó, la sofocó y su estómago dio un salto amenazador. Se tapó la boca con la mano pero ya era tarde: vomitó allí mismo.

Cuando el espasmo pasó, Cathy advirtió la presencia de Jon a su lado. El hombre se inclinó, la tomó por los antebrazos y la alzó con delicadeza, pues ella había caído de rodillas. Al mirar su rostro abatido esbozó una leve sonrisa y, si Cathy hubiese tenido fuerzas suficientes, habría borrado de una bofetada esa mueca de superioridad.

—¡Ha sido tu maldito cigarro! —se ahogó, a la defensiva, mientras él la sentaba en el borde de la cama y le enjugaba el rostro con una toalla húmeda.

—No lo creo —respondió Jon, arrodillándose para quitarle los zapatos diminutos. Cathy se sentía demasiado débil para sentarse erguida y se dejó caer sobre el colchón, con los pies colgando por el borde de la cama. Jon continuó—: ¿Cuánto has bebido?

—¡No estoy borracha! —protestó ella, indignada. ¡Cómo se atrevía a insinuar semejante cosa!—: Sólo bebí ponche.

—Ponche de champán —aclaró Jon, sin alterarse—. Te vi beberlo, pero nunca imaginé que...

—¡Oh, cállate! —exclamó Cathy, dando curso libre a la indignación—. ¡Nadie se emborracha con ponche!

—Tú te las has arreglado bastante bien para conseguirlo.

El tono risueño enfureció a Cathy. ¡Después de todo lo que le había hecho esa noche, aún tenía la audacia de reírse de ella! Con enorme esfuerzo se sentó otra vez, trazó con la mano un amplio arco y la estampó, sonora, en la mejilla dura de Jon. Lo miró, desafiante, y vio que se llevaba la mano a la mejilla con expresión incrédula. Todavía estaba arrodillado a sus pies y tenía los ojos desorbitados casi en el mismo nivel que los de ella.

—¡Te lo merecías! —exclamó Cathy con tono decidido y se dejó caer otra vez sobre la cama.

—Merecido o no, te aconsejo que no lo repitas —remarcó Jon, luego de una pausa—. La próxima vez podrías recibir una respuesta similar.

—¡Fanfarronadas! —murmuró ella, resentida. Cerró los ojos con fuerza pues tenía la sensación de que el techo giraba sobre su cabeza. Los abrió otra vez y vio a Jon encima. Parpadeó y el rostro del esposo se acercó, se enfocó.

—¡Vete! —siseó y fue recompensada con una sonrisa desganada.

—En unos pocos minutos me marcharé —prometió él, serio, mientras la hacía acostar boca abajo, girándola con suavidad por los hombros.

Cathy sintió cómo le desabrochaba con habilidad los ganchos de la espalda del vestido, tiraba de él para quitárselo, lo arrojaba a un lado y luego empezaba a forcejear con los cordones del corsé. Al parecer, se habían anudado y Cathy lo oyó murmurar «¡Maldición!», mientras intentaba desatarlos. Por fin lo logró, aflojó el corsé con destreza y se lo quitó.

—Me siento mal —gimió de pronto, al sentir que el estómago se contraía otra vez.

—Ya lo sé.

La voz de Jon era tranquilizadora, sus manos se demoraron acariciadoras un instante en los muslos y después le bajaron por las piernas.

—Cuando estés desnuda te traeré algo que te hará sentir mucho mejor.

—¿Estricnina, por ejemplo?

La pregunta era una provocación y Jon no le hizo caso. La acostó de espaldas, pero Cathy estaba demasiado débil para pensar siquiera en resistirse. Permaneció tendida y lánguida sobre la cama, con los ojos cerrados, mientras él le quitaba las enaguas. Solamente le quedaba puesta la camisa casi transparente y los calzones desgarrados. Jon le quitó la camisa por la cabeza con un movimiento rápido y preciso, desató la cinta que sujetaba la cinturilla de los calzones con sumo cuidado y los bajó por las piernas. Cathy sintió las manos tibias que desabrocharon primero el collar, luego los pendientes y, por último, el adorno del cabello. Comenzaba a adormilarse, inquieta, cuando sintió algo fresco y húmedo en el vientre y en la parte interna de los muslos.

—¿Pero, qué estás haciendo? —exclamó, abriendo de pronto los ojos.

Jon siguió limpiándole el cuerpo con un paño húmedo, con un aire de intimidad que le provocó un intenso sonrojo.

—Necesitas un baño —dijo él, echándole una mirada fugaz, casi tierna. Le pasó una vez más el paño entre las piernas y luego lo dejó. Cathy quedó tendida en la cama, desnuda, los pies colgando por el borde, mientras él giraba y cruzaba la habitación hasta el guardarropas.

—¿Adónde vas? —preguntó Cathy sin poder contenerse, con una extraña sensación de desnudez.

Jon le lanzó una mirada severa por encima del hombro, atareado entre las pilas de ropa interior.

—Supongo que quieres ponerte un camisón para dormir.

—Ah —murmuró Cathy y asintió. El enfado anterior empezaba a desvanecerse, junto con el recuerdo de lo que lo había provocado. Y también se desvanecía la sensación de vértigo—: Me has hecho daño —lo acusó, recordando vagamente el dolor intenso, penetrante, que Jon había causado.

—Tú me lo has devuelto —le recordó Jon, tocando apenas con los dedos la mejilla que Cathy había abofeteado—. Estamos a mano.

A Cathy, que a cada minuto se sentía más mareada, le pareció un argumento razonable. Se sometió con docilidad cuando él la incorporó y se apoyó pesadamente contra el duro pecho del esposo y dejó que le pasara el camisón por la cabeza. El olor varonil, almizclado, resultó extrañamente agradable. Cathy sepultó la cara contra la seda fresca de la camisa, mientras Jon le acomodaba la prenda de dormir.

—A la cama, muchacha tentadora —lo oyó musitar con voz ronca. La alzó y la depositó rápidamente sobre el blando colchón, pero esta vez, en la posición apropiada para dormir, con la cabeza hacia la cabecera. Los ojos azules parpadearon cuando él la arropó cuidadosamente, tapándola con las mantas bajo la barbilla.

—Me duele la cabeza —dijo, como si él tuviese la culpa.

Jon le sonrió y de pronto su expresión se tornó totalmente encantadora.

—Yo lo solucionaré —le prometió, pasando el dedo por la nariz pequeña y recta de Cathy—. Tendría que hacerte embriagar más a menudo, chica: te vuelves irresistible.

Antes de que Cathy pudiese hacer algo más que dirigirle una mirada ceñuda, Jon desapareció, aunque regresó enseguida con un botellón de coñac lleno de cierta mezcla de aspecto inquietante.

—Bebe esto. —Se sentó en el borde de la cama y le alcanzó una copa servida.

Cathy se incorporó sobre los codos y hasta ese leve movimiento hizo que le diera vueltas la cabeza.

—¿Qué es eso? —preguntó con desconfianza.

—Pelo de perro con un agregado, mi amor. Bébelo.

La sostuvo erguida con el brazo en la espalda y le acercó la copa a los labios y Cathy no tuvo más remedio que tragar. Era repugnante y le provocó náuseas. Cuando el estómago se aquietó y ella se recostó otra vez sobre las almohadas, tuvo que reconocer que, en efecto, se sentía mejor. Le pareció flotar, ingrávida, con la mente revoloteando en libertad. El colchón crujió y saltó hacia arriba cuando Jon se levantó con agilidad.

—No me dejes —murmuró Cathy, casi sin poder abrir los ojos y aferrándole la mano—. Por favor.

—No lo haré.

—Martha se sentiría tan decepcionada...

Las palabras fueron perdiéndose y las largas pestañas cayeron sobre las mejillas pálidas. Jon hizo una mueca: pese a sus firmes propósitos, aquella muchacha era capaz de hacerlo girar alrededor de uno de sus dedos con absurda facilidad. Caminó hasta la chimenea y se quedó contemplando las llamas, meditando amargamente acerca la locura de los hombres enceguecidos de amor.

El estallido de un ascua despertó a Cathy unas dos horas más tarde. El cuarto estaba oscuro, poblado de sombras misteriosas. Cathy parpadeó, adormilada, y se irguió sobre un codo para escudriñar la habitación. El olor tenue del humo de un cigarro flotaba en el aire, recordándole a su esposo. No tenía muy claros los sucesos de la noche anterior, pero se acordaba vagamente de Jon desvistiéndola con delicadeza, la voz ronca que la llamaba «mi amor». Su amor. La boca de Cathy se abrió en una sonrisa.

Le llamó la atención el destello anaranjado y brillante de la punta de un cigarro. Lo miró con fijeza, casi sin poder divisar la sombra larga y delgada que se estiraba en la silla, delante del fuego.

—¿Jon? —susurró, aunque sabía que no podía ser otro.

El cigarro voló hacia el fuego, la silueta oscura se puso de pie y se dirigió a la cama. Cathy se dejó caer otra vez hacia atrás, complacida. Era realmente Jon.

—¿Cómo te sientes? —preguntó el esposo, con suavidad, inclinándose sobre ella con el rostro en las sombras.

—Sola. —Cathy suspiró: ya no sentía necesidad de ocultar su amor por él, pues Jon había admitido el de él por ella. Su amor. Su amor. Las palabras cantaban como una bienaventuranza en la cabeza de la joven.

—¿Qué quieres decir con eso? —preguntó Jon luego de una larga pausa, con tono cauteloso.

Cathy deseaba verle la expresión, pero reinaba la oscuridad. «¡Ah, bueno! —pensó—. Habrá un mañana... todos nuestros mañanas... para hablar de amor.» Lo que quería en ese momento eran pruebas tangibles.

—También tengo frío —murmuró con recato, al tiempo que sacaba la mano de debajo de las mantas y tanteaba el muslo del esposo—. ¿No me darías calor?

—¡Por Dios, Cathy, todavía estás borracha! —protestó él.

Cathy sonrió en la oscuridad. Sí, estaba borracha. Ebria del embriagador néctar de su amor. Subió más la mano y sus dedos recorrieron, provocativos, el bulto duro de los pantalones. Jon comenzó a retroceder, pero se detuvo. En el fondo de su garganta resonó un gemido ronco y posó la mano sobre la de ella, apretando los dedos contra sí.

—Te deseo. —La voz de Jon sonó estrangulada. Los dedos de Cathy se apretaron contra el suave terciopelo, masajeando, provocando. Palpó un botón duro y redondo y lo desabrochó. Luego, otro. Los pequeños dedos fríos se deslizaron en el interior para acariciar la carne con delicadeza—. ¡Ah, mi Dios! —gimió Jon y se acomodó junto a ella en la cama.

La rodeó con los brazos y la estrechó a todo lo largo de su propio cuerpo duro. Se interponían las gruesas mantas y Jon las apartó con el pie, impaciente, al tiempo que apretaba la boca contra la de ella con ardiente anhelo. Cathy le rodeó el cuello con los brazos y devolvió el beso con total abandono, sollozando palabras amorosas contra la boca de Jon, sintiendo los estremecimientos que sacudían los miembros de músculos marcados cuando se apretó contra ella.

A través de la seda fina del camisón, los dedos de Jon ardieron sobre los pechos, los muslos, el vientre de la mujer. Cathy se contorsionaba bajo las caricias, embelesada por el contacto; llevó las manos al cuello de la camisa para quitársela. Los botones saltaron, permitiéndole tocar el pecho velludo y musculoso. Apartó los labios de la boca de Jon y fue depositando besos audaces sobre su cuerpo, mientras él jadeaba como si estuviera muriéndose.

De pronto Jon se sentó y Cathy sintió deseos de gritar al escapársele esa carne tibia.

—¿Querido? —lo interrogó, en voz ronca.

Se acercó por detrás hasta el borde de la cama, de rodillas, y le rodeó la cintura con los brazos suaves.

—Tengo que quitarme las malditas botas —dijo Jon entre dientes, dando tirones al calzado ofensor.

Cathy rió con suavidad, emitiendo un sonido seductor. Apretó con fuerza los pechos contra los músculos duros de la espalda de Jon; él gimió y una de sus manos interrumpió lo que estaba haciendo para hacerle girar la cabeza y estamparle un beso breve pero ardiente. Después, dejó caer una bota tras otra al suelo, se levantó y se quitó la ropa con manos trémulas.

Cathy permaneció donde estaba, de rodillas en el borde de la cama, y lo contempló con audacia. A la luz vacilante la carne parecía dorada, bronceada y dura como la de un salvaje. Cathy admiró los músculos protuberantes de los brazos y los muslos a través de los párpados entornados, deleitándose con la fuerza del esposo. Cuando por fin estuvo desnudo, ella le dedicó una mirada larga y anhelante que le hizo contener el aliento. Cada poro del cuerpo de Cathy percibía la masculinidad y la pasión del hombre.

—Atrevida —murmuró Jon, acercándose a ella y quitándole el camisón por la cabeza de un solo movimiento. Quedó tan desnuda como él. Dejando de lado toda inhibición, Cathy se apretó contra él, gozando del contacto áspero del vello contra sus pechos suaves, del calor y de la dureza del esposo. Éste la llevó más atrás, le separó los muslos con la rodilla y ambos se echaron sobre el colchón blando.

Cuando la poseyó, Cathy sintió un éxtasis palpitante como una quemazón. Se arqueó contra él, frotando su suavidad contra tanta fuerza, sollozando su deseo contra la boca masculina. Jon jadeaba y el corazón le palpitaba con tanta fuerza que sonaba como un tambor que alguien golpeara entre los dos. La llevó al borde del éxtasis una y otra vez. Cuando por fin se quedó quieto, con la boca tibia apoyada contra la curva del cuello de Cathy y le acarició el cabello con ternura, ella sintió la impresión de haber muerto e ido al paraíso. Maravillada, le tocó con los dedos la boca y, sin tiempo de contarle su felicidad, se quedó dormida.

Jon también durmió, aunque no tan profundamente como ella. Se despertó en el instante mismo en que el sol asomaba por el horizonte y el primer rayo sesgaba la habitación; rodeaba apretadamente con los brazos el cuerpo desnudo de la esposa. Deslizó la mano con pereza sobre la piel sedosa y, como ella no reaccionó, se apoyó en un codo para contemplar ese adorable rostro dormido.

Los ojos se posaron con ternura en las pestañas oscuras que formaban una media luna sobre las mejillas de delicado rubor, la nariz pequeña, la curva encantadora de esa boca seductora y sonrosada. Admiró la curva perfecta del mentón, la maravilla de los pechos, que estaban como fundidos en fresas y crema. Todavía tenía las mantas enredadas en los pies y, la esbeltez de la cintura, la redondez de las caderas y las piernas largas y flexibles quedaban expuestas. Recordó la increíble dicha que le había brindado esa noche y se maravilló de la profundidad de su propia pasión. Nunca en su vida había experimentado algo semejante.

Un rayo de sol tocó un rizo de Cathy y lo hizo renacer a la vida. Jon levantó el mechón y tanteó su textura sedosa con los dedos, lo llevó a la nariz para aspirar la dulce fragancia, lo apretó contra los labios con aire reverente. De pronto, se paralizó. ¡Estaba comportándose como un tonto hechizado! El amor devorador que sintiera por ella la noche anterior lo había enceguecido a todo lo que no fuera la belleza de Cathy y su propio deseo. A la luz del día, la cordura recuperada llegaba en el momento preciso. Agradeció a Dios que Cathy estuviese dormida cuando él despertó. De lo contrario, le habría confesado su amor y, en caso necesario, le habría implorado de rodillas que le correspondiese. ¡Dios, cuánto hubiese disfrutado Cathy con eso! De ese modo, su venganza habría sido completa.

Jon se levantó de prisa y recogió la ropa de donde la había dejado caer. Tenía el entrecejo fruncido. Antes de enfrentarse nuevamente a Cathy, necesitaba tiempo para pensar. No podían seguir así. Al menos, él no podía. Sin molestarse en ponerse algo más que los pantalones, salió de la habitación sin hacer ruido.

El día estaba avanzado cuando Cathy despertó y el sol lucía alto en el cielo. Se estiró, soñolienta, echando de menos la tibieza que la había rodeado toda la noche. Parpadeó y apretó la cara con amor contra el hueco de la almohada, del lado de Jon. Él ya debía de estar en los campos. ¡Tenía que suponer que ella era una perezosa! «Y qué desvergonzada», pensó, sonrojándose al recordar su propio atrevimiento de la noche anterior.

Jon la amaba. La idea resonó con la pureza de un clarín entre los demás recuerdos confusos de la noche pasada. Recordando el modo en que le había hecho el amor, ¿acaso podía dudarlo? Cuando otros recuerdos menos agradables comenzaron a irrumpir, poco a poco el entrecejo de Cathy se ensombreció.

La noche anterior la había poseído más de una vez. La primera había sido en el coche, de regreso del baile. Repugnante en todos sus detalles, la violación brutal de Jon se repitió en la mente de Cathy. Dios, si la amaba, ¿cómo había podido hacerle algo así? ¿En realidad había dicho que la amaba o ella sólo lo había imaginado por lo mucho que deseaba oírlo? Se concentró, esforzándose en recordar. Un intenso rubor le cubrió el rostro hasta las raíces del pelo, al rememorar todo lo ocurrido la noche anterior. «¡Por Dios! —se reprochó—, ¡actué como una perra en celo, casi le rogué que me hiciera el amor!». Recordó cómo lo había tocado, besado todo el cuerpo y quiso morirse.

No la amaba. ¡Era imposible, por la forma brutal en que la había poseído en el coche! ¡Se había mezclado el champán con el anhelo desesperado de escuchar esas palabras! ¡Dios, como debía de estar riéndose de ella! ¡Cuánto la despreciaría! O peor aún, quizá ni le importara. Tal vez para Jon las noches como ésa eran tan corrientes que ni pensaría en su comportamiento.

Una discreta llamada a la puerta interrumpió sus torturantes pensamientos. Aspiró una honda bocanada de aire, con intención de serenarse.

—¿Sí?

—Ya es hora de que te levantes, señorita Cathy —la regañó Martha de buen humor mientras abría la puerta—. El amo Jon me pidió que te dejara dormir, pero ya es suficiente. ¡El señorito Cray está armando tal alboroto que cualquiera diría que lo matamos de hambre!

—¿Has visto a Jon esta mañana? —preguntó Cathy con toda la frialdad de que fue capaz.

—Sí, y él también parecía alborotado. ¡Debes de haberle revuelto la sangre anoche!

A pesar de sí misma, Cathy sintió que se ruborizaba. ¡Sin duda le había revuelto la sangre, como decía Martha!

Sintió que la humillación le subía a la garganta como bilis y las risitas divertidas de Martha la empeoraron.

—¿Ha ido a los campos?

Necesitaba saber cuánto tiempo tenía a fin de prepararse para el siguiente encuentro con él. Los ojos de Martha se abrieron, sorprendidos.

—No, tesoro, dijo que iba a Atlanta, por negocios. Advirtió que estaría fuera más o menos una semana. ¡Y no te ha dicho nada...!

Martha parecía preocupada, como si empezara a sospechar que algo no andaba del todo bien. Cathy tragó saliva e hizo lo que pudo por esbozar una sonrisa radiante.

—Ah, sí, claro que me lo había dicho. Lo que sucede es que por un momento lo olvidé —mintió—. ¿Has dicho que Cray tiene hambre? Tráelo, por favor, y veremos qué puedo hacer al respecto.

Cathy pasó el resto del día como aletargada. Sonrió, jugó con Cray, dio todas las respuestas que correspondía, pero un solo pensamiento ocupaba su mente: a Jon le importaba tan poco de ella y de lo sucedido entre ellos la noche anterior, que había sido capaz de marcharse a Atlanta durante una semana sin decirle una sola palabra, ¡sin siquiera despedirse! ¡Dios querido, cómo dolía! Nunca en la vida se había sentido tan abandonada.

Luego, esa tarde, mientras jugaba con Cray en el rosedal, oyó que un coche rodaba por el sendero. «¿Y ahora, qué?», pensó, abatida, y se preparó para una sesión de cotilleo con alguna vecina entrometida.

Era muy probable que le formularan preguntas hirientes y, al comprenderlo, se ruborizó. La noche pasada había sido un desastre desde todos los puntos de vista.

—Tiene una visita, señorita —se acercó a informarle Petersham, con cierto tono de desaprobación.

Cathy, intrigada por ese tono, lo miró.

—¿Quién es?

—Un caballero, señorita. No me quiso dar su nombre.

Cathy supuso que a eso se debía la desaprobación de Petersham. Deseó fervorosamente que no fuera Paul Harrison, que se presentaba para disculparse por su conducta de la noche anterior o, aún peor, para proseguir con la relación. Cathy llevó a Cray con ella y siguió a Petersham al interior de la casa, arreglándose el cabello mientras él señalaba el recibidor.

—Lo hice pasar allí, señorita Cathy. Si me necesita, no tiene más que llamarme.

¿Acaso imaginaba que el hombre la atacaría en su propia casa? Impaciente, Cathy lo miró ceñuda y empujó la puerta del recibidor. Un caballero de cabellos plateados, vestido con pulcritud, estaba de espaldas a ella.

Cuando Cathy abrió la puerta, el hombre se volvió lentamente y Cathy lo reconoció en cuanto se movió. Un grito de alegría brotó de su garganta y estuvo a punto de atravesar el recibidor, corriendo, para abrazarlo.

—¡Papá! ¡Oh, papá, me siento tan feliz de que estés aquí!

# 17

—Señorita Cathy, ¿estás segura de que estás haciendo lo correcto?

Martha vertía cubos de agua caliente en la bañera y le hablaba con tono preocupado.

—Sí, Martha, estoy segura.

La respuesta de Cathy fue cortante, aunque deseaba estar tan segura por dentro como parecía. Una parte de ella ansiaba meter a Cray bajo un brazo, el bolso de viaje bajo el otro y volar de regreso a Woodham... y a Jon, como si le hubiesen brotado alas en los pies. Pero ésa era su parte blanda, femenina. El resto de su persona, su orgullo, el respeto por sí misma, el sentido común, le decían que había llegado la hora de cortar por lo sano. Era una tontería... no, una locura quedarse con un hombre que tarde o temprano le arrancaría el corazón y lo haría trizas. Tenía que marcharse mientras todavía tuviese fuerza para hacerlo... y antes de que empezara a formarse otro niño bajo sus faldas. Ahora que se había roto el hielo y hacían el amor otra vez, no pasaría mucho tiempo hasta quedar nuevamente encinta y los lazos que la unían a Jon se harían más fuertes todavía. Incluso en ese momento abrigaba la esperanza de que no hubiesen prendido en ella las semillas de las dos últimas veces.

Imaginar la reacción de Jon ante su huida la hacía tragar saliva. «Pero por fortuna, no estaré ahí para verla ni oírla», pensó, acomodando a Cray para que mamara en una posición más cómoda. Cuando Jon regresara a Woodham, el

*Unicorn* estaría en alta mar. Jon había dicho que estaría fuera una semana y ya habían pasado dos días. En otros dos, el *Unicorn* iría rumbo a Inglaterra.

La aparición del padre fue providencial. Sin sir Thomas, Cathy nunca habría conseguido el pasaje en el tiempo de que disponía. Pero sir Thomas ya había reservado un camarote en el *Unicorn* y, gracias a su influencia, no fue difícil conseguir otros dos.

Había algo en la actitud del padre que intrigaba a Cathy. Parecía preocupado, casi culpable, e insistió mucho en cerciorarse de que ni ella ni Cray hubiesen sufrido daños. Hasta interrogó a Martha acerca de cómo estaban y cuando la mujer le dijo sin rodeos que el capitán Hale trataba a la esposa y al hijo con la más absoluta bondad, sir Thomas se tornó pensativo, casi adusto. Y, cuando Cathy le informó de su intención de marcharse de Woodham en ausencia del esposo, se mostró casi renuente a ayudarla. Sólo cedió cuando Cathy se echó a llorar sobre su hombro.

Al fin, como siempre, la hija logró hacer su voluntad. Y ahí estaba, en un lujoso camarote a bordo del buque inglés *Unicorn*, con el hijo al pecho y la niñera cuidando de ambos, bajo la protección del padre. ¿Por qué se sentía tan desdichada, entonces?

—Tesoro, ¿no cambiarás de idea antes de que sea demasiado tarde?

La pregunta de Martha interrumpió los pensamientos de Cathy, que se removió inquieta en la silla, junto a la cama, mientras sacudía con una mano el trasero cubierto de pañales del hijo y estiraba la espalda dolorida.

—No, Martha, no lo haré. —Cathy estaba harta de aquella discusión interminable y lo reflejó en la voz—. Es preferible que regresemos a Inglaterra, y eso por muchas razones que tú ignoras.

El intento por someter a Martha fue absolutamente inútil, tal como Cathy tendría que haber sabido. En lugar de callarse, Martha cambió el ángulo de ataque.

—Destrozarás el corazón del pobre hombre, tesoro. Está loco por ti.

Cathy le lanzó una mirada de reproche y volvió su atención a Cray, que aflojaba la succión del pezón a medida que perdía la batalla contra el sueño. Contemplando la batalla silenciosa, Cathy esbozó una sonrisa llena de cariño. Mientras su hijo viviera, jamás podría olvidar al padre, pensó con algo de tristeza. Eran tan parecidos, aunque Cray fuese un bebé, que resultaba pavoroso.

—El capitán Hale es un buen hombre, señorita Cathy. Te resultaría bastante difícil encontrar a otro igual o que te quiera tanto.

Cathy no pudo contenerse de responder:

—El capitán Hale me raptó, me violó y me dejó encinta. Luego me abandonó y regresó sólo porque quería vengarse de cierto daño imaginario. Si eso es lo que tú llamas cariño, te lo regalo. Yo estoy mejor sin él.

—Es tu marido, tesoro, a los ojos de Dios y de la ley, tanto si te gusta como si no. No está bien que te lleves a su hijo y que lo abandones.

—¡Oh, Martha, cállate, por el amor de Dios! —exclamó Cathy, enfadada. La agudeza de su voz hizo que Cray abriera sus ojos azules, alarmados. Esa réplica diminuta del rostro de Jon se crispó, amenazadora, y Cathy se puso de pie de un salto cuando el pequeño emitió un chillido asustado.

—Calla, querido, mamá no estaba peleando. Tranquilo, mi chiquitín —canturreó con la boca contra los rizos negros que reposaban en su hombro, al tiempo que lo acunaba. Lanzó a Martha una mirada ceñuda, como diciendo: «¿Ves lo que has conseguido?», pero la nodriza ni siquiera se inmutó. Con semblante impávido, comenzó a preparar el jabón y las toallas para el baño de Cathy.

Por fin, los sollozos de Cray se redujeron paulatinamente a pequeños lloriqueos, hasta que éstos al final también cesaron. Cathy fue con él hasta el camastro. Si se movía con cuidado y en silencio, depositaría al chiquillo en su cuna sin despertarlo. Había estado inquieto todo el día y ella estaba agotada de atenderlo. La única explicación posible era que el ambiente le resultaba extraño, como había señalado antes Martha, con severo regocijo.

Cathy acostó a Cray boca abajo y lo cubrió con la mantilla tejida a mano que había llevado de Woodham. Si bien adoraba al pequeño, disfrutaba de los períodos en que dormía. El agua del baño parecía invitarla, humeante, y anhelaba sumergirse y relajar los músculos tensos con un baño prolongado y lujurioso.

Por fortuna, Martha guardó silencio mientras la ayudaba a desvestirse. La joven sabía que esta tregua insólita no se debía a nada que ella misma hubiese hecho o dicho, sino a que Martha no quería perturbar el sueño de Cray. Tarde o temprano, comenzaría otra vez con las recriminaciones. No cabía duda de que se las arrojaría por la cabeza todo el tiempo que el *Unicorn* estuviese en el mar.

La sensación del agua caliente fue maravillosa. Cathy se sumergió hasta la barbilla, inspirando profundamente la suave fragancia de madreselvas y soplando las burbujas. Cerró los ojos, resuelta a disfrutar de los primeros momentos de paz y quietud de todo el día, pero un rostro oscuro y aguileño apareció contra la pantalla de sus párpados cerrados. Cathy los abrió al instante: no se permitiría pensar en Jon.

Tomó la esponja con una mano, el jabón con la otra y frotó con vigor hasta producir espuma, que se pasó por los brazos y las piernas. Un largo mechón de cabellos se escapó de la masa recogida en lo alto de la cabeza y lo metió en su lugar con gesto impaciente. Por último se frotó la cara y después se enjuagó. Cuando salió de la bañera, Martha la estaba esperando con la toalla.

Cathy estaba envolviéndose en la toalla cuando la puerta del camarote se abrió de un puntapié, con tanta fuerza que rebotó sobre sus goznes. Cathy ahogó una exclamación, apretó la toalla contra sí y volvió la mirada asustada hacia la puerta. Martha hizo lo mismo y el pequeño Cray se despertó y parpadeó una vez antes de echarse a llorar.

Cathy quedó tan consternada que ni siquiera pensó en el niño. Allí, contemplándola torvamente desde la puerta abierta, estaba Jon. Le goteaba agua desde el ala del sombrero, tenía la ropa empapada y, al mirar más allá de él, Cathy notó que llovía a cántaros, por lo cual la noche era más oscura todavía. La boca de Jon era una fina línea apretada y sus ojos ardían, acusadores.

—Buenas noches, Cathy —dijo con tono burlón al ver que ella sólo atinaba a contemplarlo con la boca abierta—. Me alegra ver que te las has arreglado muy bien en mi ausencia. —Su mirada recorrió de la cabeza a los pies el cuerpo casi desnudo y todavía húmedo.

A su vez, Cathy lo inspeccionó rápidamente. Llevaba pantalones de montar oscuros, abrigo con capucha, que formaba ondas alrededor de las rodillas, botas altas y un sombrero de ala ancha. Por su apariencia, dedujo que acababa de llegar a caballo desde Atlanta, que había descubierto que ella no estaba y le había seguido la pista hasta el *Unicorn*. Cathy tragó con dificultad, pues de súbito sintió la boca seca. Todos sus planes y preparativos parecían vanos. Luego cerró la boca, pensativa: éste era un buque inglés y su padre estaba cerca. Jon no podría obligarla a irse con él.

Mientras Cathy miraba a Jon como paralizada, Martha se recompuso y cruzó el camarote para levantar a Cray. El llanto del pequeño se calmó cuando la nodriza lo acunó, consoladora. Jon echó un vistazo a su hijo y a la niñera.

—Martha, ¿podría llevar a Cray a otro lado, por favor? Me gustaría hablar unas palabras con mi esposa.

—Sí, señor. —Martha pareció sumisa y Cathy supuso que Jon le resultaba tan temible como a ella misma. Salió de su error al ver que Martha le lanzaba una breve mirada triunfal mientras dejaba el camarote. En cuanto estuvieron fuera, Jon cerró la puerta con mucha suavidad y se quitó el sombrero y el abrigo empapados con movimientos indiferentes. La humedad de la noche le había aplastado el cabello negro formando ondas; se pasó la mano por la cabeza con gesto impaciente, para luego apoyarse contra la puerta cerrada, con los brazos cruzados sobre el pecho.

—Quiero que me expliques qué demonios estás haciendo aquí. —La voz todavía era calma, aunque los ojos chispeaban de furia. Cathy tuvo deseos de bajar la mirada bajo esa otra mirada quemante, pero en cambio se arropó más en la toalla, levantó la barbilla y lo observó con frialdad.

—Te abandono. Me parece que es obvio.

—De modo que me abandonas, ¿no? ¿Así, sin más, sin una palabra, mientras yo estoy ganando el sustento para ti y tu hijo? Nuestro hijo.

Los ojos grises de él ardían y Cathy los enfrentó con mirada firme.

—Sí.

—Jamás. —Apartó los hombros de la puerta, cruzó el camarote hacia Cathy en dos largas zancadas y le clavó las manos hasta hacerle daño en los esbeltos hombros desnudos. Cathy se mantuvo firme y levantó la vista hacia ese rostro amenazador con una calma que estaba lejos de sentir. Los largos dedos de Jon se hundieron en su carne suave.

—No me dejarás.

Lo dijo entre dientes y en su mentón se contraía ese músculo que presagiaba el estallido. Todo aquel cuerpo enorme estaba tenso de furia, con el rostro oscurecido. Parecía dispuesto a pegarla.

—No puedes detenerme. Aunque me sacaras de este barco por la fuerza, encontraría otro, tarde o temprano. No puedes encerrarme ni vigilarme todo el tiempo.

La calma de Cathy pareció enfurecer a Jon. La sacudió, como si quisiera hacerle sentir la fuerza de sus manos. El cabello de ella se soltó y la toalla resbaló. Cathy la sujetó por el borde y la sostuvo ante sí. El esposo dejó de sacudirla y recorrió con la vista el cuerpo casi desnudo.

—¿Por qué? ¿Acaso te golpeé, te maltraté de alguna forma? —Cathy notó que hacía esfuerzos ingentes por controlarse con férrea voluntad y le lanzó una mirada irónica. Jon tuvo la elegancia de ruborizarse—. Estás enfadada por lo de la otra noche.

Fue una afirmación, no una pregunta. Cathy no respondió y miró con expresión pétrea por encima del hombro de su marido. Las manos de Jon se deslizaron a los antebrazos de la mujer y la apretaron.

—Te pido perdón por eso. Igual que tú, yo había bebido mucho. De todos modos, no me negarás que habías estado provocándome. Has estado tratando de seducirme por meses enteros, incluso antes de que naciera Cray. ¿Qué reacción esperabas?

—¡No una violación! —le espetó ella. De inmediato, lamentó no haberse mostrado fría y digna.

—De acuerdo, lo siento. No volverá a suceder, lo prometo. ¿Qué más puedo decir?

—Nada.

Cathy se apartó de él mientras hablaba y, apretando la toalla contra su cuerpo, fue a buscar la bata en el baúl. Se mantuvo de espaldas a Jon mientras se la ponía, pero sintió detrás la mirada de esos ojos ardientes.

—¡Maldito sea, no me dejarás! —La voz de Jon restalló como un látigo detrás de Cathy, que giró para enfrentarlo, con el cabello dorado revoloteando y los ojos azules echando chispas.

—Oh, sí, te dejaré —siseó, anudándose el cinturón de la bata y apretando los puños—. ¡Y no puedes impedírmelo!

—Claro que puedo.

—¡Claro que no puedes! —De súbito, Cathy se sintió tan furibunda como él—. No te pertenezco, ¿sabes? Y existe algo llamado divorcio. Aunque a decir verdad, no sé para qué serviría. ¡Has hecho tal embrollo de este matrimonio que no es probable que intente otro!

Jon contuvo el aliento y se le ensombrecieron los ojos como si le hubiesen dado un puñetazo en el estómago. Cathy sintió entonces un perverso placer al darse cuenta de que había logrado lastimarlo de algún modo. Jon avanzó un paso hacia ella y se detuvo. Una fina línea blanca apareció a cada lado de su boca.

—Quieres que te ruegue, ¿verdad? —preguntó con tono salvaje—. Eso es lo que has querido desde el principio, tenerme rendido a tus pies. Está bien, perra, has ganado la batalla. Te ruego que no me abandones.

Sin embargo, le lanzó una mirada de odio y Cathy lo miró fijamente, sintiendo que se le abría la boca de asombro.

Estaba rogándole... ¡En verdad, su orgulloso capitán pirata le suplicaba que no lo abandonase! La esperanza empezó a sofocarla. ¿Sería posible...? Tenía que cerciorarse.

—¿Por qué quieres que me quede, Jon? —preguntó con suavidad, sin apartar la mirada de los ojos de él.

Bajo la piel de los pómulos del hombre la sangre se agolpó y sus ojos la miraron echando chispas.

—¡Por Dios, sólo quieres tu libra de carne!, ¿no es cierto? —preguntó con ferocidad—. Está bien, me rindo. Te amo, maldición. Venga, ríete.

—Repítelo.

Cathy sintió que las comisuras de sus labios temblaban. Jon también lo notó y su rostro se crispó en una mueca casi canallesca. A Cathy no le importó: empezaba a sentir una felicidad salvaje, delirante. No podía creerlo. Le había dicho que la amaba y, a juzgar por la fiereza que acompañaba sus palabras, debía de ser verdad.

—De modo que todo esto te parece muy divertido, ¿no, perra? —refunfuñó, al tiempo que se acercaba a ella y la apretaba con rudeza contra sí—. ¡Vamos a ver si sigues riéndote después de esto!

Adrede, la boca de Jon se abatió con brutalidad contra la de ella y la rodeó con brazos férreos como grilletes. La fuerza del beso estuvo a punto de quebrar la espalda a Cathy, que se estremeció en el abrazo y unió los brazos en torno del cuello de Jon para estrecharlo con fuerza.

—Yo también te amo, bobo —murmuró, con la boca apoyada contra el cuello fuerte y cálido, cuando por fin la dejó respirar.

Jon permaneció inmóvil, con las manos detenidas en medio de una caricia.

Poco después la sujetó por los brazos y la alejó un poco para verle la expresión. Cathy le sonrió, soñadora.

—¿Qué has dicho? —El tono del hombre fue duro y suspicaz, y en sus ojos danzaba una luz extraña y salvaje.

—He dicho que te amo. Si no fueses tan terco y suspicaz, lo habrías sabido hace meses.

En el fondo de la mirada de Jon, algo comenzó a arder, quemando a Cathy.

—Si éste es algún tipo de juego... —Jon se interrumpió y apretó los dientes de golpe, en gesto de advertencia. Cathy meneó la cabeza y posó en el rostro tenso una mirada cálida y tierna.

—¿Es tan difícil de creer? —preguntó ella, bromeando amablemente—. Claro que eres autoritario y bruto, y celoso, y tienes un carácter endemoniado, pero sobre gustos no hay nada escrito.

Jon cerró los ojos y la atrajo hacia sí con manos temblorosas. Cathy sintió sus labios entre los cabellos y le rodeó la cintura con los brazos para estrecharlo contra ella. Jon no cesaba de murmur palabras de amor, promesas, frases cariñosas que a Cathy le sonaban como un murmullo ronco de pura felicidad. Se acurrucó contra el cuerpo musculoso, la boca apoyada en el pecho cubierto de seda y sacó la camisa de la cinturilla de los pantalones con manos inseguras. Tocó la carne tibia, pasó las manos sobre los músculos de la espalda y percibió con sus dedos sensibles las cicatrices que llevaría hasta la tumba. Lo acarició con amor, luego se quedó quieta. Él no podía creerlo aún...

—Querido, ahora me crees, ¿verdad? —murmuró, apartándose un poco para que la oyese. Aun así, Jon tuvo que inclinar la cabeza para captar las palabras.

—¿Si te creo qué?

Jon sonrió cuando Cathy lo repitió. Ella se echó hacia atrás en el círculo tibio de sus brazos y le examinó el rostro con amor, atentamente. Los ojos de Jon la contemplaban, radiantes, con la expresión más dulce que le había visto desde que lo cocnoció jamás. «Domestiqué un águila —pensó, embriagada por lo que veía, sentía y olía de él— , le enseñé a un feroz lobo gris del bosque a comer de mi mano». La sensación era indescriptible y le devolvió una sonrisa deslumbrada. Sintió la tentación de dejar todas las preguntas para después, pero quería cerciorarse de que la desdicha había quedado atrás para ellos.

—Acerca de lo que te ocurrió en la prisión —insistió con suavidad.

Los músculos de los brazos que la rodeaban se tensaron y la vieja mirada defensiva reapareció. Cathy observó esos cambios con el corazón en la mirada; un momento después

Jon se relajó con esfuerzo y le sonrió, aunque el rostro todavía estaba un poco tenso.

—No tienes que buscar ninguna excusa para lo que has hecho —dijo sin vacilar, mientras en sus ojos ardía la llama de la pasión—. Sé que lo merecía. Raptarte, violarte, obligarte a ser mi amante, es imperdonable. Si ahora me amas, eso es lo único que importa. Nunca volveremos a hablar del pasado.

Cathy emitió un sonido que mezclaba la risa y el llanto.

—¡Pero Jon, querido, te aseguro que no he tenido nada que ver con eso! Te juro que ni sabía que estabas en prisión. ¡El *Lady Chester* zarpó para Inglaterra el día después de que tú escapaste! ¿Cómo podía yo saberlo?

—¿Después de que escapé? —repitió Jon, incrédulo, juntando las cejas oscuras en el entrecejo—. ¿De qué hablas?

—Después de la boda —le recordó Cathy, paciente, aunque le lanzó una mirada de reproche—. Escapaste: ¡es imposible que lo hayas olvidado!

—Mi amor, después de que nos casamos y de que tu padre me derribara de un golpe por atreverme a gritarte, yo no estaba en condiciones de escaparme a ningún lado. Pasé el viaje encerrado en la bodega del *Lady Chester*. Cuando atracó en Portsmouth, me llevaron encadenado a Londres y me arrojaron en la prisión de Newgate. Un par de días más tarde, me informaron que me habían condenado a muerte por el delito de piratería, sin siquiera tener la cortesía de permitirme estar presente en mi propio juicio. Si no fuese por mis hombres, ahora estaría pudriéndome en una fosa de piedra caliza, en el patio de la prisión. La única vez que me escapé fue en Londres, cuando fui a casa de tu tía.

—Pero, yo creía... —La mente de Cathy era un auténtico torbellino. ¿Cómo era posible? Antes de que pudiese ordenar los pensamientos, sonó un fuerte golpe en la puerta. Los brazos de Jon se tensaron a su alrededor y la miró con expresión interrogante.

—¿Esperabas a alguien?

—No, claro que no. Tal vez sea Martha... o mi padre.

—Ah, sí, tu padre. Tengo algo que decirle. —Era una afirmación extraña en labios de un hombre que sólo había visto al padre en circunstancias muy desfavorables. Ahí había algo que Cathy no entendía y compuso una expresión confundida mientras iba hacia la puerta.

—Hija, necesito hablar contigo. Hay algo que debes saber... —La voz de sir Thomas se fue perdiendo al pasar la mirada de Cathy al hombre alto que lo miraba con frialdad desde el otro extremo del camarote.

—Hale, quiero que sepas que habría mandado a buscarte. Eso es lo que venía a decirle a Cathy.

—Papá, ¿de qué hablas? ¿Por qué ibas a mandar a buscar a Jon? —preguntó Cathy, confusa, mientras se apartaba para dejar pasar al padre.

Sir Thomas hizo caso omiso de ella y fijó la mirada en la de Jon, que lo observaba.

—Era mentira, ¿no es cierto? Ella no tenía nada que ver, no sabía nada.

—Sí. —El rostro de sir Thomas se puso ceniciento y sus ojos adquirieron una expresión casi suplicante hacia la figura implacable que tenía ante sí—. Ella no sabía nada.

—¡Buen Dios, hombre, yo podría haberla matado! —Las palabras salieron de entre los dientes cerrados de Jon.

—Lo sé. —De pronto, sir Thomas pareció muy fatigado—. Cuando ella desapareció, yo estaba fuera de mí. Acababan de informarme que habías logrado escapar y yo sabía que la tenías. Pensé... ¡Dios, lo que pensé...! Pero no le has hecho daño y doy gracias a Dios por ello.

—Así debe ser. Habría durado lo que un suspiro. Quise pero no pude. Aunque...

—¡Por el amor de Dios! Por favor, ¿quiere explicarme alguno de vosotros dos qué significa todo este embrollo? ¿Papá? ¿Jon? —Cathy paseó la mirada de uno a otro. En lo que a ella concernía, la misteriosa conversación podría haberse desarrollado en griego.

Los dos la miraron, pequeña y de apariencia frágil a la luz difusa de la lámpara, el largo cabello dorado rizándose alrededor de la figura envuelta en la bata azul, el entrecejo arrugando esa frente adorable. Los ojos de Jon se suavizaron, resplandecieron. Cathy le sonrió con una expresión íntima, casi inconsciente. Sir Thomas contempló a ambos con expresión de honda preocupación.

—Te he hecho mucho daño, hija mía —dijo por fin sir Thomas—. Por favor, créeme que en aquel momento pensaba que era lo mejor para ti.

Hizo una pausa, como buscando las palabras. Cathy lo miró con fijeza y una débil sospecha empezó a cristalizar hasta ser una certeza. Jon atravesó el camarote, se detuvo detrás de ella y le rodeó la cintura con los brazos, apretando su espalda contra él. Sin apartar la vista del padre, se apoyó contra el firme pecho del esposo.

—Jon no se escapó del *Lady Chester*, ¿no es así, papá? Me has mentido. —Sabía que era cierto sin que el padre lo confirmara. Su cabeza gacha lo corroboró—. Dímelo, papá.

El tono fue sereno. Cathy sintió que comenzaban a agolpársele las lágrimas en los ojos mientras sir Thomas comenzaba a describir cómo había hecho apresar a Jon en Inglaterra, arreglado el juicio y la consiguiente sentencia de muerte. Cuando llegó a la parte de los castigos que había ordenado, pagando para que dijeran a Jon que era Cathy quien lo ordenaba, ella lanzó un alarido. Los brazos de Jon se apretaron en torno de su cintura y sintió los labios entre los cabellos. Sir Thomas parecía acongojado.

—Y después, cuando al fin te seguí la pista hasta Charleston, descubrí que mi hija parecía estar físicamente sana, aunque emocionalmente angustiada —concluyó sir Thomas, dirigiéndose a Jon por encima de la cabeza de Cathy—. Me las ingenié para sonsacarle información y deduje que no se sentía amada. Cuando vi lo bien que la habías tratado, dadas las circunstancias, comprendí que no era así y acepté colaborar para que te abandonara, al tiempo que intentaba ponerme en contacto contigo y decirte la verdad. A juzgar por lo que veo, ya habéis logrado aclarar las cosas sin necesidad de mi ayuda. Lamento profundamente cualquier dolor que pueda haberos causado y espero que encontréis en vuestros corazones capacidad para perdonarme.

Los cansados ojos azules se posaron en Cathy con pena cuando terminó y ella fue incapaz de ignorar la súplica silenciosa. Se apartó de Jon y atravesó la habitación hacia donde estaba el padre, apoyó la mano con suavidad en su brazo y le dio un beso en la mejilla.

—Claro que te perdonamos, papá. Sé que sólo lo hiciste por mí. —Miró de soslayo a Jon con expresión suplicante. Él se puso rígido, suspiró y cruzó con gran lentitud el camarote para tender la mano a sir Thomas. El anciano la aferró con ansiedad y Cathy estuvo a punto de llorar al ver la humedad que brillaba en sus ojos.

—Supongo que no tendremos más remedio que aprender a tolerarnos el uno al otro—dijo Jon con sequedad, sacando al fin la mano del apretón casi frenético del suegro—. Es usted el padre de mi esposa, el abuelo de mi hijo. Y como tengo intenciones de conservarlos a ambos y agregar otros hijos, es muy probable que nos veamos a menudo. Si usted puede tolerar como yerno a un pirata reformado, creo que yo podré tolerar a un conde tortuoso como suegro. —Jon sonrió al hablar y sir Thomas lo miró, radiante.

—Estoy orgulloso de tenerte en la familia —dijo. Abrazó a la hija, estrechó otra vez la mano de Jon y se marchó. En cuanto la puerta se cerró tras él, Jon se apoyó en ella y miró a Cathy con ojos radiantes.

—¿Y bien, mi amor? —preguntó con suavidad.

Cathy corrió hacia él y hundió la cara en su camisa. Los brazos de Jon la rodearon, estrechándola junto a sí.

—Debes de haberme odiado, Jon —murmuró.

El hombre sonrió apenas y apretó el rostro contra el cabello brillante, disfrutando de su suavidad y del dulce perfume que siempre asociaba con esa cabellera.

—Así fue... pero porque te amaba tanto que no soportaba la idea de que me hicieras algo semejante. Estaba empezando a creer que te interesaba cuando todo me explotó en la cara, ¿sabes?

—¿Que me interesabas? —Cathy rió con la voz un tanto quebrada.— Para ese entonces yo estaba perdidamente enamorada de ti desde hacía semanas. De no ser porque temía que no me amaras, te lo habría dicho. Creía que solamente me querías para... para... —Se interrumpió, con la cara arrebatada. Jon la apartó un poco para verle la expresión y rió entre dientes al verla ruborizada.

—Estabas en lo cierto —le dijo, con aire malicioso—. En efecto, te quería para... para... y todavía es así. Pero también te amo más de lo que nunca imaginé que podía amar algo o a alguien en mi vida. Y si me lo permites, pasaré el resto de la vida demostrándotelo.

Las últimas palabras fueron pronunciadas con mucha calma y Cathy casi se derritió de ternura. Le sonrió con adoración y se puso en puntillas para besarlo. Los brazos de Jon se ciñeron, con infinita suavidad, alrededor de sus hombros, y la boca se abrió sobre la de Cathy. La besó con calor, pero con una nueva reverencia y una nueva ternura que la embelesaron totalmente. Cuando al fin Cathy se apartó para recobrar el aliento, estaba temblorosa, y teníalas mejillas sonrosadas y los ojos lánguidos de amor. Jon siguió depositando besos sobre la carne sedosa del cuello y la boca descendió por el profundo escote de la bata, para quemarla en el valle entre los pechos. Cathy lo estrechó contra sí con fuerza y acarició con ternura la cabeza oscura. La amaba y ella lo amaba. Ya nada podía resultar mal entre ellos.

—Querido, lo que dijiste a mi padre de tener más hijos, ¿era en serio? Yo... yo sé que no te sentiste muy feliz cuando te anuncié lo de Cray... —Se interrumpió cuando Jon levantó la cabeza para mirarla.

—Mi amor, no pensarás que no quería a Cray, ¿verdad? Te amo. Amaré a todos los hijos que me des. Lo que sucede es que tenía miedo de perderte... Temía que murieras y no soportaba esa idea. Por eso dije lo que dije cuando me contaste lo del niño.

—Oh, Jon —suspiró Cathy, apretándose contra los músculos de Jon que se endurecían rápidamente y acariciando sus hombros anchos—. ¿Tendremos muchos hijos?

—Docenas de hijos—susurró él, alzándola para acunarla contra su pecho, los ojos ardientes en los de ella—. Al menos dos veintenas. Eso es lo que me propongo. Y sugiero que pongamos manos a la obra ahora mismo, si queremos cumplir el objetivo.

—¿Aquí? —preguntó Cathy, aunque ya se sentía fundida con él—. Querido, ¿no sería mejor que fuésemos antes a nuestra casa?

—Ahora, todo lo que se me ocurre es cuánto deseo hacerte el amor —le dijo al oído.

La boca de Jon provocó extrañas sensaciones en el interior de Cathy, mientras la mordisqueaba.

—Mañana podremos ir a casa.

Y eso hicieron.

DR. OETKER

# Sommer Party

GRILL & BARBECUE, ITALIENISCHER ABEND,
PICKNICK, ALLES FÜR DEN BIERGARTEN...